U0755073

燕赵文艺名家丛书·文学

从头再来

何玉茹中篇小说选

何玉茹 著

河北出版传媒集团
河北教育出版社

图书在版编目（C I P）数据

从头再来：何玉茹中篇小说选 / 何玉茹著 .
石家庄：河北教育出版社，2025. 3. --（燕赵文艺名家丛书：文学）. -- ISBN 978-7-5545-9090-4

Ⅰ . I247.5

中国国家版本馆 CIP 数据核字第 2025V5H051 号

燕赵文艺名家丛书・文学

从头再来——何玉茹中篇小说选

CONGTOU ZAILAI——HE YURU ZHONGPIAN XIAOSHUO XUAN

作　　者　何玉茹
出 版 人　董素山
选题策划　汪雅瑛
责任编辑　刘书芳　张风娜
特约编辑　赵鑫雅
装帧设计　郝　旭
出版发行　河北出版传媒集团
　　　　　河北教育出版社 http://www.hbep.com
　　　　　（石家庄市联盟路 705 号，050061）
印　　制　石家庄名伦印刷有限公司
开　　本　787 mm × 1092 mm　1/16
印　　张　20.5
字　　数　273 千字
版　　次　2025 年 3 月第 1 版
印　　次　2025 年 3 月第 1 次印刷
书　　号　ISBN 978-7-5545-9090-4
定　　价　108.00 元

序言

文化兴则国家兴，文化强则民族强。燕赵文化源远流长、博大精深，形成了慷慨悲歌的燕赵精神，孕育了灿若星河的文艺名家。他们立时代之潮头、发时代之先声，传承着河北文艺的优良传统，书写和记录着人民的伟大实践，为河北文化事业的繁荣发展做出了巨大贡献。

星河灿烂，艺道日新。为了继承和发扬老一辈文艺名家的宝贵精神，发挥好他们在文艺创作道路上的“传帮带”作用，推动文艺繁荣发展，河北省坚持以习近平文化思想为指导，组织实施了文艺名家推出工程、中青年文艺人才“秀林计划”、文艺后备人才“春苗行动”、文艺名家情系河北“故乡创作计划”，通过每年为文艺名家出版专著、召开研讨会、成立工作室等方式，支持名家开展创作、发展事业，鼓励名家收徒传艺、扶携后辈，勉励新一代文艺工作者见贤思齐、接续奋斗，努力形成河北文艺事业长江后浪推前浪的生动局面，构建“老中青梯次衔接、省内外交相辉映”的人才格局。

作为文艺名家推出工程的重要内容，省委宣传部会同省文联、省作协开展了“燕赵文艺名家丛书”的编辑出版工作，按照“一人一书”的原则，为我省文艺名家出版作品集或个人专著，集中展示文艺名家的创作历程、

奋斗精神和创作成果，强化文艺名家的行业引领效应，带领人才成长、带动文艺事业发展。首批文艺名家包括张峻、尧山壁、封秋昌、蔡子谔、刘小放、边国政、梅洁、刘家科、何玉茹、傅剑仁、谈歌等11位著名作家，以及边发吉、旭宇、郑一民、铁扬、孙德民、曹贤邦、刘瑞新等7位著名艺术家。

择一事，终一生。这18位著名作家、艺术家，是河北文艺发展的实践者和见证人，代表着一个时代的文艺水平和精神。他们用一生的文艺实践，走出了一条扎根时代、扎根人民的创作之路；他们用无愧时代的精品，绘就了欣欣向荣的文艺画卷；他们用发自内心的真诚和热爱，传递了生生不息的文艺薪火。全省广大文艺工作者要以名家为榜样，不忘初心、牢记使命，不负时代、不负人民，创作更多思想精深、艺术精湛、制作精良的优秀作品，热忱描绘新时代新征程的恢宏气象，书写生生不息的人民史诗，奋力攀登新时代文艺新高峰！

编委会

2024年9月

目录

从头再来 /1
胡家姐妹和小乱子 /35
两个女人一条街 /86
太阳为谁升出来 /115
伤心的模仿 /146
入侵之战 /174
失窃案调查 /207
危险在冬季 /256
我信爱情？ /285

从头再来

张板儿和男朋友

灯亮起来的时候，张板儿走出美容院，站在马路边等她的男朋友。

男朋友在一个居民区里做保安，从居民区骑车到这里，需要 27 分钟。

张板儿从前也是骑车的，自交了这个做保安的男朋友就很少骑车了。男朋友每天管送管接，就如同钟表一样准时。他曾对张板儿说：“3000 多人我都保护得了，你一个张板儿算什么。”张板儿当即就挑剔说：“我可不是你们小区的居民。”男朋友虽再没敢说过这样的话，行动上却无时无刻不体现着保护意识。张板儿十分喜欢，如鱼得水一般地喜欢，有了这男朋友，她忽然意识到，她的身体里竟还藏了另一个张板儿——这张板儿任性，撒娇，发脾气，不讲理，无所不能，与从前那个懂事的通情达理的张板儿判若两人。她惊奇着，任这个张板儿做着一切，这个张板儿让她体味到了一种从未有过的幸福。因为幸福，那个从前的张板儿就像一个背时的上了年岁的人，她看都不想看她一眼了。

一辆飞驰的捷安特猛地在她面前停了下来，吱吱的刹车声让张板儿又惊又喜，但张板儿还是习惯地沉下了脸子：“说过多少回了，就不能骑慢些吗？”

车上的人没有下车，一只脚着地，将车作了 180 度的大转弯，然后看了张板儿，没脾气地笑着。

张板儿坐上后座，两只胳膊将前面的人环绕起来，车子便像一只低翔的燕子，轻巧而又莽撞地飞起来了。

张板儿靠在前面坚实的背上，背上的热气通过头部一直传到了脚尖。张板儿喜欢这样的时刻，她不由得将胳膊绕紧了些，嘴里却说：“慢点慢点，吓死我了！”车子真的慢下来，她却又说：“看你没精打采的，想在马路上安家啊。”前面的人便随了张板儿说的，忽而慢忽而快的，怎样都没有怨言，仿佛张板儿手里的一个方向盘似的。

前面的人没有怨言，趣言却是有的：“每回往这边骑，总想变一变，却总也变不了，想快吧，一准儿遇上红灯，想慢吧，两只脚又不听使唤。”

张板儿就说：“脚是你自个儿的，它不听我的使唤我信，怎么会不听你的使唤呢？”

前面的人说：“我越是想着慢点慢点，两只脚就越是蹬得快，它害怕等的人着急呢。”

张板儿说：“我明白了，那是你身上有两个李林，一个李林喜欢张板儿，一个李林不喜欢张板儿，喜欢张板儿的想快点，不喜欢张板儿的就想慢点呗。”

前面的人立刻有些慌，说：“天地良心，从头到脚，从里到外，要是有一丁点儿不喜欢张板儿的地方，天打五雷轰。”

张板儿说：“你慌什么？没有两个李林你慌什么？”

李林说：“我慌什么？我是冤得慌。”

张板儿说：“还是慌啊。”

李林说：“你呀你呀。”

张板儿也说：“你呀你呀。”

说着张板儿的手指在男友的胸前胳肢了两下，车子立刻醉汉似的摇晃起来。

摇晃增加着张板儿的兴奋，她索性将手伸到了男友的腋下。李林勉强撑着车把，连连喊着不要，张板儿却愈发寻着他的痒处，纠缠了不放。

终于，车子倒了下来，车上的人重重地摔在了马路上。声音很响，吓得周围的行人立刻远离了他们。

李林扶起车子，伸手来拉张板儿，张板儿却赖在地上不起来，一定要他把车子撂倒再来扶她，她说："在你眼里，我还不如一辆车子。"李林没办法，只好按她说的做了。

再次上路，张板儿却又不想一直前行了，她说："回头回头，我要上我姑家去。"李林说："不回家吃饭了？"张板儿说："说得轻巧，那是你的家吗？"李林说："是你的家还不行吗。"张板儿说："那是我的家吗？"李林说："谁的家总得吃晚饭吧。"张板儿说："在我姑家就不能吃了？"

李林仍犹豫着，不情愿的样子。

张板儿说："你去不去，不去我可自个儿走了。"

说着张板儿就迈开了脚步。她是那种高个头儿、哪哪又十分饱满的女孩子，两条肥硕的长腿裹在瘦瘦的牛仔裤里，走起路来美得叫人发呆。

街灯，行人，汽车，一切都乱糟糟的烦人。在李林眼里，唯有张板儿是诱人的，他叹口气，还是不由自主地骑车赶了上去。

张板儿的姑姑家

张板儿的姑姑和姑夫都已退休，没有儿女，却有两处房子。张板儿没来省城的时候，另一处房子是租出去的，张板儿来了，还谈了男朋友，另一处房子就给张板儿住了。张板儿的工作和男朋友都是姑姑介绍的，要不是姑姑，她还在一百里外的村子里给棉花整枝打杈呢。姑夫是从棉纺厂退休的，不过是个科级干部，但一张口就是国家的命运，他常说，工人、农民没了地位，这个国家就要出问题了。他从前是把张板儿当农民看待的，有一种战友般的亲切，见面总是要问棉花的种植情况；现在张板儿不种棉花了，那份亲切也没有了，美容院的情况，他一句都没问过，就像张板儿

是个可耻的叛逃者一样。对李林的保安工作他也没问过，李林从前当过解放军战士，保卫的是祖国边疆，现在却只保卫几百户人家，这种选择让他更觉得不那么对头。李林不想来，正是因为姑夫的冷淡。张板儿总说，姑夫的冷淡只和国家有关，和他们是没关系的，就是有关系，姑夫在家也要听姑姑的。但李林觉得，事情好像并不那么简单。

从张板儿和李林摔倒的地方算起，还要往相反的方向骑上半小时，才能到张板儿的姑姑家。张板儿坐在李林的身后，顾自唱着一首不知名的歌：走吧走吧，不要回头，一直走到底。哪怕电闪雷鸣，哪怕山呼海啸，一直走到底。哪怕鞋子掉了，哪怕衣服碎了，一直走到底。走吧走吧……李林说过，他不喜欢这首歌，但张板儿喜欢气李林，李林愈不喜欢她就愈要唱给他听。

张板儿姑姑住的小区叫石门东区，李林曾在那里做过两年的保安。有一次张板儿的姑姑从街上回来，手里提了太多的水果、饮料，李林帮她一直提到了四楼，让他进去喝口水他都不肯。后来张板儿的姑姑知道，这种事李林是经常做的，不只帮过她一个，于是她便想到了她的侄女张板儿。后来建了石门西区，李林被调到了西区，就离张板儿的姑姑家远了。但有了张板儿，再远也是近的，每星期张板儿都要往姑姑家跑两趟。房子是姑姑的，张板儿必须懂事。张板儿懂事，李林就更不能不懂事了。

但有件事李林一直没说过，对张板儿也没说过，那就是调往西区是他自个儿提出来的，他想离张板儿的姑姑家远一些。为什么？他也说不清楚，因为说不清楚他才不好说。这件事让他初次体味到了做人的难处：想做的事往往没道理，有道理的事却又往往不想做。

张板儿到了姑姑家，就又是另一个张板儿了。这个张板儿懂事、勤快，洗衣、做饭的事不用姑姑、姑夫插手，她一人全包了。有时李林要帮她她还不让，一点不像在他们自个儿住的地方，李林饭做好了她都赖在床上不起来，还要李林背她到饭桌前。姑姑当了李林夸张板儿时，李林便只笑不吱声。姑姑不放过地问："你说我说得对不对？"李林便一指张板儿："您问问她好了。"

两人站在姑姑家门口，摁了半天的门铃也听不到里面的动静，刚要走开，门却开了，只见姑姑两眼红红地站在门口，看见他们，眼泪一下子就流出来了。

原来，姑姑和姑夫正在冷战，已经整整一天没说话了。姑姑说："我正琢磨怎么个死法呢。你们再不来，也许面都见不着了。"张板儿问为什么，姑姑说，为国家的事。张板儿便有些想笑，说："为国家的事不高兴，国家也不知道，不是白不高兴嘛。"姑姑说："你姑夫可不这么想，为了国家，他吃我的心都有呢。"张板儿的肚子已是咕咕地叫起来了，她看看李林，李林板正的身材此时也有些哈腰，但她仍尽力装得没事人似的，听姑姑讲他们的事。从姑姑的讲述中她知道姑姑两顿饭都没吃了，和姑姑比，她就更不能着急吃饭的事了。

姑姑说："今儿吃完早饭原打算一块儿上街的，我衣服都换好了，你姑夫忽然又说不去了，说嫌街上太乱。我说：'家里不乱，可也不能总憋在家里啊。嫌乱就甭逛街了，坐车径直去人民广场吧。'你姑夫说：'不去不去，上那儿踩狗屎去啊，好好的工人文化宫弄成什么广场，广场上到处都是狗，有几个人民啊。'我说：'那就去商场转转。'你姑夫说：'不去不去，去了你见什么买什么，我害怕。'我说：'咱不带钱还不行吗？'你姑夫说：'不是怕你花钱，是怕你那股劲儿。'我问他哪股劲儿，他说：'喜新厌旧那股劲儿。'我说：'是人哪个不喜新厌旧啊，'他说：'我就喜旧厌新，如今就是哪哪都不如过去好。'我知道又触着他的心病了，便说那就去公园，公园不乱也不用花钱。你们猜他怎么说，他说：'那种地方更不能去了，年轻人一对儿一对儿的抱了亲嘴，你是看还是不看啊。'我心里这气啊，索性脱了衣服，打开电视，哪里也不去了。你姑夫却还不肯罢休，指了电视里的一个吸毒者说：'看看看看，过去哪有这样的，别说吸毒，就连小

偷儿也没有呢，夜里睡觉门都不用插。’”

姑姑又说：“以往你姑夫说这话，我就打断他说点别的，这一回搅得我街都上不成了，我就要跟他较较真儿了。我问他：‘你口口声声说过去好，过去是吃得好还是穿得好，还是住得好呢？’他说：‘吃得不好穿得不好住得不好，可是心情好，人这辈子还不就图个心情好吗？’我说：‘那时候你在部队，是学毛著积极分子，毛泽东思想宣传队员，敢情你心情好，可你了解老百姓的心情吗？’他说：‘老百姓的心情要是不好，夜里睡觉就不会不插门了。’我说：‘不插门你以为是心情好啊，是因为穷，穷得穿自个儿织的粗布，吃黑炭一样难看的红薯面窝头，你知道不知道？’他说：‘你的意思是现在比过去好了？’我说：‘当然。’他说：‘那我就不明白了，过去毛泽东年代的时候你说好，你积极，现在你还说好，还积极，你倒是站在哪一头呢？’我说：‘过去我说好我积极，是因为还没有今天的改革。’他说：‘这就是你我的区别，我决不会像你一样来了新的就扔掉旧的。’我说：‘你那是顽固不化。’他说：‘你那是浅薄、势利。’我说：‘看看你身上穿的，看看这屋里摆的，你还要说今天不好，心亏不心亏啊？’他说：‘我亏什么，比起那些贪污盗窃犯，我不过是个贫雇农，心亏的应该是他们。’我们就这样吵来吵去的，谁也说服不了谁，后来就各自关在屋里，谁也不理谁了。”

姑姑说着说着眼泪又下来了，张板儿一边劝着姑姑，一边就要去厨房给姑姑做饭。姑姑说：“不用做了，两顿的饭在冰箱里还没动呢。”张板儿问是谁做的，姑姑说：“反正不是我做的。”张板儿看看那间紧闭的房门，说：“我姑夫给你做了一辈子的饭，人家想说几句，还能不让人家说吗？”姑姑不服地说：“李林也给你做饭，他要是尽说不对路的话，你试试。”张板儿看看李林，李林也正朝了她看，她说：“看什么，你想说不对路的话还说不出来呢。”李林说：“所以我才只说对路的话，不说不对路的话。”张板儿不依不饶地说：“对路的话你又说过几句，姑夫好歹还有个看法，你有过什么看法？”李林说：“那是你没给我说看法的机会。”张板儿说：“那你现在就说说，过去好还是现在好？”李林说：“你这不是为难我吗？我又没见过过去什么样。”张板儿说：“一个天生没看法的人，就是生在旧社会也是白搭。”姑姑皱了眉头说：“行了行了，你姑着急上火的，你俩倒有闲心磕牙，说吧，晚饭吃了没有？”两人听了心里一喜，急忙抢了开冰箱去了。

饭菜端上桌子，姑姑仍是说吃不下，张板儿喊姑夫来吃，也不见姑父回应。张板儿打开姑夫的房门，就见姑夫穿了一套压得尽是褶子的绿军装，头上戴了一顶深蓝色的工人帽，背对了门坐在桌前，一动不动。桌上方的墙壁上挂满了五颜六色的奖状。姑夫的这打扮张板儿没见过，奖状她是见过的，无非是五好战士、劳动模范、学毛著积极分子之类，有部队发的，也有工厂发的，反正是集中了姑夫一生的荣誉。据说姑姑就是因为这些奖状才爱上姑夫的，两人志同道合，干起工作来都有足够的牺牲精神，他们甚至连孩子都“牺牲”掉了。姑姑提出不要孩子时，姑夫是全力迎合，为此市报还为他们写了大块文章，号召全市人民学习他们的事迹。姑姑长时间地为这文章激动着。她在一所中学教语文，她争得的奖状比姑夫一点不少，她曾连续十年被评为市级优秀教师，但姑姑的奖状张板儿从没见过。在姑姑现在的房间里，墙上挂的全是大大小小的照片，从1岁到60岁，就像是她个人的照片展。正中的一张是她和姑夫的结婚照，服装是时尚的，脸却是背时的，虽都正值青春年少，但那个时代特有的单纯、呆板仍是一目了然。时尚的婚纱、西服穿在身上，倒像是对旧时表情的一种欺凌。姑姑却不觉得，是她把旧照片送到电脑制作那里，执意让一对穿黑粗布对襟袄的年轻人换上了婚纱、西服。那里的人当时还煽情地说：“电脑能让您的一切美梦成真。”回到家里，姑姑对姑夫把美梦成真的话又说了一遍，姑夫看着照片却说：“我可没做过这种张冠李戴的美梦。”姑夫把那张旧照片镶进镜框，挂在了他的奖状们的正中，要和姑姑对着干似的。

姑夫的打扮让张板儿感到了吃惊，她走到姑夫跟前，试探地摇了摇他的肩膀，仿佛他是个假人似的。姑夫看也没看她，目光凝聚在一张奖状上，神情严肃而虔诚。张板儿叫了声姑夫，说："吃点饭去吧。"姑夫仍没理她。张板儿便把劝姑姑的话又说了一遍，无非是这样的意思：为自个儿的事也罢了，为国家的事闹成这样，国家还不知道，不是白闹了吗？姑夫仍是一言不发，直到张板儿无奈地向外走时，他才忽然开口说了声："把门关好。"姑夫的声音将张板儿吓了一跳，那是一个嘶哑、痛苦、陌生的声音，她几乎都想回过身去向姑夫表示同情了。但饥饿感还是将她拉到了屋外，她想，何必呢，他何必要寻这样的烦恼呢？她很快就和李林在饭桌上狼吞虎咽起来了，姑姑和姑夫两顿的饭菜，没一会儿便被他们打发得干干净净。

张板儿的家

这是一栋挨了马路的宿舍楼，向后依次排下去，同样的楼还有十几栋。这些楼一色的红砖、木窗，窗上的红漆已经剥落，玻璃也已变得模糊不清；墙砖早不是原来的红色，阳光照上去，就仿佛脱了衣服的老人，到处可见岁月的斑点。阳台呢，大多没封，阳台上堆放的陈年杂物，从马路上看可以一目了然。姑姑家的陈年杂物原本是墙上的一挂蒜辫和一个东倒西歪的书橱，张板儿住进去的第一天就把它们清理出去了，现在只有一根吊起的竹竿，竹竿上搭了几件张板儿和李林的衣服，花花绿绿的，仿佛一面旗帜，标志着这房子里另一种生活的开始。

这是姑夫从部队转业到棉纺厂后分的房子，他本可以分到二楼、三楼的，但多年先人后己的习惯使他主动选择了顶层。这顶层还是西楼头，夏天热冬天冷，精明的人是决不肯要的，姑夫和姑姑在生活上从没精明过，他们还知足地想，有房子住就不错了，西楼头东楼头的有什么要紧。但真住进去，他们才体味到了西楼头之苦——夏天要起一身的痱子，冬天阴面的房间会结出冰来。好在姑姑对生活的要求不高，只要不做家务、吃现成饭就行，姑夫便赎罪似的承担起了全部家务。直到姑姑的学校后来也分了房子，西楼头的生活才告结束。姑姑分房子时改革开放已经开始了，改革开放给人们带来的一个显著的变化，就是为个人的事情说话不再脸红。姑姑是那种永远拥抱时代的人物，她把多年积攒的奖状压在箱底，第一次理直气壮地为自己争取到了一套好楼层的房子，四楼，三室两厅，还哪边的楼头都不占。好房子住上了，姑姑和姑夫的分歧却也开始了，姑夫总在问姑姑："你怎么说变就变了呢？"姑姑说："你什么意思，是不是还想让我分一套西楼头？"姑夫说："不是房子的事。"姑姑说："我知道，你不就是想说我是墙头上的草吗，我看随风倒也没什么不好，一根草又不是一棵树，满世界的风刮来你挡得住吗？再说这风又不是黑旋风，也不是西伯利亚的寒风，我看它倒是一股春风呢。"姑姑离开学校的最后两年，一改过去争强好胜的作风，不再拼命工作，而是跟体育老师学打拳，跟音乐老师学唱歌，跟年轻的老师学化妆、打扮，度过了她一生中最轻松的两年。但退了休她才明白，过好自个儿的日子不是靠打打拳唱唱歌就能解决的，将近 40 年热热闹闹的学校生活转眼间只剩了两个人，她感到了一种难以排解的慌怕。就如同一条路走得好好的忽然消失了一样，她都来不及搞清消失的原因。张板儿正是这时候被姑姑唤到城里来的。过去她从没在意过张板儿，不仅张板儿，就连张板儿的奶奶——也就是她的母亲，她都看望得不多。正是回家看望母亲时她才注意到，张板儿已由过去的黄毛丫头长成懂事的大姑娘了。她原想带母亲和张板儿一起到城里，母亲却死活不肯。母亲不客气地说："板儿跟她姑夫侍候你就行了，我老了，侍候不动了。"她听了很是伤心了一会儿，过后想想，每回接母亲到城里住，都是为了拆洗、缝做棉衣棉被，楼都很少下一回。她便一再向母亲表示这一回不同了，这一回不工作了，可以有时间来陪母亲了，母亲却始终摇头，不相信她的话似的。张板儿自是没问题，进城正应了她多年的愿望，即便姑姑不找她，她也早想去找姑姑了。只是她的父母有些不放心，他们说："你姑饭都不会做，跟她喝西北风去啊。"其实，接张板儿到城里姑姑也并无多么清晰的打算，她只是一见到张板儿就觉得需要她，过去的几十年里她只忙于工作，连说知心话的朋友也没交上一个，而张板儿懂事、年轻，又是自家人，费些力气调教调教，说不定就会成为她将来能依傍的人呢。姑夫当然也是可依傍的人，但依傍和依傍不同，她希望能经常看到年轻人的面孔，她不能忍受没有年轻人的生活。

姑姑的需要张板儿自是不了解，她只知道她离不开姑姑，房子、男朋友都是姑姑给她的，这两样少任何一样，她都没办法活下去。房子姑姑已经买下了，房产证在姑姑手里，姑姑曾说过，到她和李林结婚的一天，房产证就作为她和姑夫的礼物送给他们。房子虽不大好，张板儿对姑姑却是相当地感激了，城市里成千上万的打工仔，有几个有自个儿的房子？她认为男朋友李林更应该感激姑姑，姑姑同样给了他房子和女朋友，且连他的姑姑都不是。要不是姑姑，他说不定还住在物业管理处的大通铺上呢。但李林去姑姑家总是不积极，去了也没什么话，只会傻傻地看电视。他该知道，只要姑姑不满意他，房子、张板儿都可能没有了呢！有一次她便对李林说："你不能这样，再要这样，我可要跟你急了。"李林却不服地说："我觉得你也不喜欢他们。"张板儿奇怪道："我怎么不喜欢他们了？"李林说："你要是喜欢，在他们面前就不会那么懂事了。"张板儿看着李林，心里不由咯噔一下子，她还从没细想过和姑姑、姑夫的感情，李林这么一说，就像一扇关得死死的门被他打开了一道缝，她只要望一望，门里的情景就可以望得一清二楚了。虽说她立刻反驳李林说："你什么意思，莫非还想要我对姑姑、姑夫不懂事吗？"但心里还是忍不住靠近了那道门缝，且惊讶地看到，她对姑姑、姑夫除了感激，几乎剩不下什么了。扪心自问，若没有房子和男朋友的事情，她还会不会一星期两趟地去看姑姑？回答竟是不加犹豫的否定！张板儿离开那扇门，再也没敢看下去，她赎罪般地想，喜欢不喜欢，懂事总是没错的，她反正不能在姑姑面前不懂事。

现在，张板儿和李林从姑姑家回到住处，洗澡，看电视，做爱，很快就把姑姑家的事搁在了脑后。直到身下的床吱吱呀呀愈来愈响时，张板儿才听李林说道："跟你姑说说，把这床换了吧。"张板儿说："要说你去说，扔掉阳台上那个破书橱还让他们好心疼呢。"李林说："你姑夫恋旧，你姑不至于吧，我看她挺时尚的。"张板儿说："说过多少回了，我姑夫那不叫恋旧，那叫顽固，我姑才叫恋旧，现在恋旧就是时尚，时尚就是恋旧，懂不懂呀你……"

其实，要不是姑姑一再嘱咐，这些家具不许动，张板儿也早想换掉了，不光是旧，还有一股难闻的气味儿，她曾里里外外彻底地擦过两遍，但那气味儿仍在冒出来，就像与那家具融为了一体一样。有一次姑姑来这里，她问姑姑能不能闻到，姑姑吸吸鼻子说："什么味儿，无非是年长日久的味儿，我闻着还蛮亲切呢。"张板儿便明白，这气味儿是姑姑家独有的了，不只家具里，兴许墙缝里都会有呢。再去姑姑现在的家，细闻一闻，果然就有相似的气味儿，只不过住的时间还短，那气味儿淡得多罢了。姑姑不让动家具，却没说不让动其他地方，张板儿便找到建筑队的一位老乡要来了一桶涂料、一把刷子，回来和李林一起将墙壁统统刷了一遍。屋里虽说添了清新的气味儿，但原有的气味儿仍是无孔不入，张板儿没有办法，除了每天擦拭那些家具，就是尽量将它们闲了不用。比如衣柜，她只放棉衣、袜子、鞋子之类，单衣则放在李林单身时用的箱子里。比如碗橱，她在橱面上铺上一块塑料板，只用橱面，不用橱里。比如旧沙发，她扯布做了沙发套套在上面，原来的木茶几则压上了一块厚厚的玻璃板。即便这样，气味儿袭来时，张板儿仍是有种难以言说的压迫感，呼吸都会变得急促起来。李林曾安慰她说，忍着吧，习惯了就好了。张板儿不满地说："忍忍忍，你一个大男人，拿这样的话劝我，脸红不脸红啊。"李林说：

“你说我该咋办，这要是我姑家，我决不会让你忍的。”张板儿说：“你什么意思，我倒巴望你有个姑家，你怎么没个姑家呢？”李林说：“板儿啊板儿，我向你发誓，这辈子我一定要你住上我买的房子，开上我买的汽车。”李林所有的话里，这大约是张板儿最爱听的了，但在这时候说出来，仿佛有了赌气的意思，张板儿爱听也得不爱听了，她撇了嘴说：“就凭你当保安？不要说汽车，房子也要等下辈子了。”有时候，李林会忽然以攻为守地反问说：“你那么在乎房子、汽车，为什么还要跟我这样的人谈朋友呢？”张板儿便不示弱地反攻说：“不是我要跟你谈，是我姑要我跟你谈，就像这房子，不是我要住，是我姑要我住，我是没办法。”李林说：“那你就该怨恨你姑，怎么反倒对你姑感激不尽呢？”张板儿说：“没有啊，我对她感激不尽了吗？”李林说：“是啊，你没有。”张板儿说：“当然没有，我就是没有，她让我住这样的破房子，给我介绍这样的穷朋友，我还感激不尽，我有病啊？”张板儿一要起赖来，李林心里便开始释然，他觉得，女孩的不讲理要比讲理好对付得多，因为不讲理的话他都可以不当真。

张板儿呢，也认为自个儿是不讲理，但有时想想，不讲理的话也有真心话在里头，她曾多少次地做过假设，假设自个儿从小在城市长大，从小有自个儿的房子，或者假设她大学毕业，每月可以挣到三四千元，她相信她都不会接受姑姑的房子的。至于姑姑介绍的李林，她倒可以考虑继续爱他，在自个儿的房子里好好爱他。这种假设张板儿从没对李林说过，她对李林好的表现，除了亲吻和做爱的投入，便是和李林一起投入地收拾和改善这陈旧的家了。墙壁刷完之后，屋里亮堂了许多，家具却更让人不满意了，李林不满意的最属那张吱吱呀呀的床，张板儿则最不满意那个旧式的衣柜。衣柜还是70年代初姑姑结婚时买的，深黄色，两开门，四条腿，笨重得一个人憋足了劲都难将它动一动。劣质的漆面已布满了斑斑点点，擦也擦不掉，一扇玻璃门蒙上了一层雾样的东西，人站到跟前，须要仔细看才能认出自己。打开柜门，内壁已看不出颜色，黑洞洞的，只有姑姑家的气味更浓烈地散发出来，就像所有的气味都囤积在这柜里似的。那张床呢，床架是铁管做成的，已布满锈迹，床身则是拼接的木板，木板之间的缝子能伸进去手指，吱吱呀呀的响声正是这些缝子的缘故。在张板儿的心里，早不知将床和衣柜换过多少回了，但和李林说起来，却又只能想些修修补补的办法。衣柜可以弃之不用，床却是不能不用的，他们曾找来报纸，用了半晚上的时间去堵床板的缝子，但做爱不到一分钟，他们的努力就宣告了失败，吱吱呀呀的声音照响不误。他们还曾满有信心地往缝子里钉过木楔，叮叮当当的声音响在卧室里，让他们兴奋而又充满希望。但缝子是没了，板子却又挤得太紧了，人躺上去，声音反而变得更加尖啸了，就像那些木板被钉疼了一样。木楔只好又卸了下来，床板恢复了吱吱呀呀的声音，两人无奈地对望着，竟是嘻嘻哈哈地笑了一阵。李林说："也不知你姑和你姑夫是怎么睡这床的。"张板儿就说："睡觉的时候，不要提他们好不好？"李林说："为什么？"张板儿说："不要提就不要提，还为什么，你傻不傻啊。"李林说："还是跟你姑说说，把它换了吧。"张板儿说："要说你去说，我姑就像那些恋旧照片、旧房子、旧街道的人一样，她是恋旧家具。"李林说："你姑这也叫旧家具？所有的家具加起来，还赶不上人家的一条椅子腿呢。"张板儿说："我姑家不好，你家好，你家趁几条椅子腿？"李林立刻没话说了，他家也是农村的，他的家还不如张板儿的姑家呢。

现在，床的话题让李林重新提起，张板儿又不得不提起姑夫和姑姑的区别，要不是做爱的诱惑，她是真不想理李林了。她抚摸着李林健壮、平滑的脊背，心想，是啊，这床真是该换一换了。

做爱结束，张板儿习惯性地躺在李林的臂弯里，一只胳膊搭在李林的胸上。她闭了眼睛，听着李林粗重的呼吸。那呼吸声从鼻孔和嘴里发出来，就如同山呼海啸一样，占领了她整个的听觉。窗外的马路上总在有汽车通过，车灯就像窥视的眼睛，忽然地探入窗内，忽然地又消失在窗外；马路边上的店铺有的还没关，邓丽君的歌儿一直悠扬地响亮着。但张板儿是一

概地听不见了。也只有在这时候，张板儿才能体味到李林异乎寻常的重要，她想象这房子是一只小船，城市是一片大海，窗外的灯光是大海的波浪，而在这只小船里，她和李林相亲相爱，又相依为命，世界仿佛只剩了她和李林两个人……这样的想象总会让张板儿对李林的爱增添几分，一些新的不那么本分的念头，便也总是在这时候才会出人意外地冒出来。

张板儿用手摇一摇李林，说："李林，我有一个决定。"

李林没有吱声，也没睁眼。

张板儿说："咱们换床吧，明天就换。"

李林猛地坐了起来，眼睛睁得老大，不相信似的看着张板儿。

张板儿说："看什么，你不想换啊？"

李林说："刚才你还在说……"

张板儿说："刚才是刚才，你不同意就算了。"

李林说："我当然同意，可你姑她会同意吗？"

张板儿说："要想换就不能跟她说，跟她说就甭想换成了。"

李林说："那她早晚会知道的啊。"

张板儿说："有我呢，你怕什么。"

李林说："我当然怕，你姑会以为是我的主意，她要不准你再跟我好，我不是鸡飞蛋打全完了。"

张板儿说："你呀，她说不准我跟你好我就不跟你好了？"

李林说："那是你姑，我还不是怕你为难。"

张板儿说："你要真怕我为难，就不会提换床的事了。"

李林自是再无话可说，认输似的躺了下去。

张板儿却又坐起来说："哎哎，这样就算完了？"

李林也忙坐起来："还有什么？"

张板儿说："我做这样大的个决定，你躺下睡得着吗？"

李林看看张板儿，说："有什么要吩咐的，尽管说。"

张板儿说："我问你，做饭、买菜这种事，你能坚持多久？"

李林说："你想多久就能多久。"

张板儿说："我想一辈子。"

李林歪了脑袋说："一张床就换一辈子的事，你也忒狠点了。"

张板儿说："你要不能坚持，床的事就算了。"

李林说："别别，我还是坚持吧，几个月都坚持了还不能坚持一辈子吗？"

张板儿笑着，连连捶打着李林，嘴里嚷着："讨厌讨厌，你就讨厌吧。"

李林也笑着，却是有几丝苦笑在其中的。

两个人的困境

第二天，张板儿和李林都请了假，悄悄而又兴奋地到家具市场去选床。床选了，又想选衣柜，索性就将两样家具一并买下了。虽说算下来3000元还不到，却已是他们全部的积蓄了，在价格上他们做了最大的努力，一再地讨价还价，特别是李林，得寸还要进尺，几十块钱、几块钱也要争取到底；付款时，李林则又数了一遍又一遍，仿佛数一遍那钱就能多出来一张似的。一旁的张板儿脸都红了，却也不知该说什么。

往楼上搬时，楼道窄，楼层又高，搬运工人不小心将衣柜磕了一块，好在是衣柜的侧面，将侧面靠了墙也无妨的，但李林还是没放过那工人，让他赔了5块钱才算了事。

新家具搬回来，旧家具自是要扔掉，两人本是商量好将它们拆掉放进楼下的小房里的，这样万一有一天姑姑不肯原谅他们，他们至少还能将那张床组装起来，但不知怎么的，张板儿却忽然变了主意，也不同李林商量，自个儿上街叫来了收旧家具的人，30块钱就将床和衣柜给了人家。李林

试图说服人家再加 10 块钱，张板儿却横在中间坚持不再加。待人家走后，李林问张板儿怎么了，张板儿说："没怎么啊。"李林说："这事你怎么向你姑交代？"张板儿说："大不了房子不让住了，不让住才好，一切都省心了。"张板儿的脸色十分难看，做法上也不管不顾的，使李林不由得有些害怕。李林说："我什么地方又惹你不高兴了？"张板儿说："你没有，你很好啊。"李林说："我敢说，我做每一件事，都是为了你。"张板儿说："那我就谢谢你了。"李林说："你甭谢谢谢谢的，刚才还好好的，怎么说变就变了？"

张板儿到底也没说出为什么，李林做好了饭，张板儿吃了一碗又一碗的，却一句话没肯说。以往碗都是张板儿刷的，这次李林抢了去刷，张板儿却动也没动。李林收拾完碗筷又去墩地，墩完地又洗衣服，洗完衣服又将箱子里的衣服一件件地放进新买的衣柜。而张板儿就一直靠在沙发上看那台沙沙响的黑白电视。电视也是姑姑留下的，刚才那收家具的人还问这电视要不要收，张板儿问多少钱，那人说 20 块钱，张板儿说："那就等我哪天死了你再来收吧。"吓得那人再也没敢吱声。

张板儿在沙发上，靠着靠着就躺下了，脑袋枕在沙发扶手上，脚丫子则搭在另一端的扶手。李林在屋里忙啊忙，她是看也不看一眼。

实在找不到要干的活儿了，李林便来到张板儿跟前，打量了又打量的，然后握了张板儿的脚丫子说："我给你剪剪脚指甲吧。"

张板儿没说话，李林从腰带上取下指甲刀，一下一下地剪起来。

房间里很安静，指甲刀的声音响一下，张板儿的心就恸一下，眼泪也不由自主地流了出来。

李林很快发现了张板儿的眼泪，还以为是感动的眼泪，心里释然着，手里的指甲刀更加轻柔，也更加果断了。

张板儿说："李林呀李林，你知道不知道，刚才那会儿，我觉得没意思透了。"

李林说："什么没意思透了？"

张板儿说："一切，什么什么都没意思。"

李林说："我看呀，你是身在福中不知福呢。"

张板儿说："你对我好，我姑也对我好，你们干吗要对我好呢？"

李林说："都对你不好就好了？"

张板儿说："都对我不好，至少比没意思好。"

李林说："这话要说给你姑，你姑一定会说，烧得你。"

张板儿说："算了算了，跟你说你也不懂。"

张板儿躲开脚丫子站起来，关了电视就往卧室走。李林说："还没剪完呢。"张板儿没好气地说："不剪了。"

张板儿莫名的不高兴一直持续到了晚上睡觉，李林年轻的莽撞的气息，床和衣柜的新鲜气息，联合起来搅扰着她，使她终于转忧为喜，恢复了以往对李林的渴望。

张板儿自个儿也没想到，这没意思的感觉，就像个驱散不去的鬼，有了第一回，第二回、第三回也躲不掉了，说不准什么时候，就莫名其妙地袭上身来。张板儿告诉李林，逢到她不高兴的时候不要理她，过去那会儿就好了。李林真按她说的做了，她却又更加恼火，不跟李林大吵一架决不肯罢休。过后李林就说她，现在已经有三个张板儿了。张板儿便惭愧地笑笑，一副无可奈何的样子。渐渐地，李林仿佛也受了这情绪的感染，张板儿不高兴的时候他尽力克制着，张板儿高兴的时候他却又要不高兴起来。饭仍是由李林来做，张板儿上下班仍是由李林接送，但李林做着这些，时而会一阵烦躁，恨不能一步离开厨房，恨不能将车子上的张板儿一下子摔下来。有一次，车子的前轮撞在一块大石头上，张板儿真的被摔了下来，膝盖被磕破了一大块。李林自个儿也倒在地上，一只手有鲜血流出来。两人爬起来，都先看望了对方的伤口，然后相互搀扶着走完了前面的一段路。要分手时，张板儿还是忍不住问道，那样大的一块石头，你怎么就没看见呢？李林看看张板儿，一句话没说就骑车离开了。到了晚上，张板儿下班回到家里，见李林一只手缠了纱布，另一只手在笨拙地洗菜，她便上前替代了他。却也不说话，也不看李林。将饭做好，盛在桌上，李林坐在张板儿的对面，边吃边夸奖饭做得好。张板儿仍不说话。李林又问张板儿膝盖那里还疼不疼，张板儿还是不答。李林闷了半晌，忽然说："你不会以为我是故意的吧？"张板儿才开口道："你就是故意的。"李林笑了说："好好好，我是故意的。"张板儿说："我不是开玩笑，你就是故意的。"李林说："我这样的人要是故意的，天下就不会有好人了。"张板儿说："你以为帮人家提提东西就是好人了？也就我姑那样的人容易上当受骗，把自个儿的侄女、房子都赔上了，这个人却不喜欢他们。"李林说："我不喜欢好歹还是个外人，你呢，自个儿的亲姑都亲不起来，住着人家的房子，还卖人家的家具。"张板儿说："总有一天我会亲口告诉她的，我巴望着她把我赶出去，把你我拆散，一切都从头再来！"话说到这个地步，李林吃惊，张板儿自个儿也吃惊，两人便都住了口，没敢再说下去。但到了下一回，同样的话又会冒出来，且比上一回还要绝情，张板儿说李林忘恩负义，李林就说张板儿六亲不认；张板儿说巴不得让姑姑收回房子，李林就说收回了才好，收回了省得再受张板儿的折磨了；张板儿说跟李林在一起还不如跟一般朋友在一起舒服，李林就说对啊对啊，美容院的女孩们对他比张板儿还要亲切、热情呢。这样一回又一回的，一回比一回间隔的时间在缩短，一回比一回的争吵也在加剧，渐渐地，两人几乎每天都要有争吵发生了，话说到绝情处，张板儿有时还会抄起东西往李林身上砸，锅碗瓢勺，鸡蛋、西红柿，什么什么都砸过。有一回，张板儿还举起了那台黑白电视机，李林没被砸着，电视机却报废了，最后的结果，是两人守了报废的电视机抱头痛哭了一场。

尽管两人每一次都会重归于好，好起来也是情深意切，但他们都隐约感到，一种说不出的危机在渐渐地向他们靠近，且是找不出一点远离的办法。他们好起来的时候，会加倍地比过去更好，在屋里也要手拉了手寸步不离，吃饭时李林给张板儿盛饭不说，还要一勺一勺地喂进张板儿的口里，张板儿则娇嗔地接着，吃下一口，便在李林的脸上亲一口。两人的样子，像是有意要做给那危机看似的：我们好得一个人一样，看谁能把我们分开！但那危机诡诈极了，警惕它的时候它就悄悄地躲起来，连个影子也休想见到；警惕稍一放松，它便乘虚而入，瞬间就把两人恢复起来的好打得个落花流水。事情发生时，他们自个儿往往都不大相信，他们想，若是相亲相爱的人一定是这么个过法，何必还要相亲相爱呢？

有一天晚上，两人手拉了手坐在阳台上，对面是和这座楼一模一样的2号楼，楼里闪烁的灯光下有各样的身影在晃动。张板儿就说道："那个有笑声的人家，住的一定是自个儿的房子。"李林附和说："一定是。"张板儿说："李林你说，要是我们住的是自个儿的房子，还会不会吵架？"李林说："不知道，不过等结了婚，房子不就是我们自个儿的了？"张板儿说："那我们什么时候结婚呢？"李林没有答话，他曾答应过张板儿，结婚那天，他要订全市最好的饭店，租最好的汽车，穿最好的衣服，但吵架吵的，他都快把这个许诺忘掉了。即便没忘掉，结婚的钱他们也还远远没攒够。张板儿这么说，显然不是让他回答，而是让他不能回答。张板儿又更加尖锐地说道："我觉得，结了婚房子也不是我们的，我们得到的不过是个房产证，就像结婚，得到的不过是个结婚证一样。"李林说："我不明白你说的什么。"张板儿说："你明白，你是装不明白。"李林说："我真不明白。"张板儿说："不明白就不明白吧，其实我也不大明白，我只知道，我们需要这房子，可住着它又不舒服。不管什么原因，我是真想有个果断的决定啊，或者不住，或者就舒舒服服地住它。"

张板儿说罢眼睛盯了李林，仿佛在等待他做一个决定似的。

李林避开张板儿的目光，手也离开了张板儿的手。

张板儿说："你显然不想不住，那就想想，该怎么舒舒服服地住它？"

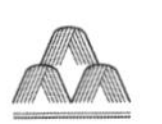

李林沉默了一会儿，忽然看了张板儿说：“我倒觉得，问题不在房子上。”

张板儿说：“问题在哪儿？”

李林像是想说又有些犹豫，便又沉默下来。

张板儿说：“不说我也知道你想说什么，你无非是想说问题在我身上。但我的问题又从哪儿来？”

李林说：“当然我也有问题。”

张板儿不放过地说：“你有什么问题？”

李林说：“你不要逼我好不好，我不是也没逼你吗？”

屋里只亮了盏台灯，阳台上是昏暗的，李林和张板儿共坐在一张长板凳上。这时，李林忽然站了起来，使那头儿的张板儿几乎摔在地上。

李林去扶张板儿，张板儿甩开他说：“我知道你的问题是什么，我早知道，你的问题就是烦我。”

张板儿不容李林开口又说道：“从开始我就看出来了，我姑夫能给我姑做一辈子饭，你连半辈子也做不下来。”

李林却冷笑道：“所以你姑夫才不肯陪你姑上街，你姑夫说是对国家有意见，其实是对你姑失望，你姑一星期哪怕给你姑夫做上一顿饭，你姑夫也不会失望成那样的。”

张板儿想不到李林还会有这样的看法，心里惊讶着，嘴上却不服地说：“知道个屁，我姑夫那种人，最大的特点就是国家利益至上，他决不会像你一样计较做饭这种小事的。”

张板儿特别强调了“你”字，李林却没理会她的强调，说：“可他已经在计较了，在我看来，计较国家就是计较个人，计较现在就是计较过去。”

张板儿更加惊讶着，嘴里只会说：“看不出，真是看不出啊。”

张板儿和李林，本是手拉了手在阳台上的，这样话赶话的，竟又一次将他们赶到了不快的境地。张板儿想，闹了半天，李林他是个计较的人呢。

李林则想，就是真做一辈子饭，他也不会变成姑夫那样，他没有姑夫那么多奖状，他没有对国家那么多的忧虑，比起姑夫他其实有太多的自由，他想做一辈子就做一辈子，想不做就可以不做，全看他自个儿高兴不高兴了。可是，张板儿在意的事情，他真的能做到想不做就不做吗?

和姑姑回家

吵架是吵架，张板儿仍是要带上李林，每星期去姑姑家两趟。在姑姑家仍是那么懂事、勤快，就像家里的事情全没发生过一样。张板儿觉得全是不由自主，懂事、勤快不由自主，吵架也不由自主。那是一种巨大的看不见的力量，足以将她自主的力量打倒，就是说，她自个儿想做的事情一件也休想做成。她便知道，或者这样或者那样的果断的办法其实是没有的，有的只是混沌一片说不清道不明的日子，而这日子需要的不是果断，而是耐力。就像美容院的工作一样，无论工作时间多么漫长，无论遇到多么不讲道理的顾客，她能做的只有耐心承受，否则这份工作就不要去做。工作有时可以不做，日子却是永远躲不开的，就像一张无边的大网，好好坏坏全在里面，一丝一缕都不会漏掉。

姑姑呢，这些天和姑夫的矛盾也在升级，姑夫不但不再陪姑姑上街，有时饭也不给姑姑做了，姑姑赌气做了几回，寡淡无味得自个儿都不想吃。这时，又赶上一些下岗工人到市政府门前静坐，姑夫竟也去了，在烈日下整整坐了一天，黑褐色的脸晒得汗津津的，脸上的皱纹七横八竖的像是又多出来不少。姑姑是又急又气，先到美容院叫了张板儿，又同张板儿一起去找李林，三人赶到现场，好说歹说的，姑夫却像没听见一样，不说话，也不看他们，拉一拉他，他就愤怒地一甩胳膊，将他们甩得好远，就像他们是他的敌人一样。往回走时，张板儿和李林惦着快些去上班，便叫了辆

出租。姑姑坐在前面，哭得鼻涕一把泪一把的，说："要不是有你们俩，这日子可怎么过下去啊。"又问张板儿："能不能每天下班去她那里吃晚饭？一天到晚守着那么个人，食欲都减退了。"张板儿看看李林，李林一副无所谓的样子，张板儿只好答应了姑姑。从后面看，姑姑的脊背十分肥厚，由于有些驼背，使那探在前面的脑袋就像安上去的。脑袋上是乱蓬蓬的烫发，时而可见有白发在其中一闪一闪的。张板儿认为姑姑脖子短，脸面宽，不适合烫发，但姑姑觉得一辈子忙于工作，一辈子都是短发直发，不烫一回亏得慌。据说那天烫完回到家里，姑夫一整天都不看她，说话时只看她的脚尖。姑姑的脊背与脑袋之间，是裸露的短短的脖颈，脖颈黄白的颜色里，有个黑点醒目地爬在上面。张板儿起初还以为是只苍蝇，挥手赶了几次，没赶走，凑近了去看，才知是只黑色的痦子。张板儿莫名地有些想吐，嘴一张，竟真的有秽物吐了出来。姑姑忙问怎么了，张板儿说没事，有些晕车。张板儿和李林在后面忙着收拾，姑姑便在前面说，都是他一个人闹的，搞得一家人不得安生。司机问姑姑，后面坐的是女儿女婿吧？姑姑不说是，也不说不是，只问他："你怎么看出来的？"司机得意地说："一天到晚地拉人，这点事都看不出来，不是白拉了。"姑姑便擦着泪水笑起来。后面张板儿的体内却又是一阵翻腾，若不是手捂了嘴巴拼命克制着，又要吐在车上了。

车到了姑姑住的小区，姑姑却又不肯下去了，说："你们就忍心看我一人在家啊，走，到你们那儿去，也让他回来尝尝一人在家的滋味。"张板儿和李林都吃了一惊，说只请了一会儿假，还要马上上班去。姑姑说："那还不好办，李林该上班上班去，板儿打电话再请回假不结了。"张板儿知道，美容院主管是姑姑的熟人，她的工作都是姑姑找的，请个假还成问题吗？但张板儿还是硬了头皮说："已经跟顾客约好时间了。"姑姑说："时间还不是由人支配的，你要不想让我去，我就不去了。"张板儿一听，哪还敢再说什么，立刻借姑姑的手机给主管打了电话。

车又开始向回开，张板儿心里烦得要命，李林却还捅捅她，问她怎么办。张板儿说："反正你也不用回家，怎么办也轮不到你。"李林说："那我也跟你回去？"张板儿说："回去我还没办法，你能有什么办法？"李林说："那我是回去还是不回去呢？"张板儿说："腿长在你身上，你自个儿看着办吧。"正说着，前面的姑姑忽然问道："说什么呢，嘀嘀咕咕的？"两人立刻闭了嘴，各自望了窗外，都是一脸不快的样子。前面的司机大约从后视镜里看到了，就说："据我观察，这世上老少夫妻没有不吵架的，真要有一天不吵了，分手的日子也就快到了。"姑姑就说："也有不一样的，一辈子都没吵过架，老了老了倒吵起来了。"司机说："要真有那样的，我看比不吵架的还要危险。"姑姑心里一惊，问为什么，司机说："你想啊，一辈子都磨合、容忍过来了，老了老了倒过不去了，那就说明一定是有过不去的事了。"

司机的话让姑姑很是沉默了一会儿，然后忽然问张板儿和李林，想没想过姑夫为什么会变成这样？张板儿和李林都不知该说什么，便没吱声。姑姑说："你们当然没想过，你们心里只有自己，别人的事再大也是小事。"张板儿说："他不是为国家的事吗？"姑姑说："再为国家也得说做饭吃饭，可他为什么饭都不做了呢？"李林说："那您就给他做一回试试。"姑姑很不以为然地说："我要会做饭还用跟他生这气吗？"

司机这时目光新奇地看了看姑姑，姑姑这个年龄还不会做饭，他或许还从没见过。

到了李林工作的小区门口，李林跳下车来走了几步，却又忽然回头对司机喊："等我一分钟，我马上回来！"果然一会儿就见李林气喘吁吁地跑回来了，姑姑问他是不是也请假了，他点点头说，姑姑难得去一趟，还是应该陪姑姑。姑姑立刻满意地笑了。司机也趁机夸赞着两个年轻人，说原来是侄女侄女婿啊，这样的关系就更难得了。车上的气氛显得活跃了许多。后来的一段路，就一直是姑姑在啪啦啪啦地说话，讲那套旧房子怎么分到的手，讲住在那里是多么地不如意，讲现在又是怎样地怀念它，她说，房子虽不好，但他们的大好年华全是在那里度过的，除了家里人住，她是不会卖给任何人的。还有那些家具，她也不会卖，有一天年轻人们不想用了，她就拉回去放进地下室保存起来，那是他们那些岁月的见证。后面的张板儿和李林听着，相互交换着眼色，张板儿明白李林是责怪的意思，李林也明白张板儿是不服责怪的意思。虽事已至此，张板儿可以听任姑姑的处置，但与李林决不肯退让半步。

下车时，李林抢在姑姑前面付了车费，然后与张板儿一边一个地陪了姑姑往楼上走。这时姑姑的情绪更加高涨，不住评价着这里那里的变化，连单元门口的垃圾箱都注意到了，说："过去多少年里都是往洞子里倒，倒一回弄得满楼道的尘土，脏极了，你们真是赶上好时候了。"张板儿和李林随声附和着，上了一层又一层的，脸上热气腾腾地淌着汗水，身上的衬衫都星星点点地汗透了过来。姑姑有一刻惊奇地看着他们，说："年纪轻轻的，倒还不如我有底气，怎么搞的啊？"

上完最后一层，取出钥匙将门打开的一刻，张板儿的心竟是奇怪地安定下来了！

这是一种从未有过的到底的安定，她想：好，这样很好，来了好啊。

姑姑先进的客厅，再去的厨房，然后是卫生间和阳台，最后去了卧室。

张板儿和李林都没敢跟进去，等待审判似的站在客厅。李林这时似也安定了许多，跟张板儿连个眼神也不递，仿佛明白，一切都再没有必要。

很快地，他们便听到了姑姑的大呼小叫……

姑姑和姑夫

家具的事情对姑姑的打击是非同小可的，不只因为家具，更由于张板儿的胆大妄为，她简直不相信张板儿能干得出来——这个处处受恩于她的亲侄女，这个装得懂事、勤快的亲侄女，自作主张卖了她的家具不说，还至今守口如瓶。她真是错看了她了，错看了她了啊！一开始她认定张板儿是受了李林的唆使，李林说到底是个外人，一个忘恩负义的外人是不奇怪的，可事实却是，张板儿同李林说都没说就做了决定！她问张板儿为什么，张板儿说不知道，只是瞬间的一个念头。她说念头是瞬间的，卖家具到现在可不是瞬间了，为什么不早说？张板儿说还不是怕姑姑生气。她说："我看你不是怕我生气，是怕我不早一天气死呢。"她打了张板儿一个耳光就跑出来了，李林要送她她也狠狠地一甩手拒绝了，一路上那只打耳光的手都火辣辣的，她用另一只手不停地抚摸着，泪水成串成串地流了下来。

姑夫呢，一直到天黑才回到家里，虽是一脸的疲惫，眼睛却是亮的，一进门就开电视，查看有没有关于静坐的报道。本市的几个频道换了一个又一个的，其中的一个频道，正在做一种砂锅炖菜，砂锅里呼呼地冒着热气，香味儿很冲地钻进了姑夫的鼻孔。姑夫贪婪地吸着鼻子，忽然觉得不对，香味儿怎么成真了呢？跑到厨房，果然就见姑姑在那里忙碌，也是热气腾腾，也是砂锅炖菜，只是有一点手忙脚乱。

砂锅炖菜是姑夫最爱吃的，姑夫心里意外着，表面却不动声色，待姑姑端在桌上，埋头就吃，像是习惯了姑姑的侍候一样。

姑姑却是吃不下的，看姑夫这个样子，就更是吃不下，她说："你劳苦功高了，吃得理直气壮啊。"

姑夫正挑一根粉条，挑过了脑袋那头还没出来，姑夫说："粉条应该撅撅。"

姑姑说："还有什么？"

姑夫说："盐放多了。"

姑姑说："还有什么？"

姑夫说："还应该放点辣子，整着放，别撅开。"

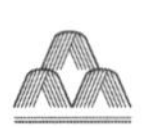

姑姑说："你说实话，除了国家那点事，你最向往的是不是像现在这样，老婆做好了饭，一边吃一边挑三挑四？"

姑夫没作声，只是呼噜呼噜地吃着，声音很响。

姑姑说："可是，这是不可能的，从开始我就告诉过你，这不可能，因为我不会做饭，也不想做饭，我害怕成为围着锅台转的女人。你也答应了，你说你看重的是积极进步，是思想好，其他你都不在乎。你还说，围着锅台转的女人你也不会爱的。"

姑夫像是吃呛了，忽然一阵咳嗽。

姑姑说："当然，30 年前的话，不可能没有变化，就像你说的思想好，现在你对自个儿的思想都不在乎了一样。"

姑夫停了咳说："我怎么不在乎了？"

姑姑说："要在乎你就不会去静坐了。"

姑夫说："你以为静坐就是思想不好吗？"

姑姑说："静坐总不会是思想好吧？"

姑夫说："你听我说……"

姑姑打断姑夫说："算了算了，不说那些了，现在我要跟你说一件家里的事，我认为，它比你那些事更重要。"

姑夫说："又打断我，你总是要打断我，这些年，你为什么总是要打断我呢？"

姑姑惊异地看着姑夫，说："我打断你？我什么时候总打断你了？"

姑夫放下碗筷，竟是一件一件地数说起来，今天，昨天，前天……有时为国家的事，有时为做饭的事，其中半年前的一次被打断，他竟然还记得清清楚楚。

姑姑听着，目光停在他一张一合的嘴唇上，嘴唇很厚，也很长，张开时就像脸上破开了一个大洞，扯得整张脸难看了许多；嘴里的牙齿有些发黄，牙根是黑的，一颗门牙上挂了一片菜叶。嘴唇的周围，已有不少深深浅浅的皱纹。姑姑想，他的嘴真是难看，全是这嘴把他带老了呢。

姑姑为了说张板儿和李林的事，便耐心地听姑夫说，说完了她再次表示，她绝不是有意地打断他，要是有意的她怎么可能一次也记不起来。姑夫却不依不饶起来，说："你记不起来更说明你是有意的了，你是有意地目中无人。"姑姑忍无可忍地说："有意的又怎么样，你那些话鬼才爱听，国家的事自有国家去管，能轮到你这样的人来管吗？"姑夫便问姑姑："我这样的人是什么样的人？"姑姑冲口说道："你是那种最叫人讨厌的人！"姑夫怔了瞬间之后，立刻反击说："这也正是我要说的，你是那种最叫人讨厌的人，这话我老早就想说了，老早老早就想说了！"

姑姑气得脸都白了，她是随口而出，但她确信姑夫不是，她难以相信，一个与她朝夕相处的人，竟会讨厌她，且是老早老早。

张板儿和李林的事自是没机会说了，再加上眼前的姑夫，姑姑就觉得胸腔里涌动起一股闷闷的力量，她还不知那力量要干什么，身体却已站了起来，两手也不知不觉地用了力，饭桌顷刻间就倒向了姑夫，砂锅炖菜扣了他一身，碗也哗啦啦地碎在了地上。

看着姑夫狼狈的样子，姑姑也怔住了，但那股闷闷的力量还不算完，通过眼睛和鼻子，仿佛海浪拍岸似的，一次一次的，终于化成了眼泪、鼻涕和一场号啕大哭。

姑夫扶起桌子，打扫了地上的饭菜、碗片，然后坐在姑姑的对面，默不作声地看着姑姑哭。

渐渐地，姑姑的哭声小起来，终于停了，抬头看见对面的姑夫，起身要走时，姑夫却开口说道："你坐下，我有话对你说。"

姑姑本想不理他，但他的声音沉重得像一块铁，迫使她不由又坐了回去。

姑夫沉默了一会儿，才说："咱们，分开吧。"

姑姑怔一怔说："分开什么意思？"

姑夫说："你住这儿，我还住我的棉纺厂宿舍去。"

姑姑说："行啊，我没意见。"

姑夫说："我说的是真话。"

姑姑说："我也没说假话啊。"

姑夫说："那板儿他们怎么办？"

姑姑说："这应该我问你，板儿他们怎么办？"

姑夫说："房子是你答应给他们的，我可从没答应过。"

姑姑说："但你也没反对过。"

姑夫说："问题是，那是我分的房子，现在我需要它了。"

姑姑说："我倒想知道，你没答应给他们的时候，是不是就想着有这一天？"

姑夫说："我其实一直在为没有这一天而努力，可是现在，我努力不动了。"

姑姑说："你在努力？你努力什么了，我怎么没觉得？"

姑夫说："你这样说，就更得分开了。"

姑姑再一次问："分开是什么意思？"

姑夫说："全都依你，想离婚就离婚，不想离婚分开住也可以。"

姑姑打量了姑夫一会儿，忽然说："你不是在跟板儿他们计较房子吧？"

姑夫说："随你怎么想。"

姑姑说："那你说说对板儿他们的看法，我还从没听你说过对他们的看法。"

姑夫说："他们还是孩子，我能说什么。"

姑姑有些急扯白脸地说："一定要说，怎么想就怎么说。"

姑夫说："他们是孩子，就跟别的孩子没什么两样，他们，心里是只有他们自己的。"

姑夫说得很平静，但姑姑还是像被霜打了一样，身子无力得几乎要倒下去。她努力支撑着，对姑夫说了声："我同意。"姑夫问她同意什么，她说："什么都同意。"

从头再来

第二天，姑姑往美容院给张板儿打了电话，说姑夫跟她闹分居，要到那边住段时间，他们呢，两种选择，一种是租房子住，一种是到姑姑这里来住。张板儿那边倒是意想不到地爽快，说："我们租房子住，就不麻烦姑姑了。"张板儿的声音客气而又生分，也不问姑姑和姑夫发生了什么。姑姑放下电话，心恸得不由又哭起来。

姑姑给张板儿和李林的时间很宽裕，一个月。她幻想着在这一个月内，姑夫能与她重归于好，张板儿也能幡然悔悟，一切都如从前一样地称心如意。但张板儿和李林，头天接到她的电话，第二天就搬走了，床和衣柜仍留在那里，姑姑要给他们钱，他们也没来取，生分得面都不想见了似的。姑姑终是沉不住气，跑到他们租住的楼房去看，就见是一室一厅的格局，屋里空荡荡的，像是还没住过人。他们门也没插，屋子也没打扫，一只衣箱歪在客厅满是灰尘的地板上；人呢，则赤身裸体躺在卧室里的一张凉席上，全身汗津津的，正呼呼地喘气。姑姑转身就向外走，心突突直跳，就像自个儿做了见不得人的事似的。走出几步又返回去，放些钱在那只衣箱上，然后将门关死了，才长长地舒了口气。她想，他们真是自由了，门都不要插了。

回到家里，姑姑见姑夫正坐在沙发上看报纸，报纸在左手上，右手则端了茶杯，边看边喝。姑姑想，他也真是自由了，多么悠闲自得啊。

姑姑忽然想起，她忘了买些菜回来了，因为姑夫跟她商定，在姑夫搬走之前，饭还可以由姑夫来做，但菜要由姑姑去买。当然，姑姑若不想买菜，选择做饭也是可以的。姑姑自是选择了买菜，她真是不想做饭，她计划姑夫搬走后，就天天到外面吃饭，外面的饭比姑夫做的饭要丰富得多，无非多花些钱罢了。她每月的退休金是1500块钱，比姑夫多出一半还要多，吃饭是没有问题的。姑夫生要和她分开，吃亏的其实是他呢。有时想到天天到外面吃饭，姑姑心里竟会生出一种轻松、快乐的感觉，她也搞不清这轻松、快乐是真，还是悲恸、伤心是真，反正事已至此，她也只有承受的份儿了。

姑姑再次出门时，姑夫仍在看报，右手端了杯子，左手拿了报纸。姑姑忽然发现，姑夫拿报纸的手哆哆嗦嗦的，报纸也随着手簌簌地颤动着。

姑姑问："你怎么了？"

姑夫抬起头来，不解地问："什么怎么了？"

姑姑说："你的手。"

姑夫看看左手，又看看右手，说："没怎么啊。"

姑姑说："拿报纸的那只手，那只手抖什么？"

姑夫才明白了似的，也不说什么，又低下头看报纸。

姑姑说："是不是哪里不舒服？"

姑夫头也不抬地说："没什么，老毛病了。"

姑姑却仍问："什么时候的事，我怎么不知道？"

姑夫把报纸翻得哗啦哗啦响，像是很有些不耐烦了，他说："你知道什么，我的事你知道什么？这样的小毛病，我身上多了。"

姑姑说："你不用这种样子，毛病在你身上，你不说我怎么知道？"

姑夫说："毛病是在我身上，可这毛病都快两年了，快两年了啊！国家忽略我我没办法，家庭忽略我我可是有办法的！"说着他腾地站起身来，咚咚地就往卧室走，不屑再与姑姑共处一室似的。由于走得莽撞，茶几都几乎被他撞翻。

姑姑心里的火也是拱了又拱的，但深深的歉疚也在向上涌，同时，轻松也像个不懂事的黄毛丫头在其中窜来窜去的。她努力压抑住乱糟糟的心情，长长地叹一口气，还是先出门买菜去了。

姑姑原本想把张板儿搬走的事晚些天告诉姑夫的，但买菜回到家里，等不及了似的，张口就说了出来。姑夫便也没犹豫，立刻收拾自己的东西去了。

往旧房搬时，姑姑要把张板儿和李林叫来，姑夫坚持不让，自个儿找了辆三轮车，将被褥打成了一个方方正正的背包，衣服、鞋子以及一些日用品也都打进了背包，就像当年在部队要行军开拔一样。姑姑一旁看着，想帮也不知怎么帮，在家务上她向来是个袖手旁观的角色，这时就更无从着手了。她只是说，这家里凡是你喜欢的，想拿什么就拿什么。她看姑夫倒也不客气，大到床上用品，小到锅碗瓢勺，哪一样也不落下，就连几块没用过的浴巾、擦脸巾，也是一分两半，不多拿，但也决不肯吃亏。姑姑就想起当年结婚的时候，姑夫也是一个方方正正的背包搬到的新房，但那个背包比这个背包要小多了，那个姑夫比这个姑夫也豁达多了，他的母亲为他准备的东西他一件没拿，背包里只放了两件换洗的衣服。姑夫对姑姑说，他是个看重大事不在意小事的人。这同姑姑的思想一拍即合，姑姑看着那个瘪瘪的背包曾幸福地想，一穷二白，才好画最美的图画呢。

姑夫用三轮车拉了三趟，才将收拾出来的东西拉完了。最后一趟要出小区门时，张板儿和李林忽然赶来了，李林换下姑夫蹬着三轮，姑夫则骑了李林的自行车和张板儿跟在后面。张板儿对姑夫说："是小区的门卫打电话告诉李林的。"姑夫就说："我不认识他们，他们怎么认识我呢？"张板儿说："他们干什么的，小区所有的人他们都认识呢。"一路上姑夫再没什么话，张板儿和李林也想不起和姑夫说什么。就这样到了那边的旧房，将东西一件件地搬上去，又一件件地归置停当，张板儿和李林要离开时，姑夫才忽然说道："别走了，我给你们做饭吃。"

姑夫的口气十分坚决，两人和姑夫到底是有些拘束的，相互望望，便留了下来。

姑夫在厨房里忙碌，张板儿和李林便站在阳台上看外面马路上乱糟糟

的车辆、人群，他们都没再进那个放了自个儿的床和衣柜的卧室，怕见它们似的。这时的他们忽然有些理解，姑姑对那些旧家具的态度了。

厨房里很快飘出了饭香，姑夫将饭菜盛出来，由张板儿和李林端向饭桌。不过是一盘烧茄子，一盘炒青椒，一盘凉拌黄瓜、粉丝，一盆白米饭。张板儿便想起，那天从姑姑的冰箱里拿出来的，也是这几样，一吃，味道也一分不差。菜是从家里拿来的，也是一分两半，装在一个塑料袋里。往楼上搬时，张板儿还颇不以为然，觉得姑夫也太小气了，一点菜都往这里搬，现在吃着，才悟到了姑夫的细心。张板儿想，没有几十年做饭的习惯，是决难有这份细心的。又想，不会做饭的姑姑这时在家吃些什么呢？

这时，张板儿就听姑夫说道："我，没想到你们会来。"

张板儿就又把小区门卫给李林打电话的话说了一遍，并补充说，那个门卫从前和李林处得不错，他把这事看成了李林献殷勤的好机会。

姑夫说："你们完全有理由不来的。"

张板儿不说话，李林就接过去说："其实就是您不搬来，我们也没办法住下去了，家具的事把姑姑气坏了。"

姑夫从鼻子里哼了一声，说："你姑是个没准谱儿的人，这阵儿不让动，过一阵儿说不定她自个儿就要张罗卖了。"

张板儿就问："姑夫离开姑姑，是因为姑姑没准谱儿吗？"

姑夫没立刻回答，吃下几口菜，才慢慢说道："因为她没准谱儿，也因为我太计较，从前她不是这样，我也不是这样，老了老了倒变了，这么再住下去，还不知会变成什么样子，变得都叫人怕了。"

姑夫说得很平静，张板儿却还是感到有一股莫名的凉意，由内到外，直传到了她的脚尖和指尖。她又不甘心似的问姑夫，要是姑姑往后每天给姑夫做饭呢？

姑夫立刻摇头说："不可能，你姑宁愿我离开她，也不会答应做饭的。"

张板儿说："那她自个儿总得做饭吃吧？"

姑夫说："她自个儿也不会做，她会到外面吃饭店去。不信你们就走着瞧。"

吃完饭，张板儿和李林忙着收拾碗筷，姑夫在一旁看着，说："你姑这些年碗都没刷过。"张板儿笑了说："姑夫您又计较了。"姑夫也不由得笑起来。

张板儿和李林这还是第一次看见姑夫笑，姑夫的嘴真大，一咧开脸立刻变了形，还不如不笑看着舒服。

两人离开时，姑夫一再要他们常来，来了他给他们做饭吃。张板儿说："下一次，我们把姑姑也叫来。"姑夫说："不管谁来，在我自个儿的家，这顿饭我是要做的。"张板儿本是想试探姑夫对姑姑的态度，但姑夫这模棱两可的话，反倒让她感到了茫然。

这一次，因为要帮姑夫搬家，两人各自都骑了车，从姑夫家出来，张板儿便又赖着不肯再骑，李林只好让张板儿坐在自己的车上，一只手握车把，另一只手携了张板儿的车子。这样的骑法走不长一段路，就要摔倒一次，但张板儿死不悔改，摔下来还上，摔下来还上，嘴里还直哼唱着那首不知名的歌：走吧走吧，不要回头，一直走到底。哪怕电闪雷鸣，哪怕山呼海啸，一直走到底。哪怕鞋子掉了，哪怕衣服碎了，一直走到底。走吧走吧……

路过一家饭店时，张板儿忽然叫道："姑姑，看，姑姑！"李林循了张板儿的目光看去，果然就见姑姑坐在饭店靠窗的一张小桌前，脑袋贪婪地探向小桌，正专心致志地吃饭呢。近前去看，桌上是两菜一汤，十分鲜亮的颜色，还有红得诱人的葡萄酒、小巧玲珑的点心什么的。张板儿和李林站在窗外，出神地看着，姑姑却始终也没抬头向外看一眼。

前面的一段路，张板儿没有再坐李林的车子，自个儿蹬了车，骑在李林身边。李林问她怎么了，是不是害怕了？张板儿反问说："害怕什么？"李林说："害怕有一天像你姑那样呗。"张板儿说："我姑怎么了？"李林说：

“一个人吃饭呗。”张板儿说：“一个人吃饭怎么了？”李林说：“一个人吃饭挺好。”张板儿说：“当然挺好，我从没见过她那种样子，那种心满意足的样子。”李林说：“这么说，害怕的不是你，倒该是我了。”张板儿说：“你害怕什么？”李林说：“你身上那股劲儿。”张板儿说：“哪股劲儿？”李林说：“不知道，反正叫人挺害怕的。”

这种时候，话就像到了一个什么边界，两人跃一跃，也许就能过去，但不知为什么，不约而同地绕过了它，开始说些具体的事情了。

具体的事情总是有的说的，一无所有的他们，工作要做，家要重新开始，一点一滴都要从头再来呢。好在，张板儿和李林对这一无所有的状况都没有多少沮丧，反而是有些兴奋的，且在这一天里，对姑姑、姑夫的不喜欢竟也比从前淡了许多，仿佛姑姑、姑夫收回了房子，也同时收回了对他们的不喜欢似的。

两人一时无法理清这心情的奇妙变化，便使劲儿地骑车，使劲儿地为买一件什么样的家具争吵，张板儿喜欢素雅，李林则喜欢红艳，争啊吵的，很快地，就到了他们新住的地方。这也是个楼顶，比姑姑的旧房还高了一层，上到半截，张板儿忽然对前面的李林说：“蹲下来蹲下来。”李林刚一欠身，张板儿便像只猴子跳上了李林的后背。李林便背了张板儿，一级一级地爬了上去。

2003 年 7 月 26 日

《当代》2003 年第 6 期

胡家姐妹和小乱子

一

胡家姐妹，胡明慧和胡明珍，同在村办的制药厂上班，同在父母留给她们的两层小楼里居住。父母已搬到了村里新盖的商品房里，之所以将小楼留下没有卖掉，一是想和她们分开来，眼不见为净，二是想以小院儿为诱饵，使她们的孝敬之心更持续久远。

可是，青年人的心思永远是天上的云彩，它决不会为了一座小楼沉落下来。在姐妹俩眼里，小楼就如同路边的一片树叶，她们能给予的只有心不在焉的一瞥，她们都还有更重要的事情要忙呢。倒是父母忍心将她们撇下，单独去享受一百多平米的单元房，使她们心里多少咯噔了一下，她们无不失望地想，原来父母也有一颗自私的心啊。

姐姐胡明慧比妹妹胖了些，丰满的圆脸，丰满的肩头，丰满的胸部和臀部，她的腰围，已悄悄增到了2尺1寸8分，比1尺9寸腰围的妹妹多出了将近3寸。但由于年轻，胖也是美丽的，那透了光泽的皮肤，那忽闪忽闪的黑眼睛，那莽撞又敏捷的姿态，使她就如同一只刚刚丰满了羽毛的小公鸡，走到哪里，只会招来欣赏的目光，即便她拿起块瓦片，讨人嫌地招惹谁家的鸡鸭猪狗，主人也会忍气吞声不与她计较。这无形中更助长了她年轻的傲气，言行举止，不知不觉少了约束，多了自由，想怎样就怎样，有时候一句话说出来，能将人冲到南墙上去。而那南墙上的人，除了无奈还是无奈。谁让她年轻，谁让她美丽呢？

妹妹胡明珍也美丽，也傲气，但与姐姐不同的，是她更像一只圈在笼

里的鸟儿，虽身陷困境，心却在天外，只要有机会，一准儿会扑棱棱展翅飞出笼去。因此她的傲气很少外露，给人的感觉倒像是有些自卑的，走路喜欢低了脑袋，披肩长发瀑布似的半遮住了脸部，一米七的个头儿从人前走过总如个影子一样悄无声息。说话的声音也不像姐姐那样尖厉，有些低哑，却清晰有力，每个字都似在肚子里滚足了分量才肯吐出来。她的面部也多是漠然的，很少哭，同样很少笑，全不像姐姐喜怒都挂在脸上。即便这样，扑面而来的青春气息仍能感觉得到，仿佛每根发丝都充满了活力，风吹一吹都要香飘四方似的。熟悉她的人都知道，根子其实还是在她的眼睛上，她有一双细长的微微上挑的眼睛，当她抬起头来与人直视的时候，被直视的人多半会低下眼帘，因为，只有在这时候，她的美丽，她的傲气，她青春的光彩才会不可抑制地迸发出来。对，迸发，没有比迸发更能形容这时候的她了。

但胡明珍与人直视的时候是不多的，她的眼睫毛很长，眼睛多半藏在眼睫毛下面，除了一起工作的几个同事，能经常接受到她的直视的就要数在城里工作的小乱子了。小乱子原是胡明慧的同班同学，来家里找胡明慧玩儿了几次，就和胡明珍也熟悉了。她在一个远房表姐开的美容院里工作，进城前从没敢来过胡家，进城后有了一种资格似的，开始三天两头地往胡家跑。而从前与她在一起玩耍的几个女孩，她则快刀斩乱麻似的再也没理过她们。她比胡家姐妹矮了许多，也胖了许多，一张暄腾腾的大脸，脸上长的是小眼睛、大嘴巴、塌鼻子。论长相，她无疑是要十倍地输给胡家姐妹的，但她自有她的优势，她喜欢笑，喜欢说话，喜欢助人，这些胡家姐妹都远比不上。现在城里的这份工作，又为她添了独一无二的谈资，因此每回往胡家走的时候，她都有着充分的信心。她甚至认为，在这村子里，除了胡家姐妹，似乎再没有值得她去的人家了。

这一天，小乱子从城里下班回来，没回家就径直往胡家的两层楼来了。

胡家两姐妹也早下班了，她们一个在楼下，一个在楼上，正等待着对方去厨房做饭。父母已搬走十几天了，十几天里一直这样，等啊等，一直等到饿得不行了，才不得不走出来一个，胡乱做口饭吃。

小乱子将自行车放在楼前，从车筐里取出个纸袋子，先望望楼上，又望望楼下，喊一声老大老二，就往楼下的明慧房里走。

小乱子都习惯了，先找明慧，再上楼找明珍，可能的话就与明珍下来和明慧一起坐一会儿。这几乎成了她来这里的三部曲。她自是觉得别扭，但若不上楼，老二决不会下来；若先上楼呢，老大又决不会上去。她们就像是一对不相识的陌生人，单等了小乱子来牵线搭桥，促进她们的相识似的。

“老大老二”的叫法小乱子是第一个，两姐妹的父母都没这么叫过。但由于是小乱子，两姐妹似也就认可了。小乱子和她们之间，从这叫法开始似就有了一种难以言说的默契，小乱子显然是要拉近和她们的距离，她们从中体味的则是意外的新鲜感和亲切感。她们有了这感觉，小乱子的目的也就算达到了。

明慧正对了镜子上面膜，半拉脸已变成了墨绿色。小乱子推门进去，也不言声，夺过明慧手里的小刷子，便在明慧脸上横一道竖一道地抹起来。

明慧仍对了镜子，听话地任她抹。

小乱子说：“一个人要是笨了，可真没办法。”

明慧说：“也没见你比我巧在哪里。”

小乱子说：“是啊，我是犯贱，我是上赶着要侍候你呢。”

明慧便笑。小乱子说：“别笑别笑，再笑抹不匀了。”

明慧止住笑说：“反正你一来我就哪哪都尽不是了。”

小乱子说：“要不欢迎我就走，一走可就连好东西也带走了。”

明慧看一眼小乱子另一只手里的纸袋，说：“好东西你自个儿留着吧，我不稀罕。”

小乱子说：“不稀罕就都还给我，小刷子、小梳子、小口红、小喷雾器，

都还给我。”

小乱子说着也将面膜上好了，闪开身让明慧照着镜子，自个儿则向外掏着纸袋里的东西。

纸袋子里有个小纸袋子，小纸袋子里又有个纸盒子，打开纸盒子，才是小乱子说的好东西。不过是一小袋洁面乳和一小袋护手霜，虽小，却玲珑得可爱，一看就是美容院里的赠品。

明慧的眼睛早亮起来，嘴里却说：“又是哪个顾客让你坑了一把？”

小乱子将两袋东西掂在手上，说：“你要不要？不要我可就送给明珍了。”

明慧说：“你送吧，我等着，等着她给你从楼上扔下来。”

小乱子便笑了，递在明慧手里，说：“也就你稀罕，搁我一样从楼上扔下来。”

明慧全神贯注地看了又看，再也顾不得理小乱子了。

明慧喜欢它们，除了用，更为看，她在卫生间的墙上钉了个玻璃橱，橱子里全是这些小东西，就像是袖珍化妆品大全。小乱子第一次来胡家，一见这橱子心里就有底了：她一定会成为胡家至少是胡明慧欢迎的人。

事实正是这样，第二次小乱子来，只带了一只小指头粗细的口红，就获得了胡明慧全心的信任，而那口红不过是被她扣下的顾客应得的赠品。胡明慧将自己不穿的衣服抱出来一堆任小乱子挑选，小乱子虽说件件都想要，却终是忍下了，只扔给了胡明慧一句动心动肺的话。她说，我小乱子只为交个朋友，以后有用得着小乱子的地方，只管说话。胡明慧向小乱子投来的是惊喜又怀疑的目光——这话从一个女孩子嘴里说出来，显然让她没想到。但不容置疑的是，她从此将不得不注意这个有点丑的女孩子了。

现在，小乱子和胡明慧的关系已是没有一点儿问题了，小乱子一次一次的上门，一件一件的小东西，早打消了胡明慧的最后一丝怀疑。小乱子可以随意出入胡明慧的房间，可以随意翻动胡明慧的东西，甚至可以以按摩为由随意摆弄胡明慧的身体。胡明慧赤身趴在床上，犹如一条光滑耀眼的大鱼，小乱子按摩一会儿，就忍不住将手伸到她怕痒的部位，看她在床上滚来滚去。胡明慧非但不恼，有时还将小乱子扳倒在床，反过来胳肢小乱子。两人的身体扭在一起，笑啊笑的，真是好得不能再好的样子了。

不过在胡家，小乱子毕竟和胡明慧不同，胡明慧可以是单纯的，可以不分心地和一个小乱子好，但小乱子就不可以，楼上还有一个胡明珍，她不能对胡明珍视而不见，或者说，她不能让胡明珍对她小乱子视而不见，她须要和胡明珍也熟悉起来，最好是，胡明珍也和胡明慧一样地对她小乱子好起来。

小乱子就像攻克碉堡一样，先将楼下攻克，然后乘胜去攻克楼上。楼下的轻易被攻克不由得使她有些轻敌，第一次去找胡明珍，她竟像去胡明慧房里一样没敲门就进去了，结果胡明珍给她的第一句话就是："你找错人了吧，我是胡明珍。"弄得她只好连连道歉。她本指望拿去的一支喷雾美容器会扭转局势，胡明珍却是满脸的不解，说："你干吗要给我这东西，我的脸有问题吗？"那眼睛从长长的眼睫毛下面忽闪出来，一整个人都被照亮了似的，她的脸当然没问题，虽说没描眉毛，没画眼线，没抹口红，但比化了妆的胡明慧还要红、白、黑分明；她的衣服也极普通，牛仔裤，白衬衣，但比艳丽的胡明慧还要光彩照人，她岂止是没问题，简直可以是所有女孩子的榜样呢。

小乱子自是狼狈地败下阵来，但愈是这样，她就愈是不能甘心。从童年开始她就是个被轻视的角色，无论她怎样地努力，都没有受到过夸奖或者批评，有时候和那些引人注目的女孩子一块儿做了事情，受表扬或受批评的也仍只是那些女孩子，她就像路边的瓦片一样，路人看也不看就轻易地踢开了。过去的她，那是小孩子不懂事，现在长大了，她想她就不能再不懂事了。有了这个觉悟的一天起，她便开始了对她前途的设计。第一步，她给那个开美容院的远房表姐下了跪，并不惜当牛做马，在医院侍候她重病的老母亲。老太太去世后，她顺理成章有了美容院的一份工作。美容院里任何一个女孩的条件都比她更符合工作需要，但那表姐对她不得不破了例。她知道这第一步对她至关重要。城市是农村女孩子永远的梦想，她们可以瞧不上城市里具体的人具体的工作，但在她们心里永远有一个虚无的城市，由于这虚无的城市的存在，她们身边的人若是哪一个去了城市，就不会不引起她们的注意，而她要的，正是她们的注意。她庆幸她没有选择村办工厂，村办工厂说到底还是农村，还是和城市有着不可逾越的距离，跨过这段距离可以回头来看村办工厂，回头看的感觉和身在其中的感觉是绝不一样的，特别是她这样的人，若是身在其中，那无疑仍是一块儿路边的瓦片。

小乱子在胡明珍这里遇到的问题，可以说仍是让她痛彻心底的瓦片问题。她看出胡明珍说话的表情是漠然的，说话的内容却有小孩子一般的真率。这两者奇异地结合在一起，就让小乱子心里不由得有些慌，因为细细咂摸其中的滋味，似还有一层这样的意思：漠然也好真率也好，一切都和她小乱子没多大关系，胡明珍压根不想注意除她之外的人的存在。小乱子想，她哪怕把小乱子当成一个敌人呢。

后来，小乱子仍不死心地往楼上跑，也不多待，说上三五句话就走，像是一个懂礼数的人必要履行的礼节似的。有时除了三五句话，还有一件小礼物。只是胡明珍从没要过，她总是不近情理地说：“你给我这东西是什么意思？”小乱子就转守为攻地说：“我是怕你忌妒。”胡明珍说：“忌妒谁？”小乱子说：“你姐呗。”胡明珍说：“忌妒她什么？”小乱子说：“忌妒我跟她好呗。”胡明珍说：“你跟她好我干吗要忌妒？”胡明珍直视着小乱子，真的是不解的样子。愈是不解小乱子就愈受不了，她说：“你要不忌妒就不是人而是个鬼了。”胡明珍倒也不觉得是骂她，说：“我就是个鬼，人贪图的一切物件我都不贪图，别说是一把梳子，一座金山我都不会动心。”小乱子几次都发誓再不上楼去了，但在楼下待一会儿，不由自主地就想上楼了，仿佛比楼下还有了吸引力似的。弄得胡明慧都不高兴起来，说："小乱子我告诉你，你那东西对胡明珍是对牛弹琴。"小乱子不大耐烦地说："我知道。"胡明慧说："知道什么，你想脚踩两只船，早晚要摔到河里的。"小乱子说："你以为我踩的是船吗？"胡明慧说："不是船是什么？"小乱子说："是路，我自个儿的路。"胡明慧怔一怔，忽然哈哈大笑起来，笑得前仰后合的，眼泪都出来了。好容易止了笑，才望了小乱子说道："要是招惹胡明珍也算你自个儿的路，那我就告诉你，这条路不好走。"

小乱子没有理会胡明慧的警告，她想她要是怕招惹就不回来了，就在城市里安个家算了，可问题是她不想再当瓦片被人踢了，她要实现这个理想，只有回到她从小生长的地方才有可能，那些城市的人们跟她有什么关系呢。

再去楼上，小乱子就不带化妆品了，只带上一张嘴，带上一肚子从美容院听来的城市人的故事。她是这样想，不把实在物件放在眼里的人，那就必是喜欢虚无缥缈的事了，虚无缥缈的事还不好办吗？

就这样，不知哪一天，胡明珍的脸上竟有了笑意，有时还会一前一后的，将小乱子送下楼来，到胡明慧房里坐一会儿。但在胡明慧房里胡明珍从不说话，胡明慧也很少说，只听小乱子一个人的。这时候的小乱子就别提有多高兴了，仿佛抓了俩俘虏一样，和她们面对面的，说啊说，楼里楼外都是她的声音了。但俘虏胡明珍并不那么听话，有时忽然就站起身离开了，招呼也不打一声，问她去哪儿也不理，恼了哪一个似的。这时胡明慧便不怀好意地笑。小乱子问她笑什么，她说："你不要高兴得太早，她这个人最反复无常了。"

即便反复无常，小乱子也是不怕的。她听顾客讲过一个外国的神的故事，说那神打仗时，哪哪都刀枪不入，唯有他的脚后跟不行，他的敌人们就专射他的脚后跟，结果只一箭，那神便被射死了。小乱子觉得，胡明珍的"脚后跟"是爱听城市人的故事，就像胡明慧的"脚后跟"是喜欢那些

袖珍的化妆品一样，只要射中，她们的傲气就全完了。想一想，小乱子真觉得自己很了不起呢，胡家姐妹在村里是多么傲气，但让小乱子这么个小瓦片似的人物轻易地就摆平了。胡明慧将那小玩意儿接在手里时感激涕零的模样，胡明珍听故事时那幼稚可笑的痴迷的表情，小乱子一想起来就不由得得意非常，有时她甚至都有些小看她们了。她想，她们其实全凭傲气撑着呢，没了傲气，也不过如此，不过如此啊。

现在，趁胡明慧全神贯注欣赏化妆品的当儿，小乱子悄悄离开她，到楼上找胡明珍去了。胡明珍的反复无常她虽说不怕，却还是比对胡明慧要小心得多，走在楼梯上竟长长地呼了一口气出来。她抚了抚心口，对自己恼火着，狠狠地喊了一声："老二！"

小乱子没有想到，楼上不只胡明珍，还有另一个人。

那另一个人小乱子是太熟悉了，黑脸庞，大眼睛，粗壮的下巴，一脸大大小小的青春痘。他也是这村的，也在城市打工，只不过比小乱子挣得多些，给一家公司的老板开车。

小乱子看看胡明珍，看看那另一个人，一下就明白了，原来他们是在谈朋友呢。

村里经人介绍谈的朋友，通常就是眼前这样子，一两米的距离，忐忑不安的神情，见外人进来脸会一红，像做了偷情的事一样。小乱子想，可真是癞蛤蟆想吃天鹅肉啊，他竟打起她的胡明珍的主意来了。

这"癞蛤蟆"名叫祥子，在村里时曾和小乱子谈过朋友，也是经人介绍的，也这么和小乱子忐忑不安地相处过。但没相处几回，祥子那边就让媒人捎过话来，说小乱子跟他不合适。小乱子对祥子倒也说不上多么喜欢，只是他先说了不合适，她就格外地不甘心，自个儿找到祥子，一定要让他说清怎么不合适。祥子被逼得没办法，只好实话实说，说有一次她无意中捋了下袖子，让他看见了她胳膊上长长的汗毛，他不喜欢汗毛长的女孩子。还有一次她上厕所回来，不洗手就吃东西，他不喜欢不讲卫生的女孩子。

还有一次……小乱子没等他说完就端起眼前的一杯水泼在了他脸上，说：“也不撒泡尿照照你自个儿，看见你的蛤蟆脸我就恶心！”

现在，小乱子很自然地向祥子投去敌视的目光，而把胡明珍当成了“她的”。她想，胡明珍是多么傻啊，祥子这样的人，她见都不该见呢。

小乱子一点都没客气，一屁股就坐在了胡明珍身边，还把手亲昵地搭在了胡明珍的肩上。屁股下是席梦思，一颤一颤的，更突出了身体接触的感觉。和胡明珍的身体接触小乱子还是头一回，几乎可说是在冒风险了，平时胡明珍从来是拒人千里之外的样子，有一回下楼小乱子要拉了她的手，被她毫不犹豫地就甩开了，仿佛小乱子是个想占便宜的臭流氓似的。小乱子想，要是胡明珍把她的手甩下来，她就彻底败在祥子手里了。但事到如今，她只能豁出去了。她一边和胡明珍亲昵着，一边挑衅地去看对面的祥子。

对面的祥子坐在一把椅子上，约有两米开外，明显的是有些势单力孤了，两只手绞在一起，一再地用力，手背上都有一层明兮兮的汗水了。

胡明珍这边呢，竟是动也没动，眼睛被眼睫毛遮挡着，也搞不清她在看什么。

不管她看什么，只要她不动，小乱子就放心多了，小乱子可以看作是她的不在意，也可以看作是她的友好，甚至是她对小乱子的怂恿都说不定。

这样想着小乱子就更加放肆了，她索性将另一只手也伸出来，抓住了胡明珍的一只手，一下一下亲热地捋着。然后，她便对了那个可怜的人说道：“祥子，你怎么也来了？”

祥子自是不快得很，却又作不得声。小乱子就更得寸进尺道：“干吗坐那么远，坐近点，坐近点哪哪都看得清。”

小乱子显然是有些过分了，这时候，只要胡明珍说点什么，哪怕她对小乱子皱一皱眉头呢，祥子也还是有理由坐下去的。可是，胡明珍不但没说什么，不但没皱眉头，反而呵呵地笑起来了。

小乱子还从没听胡明珍笑出声过。胡明珍是真高兴呀，笑得脑袋都埋在了腿里，一阵强似一阵的，那肩膀颤抖的就像埋在腿里哭泣一样。小乱子搭在肩上的手被抖了下来，另一只手也不由得将胡明珍的手松开了，她先是有些奇怪，搞不清胡明珍是笑祥子还是笑她小乱子，但见她总止不住，就也跟着笑起来了。小乱子想，笑就比不笑好，两个人笑就比一个人笑好，不管为什么，那个不笑的人一准儿会被这没头没脑的笑吓跑的。

果然，没等她们笑完，祥子就站了起来，说也没说一声就离开了。

小乱子看在眼里，别提多痛快了。她止了笑，问胡明珍到底笑什么，胡明珍指指她的手指，话没说出来，又是一阵不可抑制地笑，这一回，身子笑得仰起来，竟倒到床上去了。

小乱子看看自己的手指，也看不出什么毛病，便坐在祥子坐过的椅子上，耐心地等胡明珍笑完。有一点她倒是看得明明白白的了，那就是胡明珍压根儿没看上祥子，不然她就不会允许小乱子的过分了，也不会对祥子的离开视而不见了。也许，胡明珍还会感激小乱子呢，要不是小乱子，她怎么可能这样轻易地摆脱祥子呢？

这时，胡明慧也上楼来了，她一定是觉出了不对劲，进门就悄悄把小乱子叫了出来，问小乱子："怎么回事？"小乱子说："不知道。"胡明慧说："怎么会不知道？人呢？"小乱子说："走了。"胡明慧说："在楼下待得好好的，你上楼来干什么？"小乱子说："是他自个儿走的，跟我可没关系。"胡明慧说："你要不上来，他怎么会走？"

胡明慧变得高门大嗓的，不仅是怪怨，简直就是气愤了。小乱子看着她，忽然想，这事不是她从中撮合的吧？

正说着，门忽然被打开了，胡明珍一脚门里一脚门外地站着，目光投在胡明慧的脸上。

好家伙，那眼睛亮的，让胡明慧都有些怕了。胡明慧说："你看什么？"胡明珍说："我想知道你为什么关心我。"胡明慧说："我是听你笑得不对劲，怕你笑出毛病来。”胡明珍说：“你一撅屁股我就知你想拉什么屎，我没你想得那么傻。”胡明慧说：“你什么意思？”胡明珍说：“什么意思你心里明白。”胡明慧说：“你就这么跟你姐说话吗？”胡明珍说：“你还姐，你也配！”说完把门哐当一关，胡明慧和小乱子就被关在了门外了。胡明慧恨恨地跺一跺脚，冲屋里喊：“往后别吃我做的饭！”屋里立刻传来胡明珍的声音说：“不吃不吃不吃！”

胡明慧脸色难看地下楼去了，小乱子一个人站在门外，下楼不是，进屋也不是，抬起手再次看了看，仍看不出什么可笑的地方，终于推门又进去了。

胡明珍见小乱子进来，说：“还有事吗？”

小乱子说：“我的手……到底怎么了？”

胡明珍扑哧笑道：“小乱子呀小乱子，你成心逗我笑是不是？”

小乱子伸出手指，说：“这不好好的？”

胡明珍伸出自己的手和小乱子的比在一起，说：“还好好的，有你这样的手指头吗，我可是头一回看到，你怎么就让它长成这样了呢？”

说罢胡明珍又捂了肚子笑了一会儿，看小乱子一直怔怔的，才止了笑说：“怎么，不高兴了？”

小乱子也不理她，转身就往屋外走。

胡明珍拦了她说：“哎哎，还真不高兴了？我没别的意思，就是没见过，就是想笑，忍也忍不住。”

小乱子还是不理她，还是要往屋外走。

胡明珍说：“你不知道，光为你的手指头也笑不成那样，还为那个祥子。”

小乱子说：“祥子怎么了？”

胡明珍说：“你这边跟我的手较劲，祥子那边就自个儿跟自个儿的手较劲，手背上汗都出来了，你没看见吗？”

小乱子说："看见了。"

胡明珍说："看见了就别不高兴了，我还没不高兴呢，人家祥子坐得好好的，你进来就弄得人家不自在，你以为你是谁啊。"

小乱子说："还不是为帮你啊。"

胡明珍说："少说好听的，是为了帮你自个儿吧？"

小乱子坚决地摇着头。胡明珍却也不再多问什么，只说："我知道你跟胡明慧好，你跟胡明慧更是一路人，不过你跟我好我也不反对，你是让我笑得最多的一个人，我还得感谢你。"

小乱子看着胡明珍，觉得自个儿真是把胡明珍低估了——她真率是真率，孤僻是孤僻，但一点不傻，岂止不傻，简直是心明如镜呢！

小乱子就像个被打败的士兵一样低了脑袋离开了胡家，经过楼下时也没再进胡明慧的房间，还是胡明慧跑出来喊道："就这么走了，招呼也不打一个？"

二

小乱子走后的胡家小院儿里显得安静了许多，楼上悄无声息，楼下只有偶尔响起的哗哗的水声。那是胡明慧在做晚饭，通常最先持不住饿的，总是胡明慧，在这方面，她永远不是胡明珍的对手，胡明珍曾有过两天两夜不吃不喝的记录。她始终也搞不明白，一个饥饿的人在饭菜面前如何会不动心呢？

姐妹俩小时候其实都是不大出众的孩子，模样不出众，学习也不出众，漫长的童年生活，糊里糊涂地就过去了。有些印象的，多半是父亲和母亲的争吵，父亲喜欢看书，一看就看大半夜，母亲亮了灯睡不着，便坐起来没完没了地怪父亲。姐妹俩常常在一觉醒来的时候，听到母亲咬牙切齿的声音：这辈子不吃不喝也要盖房，盖房盖房盖房！母亲就像宣誓似的喊着，说明她与父亲分开住的决心是多么大。可是后来终于有一天盖起了楼房，一人两间都够住了，两人反而再不提分开的事了。父亲仍爱看书，母亲仍爱失眠，两人为此仍有争吵，但就是没再提过分开的事。胡明慧有一次悄悄问妹妹："你说他们不会是舍不得花钱买床吧？"妹妹从鼻子里哼了一声，满脸不屑地说："你傻不傻啊。"那时两姐妹同住在楼上，一个十六岁，一个十八岁，仿佛随了平房变成楼房，两姐妹也在一夜之间变了个样，大的皮肤变白变细了，小的个头儿蹿得比老大还高，共同的变化是模样都比过去靓丽了十倍，一些日子没大注意她们的人，见了她们都要认不出了，说话的态度也不由得客气了许多，就像她们从外面的什么地方刚刚归来一样。她们自是立刻就敏锐地感觉到了，大家的态度就像一面镜子，再加上家里的镜子，骄傲的情绪便油然而生，她们仿佛在鸡群里长大的鸟儿，在能飞高的一天，眼神忽然就发生了变化。她们想，这些可怜的人们啊，他们不客气又能怎样呢？

问题是，姐妹俩都骄傲，就有了骄傲的麻烦了，从妹妹鼻子里哼的第一声起，姐姐就意识到，这小丫头片子竟是个有不同看法的人了，且那不同看法有时还会更高明。这让她真是不愉快，真是不甘心，同一间房里长大的姐妹，怎么就能比她更高明，这事情是什么时候发生的呢？更让她不快的，是不知什么时候胡明珍已经不再叫她姐了，该叫的时候总是支支吾吾的，实在支吾不过去时干脆就叫她明慧。她呢，还就没有防备地答应了几回，几回之后才觉出了不对劲，但这种事怎么好提出来，不对劲也只能不对劲下去了。妹妹那边呢，也说不清从什么时候起瞧不上姐姐的，在别人眼里姐姐是变漂亮了，在她眼里姐姐却变得愚蠢了，生活小节就不说了，诸如早晨起来不叠被、吃饭腮帮子太鼓、说话声太大、眉毛修得太细、眼线画得太粗、嘴唇涂得太红之类，重要的是她的感觉，她对一些事情的感觉总是那么可笑。就比如老爸老妈的事吧，从前他们想分开，是因为他们

眼里只有自个儿，没注意孩子，现在他们不提分开了，是因为两个孩子长大了，他们不得不团结起来对抗孩子的长大了，因为眼瞅着孩子在一天天好起来，他们在一天天地“坏”下去，而好起来的孩子还不知足，还得寸进尺地挑剔他们，看他们这也不顺眼，那也不对劲，他们要是再分开，不是“坏”得更厉害吗？团结起来只能是他们唯一的办法了。衰老是他们最大的敌人，不像年轻的时候，天不怕地不怕，一个人就能扛起一个世界似的，而现在天不怕地不怕的已是换成了她们姐妹了，如果说衰老是他们看不见的敌人，两姐妹就是他们看得见的敌人了，在看得见的敌人面前，他们不团结起来又有什么办法呢？这当然只是妹妹胡明珍的感觉，这感觉就像被一层薄雾遮挡着，很难说出来，却又令她深信不疑。而胡明慧就没这感觉，妹妹是看准了，可就是打死她，她也不会有这感觉！她竟然还说他们是因为舍不得花钱买床，哪跟哪的事啊，真是愚蠢得可以了。其实妹妹是太希望有一个聪明的能让她有点依靠的姐姐了，但显然胡明慧不是，这一点，两人愈是长大就愈是不可挽回地突显出来。这可真是让妹妹有点伤心，站在姐姐面前个头儿又比姐姐高出去不少，不知怎么“姐姐”就叫不出口了。有些事，像是由不得自个儿的，她十分地想改正，可就是不行，怎么都不行，就像有种力量阻止着她，那力量大的足以让她丢弃一次又一次想要改正的念头。

胡明慧做的是面条汤，菜是炒芹菜，都是胡明珍最不喜欢吃的。两人吵了架，胡明慧就用这办法报复妹妹，她想，小丫头片子能两天两夜不吃不喝，少吃一顿又有什么呢？胡明慧这么做一点不觉得内疚，因为胡明珍早把事情做到头了，她那里一到头，这里就怎么做都不算过分了。胡明珍那回的绝食，就是为要挟全家人，达到她一个人独占楼上的目的，她反复说的一句话就是：“胡明慧要是不搬下去，我就不吃饭。”结果，她的目的还真达到了，不仅做姐姐的被她赶到了楼下，做父母的也被迫离开了家，好好的一个家，竟让她个小丫头片子给折腾散了，看看她有多大的本事啊！现在，小丫头片子又长了两岁，已经十八岁了，比起十六岁的她，要说变，也就是变得不会正眼瞧人了，老是垂着脑袋，老是耷拉着眼皮，不知道的还以为她在家多受委屈呢，其实抬起脑袋睁开眼睛的时候你就会知道，全世界的人她都不放在眼里呢。

胡明珍呢，像是算准了胡明慧会做什么饭，这天晚上她再也没下楼。她反正是不怕饿的，从很小的时候她就不怕饿了。她不怕饿是因为姐姐太怕饿，姐姐一到饿的时候就摔打东西，就向父母告妹妹的恶状，甚至以姐姐的名义殴打妹妹。只要让她吃饱喝足了，她的脸就立刻由阴转晴了。从发现姐姐怕饿的一天起，胡明珍就开始学会了镇静，她以镇静对姐姐的不镇静，以不怕饿对姐姐的怕饿，在开饭前的几分钟里，在姐姐变成一只发慌的饿猫的时候，她通常总是坐在一个角落里，如同一只老鼠一样窥视着姐姐。有时姐姐会问她："你饿不饿？"她就坚决地说："不饿。"姐姐这样问的目的显然是想把饥饿感让多一个人来分担，妹妹却决不肯上当。奇怪的是，一说不饿往往就当真不那么饿了，一次又一次，一年又一年的，就好比一种长期的训练，胡明珍比起其他人来，真的就成了一个不怕饥饿的人了。她到今天也不明白，家里吃的喝的从没缺少过，胡明慧怎么就那么怕饿呢？母亲的解释是，胡明慧天生和饭亲。母亲还以此类推说："我自个儿是天生和觉亲，睡觉少了就要发脾气；你们的父亲则是天生和书亲，没书看了就要发脾气；胡明珍呢，看不出来和什么亲，就是个爱干净，爱干净的人也许天生和她自个儿亲吧。"胡明珍对母亲的说法很不以为然，母亲等于为胡明慧的怕饿找到了理由，找到了理由她和胡明慧的对比还有什么意义？更让她不服的，是母亲只注意到她的爱干净，居然没发现她的非同一般的镇静和非同一般的不怕饿，而聪慧的母亲应该一眼就能意会到的。还有她对她丈夫的评价，他到底是天生和书亲还是找不到人说话没有办法才和书亲呢？要是连自个儿丈夫都没看懂的话，这个妻子真算是白当了。

这样，姐妹俩就在冷战中度过了一个晚上。第二天早晨，她们从楼下厨房的冰箱里拿出牛奶、面包，一个在厨房吃，一个在客厅吃，谁也没理谁，吃完就骑了车上班去了。制药厂离她们住的地方，步行也就是七八分钟的路，但她们一个骑了捷安特，一个骑了新大洲。骑捷安特的胡明珍觉得，骑自行车上班还说得过去，骑摩托车上班就有点过分了，就像她们母亲的时代，有人下地戴口罩、戴手套一样，一过了分，就不是时髦而是土老帽儿了。但胡明珍并不指出胡明慧的过分。胡明慧骑摩托车，她就骑自行车；胡明慧化浓妆，她就化淡妆或者不化妆。她只和胡明慧去对比，多少年来她都习惯了，她就像是为了和姐姐的对比而生的，而对比的结果，她总是会更自信。

她们同在一个厂，却没在一个车间，胡明慧已由工人升成组长了，组长再升就是班长，班长再升就是车间主任，到了车间主任一级就是管理人员，就不必再干活儿了。车间的活儿倒也不重，但胡明慧认为，活儿重活儿轻是小事，人往上走是大事，她的目标，是将来至少要到车间主任一级。胡明珍和胡明慧一同入的厂，却仍是工人，她和领导关系处得不好，升什么就都希望不大。但与其说关系，还不如说她又在对比，胡明慧要一级级地升，她偏就要原地不动，胡明慧把车间主任看成理想，她偏就把它看得狗屁不是，她对胡明慧说："人往高处走就是往车间主任走啊？那我跟我们车间主任比，我倒觉得他在低处我在高处呢。"胡明慧就说："你在高处又怎么样，还不是得听人家的，人家总不会听你的吧。"胡明珍说："你就能看车间那么大，车间以外有多大你知道不知道？"胡明慧说："再大你也得从眼跟前一步一步走，不信你能隔过车间飞到天上去。"胡明珍说："我还就能飞到天上去，我已经飞到天上了，只是你这样的人一辈子也看不见。"胡明慧说："是做梦吧，你这样的人除了做梦还会干什么？"胡明珍说："要是做梦都不会，还能叫人吗？"两人就这样辩来辩去的，谁也不能说服谁，心里还都纳闷儿得很：傻子都该懂的道理，她怎么就硬是不明白呢？

要是各自明白的只是道理也就罢了，但她们都正处在善于行动的年龄，认准了一个道理，就恨不得立刻变成行动，她们的言和行，有时一致得简直可称为典范呢。问题就在，她们是太忠于她们的道理了，行动的时候往往就带了激情，有点不管不顾的，好像只要道理在先，什么样的行动都是可以允许的了。岂不知，道理过分些没什么，行动一过分，就难免要有一点麻烦了。

就说胡明珍吧，乡村的女孩子哪个没有点梦想，哪个不向往城市，哪个不觉得眼下的生活乏味啊，可是别的女孩子都可以无师自通地把梦想和现实分开来对待，胡明珍却不能。胡明珍是把梦想当梦想，把现实也当了梦想了，她对此也是无师自通，因为要和姐姐不一样，就努力让自己远离俗物，向梦想靠近。在她还不知什么是俗物的时候，她就已经能够抵挡俗物的诱惑了，比如抵挡食物的诱惑。在穿衣方面她也做得毫不逊色，姐姐那边喜欢明黄和大红，她这边就喜欢白色和灰色，姐姐那边讲的是看得见的花红柳绿，她这边讲的就是不显山不露水的平淡素雅。最终，其实还是姐姐占了上风，多数的女孩子都喜欢向姐姐胡明慧看齐，向胡明珍看齐的，只有少数的几个，这几个却又学不来胡明珍，一样的白色或灰色穿在身上，胡明珍是平淡素雅，她们就成了老气横秋。愈是这样，胡明珍就愈是要把自个儿和众人区别开来，穿衣上区别，吃饭上区别，一切与俗物有关的事情上都要区别，小到针头线脑，大到房屋、电器，她都要表现出淡然，就是如今人人都离不开都看重的钱，她也是一副不在意的样子，发了工资随意地往兜里一装，从不再数一遍；买东西很少讲价，人家要多少就给多少；交给父母钱时，不给自个儿剩一分一厘，父母若问到她，她就说无所谓，给就要，不给就不要。父母当然会给她的，她也不是完全地无所谓，但这姿态她是做出来了。而能做出这姿态的，又有几个女孩子呢？只这些行为倒也罢了，最惹人注目的，是她颜色一般、数量又不多的几件衣服，从来

都是跑到城里的专卖店去买，上衣只穿蓝雁和伊人，裤子只穿三信和梦凡希，连内衣也是有品牌的，虽不是最高档，但和村里的女孩子们相比，已是十分地了得了。村里的女孩子们，通常都是扯了布料，找村里那个最年轻的裁缝裁做。那裁缝人年轻心也年轻，城市流行的样式，总是很快就能在他的剪下出现，在女孩子们的眼里，他已是很不错了，比城里的裁缝都差不到哪里，有这样一个裁缝在身边，可说是她们的幸运呢。就连骄傲的胡明慧，对这裁缝也有足够的信任，她的每一件衣服都出自这裁缝之手。她曾算过一笔账，同样的布料，由这裁缝来做，比到市里的专卖店买成衣，至少要省出一倍至两倍的价钱。但胡明珍决不这么去算，她的思路，仍是要避开实际，奔向虚无——这个虚无，就是她的特立独行，就是她的与众不同。而与众不同，除了依靠几十里外的城市，她是再找不到更好的办法了。城市几乎是所有女孩子们的梦想之地，一切事情也就只能从那里开始做起，不惜代价地做起！而她们为了省几个钱，竟是倚靠了一个没见过世面的农村小伙子，他就是再聪明，和城市也是无缘的，和城市无缘，还何谈梦想呢？伴随了买衣服的行动，还有理发，在村里人看来，胡明珍的披肩发是大可不必花钱理的，胡明珍却不仅理，还跑到城里去理，不仅去城里理，还花 200 多块离子烫了一回。她知道女孩子们包括胡明慧都会说，200 多块，能买多少块布料啊，太不值了。她们愈这样说，她感觉就愈好，她要的是感觉，而不是什么钱和布料。正是这感觉，才筑成她的奔向虚无之路啊。让她欣喜的，是有一天她发现，这虚无之路也在悄悄发生着变化，它不仅仅是与胡明慧们的不同，它仿佛还属于更深远的天地，这天地似隐在一个难以企及的地方，频频向她预示：它是有意义的，它的意义远远不止和胡明慧们的对比！就比如那从专卖店买来的衣服，就比如离子烫，它们真不仅仅是对比，它们是真好，它们给了她一种眼光呢。这眼光对她可说是至关重要，就像一个在黑夜中点了蜡烛行走的人忽然发现前方有了一座灯火辉煌的宫殿一样。她想，这真是意外的收获，走吧，没什么可犹豫的了。

要说胡明珍是完全的无师自通，也不尽然，上中学的时候，学校一位女教师对她也有过相当重要的影响。那女教师是个地道的城市人，皮肤细白，一口的普通话，一顿饭只吃半拉馒头，永远穿单色的衣服，特别是白色和灰色，笑起来没有声音，走路轻得像猫一样。胡明珍从没和她说过什么，有一天下学，胡明珍一个人留在教室里，这老师走了进来。老师看着她，她也看着老师，就这么看了一会儿，老师问她为什么还没走，不知怎么的，胡明珍就对她什么什么都说出来了。胡明珍说是不想和胡明慧一路回家才留在教室里的，胡明慧是她的姐姐，但她一点找不到姐姐的感觉，一起走路胡明慧总是那么大声地说话，一起吃饭胡明慧总是那么狼吞虎咽，等等等等。她说她也不想这么一个人待在教室里，但她没办法。她问老师是怎么回事，她是不是出了问题了？她说，这些话，她从没对任何人说过，也没想到还能说出来，真是太奇怪了。老师呢，一直看着她，听她说，脸上保持了鼓励的笑意。最后，老师是这么说的："你没有出问题，这很正常，每个人都有这种事，真的，每个人都有。"老师没有批评她，也没有指导她，诸如建议她和姐姐谈谈心之类，只是说，这很正常。就像在对她暗示：没有办法，这事是没有解决的办法的。这真让她感到意外，意外得她的心跳都加快了。她说不准老师是否也有过这类事，但能肯定她和老师是最近的了，比世上的任何一个人都近，包括她的父亲母亲。也许还和老师的口音有关，老师的口音从开始就给她亲近感，在她看来老师就是城市的代表，城市人就是老师这样的，她其实是在和城市亲近呢。只可惜，这"城市"不久就离开了，老师找到了男朋友，调到男朋友的单位去了。那男朋友她和同学们都见过，长得很帅，曾和老师一起为他们跳过《梁祝》，美极了。胡明珍后来就觉得，老师和她的男朋友其实是变成了一对蝴蝶飞到城市里去了。她一直非常想念他们，但有一次说到这老师时，胡明慧粗鲁地大了嗓门儿说："她呀，知道知道，不就是那个一阵风就能刮倒的病秧子啊。"

为此她和胡明慧大吵了一架，半个月没理胡明慧。母亲问她们怎么了，胡明慧说："有人病了。"母亲说："什么病？"胡明慧说："神经病。"母亲就再不问什么了。

这就是胡明珍的麻烦，她自个儿感觉自个儿是好的，别人可不这么认为，不光胡明慧，不光母亲，村里许多人都有些倾向"神经病"的说法了。对此她心里明镜似的，但事已至此，她只能这么走下去了。再说，有麻烦的也不是她胡明珍一个，没有神经病的健康的胡明慧，麻烦也许比她的一点不少呢。

胡明慧的麻烦是另一种的，是看得见摸得着的，就像一座山矗立在那里。但这座山也不是人人都看得见，至少目前看得见的，只有胡明珍一个人。

这是一件难以启齿的事情，胡明慧和她的车间主任，一个30多岁的有妇之夫，竟跑到楼上的床上去了。胡明珍发现他们时，那车间主任正坐在床上穿裤子，他突出的肚子给她留下了深刻印象。

这一幕对胡明珍只是短短的一瞬，但足以使她掀起一场家庭的风波了，于是，她坚决不允许胡明慧再住在楼上，坚决不能让自己在自己住的地方再看见那个肥胖如猪的男人。她没有向家人公布那件事，只用了摧残自己的办法：两天两夜不吃不喝。她的父母连同姐姐胡明慧，一直以为她是要独占楼上，父母厌倦了她们的争斗，正好以此为由，另买了商品房搬出去了，胡明慧则一个人住到了楼下。看起来是一家人迁就了胡明珍，其实只有胡明珍自个儿心知肚明，她是从门缝里看到那一幕的，因此就像一颗无意中咽下的苦果，如果不吐出来，她就只能一个人承受苦果的滋味了。而对她来说，吐比咽要艰难得多，她想不出谁能和她共同正视那种事情。

但这样的结果，是胡明珍对姐姐比以往更甚的蔑视甚至敌视，而胡明慧自个儿，倒像没事人似的，胡明珍进一寸，她就进一尺，胡明珍进一尺，她就进一丈，依然是傲气冲天，毫无羞愧之色，仿佛那事压根没发生过，又仿佛那事发生了也不算什么，胡明慧的“麻烦”，最终不过是胡明珍自个儿臆想出来的麻烦罢了。

不仅如此，胡明慧竟还托人把祥子拉到家里来了。祥子有钱有房，家又安在了城市，若胡明珍肯嫁给他，这座小院儿将来自然就是胡明慧一个人的了。胡明慧倒也不是在意房产，她是在意胡明珍，和这样的妹妹住在一起，她真是住得够够的了。胡明珍就像一双无所不在的眼睛，让她感到不安而又烦躁。她喜欢的是明快、开朗，胡明珍却是阴郁、寡言，她喜欢的是热热闹闹，胡明珍却是孤僻、冷漠。若相安无事也罢了，胡明珍却总是挑剔的，从做饭洗衣到待人接物，哪哪都挑剔。有一次吃饭，胡明珍从炒菜里吃出了一条菜虫，也不喊叫，只将菜虫扔到胡明慧的碗里，起身就走。胡明慧气的不是胡明珍起身就走，而是将菜虫扔到她的碗里，好像她是有意要加害她胡明珍似的。她当然也不示弱，把碗扔向了胡明珍的后背，把杯子、盘子推到了地上，把所有的锅碗瓢勺摔了个稀里哗啦。她是真气呀！胡明珍挑剔饭菜，更挑剔人，凡她领到家来的人，胡明珍是从不理睬。不理睬也罢了，有一回人家车间主任来，她把门子摔得震天响，让人家没坐两分钟就走了。说她几句，她还说什么，那个肥猪有什么好？好像知道了什么事似的。知道就知道吧，没什么了不起。胡明慧甚至不解地想，人家怎么肥猪了，30多岁的男人，还能像毛头小伙子那么单薄？真是没见识，哪哪都狗屁不懂呢。在胡明慧交往的人中，胡明珍也就对小乱子稍好些了，但那点好也是靠了小乱子的千般努力，不然她怎么会把小乱子看在眼里。一想起小乱子，胡明慧就不由得有喜有惑，喜的是她投其所好送来的小东西，惑的是她明知这姐妹俩牵不起手来，还要一次次地往楼上跑，她是要干什么呢？

胡家姐妹到了厂里，就各奔各的车间，一天也不会见着面。午饭也在车间里吃，食堂有专人来送工作餐。只在下班洗澡的时候可能碰面，但洗澡间里雾气腾腾的，就是碰面也不必说什么的。这样就只剩了晚上吃饭时

的碰面了，姐姐胡明慧打定主意，要是胡明珍不肯做饭，她就还做面条汤和炒芹菜；妹妹胡明珍则也打定了主意，晚上在厂外的小餐馆吃点饭，然后回家径直上楼，面都不必和姐姐碰。但姐妹俩都没想到，下班以后，小乱子也来厂里洗澡了。

小乱子来厂里洗澡倒不奇怪，美容院洗澡不方便，胡明慧就给了她些澡票。问题出在更衣箱上。小乱子没有更衣箱，以往都是把脱下的衣服放在外面的长椅上的，但这一次，不知为什么就捡起地上的一根铁丝捅起更衣箱的锁来，捅来捅去的，终于开了一把，随即就将自个儿的衣服堆进去了。小乱子不知道，她捅开的正是胡明珍的更衣箱。待胡明珍洗澡出来，见更衣箱里有别人的衣服，立刻黑了脸，问是谁的，有人就说是小乱子的。恰巧小乱子也洗完出来了，胡明珍抱起小乱子的衣服就往小乱子身上拽。小乱子还没醒过味儿来，胡明珍已经抱起自己的衣服返回洗澡间去了。

谁也不知胡明珍要干什么，有好奇的人跟她返回洗澡间，就见她把衣服全都扔在水龙头下，用了刚才洗澡的香皂狠劲搓着，仿佛那衣服沾了什么脏东西一样。洗澡间的人全都不洗澡了，围了一圈看她在那儿搓。有人提醒她，全洗了你出去穿什么？她也不吱声，仍是搓呀搓的。里面的胡明慧自是也看见了，出去埋怨小乱子说："你也是，开谁的箱子不好，偏去开她的，这下知道了吧。"小乱子说："我怎么知道是她的，就算是她的又怎么了，我们美容院每天消一回毒，她的箱子消过毒吗？"这一说厂里人却不爱听了，纷纷说，美容院好还来这儿干吗？捅人家的锁还有理啦，活该让你碰上胡明珍这样的。胡明慧替小乱子解围说："算了算了，就别说消毒不消毒的话了，消不消毒她也那样，别说跟你，跟我跟我妈也一样，我妈穿了她的拖鞋，她还三天没理我妈呢。"胡明慧这么说，小乱子还多少好受些，但心里那口气，大半还是没出来。胡明慧穿好衣服，劝她跟她一块儿回去，她像没听见似的，坐在长椅上动也不动。她只穿了条裤衩，衣服抱在胸前，身上肥厚的肉向下垂着。有人想开她的玩笑，经过她身边时用手指敲她的后背。她便出人意料地大吼一声："少他妈的犯贱！"吓得大家跑得远远的，再也没人敢碰她了。

小乱子是心难平呀，这事要搁别人，早就骂也骂了打也打了，可偏偏是胡明珍，她骂也不骂打也不打，跑到里面光着屁股洗衣裳，天底下也就她能干得出来啊。小乱子气哼哼地坐在那里想，我倒要看看，待会儿她怎么从这儿走出去。

其实，小乱子心难平的还不止这件事，还有昨儿个胡明珍笑她手指头的事，她已经被她的手指头折磨了一天一宿了。

昨晚回到家，小乱子把自个儿的手指头看了一遍又一遍的，也看不出有什么好笑的地方，无非是比一般女孩子的粗了些，手指肚大了些，看上去就像一只小脑袋顶在手指上。手指关节也突出了些，每个关节下面还长了几根长长的汗毛。还有小指，两根小指不知怎么都有些弯，脑袋靠在无名指上，身子却离得远远的，怎么也靠不拢。小乱子想，即便这样，就值得她笑成那样吗，在美容院还没人笑过呢。一双手要是在美容院做得来，在美容院没人笑，那其他人的笑就一定是少见多怪了。对，少见多怪，她胡明珍没什么了不起，无非就是少见多怪罢了。小乱子一直就这么安慰着自个儿，心里是舒坦一会儿烦闷一会儿。第二天上班，一位顾客提出要她手轻一点，她就不由得恼火道，人人都喜欢手重，你倒要手轻，真是没见识。气得那顾客再也不想让她做下去了，还是表姐出面好说歹说的，事情才平息下来。下班时，她的表姐单把她叫住说："这是第一次，再有下一次，你就还回你们村算了。"她呢，出人意料地伸出自个儿的手，求助似的问表姐道："你说句实话，我这双手，可笑不可笑？"表姐却不看她的手，只看她的脸，说："你没病吧？我不过是给你个警告，又没真炒你，走吧走吧，快回家吧。"

小乱子本想好好洗个澡，让自个儿轻松轻松的，可谁知偏偏就撞在胡明珍的枪口上了。想想，胡明珍也太不是个东西了，她小乱子上楼跟她说

的话儿，能顶她的姐姐一辈子跟她说的话儿了，念在说话的份儿上，她也不能说翻脸就翻脸呀。

洗澡的人们陆陆续续地都走了，胡明慧也走了，只剩下小乱子和胡明珍两个，一个在更衣室，一个在洗澡间，一个坐在长椅上等待，一个蹲在水龙头下洗呀洗。胡明慧走的时候说小乱子，你想跟胡明珍较劲，可就找对人了。小乱子仍没说什么，坐在长椅上的姿势也没变，像是向人们展示着一种决心似的。

更衣室里空荡荡的，真的是一个人都没有了，别人的更衣箱都锁上了，只有胡明珍的更衣箱敞开着，时而一阵风吹来，那扇小铁门发着吱吱的声响。

小乱子穿好衣服，站起身往那箱子里看了看，也是一个空空荡荡，连个布条都没有。小乱子想，这胡明珍做起事来，真是不留后路呢。可是，她总不能光了身子往回走吧？

小乱子想象着一幕又一幕胡明珍走出来的情景，想象的最多的，就是赤身露体的胡明珍见到外面的小乱子吃了一惊，然后故作镇静地去看更衣箱。更衣箱里当然没有她需要的衣服，走投无路之时，她只好回过头来求助于小乱子了。到那时候，小乱子可就好办了，可就想怎么对她就怎么对她了。或者让她赔礼道歉，发誓再也不会当众侮辱小乱子了。她小乱子大度地一挥手，说，算了算了，过去的事就过去了，下不为例吧。或者呢，小乱子将自个儿的衣服脱下来一件，扔给胡明珍，说穿上走吧，不用还了，我在美容院也添了坏毛病了，不习惯穿别人穿过的衣服。然后不待胡明珍穿上，她就离开胡明珍扬长而去……小乱子为自个儿想象的这最后一幕很长时间都激动不已。当然她也想到过，胡明珍万般无奈之际，也许会穿了她刚洗的衣服，就那么湿漉漉地往回走。但这一幕一闪就过去了，她认为湿衣服穿在她小乱子身上还行，穿在胡明珍身上，一分钟她怕是也难忍受下去的。再说，胡明珍若真的就那么走了，她小乱子等在这里还有什么意义呢？

洗澡间里的水声终于停止了。少许，随了嚓啦嚓啦的脚步声，小乱子就见胡明珍端了洗衣盆，出现在了洗澡间的门口。

正如小乱子想象的，胡明珍是赤身露体的，见到小乱子胡明珍果真吃了一惊，胡明珍还果真去看了看她的更衣箱。但接下来，就再不是小乱子想象的了。胡明珍压根没有求助的迹象，也就谈不上赔礼道歉，也就更谈不上小乱子的大度，至于穿小乱子的衣服，似乎更不可能了，因为，胡明珍看完更衣箱立刻转向了她脚下的洗衣盆，从中抖出两件，毫不犹豫地就穿在了身上。随后，看也没看小乱子一眼，端起洗衣盆就从小乱子的身边走过去了。

在小乱子看来，这一切快得如闪电一般，让她始料不及，让她无以应对，她所准备的种种话语和行动，瞬间就被这个傲慢的却又悄无声息的胡明珍冲击得无影无踪了。

眼看胡明珍都要迈出屋门口了，脑子一片空白的小乱子忽然就冲上前去，拦腰抱住了胡明珍。

小乱子太用力了，毫无防备的胡明珍，两只脚几乎离了地面，身子失了重心，手上的洗衣盆也当啷一声掉在地上，盆里的衣服探出了盆外。

胡明珍一边挣扎一边嚷道："衣服衣服，我的衣服！"

听声音，胡明珍除了恼火，似还有几分娇嗔，显然，她是把小乱子这个恶狠狠的行动当成了开玩笑了。

胡明珍一嚷，小乱子才意识到自个儿这举动有些奇怪，她想，她这是要做什么呢？

小乱子还是不由得将手松开了，她眼睁睁地看胡明珍端起洗衣盆，头也不回地离她而去。

瞧胡明珍的样子，她像是还觉得小乱子应该给她赔礼道歉呢，她说不定把小乱子刚才的举动看成了一种道歉了呢！

这时太阳已经快落山了，金色的余晖洒在厂道上，厂道两边是绿色的草地，中间走着的则是高高瘦瘦的胡明珍。即便是穿了全湿的衣服，看上去她仍是那么美，美得无可挑剔。

小乱子站在浴室门外，望了胡明珍的背影，心里充满嫉妒，也充满不甘，她想，不能算完，不能就这样算完，决不能。

三

整整一个星期，小乱子都没来找胡家姐妹。其他的男孩女孩倒有来的，只是不如小乱子有趣，坐上一会儿，就没什么话说了。那个叫祥子的，也来过一次，却还没待上楼就被胡明珍挡在了楼下，她说："有什么话就这儿说吧。"祥子哪还能说出话来，只得灰溜溜地告退。胡明慧的车间主任也来过，来了就问胡明慧，你妹妹在不在？胡明慧说在楼上，车间主任坐了一会儿，连个亲热的表示都没敢有就告辞了。气得胡明慧指桑骂槐，将无辜的胡明珍大骂了一顿。胡明珍则装作没听见，心里却十分地痛快，两个和胡明慧有关的男人都被她吓跑了，还不能让人家骂几句吗？

家里的日子别扭，厂里的日子也乏味得很，一天到晚就是盯了那几只仪表看，人也是那几张熟面孔，话都懒得说一句。胡明慧这边好歹还有车间主任晃来晃去地关照着，胡明珍那边却没有一个可以亲近的人。不是人家不亲近胡明珍，是胡明珍不想跟人家亲近，同车间的倒有几个同龄男孩，常常背地里为胡明珍争风吃醋，但当着胡明珍的面，却连话都说不出来了。

姐妹俩有时也去商品楼里看看父母，但每回去父母连鞋也不准她们换，说是地板不怕弄脏，其实是不想让她们多待，生怕她们待下去不走了似的。两人一同去是这样，单个去也是这样，对哪一个也不偏护。去了几次，姐妹俩都有些冷心，去得就渐渐地少起来。实在闷得不行了，胡明珍就骑车到市里的商场或者专卖店逛一趟；胡明慧呢，则约了几个女孩子去小裁缝家热闹一回。

家里的饭仍多是由胡明慧来做，其实也就一顿晚饭，但吃饭的时候，胡明慧仍是要甩了脸子给胡明珍看。胡明珍便假装看不见，只管吃。她的饭量不大，三五分钟就吃完了，每到吃完要走的时候，都会被胡明慧叫住，说："饭不做碗你还不刷吗？"胡明珍只好就坐下来，嘴上却是不服输的，说："你不刷我就来刷，谁刷不是一样？"胡明慧说："既是一样，你干吗要走？"胡明珍说："正因为一样，我才要走的啊。"胡明慧就说："无耻无耻。"胡明珍就说："无聊无聊。"有时候，胡明慧为留住胡明珍，就扯些可以争吵的话题来说，比如那天小乱子到厂里洗澡的事情，胡明慧就说："在家里耍小姐脾气也罢了，还要到厂里去了，人家小乱子就有一千个不是，你也不该那样对她。"胡明珍说："我怎样对她了，她撬开我的锁，弄脏我的换洗衣服，害得我穿身湿衣服回家，我屁都没放一个，你说我怎样对她了？"胡明慧说："弄得人家来都不来了，你还屁都没放一个。"胡明珍说："她不来是她愧得慌。"胡明慧说："她愧什么，挨一挨你的衣服就愧得慌啊，那是小乱子，换了我，还要说你脏了我的衣服呢。"胡明珍说："对呀对呀，那她也可以洗呀，我又没说不让她洗，她怎么不洗？"胡明慧说："人家才不会像你一样小题大做。"胡明珍说："你一口一个人家的，不就是没人给你送化妆品了，为那点东西，看把你急的。"胡明慧说："人要讲点良心，小乱子往楼上跑得比往楼下跑得还多，给没给你东西，只有老天爷知道。"胡明珍说："无聊无聊，你怎么就知道东西东西的，小乱子要是有一天不给你东西了，你是不是就不跟人家好了？"胡明慧说："就算为东西不跟人家好，也总是为点什么，不像你似的，屁事没有就兴闹翻天。"胡明珍说："我就纳闷儿了，她撬开我的锁，弄脏我的换洗衣服，害得我穿身湿衣服回家，这你都看见了，你怎么就硬说是屁事儿没有呢？"胡明慧忽然冷笑道："做这事的要不是小乱子，要是另一个人呢？"胡明

珍说："也一样，我洗完澡穿的衣服必须是一尘不染的。"胡明慧哼一声说："小乱子可不会这么想，我了解她，她决不会。"胡明珍说："我也了解她，她早表示要跟我和好了。"胡明慧说："什么时候？"胡明珍索性就将那天小乱子从后面抱住她的事说了。胡明慧听完，是一脸的讥讽。胡明珍说："你什么意思？"胡明慧说："先刷碗去吧，刷完了再告诉你。"胡明珍不屑地看她一眼，刷碗去了。最后一只碗刷完时，胡明珍听到胡明慧说："小乱子那是恨你，连这都看不出来。"

虽说对小乱子的不来，姐妹俩都没太放在心上，但既提起了小乱子，小乱子就难免在姐妹俩的脑子里停一停了。胡明慧想，小乱子愈不来，就愈说明她恨得深。胡明珍则想，就算是恨，她还在乎一个小乱子的恨吗，随她去吧。

就在姐妹俩对小乱子的来不抱希望的时候，小乱子却在一个星期天，忽然地出现在了姐妹俩面前。

更出乎姐妹俩意料的，是小乱子的身后，还站了个挺帅的小伙子。这小伙子高个头儿，白净脸儿，阔嘴巴，一双眼睛不算大，却忽闪忽闪的，透着热情和快乐，仿佛他面前站着的姐妹俩不是陌生人，而是老熟人、老朋友。

小乱子介绍说，这是她的一位新朋友，名叫钟立，从小在城市长大，没见过农村什么样，就想来看看。要说这村子有什么好看的，住房不如城里的高，工厂也不如城里的大，就算有那么点菜地，路上一眼就望完了。想来想去的，除了姐妹俩这儿，还真不知带他去哪里了。

胡家姐妹看看小乱子，又看看她说的钟立，是一脸的惊异和新奇。小乱子的话倒也没错，可姐妹俩听着怎么就觉得哪里不对劲呢？她们发现，问题没出在话上，而是出在了脸上，她那张暄腾腾的脸虽说依然堆满了笑，但从前的笑是讨好和谦卑的，现在的笑却有了几分得意和张狂了；从前的笑是要连牙床子都露出来的，现在的笑却只节制地露出了半边牙齿。还有她的那双小眼睛，从前是专注、体贴地看人的，现在却总晃来晃去的，时而还快速地眨巴几下，仿佛要向人显示她的聪明伶俐一样。岂止她的脸，她的穿着也有了很大变化，笔挺的西服西裤，崭新的衬衣，细高跟的鞋子。不像以往，总是腿弯处满是褶子的裤子，总是显得鼓鼓囊囊的夹克衫，鞋子则总是看不出颜色的旅游鞋。与小乱子相比，后面的钟立倒显得随意了许多，夹克衫、休闲裤、旅游鞋，虽正是小乱子以往穿的样式，给人的却已是另一种意味了。

姐妹俩就这样看一会儿小乱子又看一会儿钟立的，两人的穿着有点像系错了扣子的前襟，十分地不和谐。但她们不得不承认，小乱子自个儿可是进了一大步了，由于这身衣服，她甚至变得苗条了些，脸上也溢满了青春的光泽，她们都有些不忍心再用“丑”字来评价她了。可是，她们还是忍不住想，她打扮成这样子，是为了这个钟立，还是为了她们姐妹呢？

接下来，小乱子就像个主人一样，率先推开楼下的门，请钟立参观了楼下的客厅、卧室、厨房。边参观边夸奖着胡家姐妹，说她们是这村里的人尖子，是女孩子们的楷模，是她小乱子的骄傲等等。说这些话时，小乱子正转到厨房，随手摘下一只挂在炊具架上的勺子，将勺头在手掌上敲了敲。再要挂时，却忽然被胡明珍夺了去，拧开水龙头，哗啦哗啦地冲起来。小乱子却也不恼，转头对钟立说：“看见了吧，这就是我们村的女孩子，个个都是讲卫生的模范。”钟立不说什么，只是嘴角动了动，露出了一丝笑意。这笑意很快就被胡明珍捕捉到了，她不知他是笑她还是笑小乱子，一种莫名的情绪暗暗冲击着她。她不禁冲口说道：“怎么不带朋友回家看看？”小乱子怔了一下，随即说道：“家当然要回的，但不是今天，你们知道，那些做父母的，一回去问题就严重了。”胡明珍仍不放过地说：“问题严重是什么意思，他们还会不同意吗？”小乱子说：“他们当然可以不同意。”胡明珍说：“他们万一要不同意，你可怎么办？”小乱子忽然大度地一笑，说：“你就不如明白地说，我们家配不上他，我也配不上他，是不是？”胡明珍说：“没有，我倒觉得，你这么能言巧辩，是他配不上你呢。”胡明珍这话，引得大家都笑起来，那钟立也笑出了声，但仍没说什么。转到卫生间，墙上的玻璃橱首先吸引了钟立的目光，小乱子就说：“这其实是我和明慧共同的收藏，明慧你说是不是？”胡明慧一下就拉了脸，说：“什么时候变成共同收藏了？”小乱子说：“看把你吓的，我就这么一说，又不要你的。”胡明慧说：“你想要也可以，我这就给你收拾。”小乱子满脸带笑地说：“今儿你们姐儿俩是怎么了，多了一个钟立，就对我这么不友好啊？”钟立在一旁仍是面带笑意，使姐妹俩倒有些不好意思了，她们不甘心地想，这是自个儿的家啊，小乱子却比她们还要从容、气盛，怎么搞的啊？

从楼下的房里出来，小乱子又要带钟立参观楼上，却被胡明珍毫不客气地拦住了，胡明珍说：“我的房间，陌生人是不能进的。”小乱子说：“这话就差了，我的朋友，自然也该是你的朋友，怎么是陌生人呢？”胡明珍说：“你的朋友怎么就是我的朋友呢？”小乱子左脚踏在楼梯的台阶上，是上也不能，下又不甘，只得转向钟立问：“你说呢？”

这时，一句话还没说过的钟立就笑了开口道：“还是尊重主人的意思吧。”

话一说出，三个人不知怎么的，嘴巴都被阻住了一般，谁也不吱声了。

这个城市人的口音，真是太不同了，每一个字都是一个音符似的，短短的一句话，简直是一段好听的旋律呢！

而在这旋律面前，她们叽叽喳喳的声音都叫人有些难为情了！

胡明珍觉得，也不完全是口音的缘故，和厂里有业务往来的城里人，有时到车间转一转，他们也说普通话；还有专卖店的售货员，也说普通话，但他们说的就是不像音乐，就是没这个钟立说得好听。

还是小乱子首先打破了沉默，她显然没在意口音不口音的，只看了胡明珍说：“我知道你对我有看法，坦率地说，我对你也有看法，今儿来本想热热闹闹，把那些看法能抹平就抹平了，人和人断不了有个磕磕绊绊的时候。可你还是这么任性，不懂给人面子，我也只好拜拜了。不过我还是想说你一句，做人不能太任性，太任性一辈子也做不成什么大事的。”

小乱子说完就挽起钟立的胳膊，说：“咱们走吧，我带你再到别处转转。”

钟立有些歉意地冲姐妹俩点了点头，真的就随小乱子走了。

胡明慧和胡明珍一时都怔怔的，像不知这一切是怎么发生的。小乱子就如同一股强劲的旋风一样，忽然地刮来，忽然地又刮走了，而她们却像在旋风中拼命挣扎的小树，终究还是让她们的枝叶受到了损伤。她们想，她们真是低估了小乱子了，真是低估了啊。

胡明珍像是自言自语，又像是对胡明慧说：“她说我什么？我做不成大事，莫非她小乱子能做成吗？再说，我什么时候说要做大事了？”

胡明慧白了妹妹一眼，说：“我早说过，小乱子没你想得那么简单。”

胡明慧进自个儿屋去了。胡明珍则一个人，一步一步地往楼上走。她想起那钟立走的时候似还冲她们歉意地点了点头，她想，有歉意的该是我啊，他歉的是哪门子的意啊？

虽说是这样，小乱子走后，姐妹俩仍是很快将这事放下了，小乱子无非是要向她们姐妹显摆显摆，以报洗澡时的一箭之仇，如今仇也报了，她该不会再来了。她这样变化无常的人，不来也罢。

可是，她们不想小乱子，小乱子的消息却不时地要传到她们的耳朵里，一天天地，小乱子的消息仿佛愈来愈多了。什么小乱子找了个城里帅小伙儿，真是丑女嫁俊男，什么人什么命啊；什么小乱子变了样儿，家里也变了样儿，里里外外再也不是猪窝一样的家了；什么小乱子这么折腾，是要准备结婚呢。她们听了，忍不住就要议论一阵，一个说，看不出小乱子挺有福气啊。一个就说，不可能，那个钟立，不过就是出来走走，图个新鲜罢了。一个说，小乱子也真有本事，一整个家都给她折腾起来了。一个就

说，她再折腾，也不过是猪窝变成鸡窝。一个说，城里人有时也真够傻的，几句花言巧语就被哄住了。一个就说，难说，谁哄谁还不一定呢。

这样议论着，两人不由得就比从前少了些敌视，多了些谈话的兴致。有一次吃着饭，胡明珍就问胡明慧："你对那个车间主任，是真喜欢假喜欢？"胡明慧说："不知道。"胡明珍说："我猜你也是不知道，不知道就早点断掉，哪一天他老婆知道了，你哭都来不及了。"胡明慧说："是他要喜欢我，我有什么办法，再说，他老婆也早知道了。"胡明珍说："那她就不管吗？"胡明慧说："她指着他挣钱养家，哪敢管啊。"胡明珍说："也真有你的，能容忍这样的男人。"胡明慧叹口气说："你不懂，有些事，只要陷进去，就身不由己了。"胡明珍说："我不信，他一个有老婆孩子的人，你说声不，他还不放过你啊？"胡明慧说："说你不懂就是不懂，不是他，是我，是我自个儿，我自个儿身不由己。"胡明珍不解地看着胡明慧。胡明慧说："别说我了，说说你吧，那个祥子好好的条件，对你又挺痴情，你怎么就不动心呢？"胡明珍说："别说我不喜欢他，就是喜欢他，我也不想让你得逞。"胡明慧说："得逞什么？"胡明珍说："把我赶走啊。"胡明慧说："换了我，我就不管别人得逞不得逞的，先经验一回再说。"胡明珍说："你真无耻。"胡明慧说："我可是苦口良言。"胡明珍说："那我就告诉你，我要的是爱情，不是经验。"胡明慧说："没有经验，怎么能得到爱情？"

又一个星期天到了，姐妹俩百无聊赖，就想着到菜地帮父母做点什么。谁知还没进菜地便被父亲一口拒绝了，说："有一个唠叨的就够烦了，再加上你俩，我这活儿还干不干了？"正当俩人无趣地从菜地往回走时，忽然就见一辆摩托车呼啸而过，举目望时，那摩托车已急刹车停下来，车上的人摘下头盔，回头朝她们望着。她们不禁同时叫道："是他，是他呀！"

正是他，那个叫钟立的城市青年。他跳下车来，待她们走近，随她们一同走着。他换了件深颜色的肥肥大大的休闲装，似是比上回的他长了两岁，脸上仍带了笑意，仍不多说什么。她们便问他，是来找小乱子的吧？他不说是，也不说不是，只说来村里看看。她们又问，什么时候喝你们的喜酒啊？他才明确否认道，什么喜酒，没有的事啊。她们便笑起来，说一村的人都知道了，你还不好意思啊。他又不吱声了，好像真的不好意思似的。她们愈发地要逗他，说："你的力量好大啊，让小乱子变了样，让小乱子的家也变了样，听说小乱子的爹吐口痰都要看看小乱子的眼色呢。"他笑了说："哪跟哪的事，真的跟我没有关系。"她们说："你可真谦虚啊，这种事也是能谦虚的吗？"他便任她们去说，又一次地不吱声了。

这么说着，就到了姐妹俩的家门口了。胡明珍往前面一指，说："小乱子家还在前头。"钟立看看胡明珍指的方向，却说了一句："去谁家也是一样。"三人便在门前停下来，你看我我看他的。最后还是胡明慧说了一句，"那就先来家坐一会儿吧，反正你跟小乱子还长着呢，也不在这一会儿。"三人便笑着，由胡明慧将门打开，一同走了进去。

胡明慧将钟立引进楼下的客厅里，胡明珍在一旁陪了一会儿，便要起身上楼去。胡明慧说："客人在这里，你上楼干什么？"胡明珍说："是你请来的客人，又不是我请的。"胡明慧说："你呀，又犯病了是不是。"两人都是开玩笑的语气，钟立便也笑了说："看来我是不受欢迎的人了。"胡明珍说："这儿不欢迎，自是有欢迎你的地方，所以你刚才说'去谁家也是一样'，就真是大错特错了。"钟立说："我也就随便一说，倒让你记住了，那我就做一下纠正，把'一样'改成'不一样'。"

钟立说这话的时候，一样是玩笑的语气，眼睛却亮亮地对了胡明珍的眼睛，直到胡明珍将眼睛藏进眼睫毛里。

胡明珍就这么低了眼睛，伸手拿起遥控器，啪地打开了电视。电视里正在放《我爱你》，胡明珍早看过两遍了，但还是坐得离钟立和胡明慧远了些，目光只投向电视，仿佛那两人和自个儿无关似的。

钟立便只好跟胡明慧说着话。先是说《我爱你》拍得怎样怎样，演员

演得又怎样怎样。胡明珍一直不插话，沉浸在了电影里似的。后来，也不知谁先提的，两人又扯起了胡明慧的袖珍收藏，钟立便站起来，说要再细细地看一看。

两人从胡明珍身边走过去，胡明珍动也不动，仍是看着电视。

然后，胡明慧的声音从卧室里传出来，热情而又兴奋，这一种那一种的，一一做着介绍。一个好听的男声随声附和着，虽都是简短的句子，却就像嘈杂声中的音乐，那么突出，那么悦耳。

胡明珍忽然关了电视，径自上楼去了。

没多一会儿，外面就响起发动摩托车的声音，胡明慧禁不住从窗口探出头去，见钟立已坐在车上，一边骑车，一边与送他出门的胡明慧说着什么。眼看到门口了，钟立却忽然回过头来，朝楼上望了一眼。这一眼，正与胡明珍的目光相对，钟立便笑了，向她摇一摇手，戴好头盔，突突突地骑出去了。

这天的午饭，胡明慧没和胡明珍计较就主动地做好了。吃饭时，胡明珍吃一口就抬起眼睛看一眼胡明慧。胡明慧说："你看什么？"胡明珍说："看你的脸上涂了什么"胡明慧说："什么也没涂啊"胡明珍说："不可能，亮得都照见人了。"胡明慧伸手抹了一把，胡明珍说："甭抹，抹也抹不掉，比车间主任来的时候还亮。"胡明慧脸一沉，端起碗就到沙发上吃去了。

胡明珍听到胡明慧在沙发那边说："告诉你一件事，下个星期天他还要来。"

胡明珍故意问："他是谁？"

胡明慧说："一个知音。"

胡明珍说："那车间主任怎么办？"

胡明慧说："两码事。"

胡明珍说："那小乱子怎么办？"

胡明慧说："他和小乱子的事，全是小乱子自个儿瞎说的。"

胡明珍说："他跟你说的？"

胡明慧说："他跟我说的。"

胡明珍说："是你问的吧？"

胡明慧说："他要不想说，问不也是白问。"

胡明珍说："你真行啊，几分钟就拿下了。"

胡明慧说："知道就好。"

胡明珍说："不过我还是觉得，他那样的人不可能喜欢你。"

胡明慧说："他已经喜欢了，对我的收藏他比小乱子还有兴趣，下星期天就是给我送化妆品来的。"

胡明珍说："小乱子还总给你送呢，能说明什么。"

胡明慧说："那你说，什么才能说明呢？"

胡明珍说："难道你就没注意你和他的差别吗？"

胡明慧说："没注意。"

胡明珍说："声音。"

胡明慧说："声音没差别就奇怪了。"

胡明珍说："不是男女差别，也不是口音差别，反正我能肯定，就凭这差别，他也不会喜欢你，那种对比是太强烈了。"

胡明慧说："你不用故弄玄虚，我没注意的事它就没有。"

胡明珍说："但愿他和你一样笨，也认为没有。要是一对笨蛋，我还有什么可说的呢。"

吃完饭，胡明珍碗也不肯刷就上楼去了，她对胡明慧说："今儿你高兴就多干点吧。"胡明慧一直望了她走出门去，才想起一句顶要紧顶解恨的话，她拼命地喊："你要记住，不管什么样的男人，他都会喜欢胡明慧而不是胡明珍！"

很快地，一个星期就过去了，胡家姐妹虽说斗嘴时都铁嘴钢牙的，内心却又不断地推翻着自个儿的认定。一个想，他就那么一说，一个城里人

的话岂是可以随便相信的。另一个则想，差别只不过是自个儿的感觉，自个儿的感觉对他们来说也许屁也不是呢。一个想，明珍说的差别若是真有，他八成就不会来了。另一个则想，若他真来了，她是应该在场还是远远地躲出去呢？一个想，不来也罢，小乱子带来的人，能有多好呢？另一个则想，他来，小乱子来不来？小乱子要是也来，可是有好看的了。

到了星期天，胡明珍果真躲出去了，那钟立也果真来了，将带来的一对拇指大小的香水瓶送给胡明慧，接着就问起胡明珍。

结果，钟立没坐一会儿就要离开，胡明慧问他去哪儿，他说小乱子那儿还有点事。问他还回不回来，他说说不准，看情况吧。胡明慧正在家里闷闷不乐，小乱子忽然闯了进来，劈头就问钟立在哪儿？胡明慧说："不是找你去了？"小乱子说："没有啊。"胡明慧便忽然有些明白，说："看看你交的这朋友，说话连个准头儿都没有。"小乱子冷笑道："他要是个有准头的，你们姐妹还没机会呢。"胡明慧说："你什么意思？"小乱子说："你们也他妈的欺人太甚了！"胡明慧说："你敢骂人？"小乱子说："亲娘老子我都敢骂，骂骂你们有什么了不得的？"胡明慧气得发昏，见小乱子今儿又换了身西服，妆化得很浓，眼圈黑得都看不清眼睛在哪儿了，当即回道："骂亲娘老子你是该骂，把脸画成这样，他们就敢放你出来？还有西服，回去问问他们，那是你穿的吗？别人穿上是洋，你穿上可就土了，别说钟立，我都替你脸红。"小乱子气得嘴唇都抖起来，手指了胡明慧，终于也没说出话来，只将门拼命一摔，门玻璃哗啦啦碎了一地，还嫌不解恨，又在玻璃上踩了几脚，才恨恨地走了出去。

再说胡明珍，躲她能躲到哪儿去，父母那里不欢迎，同村的年轻人她又不喜欢，只好骑车往城里去了。在城里一条繁华的街道上，她来来去去地逛着，有无处为家的失落感，又有回到家来的亲近感。这奇妙的城市，每回来都能让她生出难以言说的万千情绪。有时她竟会这样想，也许她的亲生父母不是村里的那对，他们就住在这条街上，他们随时可能和她擦肩而过呢。这想法会吓她一跳，否定的同时，她又会想起那位回到城市的老师，她想，如果有一类人是天生属于城市的，那就是我和老师这类。

这条街上，服装店一家挨了一家，胡明珍先去了几家常去的专卖店，转完了，就又转其他的店。出了这家进那家的，除了千变万化的衣服，还随处可见勾肩搭背的少男少女。她看着他们，有时就觉得那男的变成了钟立，女的则变成了自己，耳鬓厮磨，低低私语，比眼前这粗鲁的少男少女要美妙多了。她却又立刻驱赶着这幻想，觉得真是不着边际，自个儿和钟立那样的人，有什么相干呢。

城市这种地方，人多，车多，声音多，天天就像过节一样。胡明珍羡慕的倒不是过节，而是这样多的人聚在一起，可以不必相识。一旦有相识的，她觉得也该是相知相亲的那种，比如和那女老师。不必相识而又相知相亲，是胡明珍最最向往的情景，前者可以让人自由自在，后者则可以让人不再孤单，她不知这辈子能否有幸将这情景成为自个儿的情景，但即便不能，她也不会和什么小乱子、胡明慧一类的人妥协，决不！

现在，她走出一家服装店，正随了人流，向另一家服装店走去。这另一家服装店，门口挂满了花花绿绿的条幅，从楼上瀑布似的垂直而下，风一吹，哗啦哗啦的直响。想这家店又在搞什么活动，活动总是能让节日的气氛更浓烈些，胡明珍喜欢。她不由得加快了脚步。

店里传出陈明清晰的犹在耳边的歌声：

……

问世间什么最美丽，

爱情绝对是个奇迹，

我明白会有一颗心，

在远方等我靠近。

喔，我要找到你，

不管南北东西，
直觉会给我指引，
若是爱上你，
别问什么原因，
第一眼就能够认出你，
……

歌词一句一句的，就像悄悄话一样送进胡明珍的耳朵里。胡明珍进到店里，开始翻看衣架上的衣服，售货小姐走过来为她介绍着什么。但她听不见也看不见似的，脑子里全是陈明的歌声了。她想，原来怎么就没注意这首歌呢？

喔，我要找到你，
不管南北东西，
直觉会给我指引，
若是爱上你，
别问什么原因，
看见你就是你别怀疑。
……

陈明反反复复地唱着，胡明珍入心入神地听着，服装店里人挨人的，却就像唱给她一个人听一样。忽然，在又一轮的反复中，加进了一个男声，这男声比陈明的声音还要清晰，还要贴近耳边……胡明珍一怔，抬头望去，天啊，原来是他，是钟立站在她的对面呢！

之间隔了衣架，钟立依然随陈明唱着：喔，我要找到你，喊出你的名字，打开幸福的盒子，让我找到你……

胡明珍望着钟立，心里慌乱极了，她觉得眼前的衣架太低了，再高些、挡住他的视线，让他看不见自己就好了。

店里的许多人都在看着他们。

陈明的歌声停止了。

钟立也闭了嘴巴。

剩下的，就全是钟立和人们的目光了。

胡明珍更慌了，她就像一只被吓坏的兔子跳跃起来，不管不顾地向店外冲去。

她听到钟立喊着自己的名字："胡明珍！胡明珍！"

她非常地想收住脚步，回应钟立，但她的脚不听她的，依然跑啊跑。

这热闹的城市啊，哪哪都是人，怎么这样多的人呢？

终于，在两家商店之间，有了一条狭长的胡同。胡同里是古老的石板路，路上走着三两个行人。胡明珍望着胡同，恍然明白，她原来是要寻找一个安静之地呢。

在她还呼呼喘气的时候，钟立也赶到了。

钟立没问她为什么要跑，也没问她为什么不在家等他，只说："知道吗，一看见你我就想唱。"

胡明珍喘了气答道："我呢，一看见你我就想躲。"

钟立说："一想唱我就明白你是谁了。"

胡明珍说："一想躲我就知道……知道事情要不好了。"

钟立说："怎么个不好法？"

胡明珍说："不知道。"

钟立说："你呀，就是躲到天边，我也要找到你。"

狭长的胡同，古老的石板路，比起刚才的服装店如同另一个世界。胡明珍说："真不知道，这儿还有一条这样的胡同。"

钟立说："它正是为我们准备的，就像刚才陈明的歌。"

胡明珍说："我怀疑这一切不是真实的。"

钟立说："爱情绝对是个奇迹。"

最后，胡明珍和钟立都相信了这个奇迹，他们拥抱在一起，延续着这个奇迹的发生。

四

胡明珍当然没有放过对钟立的追问，从小乱子到胡明慧，一个细节一个细节的，直到钟立回答得让她满意了，她才再次确认她和钟立的爱情。按钟立的说法，他对胡明珍是一见钟情，第二次第三次来，是全奔了胡明珍的。至于小乱子和胡明慧，他可以对天发誓，他绝没有过一丝一毫的想法。对此胡明珍相信，在钟立解释之前就相信了，追问只不过是一个享受爱的过程，她愿意听一个城市人对她述说爱的声音。

就像一村的人知道小乱子要结婚一样，很快地，一村的人便又知道胡明珍有了男朋友了，且这男朋友，正是小乱子要结婚的那一个。

村民们议论纷纷，有站在胡明珍一边的，也有站在小乱子一边的，站在小乱子一边的人，都把胡明珍当了第三者看待了，他们说，做人怎么能这样呢？

连胡明珍的父母都对这事出面了，他们把胡明珍叫到新楼房里，苦口婆心，因势利导，企图让女儿放弃钟立。他们说，一个都要和别人结婚的人，你怎么能相信他呢？他们说，就算结婚是小乱子的一面之词，他总归跟小乱子好过吧？不但跟小乱子好，还想跟你姐好，这你知道不知道？他们说，这种朝三暮四的人，是不能进咱家的门的，你要不听劝，丑话说在前头，那边的房产可就是你姐一个人的了。

胡明珍一听就明白，父母在说这番话之前已经听胡明慧说过什么了，她始终一言不发，待父母说完了起身就走。父母气急了道："你总得说句话吧？"胡明珍说："房产的事，我想都没想过。"胡明珍一下子就把话说到了底，父母还能说什么呢。

其实，胡明珍还想说一句话，那就是：这些天是她一生中最好的日子，别说房产，就是拿一座城市换她也不干，因为钟立就是城市，一座真正属于她的城市。但这话说出来父母也不懂，她就只好在心里说给自己听了。

恋爱真是太好了，胡明珍就觉得，天一下子高了，太阳一下子亮了，生活一下子美好起来了，走路的时候直想唱歌，吃饭的时候直想说话，晚上睡觉都要听着《我要找到你》入睡了。胡明珍想，假如有人用二十年换她这几天，她也不会干的，哪怕爱完了就让她死呢！

当然，这样的恋爱也绝不会是几天，她和钟立默契得就像一个人一样，想他的时候他一准儿就到了；他话没出口她就知他说什么了；一首歌不必约定就同时唱出来了；她从前不喜欢的事，因为钟立喜欢她也变得喜欢了；反过来，钟立从前不喜欢的，因为她喜欢他也会变得喜欢。反正，一切都是那么好，一切都和从前大不同了。这样的恋爱，怎么可能只是几天，它只可能是海枯石烂，只可能是地久天长啊。

这些天里，除了上班，就是她和钟立的约会了，电影院里，咖啡厅里，练歌房里，幽静的胡同里，热闹的大街上，到处都留下了他们爱的足迹。依了钟立，是想把胡明珍的家当约会的地点的，在他看来，胡明珍的楼上才真正是谈恋爱的好地方，这地方的安静，胜过城市里任何一条僻静的胡同；它和城市的距离，也让他时时有一种奔向这里的冲动。但别的都可以依钟立，唯有这约会的地点，胡明珍是执拗地要坚持住自己，她说："我怕。"钟立问她怕什么，她说："城市是天上，农村是地上，怕你从天上下来回不去。"钟立说："我又不是七仙女，就算是，回不去不正合你意呀。"她说："不，我要跟你一块儿去天上。"这样，每天下了班，胡明珍就到"天上"和钟立会合去了，直到很晚很晚，钟立才将她送回到"地上"。天上的情景，

足够她消受一个晚上一个白天了，这一个晚上一个白天全是回想，到了第二天下班的时候，天上的情景又接续了下去。加上回想，她其实等于时时刻刻都在天上了。她本来就吃得不多，这些天饭量减得更可怜了，往嘴里扒拉一两口，就再不想吃了。眼睛却比以往更亮，从眼睫毛里闪出来，会忽然地吓人一跳；嘴巴也变得爱说起来，说得颠三倒四又不着边际，却还啪啦啪啦的，总也没个完。往往地，在她说话的时候，她的姐姐胡明慧就离开饭桌看电视去了，她若凑到电视前接了说，胡明慧就离开电视重回到饭桌上去。胡明慧像是下了决心不给她一点面子，她却一扫以往的傲气，对胡明慧的无情只报以无奈的一笑。甚至饭也多由她来做了，胡明慧和她计较的事，她一概不再计较。她倒不是有意地宽容，而是顾不得，让她快乐的事太多了，和那些快乐相比，计较这些小事就太不值得了。

和胡明慧不计较，和钟立有时却要计较一下的，比如约会时晚到了一分钟，比如对哪个女孩多看了几眼，比如从不说他的家住在哪里等等。但这些计较就像炒菜用的调料，只会增进他们的相爱，每一次的计较，不超过五分钟，就会又和好如初。要说，钟立的家是没有理由对胡明珍隐瞒的，换了别的女孩，这该是一件大事了，但胡明珍不觉得是大事，她总是想，她爱的是钟立本人又不是钟立的家，就当他的家不存在吧。但他的家明明又是存在的，有时他约会时晚到，就是因为家里的事给耽搁的。这时胡明珍忍不住要计较时，钟立便情真意切地为她唱《我要找到你》，胡明珍立刻就愧疚了，反倒自个儿做错了似的，心想，也只有胡明慧和小乱子会计较这种事，她胡明珍怎么可以呢？

钟立显然是欣赏胡明珍的不计较的，有一次钟立动情地说："你和别的女孩不一样，找到你是我一生的幸运。"胡明珍把这话牢牢地记在心里，便愈发地要和别的女孩不一样，别的女孩在意的事，她决不再去在意。她不在意钟立为她买不买礼物，不在意吃饭哪个掏钱，不在意她想买一件喜欢的衣服时钟立钱包里却空空如也。村里的女孩们交男朋友，首要标准便是男朋友舍不舍得为她们花钱，许多女孩子，朋友还没说定，钱已经花得很了得了。她们对城市自是也向往，但她们向往的城市是实在的，是用钱和物筑成的，决不会像胡明珍，一首歌一句话一个眼神就足够打发她了。

或许正由于少了钱物的拖累，他们的相爱才格外地不管不顾，每回从城里回到村里，都已是下半夜两三点钟了，两人却仍依依不舍，在胡明珍的家门口长久地拥抱、接吻。家门口正好有盏路灯，有上夜班或下夜班的人经过，可以将他们的亲昵看得清清楚楚。不知谁家的狗也跑出来了，远远地冲他们汪汪叫着。但他们太投入了，对人对狗都毫无知觉。有时候，连里面的胡明慧都有了感觉似的，打开院门，不动声色地看一会儿，见他们仍没完没了，便咳嗽一声，哐当就将院门关了。他们这才听到了动静，知道是该分手的时候了，便忽然地抱得更紧了，像是要经历长久的别离似的。有一次在这紧紧地拥抱中，胡明珍竟是哭了，脑袋埋在钟立的胸前，眼泪弄湿了钟立的衣服。钟立吃了一惊，问她怎么了，她说："你走了，我怎么办？"钟立说："明天我们还会见面啊。"她说："离明天见面还有十几个小时呢。"钟立用手指为她划去脸上的泪水，再一次地将她抱紧了。有时候，两人就同唱着《我要找到你》分别，开始声音还小，愈走愈远愈走愈远的，声音便放大起来，生怕对方听不到似的。到钟立离开村子的时候，村里许多人家的窗户都亮了，一村人的睡梦都让他们的歌声给搅了。

他们总这样总这样的，有的人家就不干了，跑出来指责他们，话说得十分难听，让他们脸上红一阵白一阵的。终于看在一村人的面上，他们没有还口，愤愤地忍了。第二天再来，仍是要唱，仍是要作离别前的吻别，但唱的声音压低了许多，吻别也改在了远离路灯的地方。他们无奈地相互安慰：没关系，明天到练歌房去，他们总不会到练歌房去管吧。胡明珍还格外提醒钟立，这是地上，地上怎么能跟天上比呢。

总之，这些天他们就如进了二人世界，眼里是很难看见其他人了，包括一直对他们耿耿于怀的胡明慧和小乱子。想想，钟立最初还是被小乱子

当作男朋友带到村里来的，小乱子本想利用钟立填平心里的屈辱，结果钟立倒跑到胡明珍那边去了，真是世事难料呢。偶尔想起来，胡明珍仍是会问钟立，怎么和小乱子认识的？钟立就说：“有一阵子到美容院推销化妆品认识的。”胡明珍说：“小乱子这样的你还跟了到处玩儿，其他女孩子就更不用说了。”钟立说：“天地良心，除了小乱子，他还从没单独和女孩子出过门，也就是和小乱子他才敢啊。”胡明珍问为什么，钟立说：“因为将来他好跟他心爱的女孩解释啊。”胡明珍笑着，又问起送胡明慧化妆品的事，钟立说：“哎呀呀，我都说过多少遍了，不找个理由，怎么能见到你呢？”有时候，钟立会提出约请胡明慧和小乱子一块儿看电影什么的，胡明珍不说同意，也不说反对，只问钟立，是不是觉得两个人没意思了？钟立就再不好坚持了。

在胡明珍和钟立相爱的日子，胡明慧和小乱子也恢复了从前的友好，一次，小乱子又去制药厂洗澡，要洗头时才想起没带洗发露来，胡明慧就把自己的递给了她。洗完穿衣服时，胡明慧又夸奖了小乱子的一件衬衣，小乱子从此就又开始往胡明慧那里跑了。其实，她们各自都有太多的话要说一说了，在这村子里，只有她们认识钟立，只有她们有资格对钟立和胡明珍的事说三道四，眼看着这对男女闪电般地好在了一起，且对她们理都不带理了，她们再不碰在一起说说，真是憋也要憋死了。

每天胡明珍在城里的时候，小乱子也就在胡明慧家了。胡明慧自从认识了钟立，对那个车间主任突然地就没了兴趣，即便发现钟立和胡明珍好起来，她对车间主任也热情不起来了。她知道这挺傻，但她没有办法，在钟立这儿，她变得忽然不那么实际了。小乱子呢，原本就没对钟立抱什么希望，只因为无意中帮了胡明珍的忙，她实在咽不下这口气去。还因为，村里人总在开她的玩笑，说她是不是发扬风格，把自个儿的男朋友让给胡明珍了？人们总说总说的，小乱子有时就当真把钟立看成了自个儿的男朋友了，而胡明珍也就真的成了第三者，夺走了她的所爱。她想她当然是爱钟立的，只是没敢想过，只是胡明珍把钟立夺走后她才意识到罢了。她固执地把这看法当成了事实，内心就愈发地不平了。她对胡明慧说：“他们啊，是兔子的尾巴长不了的。”胡明慧希望听的就是这话，她连连点着头，说：“没错，老二那样的，和谁能长得了？除非和她自个儿。”她们就开始共同数说胡明珍的千般毛病，以证明她和钟立长不了。愈是数说，她们愈是坚定着这一看法，仿佛今天就能看到他们的分道扬镳似的，而钟立，则会在她们面前承认自己的一时糊涂，和她们重新友好起来。她们都小心地用了“友好”这个词，谁也不吐露另一种情感，心里却又明镜似的，对对方抱有几分不屑和警惕。她们在一起只拉闲话儿，不说实际的部分。实际的部分是：小乱子几次去了钟立工作的公司，而胡明慧也几次拨通了钟立的电话。虽说只是简短的接触和对话，但钟立对她们都很友好，没有一点疏远她们的意思。这让她们对胡明珍不平的同时，心里也各自私密地生出了希望。

可以说胡明慧和小乱子都在作着焦急而有耐心的等待，等待哪一天钟立和胡明珍的分手，分手以后的事虽说不好预测，但只分手就足够是个重头戏了，特别是在她们恢复友好关系之后，她们对这重头戏就更加地坚信不疑了。

这一天下班，胡明慧骑摩托车在前，胡明珍骑自行车在后，随了下班的人流向厂外走。胡明珍和钟立约好在一家电影院门前见的，可是走出厂门，却见钟立的摩托停在外面，离摩托两米多远的地方，钟立正和胡明慧在亲热地说话。钟立的手放在胡明慧的摩托车把上，和胡明慧的手几乎都要挨在一起了。胡明珍怔一怔，调过车把就往家里的方向去了。

钟立和胡明慧自是很快赶上了胡明珍，胡明慧前头先走了，钟立则拦下胡明珍，问她怎么往家走，不是说好了去电影院吗？胡明珍脸色难看地说：“这要问你自己呀。”钟立说：“我是想给你一个惊喜。”胡明珍说：“什么惊喜，是想给别人一个惊喜吧？”钟立说：“我不懂你的意思。”胡明珍

说："一看见你我就知道，你不是为我来的。"钟立有些生气地说："不是为你我能为谁？"胡明珍叹一口气，说："为谁倒不重要，重要的是你开始烦我了。"钟立哭笑不得地说："我烦你？我为什么要烦你呢？"胡明珍说："你早想请她们看电影了，总也请不着，不烦我烦谁啊。这回好，自个儿送上门来了。"钟立一副万般不解的样子，说："一直都好好的，你怎么说不讲理就不讲理了呢？"胡明珍说："我怎么不讲理了，说好了在电影院门口的，你招呼都不打一声就跑来了，还跟人家亲热的，好像刚被解放出来，多少年没见面似的。"钟立说："那可是你姐。"胡明珍说："正因为是我姐你才有理由，别人你还不敢呢。"钟立说："我敢什么，我对你姐做什么了？"胡明珍说："还用做吗？一个眼神就够了。"钟立手指了胡明珍，气得说不出话来，半天才说道："想不到你是这样个人！"胡明珍说："我就是这样个人，刚知道啊，后悔了现在还来得及。"

两人就站在路上，你一句我一句的，从旁经过的人好奇地望着他们。还是钟立首先受不住，说："咱快走吧，算我的错还不行吗？"胡明珍却仍不放过："说你哪儿错了？"钟立说："我事先没打招呼就来了。"胡明珍说："我说没打招呼是错吗？"钟立说："那你说哪儿错了？"胡明珍便不吱声了，脚一蹬车子，一纵身上了车。这一回，倒也没再回家，而是往城里的方向去的，钟立叹一口气，骑了摩托赶了上去。

一路上两人也没怎么说话，直到进了电影院，头挨了头身体靠了身体的，气才渐渐地顺过来。胡明珍承认自个儿有点过分，但她说都是因为她太爱他了，别的她都可以不计较，她最怕的就是钟立对她三心二意了。钟立将她揽在怀里，时而亲吻一下，以示他对她不会三心二意。胡明珍说："你能保证，一辈子对我好，一辈子不三心二意吗？"钟立说："这还用说吗？"胡明珍说："用说，就要你说。"钟立只好就说了一遍。胡明珍这才高兴起来，见钟立的话仍不多，便搂了他的脖子，嘴贴了他耳边说："要是你还不高兴，今儿你可以随便。"钟立果然也没客气，一只手很快伸进了她的衣服。她身体不由得有些抖，感觉这手就像钟立身外的一个贼，粗鲁而又陌生。她无奈地忍受着，想到这第一次竟是她央求他来做的，眼泪都不由得流出来了。

接下来的几天，两人仍约了在城市会面，仍是形影不离、相亲相爱的样子。但他们不知道，那第一次的争吵其实远没离开他们，就仿佛一种瘟疫，有了第一次，第二次第三次第四次也就不可避免了，它不动声色而又迅猛、机敏，几乎不肯放过任何一次爆发的机会。

第二次，是钟立无意中提起小乱子到公司找过他的事，胡明珍便问钟立为什么没早说。钟立说："没想起来。"胡明珍便说："不是没想起来，是有难言之隐吧。"钟立说："跟她能有什么难言之隐。"胡明珍说："我敢肯定，她找你是黄鼠狼拜年没安好心。"钟立说："人家可没说过你的坏话，每次去都尽夸你了。"胡明珍说："每次去，她还去了不止一次呀，你可瞒得够结实的。"钟立说："你呀，我有什么好瞒的？"胡明珍说："那每天有多少说话的时间，你都只字不提，为什么？"钟立说："你又不喜欢她，提她你该更不高兴了。"胡明珍说："看看，不是没想起来吧？那我就不明白了，你明知我不喜欢她，还跟她私下来往，你倒是喜欢她还是喜欢我呢？"

第三次，是胡明珍吃完午饭经过厂办室时，发现胡明慧正在和钟立通电话，厂办室空无一人，胡明慧显然是想趁了人们在食堂吃饭的机会和钟立说说话，没什么具体事，但兴奋的声音胡明珍是听得真真的。胡明珍问起钟立，钟立倒也不否认，还说："怎么了，你姐打个电话怎么了？"胡明珍自是不干，两人便又是一场唇枪舌剑。

第四次，是两人一起在城市的中心广场散步时，钟立连连打了两个哈欠，胡明珍就不高兴起来，一定说钟立对她厌烦了，说从前他可从没打过哈欠……

这样一次又一次的，两人几乎每天都有争吵发生，有时候，一整个约

会时间都被争吵引起的不快笼罩着，胡明珍是一定要钟立承认是他的错，一旦真的按她说的承认了，她却又伤心害怕起来，求钟立千万别厌烦她，千万别离开她，不然她就只有去死了。这样说一两次钟立还会感动，总说总说的，钟立就不大想听了。有一次，钟立郑重地说道："明珍，原以为你不计较钱物就是好女孩，其实这么个计较法还不如计较钱物呢，再闹下去，我可真要厌烦你了。"胡明珍还从没听钟立这么郑重地说过话，她望着他，忽然意识到，他和她之间是真有了问题了，从前他欣赏的东西，现在他开始怀疑了，而他怀疑的，正是她多少年来要坚持的……她心里不由得有些发冷，她想，到底是钟立看错了她，还是她看错了钟立呢？

再约会时，胡明珍就节制了许多，对钟立有不满时，能忍就忍了，尽力去回味最初他给她的感觉，比如声音。她想起胡明慧拉钟立到卧室看她的收藏时，她对他们声音的差别是多么敏感，她甚至认定，就凭这差别，钟立也不会喜欢胡明慧。她便将这话讲给钟立听，钟立却并不在意，他说他自己倒没感觉。她便有些失望地问钟立，她和胡明慧的声音有没有差别，钟立摇摇头说，也差不多少吧。她没有再吱声，心想，这个她能为之一死的人，有时竟也和胡明慧一样地愚笨呢。还有最初的默契，似也愈来愈少了，有时候胡明珍试了去寻找，让钟立猜她想什么或者她去猜钟立想什么，往往就错了。错了也罢，有一次钟立竟然说："累不累呀，你应该学学你姐，想什么就说什么，开朗又大方。"节制了多时的胡明珍终于前功尽弃，和钟立爆发了又一轮的争吵。这一次，钟立不仅更郑重地批评了胡明珍的"计较"，还不留情面地说，农村女孩和城市女孩到底是有差别的。胡明珍心里一惊，问他什么差别，钟立说："农村女孩到底不如城市女孩大气。"胡明珍问他："城市女孩怎样大气，农村女孩又怎样小气？"钟立说："城市女孩就不会把这类小事看得比天还大。"胡明珍说："那小乱子和胡明慧呢，她们也不会把这类小事看得比天还大。"钟立说："那她们就跟城市女孩差不多了。"胡明珍便笑起来，问钟立城市人是否都是这种眼光，钟立说："是又怎样？”胡明珍说：“对不起，那他们就都是笨蛋了。”

争吵多了，约会就少了，开始是每天一次，后来成了隔天一次，再后来成了一周一次了。约会时间每改变一次，胡明珍的身体也相应地要蜕变一次似的，会躺上整整一天，不吃不喝，也不见人。对钟立的失望是肯定的，对钟立的依恋却更加肯定，有时她甚至想，用她坚持的那些东西去换与钟立的每天会面，她也会干的！但真的见到钟立时，不快又会像病毒一般地蔓延开来。

这个时候，胡明慧仍时而和钟立通个电话，小乱子仍时而到钟立的公司去，胡明慧和小乱子也仍经常见面，她们察言观色，对钟立和胡明珍的情况几乎是了如指掌，她们欣喜地看到，这对痴情男女，正如她们预料的那样，是兔子的尾巴长不了了。

这时，小乱子又意外地得到了一个机会，钟立的母亲病了，钟立和父亲又不会做饭，正发愁时，小乱子来找钟立了，钟立便忍不住对小乱子说了。钟立自个儿也奇怪，这事对胡明珍都没说，怎么就想跟小乱子说呢？小乱子自是抓了这机会紧紧不放，跟美容院的表姐请了三天假，一心地照顾钟立的父母，买菜、做饭，洗衣、打扫，还讲故事，讲笑话，真是手一份，嘴一份，哄得钟立的父母一辈子都没这么舒坦过。钟立呢，偏偏又在这时骑摩托跟人撞了一下，脚脖子肿得老粗，走路一拐一拐的，小乱子就连钟立也负责起来了，家里任何的事不要他帮了做，还打来洗脚水，亲自为他洗脚、按摩。钟立家住的还是过去的大杂院儿，一间北屋，一间东屋，之间还有个用破木板搭起的厨房。钟立一直没请胡明珍来家里，也是这个原因，但小乱子他就不怕，小乱子是唯一一个来他家的女孩子。他的腿摔着后，他和胡明珍在一家餐馆见了次面，胡明珍发现他的伤处，立刻哭了，但只是哭，说不出任何的办法。他自是不好把小乱子的事告诉她，但相比之下，他忽然觉得，若论成家过日子，小乱子显然是更合适些的。

三天过后，钟立的母亲病好了许多，却舍不得小乱子离开了，说：“你

就住这儿吧，咱娘儿俩住北屋，他们爷俩住东屋，省得大老远地往村里跑了。”小乱子自是巴不得，但她说：“侍候您老人家是没说的，就是怕影响钟立。”钟立的母亲问：“影响他什么？”小乱子便把钟立和胡明珍的事说了。钟立的母亲想了想，说：“那也无妨，他谈他的女朋友，我认我的干女儿，假如为这事他那女朋友不乐意，那她就再甭想进这个家门了。”小乱子听了，高兴得心跳都加快了，她想，没有假如，胡明珍是一准儿地不乐意的。

小乱子很快给胡明慧打了电话，说这几天不能去她那儿了，要在钟立家住几天，钟立的母亲希望去陪陪她。胡明慧这边听得都怔了，直到小乱子挂了电话还没回过味儿来。待胡明珍下班，胡明慧就问她：“这几天可见到钟立了？”胡明珍说：“见着了。”胡明慧又问：“可见着小乱子了？”胡明珍说：“见小乱子干什么？”胡明慧说：“小乱子可都住到钟立家去了。”胡明珍以为胡明慧有意骗她，从鼻子里哼一声，就上楼去了。胡明慧喊：“不信你就打电话问问钟立！”胡明珍在楼梯上也喊：“不问，想问你问吧！”胡明慧果然就给钟立打了电话，她自个儿其实也不大信，但电话那边的钟立，对此一点不否认，他说：“对，她是要在我家住些天。”钟立没多解释，她也没再多问，只在心里想，这个小乱子，真够妖精的呀，竟跑到人家肚子里去了！

直到第二天下班，胡明珍给钟立打电话，问他的腿怎样了，钟立说没事，只是这些天家里事多些，和她的约会又要推迟了，胡明珍才想起胡明慧的话，开玩笑地问道：“不是因为小乱子住在你家吧？”钟立那边怔了一下，说：“你怎么知道的？”胡明珍的呼吸立刻有些急，说：“她还真住在你家了？”钟立说：“是……是这样……”胡明珍没等钟立说完，就啪地将电话挂断了。

很快地，钟立就骑摩托赶来了。他的腿还没好，上楼时疼得汗都出来了。但来到胡明珍的房间，胡明珍躺在床上闭了眼睛，看也不肯看他。他坐在床边，好话说了一遍又一遍的，胡明珍只是不睁眼。最后，胡明珍听到钟立几乎是带了哭声说：“要是，要是小乱子长成你这样就好了。”胡明珍心里咯噔了一下，她忽然意识到，这半天里他只是说啊说的，竟是连她的手都没碰，他为什么就不能碰一碰她的手呢？

果然，没过了多少天，小乱子和钟立订婚的消息就在村里传开了。胡明慧愤愤地跑到楼上责怪胡明珍：“活该，人家都找上门来了，你还硬要装模作样。”胡明珍说：“你知道个屁，他找上门来，是下通知来的。”胡明慧说：“那你就该毁了他的通知。”胡明珍说：“今天毁了，明天怎么办，那边有个小乱子，小乱子不怕苦不怕累，我可是怕。”

胡明珍躺在床上，又闭上了眼睛。这些天，除了上班，她就这么躺着，人瘦得似乎都要起不来了。胡明慧看着，忽然地有些心疼，说：“你也该好好吃顿饭了，我给你做饭去。”往外走着又说：“真是他妈的怪了，钟立怎么就和小乱子结婚了呢？”

听着胡明慧下楼的脚步声，胡明珍想，是啊，她胡明珍就是有千般错，和钟立结婚的也不该是小乱子啊。还真应了小乱子说她的那句话了，“一辈子也做不成什么大事。”但小乱子能在钟立身上做成大事，那钟立还是她想要的那个钟立吗？

想来想去的，想得脑袋都疼了，胡明珍不由得坐起身，忽然觉得是该好好吃顿饭了，吃完饭去看看她的老爸老妈，能熬过这些天，还多亏了这幢房子呢。

2003 年 5 月 24 日

《人民文学》2003 年第 9 期

两个女人一条街

这村子原来只有六条街，前街、后街、东街、西街、学堂街、中正街。后来村里办了工厂，一天天地富起来，就在村边上盖起了一排排的宿舍楼。宿舍楼里冬天供暖气，夏天有空调，全由村里统一地安装，街里的人就纷纷舍了陈年平房，往新盖的宿舍楼里搬。这样是愈搬愈盖，愈盖愈搬，没有几年，宿舍楼里的街道竟也有了三四条了，村里还给这些街道起了名字，给楼房排了顺序，给住房挂了门牌号，就跟城市里的住法一模一样，不同的只是住房宽敞了许多，一个三口之家就可占到两个单元两百平米。现在的情况是，村边上热闹起来了，村里倒冷清了许多，到处是上了锁的空房子，长了青草的空院子，原来最热闹的中正街，如今是最惨的，仅剩了两户人家，还是两户有了宿舍楼人家的老人，孩子们搬走了，老人却死活要在老街里再住上些天。街里的冷清，夜里睡去了还不觉得，尤其是到了白天，连个鬼影子都见不到，偶尔从街里走过，就如同活在梦里一般，怪异而又陌生。两家的老人似乎因此也正在动摇，只待孩子们再催促一声，他们也就将离开这条街了。再说街道的命运也没有哪个能说得准的，兴许村委会忽然一个决定，说毁一天里就全毁了。意识到这个危险，留下来的人其实早做着搬走的准备，人住在老街里，心却一天天地与老街有着距离了。就在这时，中正街里却忽然有两个女人住进来了。

这两个女人一个叫李文良，一个叫张小灼，李文良是二十年前从中正街上嫁出去的姑娘，张小灼则是从河南来的打工妹。李文良回到这村里时张小灼正要随父亲回河南，因为张小灼被村里的一个男人奸污了，那男人被当地派出所拘留起来，张小灼的父亲觉得已无颜再待在此地。而张小灼是不想回去的，她随父亲一直在这里帮人种菜，种菜的生活让她迷恋，虽然她的事已传遍了全村，但她想，她不认识村里的人，也就如同村里的人不认识她，既是互不相识，传不传的又有什么关系呢。正当她与父亲争执不下时，李文良从城里回来了。李文良的父母早已去世，哥嫂也早搬进了宿舍楼，老家的平房虽说完好无损，但屋里空荡荡的已是一无所有，哥嫂怎样地劝说李文良，李文良也执意要住在中正街的老家。李文良对哥嫂说，别的你们都不用管，只求帮我申请一块菜地，再找个种菜的女帮工就行了。于是，李文良的哥嫂就找到了张小灼。

张小灼见到李文良那天，李文良正往屋里搬家具。那些家具也不知从哪里运来的，比她在这村见过的所有家具都要好看。李文良倒不客气，对张小灼使唤了又使唤的，直到把全部家具都安置妥当。让张小灼惊喜的是，她并没有被白白地使唤，家具也有她的一份，一张床，一套沙发，一张三屉桌，还有个带了穿衣镜的衣柜。张小灼把自己那简单的行李卷铺散开来，发现褥子比床短了一截，被子又薄又破，床单的颜色也土兮兮的，真是寒酸透了。她正瞧着为难，李文良进了她的房间，说："把它们扔了，上我屋拿新的去。"张小灼一时没敢动，李文良说："去呀。"张小灼说："我……我租不起。"李文良说："谁说租给你了？"张小灼说："我更买不起。"李文良说："想买我还不卖呢。"张小灼说："那工资呢，你不会减工资吧？"李文良说："每月 500，一分不会少你的。"张小灼吁一口气，又问："为什么呢？"李文良说："这还不明白，只为要你听话干活儿。"张小灼这才彻底放了心，说："你就放心吧，我一定会好好干的。"说罢张小灼就出去收拾院子，把院子里的青草铲了又铲的，又把枣树下的石桌石凳冲刷干净，还擦玻璃，墩地板，去厨房安置炊具什么的，凡是她认为自个儿应该干的，都一一地去干了。她想，遇上这么个宽厚的雇主，再累也值了。

在张小灼忙活的时候，李文良也没闲着，她不知从哪里弄出一张黑板，挂在了她房间的屋檐下。那黑板已几乎是灰白的颜色，板面也有些变形，

中间凸四边凹，就像个罗锅子。但李文良很珍惜的样子，先用水冲了两遍，又拿褯布边边角角地擦干净，然后从她带来的提包里翻出两瓶墨汁一把刷子，将墨汁咕咚咕咚倒进一只大碗里，便开始一遍一遍地刷那黑板。张小灼边忙活边看她刷，心里很是奇怪，这罗锅黑板于她有什么用处呢？

李文良家的房子盖得高大，房檐也宽，且是一色的青砖，是当时较富裕人家的盖法。李文良记得当时父亲在城里上班，每月交到母亲手里60块钱，几乎相当于她跟哥嫂一年的工分。母亲将那钱装进一个小布兜里，又把小布兜锁进衣柜里，然后，盖房的时候就一下子拿了出来。李文良抬头望着宽宽的房檐，房檐上方有几块瓦片探出头来，就像顽皮孩子的脑袋。她对它们再熟悉不过，每逢下雨她就跑到它们下面去冲洗个痛快；瓦片之间的青砖上还有一道道的印痕，有的能有半公分深，那是晒粮时留下的，半口袋半口袋的粮食拽上去，全凭了与青砖较劲了。她想起父亲一向手无缚鸡之力，半口袋的半口袋拽上去，还要将青砖勒得伤痕累累，母亲就在下面唠叨，白活了，真是白活了啊！不知为什么，她明知在城里坐办公室的父亲是委屈的，却也站在母亲一边，蔑视父亲的无能，她从来小看在体力活儿上不如女人的男人。李文良望着想着，手里的刷子也没停，她想，到底是回来了，到底是又见到这一切了。

李文良把黑板刷好的时候，张小灼也把该收拾的都收拾完了，张小灼擦一擦脸上的汗水，问李文良，“李姐，黑板做什么用啊？”李文良说：“派活儿用的。”张小灼说：“给谁派活儿？”李文良说：“给你啊。”张小灼不由笑道：“跟我说一声就记住了，还用写上去啊？”李文良说：“早先在家里的时候就是这样，习惯了。”张小灼说：“早先？早先你给谁派活儿啊？”李文良说：“那可多了，一队的女人。中正街你看到了吧，一条街就是一个生产队，这条街上的女人都归我管。”张小灼说：“那你就是妇女队长了？”李文良叹口气说：“你还知道个妇女队长，现在像你这年龄的，有几个知道妇女队长啊。”

张小灼望着李文良忧伤的神情，忽然有些明白了似的，说：“李姐，那你就当我的妇女队长吧，我保证服从指挥。”

李文良颇感欣慰地笑了，说：“我早看出来了，你是个能干、听话的女孩子。能找上你，我这趟也算没白回来。”

张小灼眨巴着眼睛，想问什么，还是咽了回去，转而提起吃饭的问题。

李文良说：“当然在一起吃了。”

张小灼说：“我是说伙食费……”

李文良说：“这样吧，饭归你做，伙食费归我拿，你能接受吧？”

张小灼高兴道：“当然能，我是不怕干活儿的。”

菜地的事李文良的哥嫂很快就办妥了，也没写什么申请，是他们将自己种的三亩菜地转给了李文良。他们进了村办工厂，忙不过来，早就想把地转给别人了，李文良的到来倒解了他们的燃眉之急。但他们怎么也不明白，李文良为什么一定要种菜地。李文良告诉他们，她是由于工厂倒闭、又与丈夫离婚才回来的，他们本抱了怜悯的想法，要腾出个单元房给她，但李文良好像并不悲伤，一双眼睛亮亮的，倒是十分兴奋的样子。他们怀疑她是受了刺激的缘故，菜地给她种，种菜的家什也一并转给了她，还把她带到菜地，一样一样地讲给她听，何时浇水何时喷药何时锄草何时间苗什么的。没想到刚讲个开头，李文良便不耐烦了，打断了他们说：“你们是不是忘了？”他们说：“忘了什么？”李文良说：“我当过妇女队长的。”他们先是一怔，然后笑起来，说：“还真忘了，都多少年的事了。”李文良说：“你们忘了我可没忘，这些年要不是这事，我早活不到今天了。”李文良说得认真，她哥嫂也不好笑了，便问她怎么回事，她却又笑笑说，没事，今儿回来了就没事了。她哥嫂望着她，猜是不好说的事，也只好说，没事就好，有用得着我们的地方，尽管言语一声。哥嫂的好李文良是晓得的，但再好与她也是两家人了，一口一个我们的，明明是生分得多了。不像前些年，家里凡事都听她的，在队里嫂子也要服从她的领导，里里外外她都

是一个人物，今非昔比，如今他们连妇女队长的事都忘了呢。

李文良的哥嫂为图省事，三亩地都种上了大白菜，李文良看着一地刚出土的菜苗，虽遗憾来晚了一步，却也禁不住满心的欢喜，她呼吸着菜地清新的气息，想自己与这土地真是有缘的，一站在这里，就如同与从前的岁月衔接了起来，城里那些年压根没过似的。她想，白菜就白菜吧，只要经她的手长起来，什么菜都是好的。

李文良住到中正街的第二天，就带了张小灼下地了。下地的头天晚上，李文良看一看漆黑的院子，问张小灼，“敢不敢去趟小卖铺？”张小灼问：“干什么？”李文良说：“白天只顾了收拾，把灯泡的事忘了，院儿里的灯泡是坏的。”张小灼说：“明天再买不行吗？”李文良说：“派活儿怎么办？”张小灼便笑了，说：“我一人儿的活儿，明早派也不晚啊。”李文良说：“明早怎么行，从前都是晚上派的，派完了睡觉踏实。”张小灼说：“那就把黑板拿到屋里写，写完再挂上不也一样。”李文良说：“这就是你的不懂了，屋里跟院儿里感觉不一样，派出的活儿也不会一样的。”张小灼说：“那灯泡是非买不可了？”李文良看张小灼怯怯的，说：“你不敢去，只有我去一趟了。”张小灼却说：“你去我也去。”李文良有些恼火地说：“在家你还怕什么？”张小灼要哭的样子说：“白天你让我干什么都行，就是夜里，我是真怕。”这时，李文良才忽然想起张小灼那件事来，缓和了语气说：“放心，有我在，没人再敢欺侮你了。知道辈分吗？在这村里，六七十岁的人还得管我叫声姑呢，光叫我姑奶奶的少说也有上千人。”张小灼疑惑的目光望望李文良，还是点了点头。

李文良在村里的时候，小卖铺只有两家，都设在中正街与学堂街的十字路口，离李文良家只有几十步远。现在李文良听张小灼说：“小卖铺全部都在宿舍楼一带，平房区是一家也没有了。”李文良说：“小卖铺算什么，最没用的人才开小卖铺呢。”张小灼说：“可是，他们能赚钱啊。”李文良说：“开铺子是只要脑子，种地是又要脑子又要力气，哪个算是全人？”张小灼便不吱声了，想这李文良是真怪，多少人打破了脑袋要往城里挤呢，她却偏偏回了乡下，回乡下还不算，还要住老街老房子，还要在黑板上派什么活儿，整个儿一旧得要死的人呢。可是，她明明又自信得要死，仿佛谁都不如她，一世界的人都不如她看得明白，她倒像是最新最新的人了。张小灼想，管她新还是旧，只要有钱挣，吃住得舒服，新旧跟她又有什么关系。

中正街是南北街，横穿学堂街、前街、后街、东西街，而宿舍楼就在这几条街的西面，也就是说，从中正街选择任何一条街都可到达宿舍楼区。李文良带张小灼走了学堂街，李文良说："学堂街的路灯肯定是亮的，别的街就不敢说了。"张小灼说："你怎么知道？"李文良说："学堂街读书人多，规矩。"张小灼想起自己从前住的是西街，路灯也总是亮的，就说："西街的读书人也多吧？"李文良连连摇头，说："西街的人最少教养了，上学的孩子也没一个聪明的。"张小灼说："为什么呢？"李文良说："西街都是外姓人。"张小灼说："外姓人怎么就不聪明呢？"李文良说："天生的吧，上几辈人他们就没聪明过。"张小灼说："我在这村子里也是外姓人。"李文良说："你不一样，你在这儿才待几天。"张小灼说："我要想长期待下去呢？"李文良说："为什么？"张小灼说："我没办法去城市，又不想回家，不待在这儿又能去哪儿。跟我们那儿比，这儿就是城市了。"李文良看看张小灼，说："你的目标在城市，跟当年的我倒有点接近了。不过我那时进城可不为挣钱，为挣钱跟西街人又有点接近了。"张小灼说："为挣钱有什么不好？"李文良说："为挣钱活着的人至少不聪明。"

两人说着话，就从中正街走到了学堂街。学堂街果然是亮堂堂的，十几盏灯规矩地一字排开，迎接她们似的。李文良说："怎么样？"张小灼就提醒她，中正街的灯也是亮的。李文良不理她，顾自说自己是如何喜欢村里的路灯，说村里的路灯比城市的路灯有味道，从打村里安上路灯她就喜欢在街上走来走去的，那感觉就如同走在天堂里一样。张小灼便笑，李文良说："你笑什么？"张小灼说："路灯就是路灯，天堂什么样谁见过？"

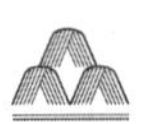

李文良说："你真可怜，感觉都不懂。"

张小灼发现，学堂街与别的街真有些不同，学堂街家家户户的门口都有一级一级的石头台阶，光溜溜的，在路灯下简直要发光的样子；有的门口还有石狮子、上马石，一对一对的，就像家门口的卫兵一样。别的街可是没有这些的。李文良告诉她，这就是学堂街，学堂街除了人聪明，就是家门口的石头了，凡是在这村儿长大的，哪个不稀罕学堂街的石头啊。中正街就挨了学堂街，小时候尽来这儿玩儿了，往石狮子上一骑，往上马石上一躺，半天半天地不想下来，有一回为占上马石还跟学堂街的一个男孩子打起来，打得人家满嘴是血，哭着就跑回家去了。学堂街的人聪明是聪明，就是没力气，干起活儿来男人还不如女人。李文良说着正经过一对上马石，就当真往上一躺。上马石分两截，一截高一截低，李文良的上半身躺下边，两条腿翘上边，脑袋、肩膀都探了出来，样子十分地可笑，李文良却还不肯下来，指了另一个上马石说："小灼你也躺上去，躺一回就多一分聪明。"张小灼不躺，只是笑。李文良说："你又笑，你吃亏就吃亏在看见什么就是什么，以外的东西就看不见了。"张小灼说："石头以外还有什么呢？"李文良说："你不躺怎么能知道还有什么，当然，你这样的人，躺了还是不知道。"李文良翻身站起来，与张小灼继续走。学堂街静悄悄的，不见一个人影，倒是有不少亮了灯光的人家，说明比中正街留下的人是多些的。李文良叹口气道："如今的孩子，石头都不稀罕了。"她想起有一回她跟个女孩子搂抱着在上马石上睡着了，从那天起她跟那女孩子就好起来，好得一个人似的，一块儿上学，一块儿拔猪草，一块儿占石墩子，还一块儿跟人打架。女孩子叫英子，后来她当妇女队长时英子总是不离她左右，干活儿、吵架，什么事都替她冲在前头。有英子那些年，过得才真叫快活啊。可是一结婚，就什么都没有了，妇女队长没有了，英子没有了，菜地没有了，快活也没有了。跟前的这个张小灼，跟当年的英子倒是一样的年龄，可跟英子哪哪都不能比呢。

学堂街的西头，便是宿舍楼区了，张小灼说："小卖铺都集中在一条街，一家挨一家，约莫有十几家。"李文良想，快赶上城市的街道了。

楼区里显得热闹多了，哪哪都是灯光，哪哪都是声响，大人、孩子的喧闹声此起彼伏。不知哪一家铺子的音响放着《回家看看》，街上的人便有跟了唱的，比那音响的声音还高还亮。张小灼也显得比刚才兴奋了许多，这里望望那里望望的，有时还不由得随了那音响跳跃几下，待李文良惊异地看她，她才停下来，佯装没事人似的继续走。李文良说："城里也到处在放《回家看看》，但除了我，没一个真想回家的。"张小灼说："那就都跟我一样，我真觉不出回家有什么好。"李文良跟一个认识的人打了声招呼，那人热情地拉了李文良说了又说的。待那人过去，李文良说："看见没有，这就是回家的好处。"张小灼说："你喜欢跟人说话啊？"李文良说："不是说话。"张小灼说："那就是亲热？"李文良说："也不是亲热，跟你说不清，反正在城市是不会得到的。"两人进一家小卖铺买了灯泡，又买了些日常用品，那卖货的女孩子看也不看她们，目光只盯在东西和钱上。李文良对她仔细看看，见是小小的眼睛，扁平的鼻子，微微翘起的嘴巴，就说："你是英子家的闺女吧？"女孩子这才注意起她，说："你怎么知道？"李文良说："我叫李文良。"女孩子有些茫然地摇摇头。李文良说："你妈没跟你提过我？"女孩子说："没有。"李文良说："再想想，当过妇女队长的，你该叫我老姑的？"女孩子仍然茫然着，说："没有。"李文良看看张小灼，很不甘心的样子，说："别人不提她也会提的，这孩子没脑子罢了。"没想女孩子冲口说道："你才没脑子，老姑那么好让人叫的？"李文良也恼火道："你这孩子，老姑还有冒充的吗？"女孩子说："反正没见过你，反正我不能管没见过的人叫老姑。"李文良拉起张小灼说："咱们走，给她这样的当老姑，我还不想当呢。"两人走出来，想起灯泡竟是忘拿了，张小灼又返回去，听那女孩子嘴里嘟嘟囔囔，似还在为"没脑子"的话耿耿于怀。张小灼说："要我是你，就叫声老姑，哄她一高兴，兴许还多买

东西呢。”女孩子说：“听说话你是外地人吧？哄了她多少钱了，我也听听？”张小灼红了脸说：“不知好歹的，早晚你也会赔进去的。”女孩子说：“你是谁，也敢骂我？”张小灼说：“听好了，我管李文良叫姐，我是你老姑！”出门后李文良问：“你跟她说什么呢？”张小灼说：“教教她，怎么叫老姑。”李文良说：“真没想到，英子会有这样的闺女，那时候英子跟我，好得‘不’字都没说过。”

两人回去时走的是前街，李文良说，前街也有特点，小学、诊所、大队都在前街。张小灼说，早搬到楼区去了。李文良怔一怔，说：“搬了也得看看旧址。”李文良又说：“不要以为我是怀旧来的，我绝不是喜欢怀旧的人。”张小灼说：“谁也没说你是怀旧啊。”李文良说：“没说就好。”结果，经过小学、诊所、大队的旧址时，李文良只朝那空旷的院落看了两眼，脚步停也没停。张小灼在后面紧跟着她，两人的脚步声咚咚的，一整个前街只剩了她们的声音似的。张小灼不由地问：“怎么不看了？”李文良说：“知道吗？楼区原来是一片坟地。现在可好，这儿倒跟坟地似的了。”张小灼说：“你还说你不是怀旧。”李文良说：“我绝不是怀旧，我也不是反对盖楼，我是想不明白这人们，你就说英子，她怎么能把我忘了呢？”张小灼不再吱声，心想这李文良也是，一个妇女队长，就得让人家记一辈子吗？

从前街拐进中正街，走上几十米便是李文良的家了，但李文良没直接回家，带张小灼又拐进了路东的一条胡同。胡同里黑洞洞的，左右人家的门都紧闭着，显然已没人住了，愈往深里走，愈是一派死寂。张小灼说：“这是上哪儿呀？”李文良也不答话，只是走啊走的。终于走到了头，李文良往左一拐，眼前是个很开阔的院子。院子里有一溜北房，靠东墙是几排粗大的树木，在夜色里，房子和树木是黑中之黑，突出地矗立着，相比之下，开阔的地面倒如一湾水似的闪了几丝亮光，承载着夜中之物，也与夜中之物对峙着。张小灼说：“这是谁家呀？”李文良说：“谁家也不是，生产队办公室。”李文良径直走向北屋门口，伸手就摸到了开关灯绳，一拉，门口的灯竟亮了。院子里黑色的敌意顿时消失，一切都变得柔和了许多。张小灼说："办公室是开会的地方吧？"李文良说："也是派活儿的地方，看见没有，黑板就挂在这颗大钉子上。"李文良摇一摇门口右边的一颗大钉子，没能摇动，便注视着它，十分动情的模样。张小灼说："黑板呢？"李文良说："家里那块就是。结婚那年土地承包到户，没人再需要派活儿，队里的东西也合价分了，我别的没要，就花十五块钱买了那块黑板。"张小灼说："黑板都变形了。"李文良说："你呀，又是看见什么就是什么，对我来说它可远不止是一块黑板呢。你想想，整整八年，八年里有多少个晚上？每个晚上都是它伴我度过的呀。它就像我手里的一根指挥棒，指到哪里人们就干到哪里，那时候，累是累点，有时还挨骂，可心里舒坦啊。小灼你是没经过集体干活儿的时候，队长一声令下，百十号人呼啦啦一字排开，你追我赶，谁都怕被谁落在后头，一地黑压压的人，就像蚕吃桑叶一样，悄没声地就把活儿干完了。干完了歇起来可就热闹了，说呀，唱呀，笑呀，闹呀，什么样的人没有啊，那洋相出的，简直把人笑破了肚子。"李文良说着竟真的笑起来，如同看见了那出洋相的人一般。张小灼却笑不出来，说："回去吧，天不早了。"李文良看看张小灼，说："你这话我过去也常听到，是英子说的。英子是专为陪我的，她手里总是纳一只鞋底，我活儿派完了，她那只鞋底也纳得差不多了。我就跟她开玩笑，要她来派活儿，我替她纳鞋底，她说，行啊。她拿起粉笔在黑板上半天才画出个李字来，还是躺着的。我也只纳了一针，还把手扎了一下。她把粉笔交给我说，上天注定什么人就是什么人，换不得的。这话她说了有二十年了，到今天我还记得清清楚楚，不是因为我比她有多高明，是真觉得有些事有些人是不能替换的，替换了就要出问题，就好比我，结婚到城市以后替换了角色，就出了问题。"张小灼说："出什么问题了？"李文良说："问题可大了，不然我也不会回家来了。"后来，张小灼就一直静等着听李文良说她的问题，可是从办公室走回家，都没再听到李文良的一句话。

第一天，李文良给张小灼派的活儿是浇地。黑板上以很流利的粉笔字写着：石婆岗，浇白菜地2人：张小灼　李文良。张小灼说："石婆岗是地名吧？"李文良点点头，说："可惜3亩地都在石婆岗，往后只能写个石婆岗了。"张小灼说："都在石婆岗，也就不用写了，总不过咱们俩人儿，人不换，地也不换……"李文良打断张小灼说："你懂什么，不写地名叫什么派活儿，今儿有个石婆岗，赶明儿兴许就能有虎头岗，三角地，双龙沟，这些地块都装在我脑子里，地贫地肥地干地湿几亩几分我都还记得一清二楚，早晚我会在黑板上写上这些地名的。"张小灼小声嘟囔道："地名好写，下地的人可有限呢。"李文良说："你说什么？"张小灼看李文良认真的样子，只好说："地多了人也得多，到时候我再帮你找几个打工妹来。"李文良竟是十分高兴，拿了把铁锨给张小灼，自己也扛了一把，与张小灼一起出了家门。

张小灼随口而出的找打工妹的话让李文良兴奋了一路，到了石婆岗，李文良把铁锨往地上一插，看了张小灼说："浇完地暂时没什么要紧活儿，你能不能回老家一趟？"张小灼说："干什么？"李文良说："找几个打工妹来。"张小灼吃惊道："说找就找啊，你的地呢？"李文良说："我自有办法，你找来人就行了。"张小灼说："人倒是好找，可眼看这一年只剩了冬天了，找来的人有没有活儿干？吃住怎么办？每月的工资给多少？常言说冬闲冬闲，就算你能弄到几亩大棚菜，冬天也用不了几个工的，到时候你不亏大本儿了？"李文良听着便有些不快，说："我一生最不喜欢会打算的人了。"张小灼说："你派了八年活儿，八年中你哪天不打算啊？"李文良没想到张小灼敢这么说她，就愈发地不快了，说："我那是什么打算，你这是什么打算，我心里装的是人是地，你心里装的只是个钱，我跟你怎么会一样？"张小灼说："坦白地说，你心里装的什么我不知道，我心里装的是我自个儿，我不想刚找到个饭碗就被一伙子人抢了。"李文良看着张小灼，发现她的一张脸在晨光下纯纯净净的，跟当年的英子倒有几分相似似的，便转过脸不再去看她，只说："这话倒也实在，看在你实在的面上，打工妹的事以后再说。不过你要记住，这种小打算我是不喜欢的。"

尽管这样，张小灼还是很快就高兴起来，浇地时十分地卖力，不停地拿铁锨拍拍这里修修那里的，将一条垄沟收拾得又光滑又结实，使清清的井水毫无阻碍地流到了畦子里。一边干一边还又哼又唱的，将刚才的事忘了似的。李文良用的是另一条垄沟，垄沟上长满了细弱的小草，水流通过时，小草摇头摆尾的，为水的到来欢呼着。终于流到畦子里，菜苗显得更绿更新鲜了，土地滋滋地吸吮着流水，流水在清香的气息中欢快地漫延到每一个角落。李文良岂止是高兴，简直有几分激动，她想，幸亏回来了，回来是真好啊。

李文良与张小灼只隔了十几米，干一会儿就相互望望，说一会儿话，又开始干自个儿的。四周的地里也有人在干着什么，多是孤单单的一个人，老远地看去，就像安在地里的假人儿。李文良有些怜悯地望望他们，就更觉出了张小灼的宝贵，但她仍觉得，只一个张小灼还是不够的，远远地不够。李文良告诉张小灼，浇地这活儿在生产队的时候是最轻闲也最孤单了，年轻人谁也不想干，想干的只有老人和结了婚的女人，老人是图个轻闲，女人是为了抽空做做针线。可是现在，她们俩在这地里倒成了最不孤单的了。李文良说："我敢肯定，地里所有的人都在眼红我们。"张小灼心里不以为然，却怕又惹得李文良不高兴，便说："肯定，我也肯定。"李文良说："这才是浇地，过几天肩挨肩地锄草，肩挨肩地间苗，他们就更眼红了。"张小灼说："是，他们就更眼红了。"李文良说："收了白菜，种上几亩大棚菜，再多找几个人来，上工一块儿走，下工一块儿回，说说笑笑，热热闹闹，你就看吧，全村子的人都要眼红了，他们会说，李文良行啊，不愧是当过妇女队长的。"张小灼这一回却没附和，低下头用力改一个畦子，畦子口一改，水哗地就往前流去了。李文良老远地看一眼张小灼，说："张小灼，你又打小算盘了。"张小灼在水里洗刷着铁锨上的泥土，说："我不是打小

算盘，我是在想，现在的人们，是会眼红收入，还是会眼红热闹？”李文良说：“先说说你吧，你是眼红收入还是眼红热闹？你这样的人不用说也是眼红收入的。”张小灼说：“要是你换了我，也会眼红收入的。”李文良说：“不用跟我说换不换的，穷日子我比你过得也不少，钱我比你见得更多，到底我也没跟钱近起来。”张小灼说：“那你为什么呢？”李文良说：“为什么，你要想知道为什么，就跟我干几年再说吧。”

就这样，李文良和张小灼开始了她们的种菜生活。不管她们怎样地意见分歧，干起活儿来却是和谐愉快的，两人都是一样地能干，也一样地肯干，还一样地喜欢说话，她们是手一份嘴一份，说话不误干活儿，干活儿也不肯误了说话，时而还要比上一阵，比谁先干到地头儿，比谁的话说出来能让人开心。干活儿的比赛通常是成功的，说话的比赛却常常地半途而废，无关紧要的话题还可，只要一涉及钱和妇女队长的话题两人便会不欢而散。李文良蔑视张小灼的目光短浅，张小灼则嘲笑李文良的不切实际，李文良说张小灼是少年老成，张小灼则说李文良是老年天真。说这话的时候李文良有一回就忽然否认道：“张小灼其实你也算不得少年老成，你顶多是个盯了钱看的俗人罢了。”张小灼随口就说道：“其实你也算不得老年天真，顶多是个盯了权看的俗人罢了。”张小灼脸上笑吟吟的，李文良却有些面红耳赤，说：“我看重的不是妇女队长的权力，是当妇女队长的那段生活。”张小灼说：“反正都一样。”李文良不放过地说：“怎么一样，你说说怎么一样？”这时李文良的脸已由红变得有些白了，张小灼被吓住了似的，说：“不一样，不一样还不行吗？”李文良不依不饶地说：“当然不一样，我跟你也不一样，我绝不是个俗人。”张小灼说：“你不是个俗人，我是个俗人，行了吧？”李文良这才不吱声了。可是张小灼又不甘心道：“你这个人，越说不怀旧是越怀旧，越说不俗兴许就越俗呢。”李文良自是不肯相让，又一轮的争吵于是就又开始了，直到张小灼再一次败下阵来才算罢休。

当然，她们的说话也有十分友好的时候，那就是说到各自的身世。张小灼喜欢听李文良说她在城里的生活，李文良则喜欢听张小灼离开家后的种种感受。讲完了，李文良就说："其实我们是一样的，都属于离乡背井。"张小灼就说："区别在于，你离乡背井的日子已经过去了，我才刚刚开始。区别还在于，你明白回来要干什么，我却明白根本不需要回去。"李文良说："你说的是表面的区别，真实的区别是，我在意的事你不在意，你在意的事我不在意。"张小灼明白李文良指的是什么，却已无心争辩，反倚靠在李文良的身上，忽生出许多的柔情来，她想，除了李文良，这里她还能倚靠哪一个呢。李文良也被张小灼温暖的气息所感动，她想，只要有这么个张小灼为伴，在意不在意的事情，又有什么要紧呢。

这一天，两人吃过晚饭，一块儿在李文良的房间里看着电视。电视里是一部言情电视剧，李文良专心地看着，张小灼则边看边织着一件毛衣。张小灼坐在李文良的身边，两只手飞快的动作不知不觉搅扰了李文良。李文良忍不住说："你就不能不织毛衣？"张小灼说："不织毛衣干什么呢？"李文良想起过去的英子总喜欢拿了一只鞋底纳呀纳的，但只要她阻止她，她就立刻不纳了。李文良就说："我最不喜欢抓空干私活儿的人了，更不喜欢为自己干私活儿狡辩的人。"张小灼不由得笑起来，说："私活儿？看电视就是公活儿吗？"李文良却认真地说："它胜过公活儿的意义，你知道吗，过去在生产队干活儿的时候，谁趁放歇的工夫纳鞋底或拔猪草，我就会扣她的工分；村子里演电影的时候，谁在家里做家务不去看，我就开会点名批评她。"张小灼说："为什么呢？"李文良说："你又问为什么，放开公私不说，人总该一心一意地做一件事吧。"张小灼说："看电视算什么事。"李文良说："我跟英子，曾经为看电视走过十几里路，你说算不算事？"张小灼就不再吱声，手里的毛衣也不得不放在了一边，但心里是不服的，她想，如果看电视都要专心对待的话，那世上可专心对待的事就太多了。

后来的几个晚上，张小灼就没再织毛衣，陪了李文良一会儿哭一会儿笑的，当时倒也怪激动，关了电视躺下来，又觉得不值，想那些事再好也跟自个儿没关系，毛衣再不好也是自个儿要穿的呀。这样想来想去的，有一天晚上她终于忍不住又把毛衣拿了出来。没待李文良开口，她就先说道："白天我归你管，晚上我就该自个儿管自个儿了。"李文良没想到张小灼会找到这样的理由，怔了一会儿，说："你应该知道，我把你并不仅仅当作打工妹。"张小灼说："要是你事事管我，倒不如把我当打工妹好了。"李文良说："有些事，不是想怎样就怎样的，我也说不清自个儿，无论如何，我没有伤害你的意思。"张小灼说："我不懂伤害不伤害，反正时间长了，叫人受不了。"张小灼说着顾自就织起毛衣，跟李文良挑战似的。李文良不作声地看了一会儿电视，忽然说道："那样的事你都经历过了，也没听你说受不了受不了的。"张小灼手头一用力，毛衣针一下子就断了，张小灼的泪水也涌出来，一串一串地落在毛衣上，张小灼抬起头看了李文良说："我懂了什么叫伤害了！"说完团起毛衣就跑了出去。

接下来的几天，两人的话就少了许多，虽说李文良跟张小灼道了回歉，张小灼仍是不肯再看电视，吃完晚饭就回自己的房间织毛衣去了。白天张小灼倒是依然地勤快，该下地了下地，该做饭了做饭，李文良让做其他的什么事情也不拒绝，脸上却是添了漠然，明显地是与李文良生分得多了。李文良自己也十分地后悔，不明白如何就说出那样的话来，张小灼愈是漠然，李文良就愈是后悔，多少次想与张小灼重归于好，张小灼却有意较劲似的，愈是不远不近、我行我素的样子。有一天吃过晚饭，李文良坐在自己的房间里，不知不觉就想起英子来。她想那英子虽有个拗脾气，跟她李文良却从不拗的，无论她怎样气英子，英子除了哭从没怪怨过她。当然她对英子好起来也是了不得的，有时候她宁愿担个不公平的骂名也要给英子派个好活儿，一整个中正街的女人只有英子享受过她的优惠。可是，她回来这么多天了，英子连面儿也没露过一回，怎么回事呢？于是李文良就关了电视，来到张小灼的房间，跟她说要出去一趟，一会儿就回来。张小灼立刻显出了紧张，问李文良去哪里？李文良说："去英子家看看。"张小灼说：“你去我也去。”张小灼的语气孩子似的，脸上的漠然也一扫而光，满是依恋的神情。李文良便感到，她们之间的生分在这一刻里已是完全地融化掉了，或者说那生分压根就是张小灼孩子似的赌气，赌气早晚会坚持不住的。但李文良没有改变主意，仍坚持一个人去英子家。李文良说：“我不能再迁就你，回来我是为了寻找我自己的生活，懂吗？”张小灼说：“可是，你的生活是离不开我的啊。”李文良说：“我完全可以再找个打工妹来，这几天我一直就在这么想。”张小灼说：“你想是想，我敢肯定你不会让我走的，我也舍不得离开你。”李文良说：“你这么说要是为了钱，就更让人小瞧你了。”张小灼说：“不是，至少不完全是，我也说不清，反正是不想走的。”李文良说：“你要真舍不得走，就替我看一回家，让我一个人出去。”张小灼没有办法，只好放李文良走了。出门时，张小灼一直将李文良送到了街上，仿佛长久的离别似的。中正街上冷清清的，路灯的光亮更反衬出一家一户的黑暗，那两个老人也不知搬走了没有，若是搬走了，中正街真就只剩了她们两个女人了。李文良心里不由得也酸酸的，几乎都要动摇出门的打算了，但回头望一望张小灼，还是迈开了脚步。

李文良在英子家里没待多长时间就回来了。张小灼惊喜地为她开了院门，又随她去了屋里。张小灼也不问她去英子家的事情，张口就说：“你知道我一直在干什么？”李文良说：“干什么？”张小灼说：“在想你。”李文良心里热了一下，说：“少跟我说好听的，又不是出远门。”张小灼说：“不知为什么，我就觉得你是出远门了，也许还不会回来了。”李文良说：“不回来就好了，再也不会有人事事管你了。”张小灼说：“管我我不高兴，不管我我更不高兴，我就这么个人，随你怎么对我好了。”李文良看着张小灼，忽然鼻子一酸，眼睛里闪出泪花来。张小灼说：“李姐，你怎么了？”李文良说：“英子，英子是再也找不回来了。”

原来，去英子家李文良并没有得到预想中的快乐。英子的老是不必说的，额头、眼角满是皱纹不算，头发还白了许多，门牙也掉了几颗，简直

是五六十岁的模样了。更让李文良不堪忍受的是英子的漠然，英子好像把从前的事情全忘了，任凭李文良怎样地提起，英子也只是浅浅地笑笑，并不附和。英子的女儿对李文良也仍是毫不在意的样子，李文良没坐一会儿她就催母亲去小卖铺替换她的父亲。李文良只好陪英子走出来，本打算路上跟英子说一会儿话的，但英子仍跟在家里一样，就使李文良愈发地失望。在小卖铺门前分手时，李文良忍不住问道，“这些年我想的最多的就是你英子了，你就没想过我吗？”英子只是摇了摇头，也不知是没想过，还是不相信李文良的话。眼看英子转身要进铺子里去了，李文良不由一把拽了英子的胳膊，说：“你就真的没想过？”英子被拽得被动地咧着身子，也有些发急，冲口说道：“这二十年，我闹了五六场大病，每一场都勉强才活过来，哪还顾得上想别的？”李文良松开英子的胳膊，说：“我怎么一点不知道？”英子说：“你要真想我，就不会不知道了。”李文良怔怔地看着英子，直到她步履蹒跚地进了铺子。

李文良细细地向张小灼述说着刚才的一切，述说的语调是委屈的，她说就算与英子的好压根没发生过，至少她也是个客人，英子不该那样地对待她。她还说这二十年她是没看过英子，可她一刻也没忘记过英子，这份情义，不是买了东西来看她几回就能替代的。她反反复复地说着这些，愈说就愈觉得委屈了，眼泪也愈来愈多起来。张小灼静静地听着，听完之后，也不说什么，却啪地打开了电视。电视里的人物还没发出声音，李文良就又啪地关掉了。李文良说：“你怎么不说话？”张小灼说：“我是想让你轻松轻松。”李文良说：“你不说话我怎么轻松？”张小灼说：“我是怕说出来又惹你不高兴。”李文良说：“你不说我才不高兴。”张小灼只好说道：“要我是英子，也会那样对你的。都二十年前的事了，只凭一个想字，就想唤回二十年前的热情，你是太一厢情愿了。”李文良说：“反正我没有骗她，我的的确确在想着她。”张小灼说：“你当然没有骗她，可她也没有骗你，她没想就是没想，一点也不作假，因为她需要的是实在的照看，你一点没给她，她凭什么就得想你？再说……”张小灼看看李文良，停了口，不再说下去。李文良说：“再说什么？”张小灼说：“我真的不想再惹你不高兴了。”李文良说：“尽管说，没关系。”张小灼说：“我真的是想跟你好起来的。”李文良说：“我知道，你就快说吧。”张小灼终于说道：“再说，你想的是她，还是当妇女队长的那段生活，怕是很难说清楚的，如果想的是她，她的情况你怎么会一无所知呢？”

李文良猛地站了起来，想说什么，却又坐了下去，沉了脸打开了电视。张小灼看着李文良，说：“你还是不高兴了。”电视上正播放广告，是一家三代女人对一种洗衣粉的赞扬。李文良看着她们说：“我很理解你的说法，你的说法是大多数人的说法。”张小灼意会到什么，忍不住说：“总不会大多数人不对，就你一个人对吧？”李文良的脸色更加不好看了，说：“你走吧，去你屋里织毛衣去吧。”张小灼说：“你说过没关系的，真说出来你又不高兴。”李文良说：“让你走你就走，啰唆什么？”张小灼站起来，往门口走了几步，忽然又转回身来说：“李姐，我想跟你在这屋睡。”张小灼的语气一下子显得软弱了许多，李文良向她投去蔑视的目光。李文良说：“我要是你，就乖乖地回屋睡去。”张小灼看看沙发，说：“哪怕在沙发上睡也行，求求你了。”李文良奇怪地看着张小灼，说：“你是真怕还是在有意气我？”张小灼说：“是真怕。”李文良说：“你还不如英子，英子有时候为眼前利益会横眉立目，绝不会像你这样低声下气。”张小灼说：“你说我什么都行，只要让我睡在这屋。今儿晚幸亏你回来得早，再不回来我真要去英子家找你了，我在那屋是一分钟也坚持不下去了啊。”李文良说：“今晚睡这屋，明儿晚呢？”张小灼说：“明儿晚再说明儿晚，说不定明儿晚就不怕了呢，我知道害怕是自个儿吓唬自个儿，可没有办法。”李文良哼了一声，说：“真没见过你这样的人。”

这一天晚上，张小灼就在李文良的屋里睡下了。李文良睡觉极轻，而张小灼又说梦话又磨牙的，搅得李文良总也没能入睡。到下半夜，李文良再也不能忍受，就拉开灯，唤张小灼起来。不管怎样地唤，张小灼仍沉睡不醒。李文良索性到她近前，拽起她的胳膊，试图将她拖扶到她的房间去。还未等拽起来，张小灼的手臂却忽然绕上李文良的脖子，使李文良的脸几乎与她的脸贴在了一起。张小灼嘴里含混不清地说着什么，热气不断吹在李文良的脸上，使李文良弯下的腰一时竟无法抬起。不知是为了抬起腰还是为了挪走张小灼，李文良不知不觉地将张小灼抱了起来，走了几步，发现竟是往自己的床的方向走的，试图返身往门外走，两手已没了力量，只好向前挪几步，将张小灼放在了自己的床上。

李文良已很长时间没跟人这样接近了，她气喘吁吁地看着熟睡的张小灼，心里的柔情不禁油然而生。很快地，她便躺在张小灼的身边睡着了。待第二天醒来，发现张小灼正把手搭在自己的身上，脑袋也靠在自己肩上，仍沉沉地睡着。李文良久久地躺着，动也不动，脑子也无法再想什么，全让这张小灼的手和脑袋占满了似的。

李文良和张小灼自打住进中正街后，从没有人来看过她们，只李文良的哥嫂请她们到宿舍楼吃了顿饭，后来就再没来往过了。李文良也不怪她的哥嫂，他们白天上班，晚上又常有应酬，没有应酬了还有看不完的电视，她又不是小孩子，又不是村里对他们有用的人物，来不来的又有何妨。对哥嫂的精明她是早了解的，因此也就不抱什么希望；抱了希望的，比如英子，现在也不得不放弃了。英子的例子让她得出了个结论，即农村的天地再广阔，也不会教人展开翅膀，只会教人斤斤计较，从实际到实际。李文良说这结论时，听众自是只有张小灼一个人，李文良还不客气地连张小灼也裹了进去，说：“其实张小灼比英子走得还远，原因就是从没离开过农村，打小受的是农民式的教育。”张小灼就问李文良：“那你为什么还要回来呢？”李文良说：“这问法本身就是农民式的，以为我是喜欢农村不喜欢城市才回来的，其实不是。”张小灼说：“那你就是因为喜欢城市不喜欢农村才回来的？为来农村改造我们这些斤斤计较的人？”李文良听出张小灼嘲讽的口气，便不再说下去，她明白，她与张小灼是谁也不可能说服谁了。张小灼年纪虽小，想法却坚实得很，那想法是不自觉、无意识的，随时随地便可有突出的表现，比那有自觉想法的人似还不易被说动，全然不像年轻时候的她，只要遇上个新想法就为之欢呼动情。李文良从没接触过张小灼这样的女孩子，道理上她们互相地排斥，情感上却又异乎寻常地亲近着，自从张小灼在李文良屋里睡了一晚之后，李文良就天天允许张小灼来屋里睡了，每当张小灼将胳膊搭在李文良的身上时，李文良就奇怪地将她们一切的分歧忘了个干干净净。

当然，李文良仍坚持着她的做法，比如每晚在黑板上的派活儿，每天与张小灼的同上工同下工，干活儿时对张小灼的指挥和关照，看电视时的专心，不肯下厨房做饭等等。张小灼也坚持着她的做法，肯干，勤快，做事一切从实际出发，只要李文良不生气，就喜欢与她争辩到底。有一次李文良高兴，提出要替张小灼做两天饭。张小灼却先敏感到她的工资，说："这两天饭不做了，饭钱还要不要？"张小灼是笑着问的，李文良却不肯再笑，转身就回了自己房里。张小灼没事人似的做饭去了，李文良却坐在屋里体味着自己的孤独，她想，若是多几个人一定是会快活得多的。一会儿张小灼端上饭来，李文良便把她的想法又一次说了出来。张小灼这一回说道："只要你有钱，尽管去多找几个好了。"李文良说："你以为我没钱吗？"张小灼说："你有钱，你钱多得花不下了才要回村里来，买村里的快活，既然我一个人不能让你快活，你当然可以找更多的人。"李文良说："你以为我是在买快活吗？"张小灼说："反正我要是有钱，就绝不是你这个花法的。"李文良说："你想是这个花法也做不到，你才多大，你经见过什么？"两人争辩了一会儿，都明白对方下面的话要说什么，忽然觉出了无聊似的，便都不再作声，一个想，从前的中正街是多么热闹啊；一个想，哪怕来个串门的人也好啊。

好像应了她们的想法似的，这一天晚上，忽然就有一个男人走进了她

们的院子。

李文良正在黑板上派活儿，张小灼则在厨房里收拾着碗筷。李文良听到有人叫了声文良姑，猛然回过头来，见是一个瘦瘦的中年男人站在跟前。李文良看了又看的，终于欣喜地叫道："是小兴子吧？"

小兴子也姓李，从前也是中正街的人，虽管李文良叫姑，与李文良却是很远门的当家。李文良对他从没大注意过，倒不是因为远门，是小兴子不大爱说话，只知道埋头干活儿，干起活儿来也不出众，队里没他这个人似的。那时候男队长总被大队叫去开会，一开会男劳力就交给李文良分派，李文良在黑板上写了这个又写那个的，角角落落都写满了，却常常没有小兴子的名字。而小兴子也不去找李文良，没活儿干就歇在家里，有一回竟连歇了十几天，直到有人忽然想起他来说与李文良，李文良才恍然意识到自己的失误。

李文良见小兴子也早不是过去的小兴子了，脸上多了许多皱纹，头上也有了白头发，人倒还显得精神，脸面也比从前白净，不像是在地里风吹日晒的人。在院儿里的石凳上坐下来后，李文良就问他在村里干什么，怎么想起到她这儿来了？小兴子说从李文良结婚走后他就一直在诊所里当大夫，快二十年了，今天到这儿，是特意看她来的。李文良奇怪地看着他，不明白这样一个与她素无交往与别人也从不见来往的人，今天如何也学得会看人了。李文良就说："大夫没白当一场，比从前可是精明多了。"小兴子说："来看你可不是精明，也许是愚拙呢。"李文良说："什么意思？"小兴子看看厨房里的张小灼，李文良说："没关系，说吧。"小兴子笑一笑，"说起来也怪好笑，这些年，我……我一直忘不了你。"李文良诧异道，"忘不了我？为什么？"小兴子说："我一直在想一件事，说出来，你可千万不要笑我。"李文良说："你说。"小兴子说："你当妇女队长的时候，男劳力有时也归你派，是吧？"李文良点点头。小兴子说："你总不派我的活儿，我一直觉得，你是有意的，不是真的把我忘了。"小兴子的脸上认真而又自信，李文良惊讶道：“我为什么要有意呢？”小兴子说：“过去这么些年，也许你都记不太清了，但我忘不了，那时候，我正着迷于医学，需要太多的时间看书，又不好跟队长请假，幸好就遇上了你派活儿。那几年，真是多亏了你了，要不是你，怎么会有我的今天呢？”李文良看着小兴子，半天说不出话来，小兴子却还执着地问道：“文良姑，你说，当时你是不是有意地要帮我呢？”李文良心想，这个小兴子，可真有点愚拙啊。

后来，张小灼从厨房里出来了，李文良便转了话题，开始说些别的。而多了张小灼，小兴子立刻就沉默起来，只听李文良和张小灼说。两人说了一会儿，觉出客人的沉默，张小灼便站起来，自觉地回屋去了；李文良也不理会，继续跟小兴子说了又说的，抓住说话的机会不放似的；小兴子的话也多起来，从过去说到现在，从医学理论说到他经历的临床病人，又从看病说到他现在所得的种种荣誉。李文良听着，忽然问：“那时候，你歇在家里就不在乎工分吗？”小兴子说：“有比工分更值得在乎的事，工分就不算什么了。要是那时候鼠目寸光，今天能当上大夫吗？”李文良心想，当上大夫就不是鼠目寸光了？嘴里便问：“现在呢，现在还有没有比当大夫更值得在乎的？”小兴子说：“一个男人无非一头是事业，一头是家庭，这两样我都有了，还有什么更值得在乎的？”小兴子看看李文良，又说：“就是有更在乎的，不能实现也是白白地在乎。”李文良说：“有些事，不在于能不能实现，更在于有没有想法，有想法总是比没想法要好的。说说看，你在乎的还有什么？”小兴子却忽然变得支吾起来，直到离开也没再回答李文良的问话。

小兴子离开的时候，李文良一直将他送到了街上，并一再说，常来坐坐啊。待走回来，见张小灼已是在房间里等着她了。张小灼说：“多么难得的客人啊。”李文良看出她的不满，说：“你不用不高兴，谁也没让你离开。”张小灼说：“我才不想跟他说什么话，我是想跟你说，他来找你，是有他实际的目的的。”李文良说：“什么目的？”张小灼说：“什么目的

我还猜不透，但一定是有的，我怎么也不相信，有意帮他无意帮他还看不出来，还要等到今天来问你这句话？”李文良说：“以小人之心度君子之腹，以为天下人都是你这样的？”张小灼说：“不信就走着瞧，他肯定还会来的。”李文良说：“我知道他会来，是我请他来的。”张小灼说：“你请我也会请，哪天他要再来，我就再请一个跟我说话的人。”李文良说：“说了半天这才是你的心里话，你是忌妒了。”张小灼说：“他那个样子，我为他忌妒？”李文良说：“你为我忌妒。”两人对望了一会儿，不由得都低下了头，被“忌妒”的说法吓住了似的。李文良走出屋重新站在了黑板面前，张小灼则也随了走出来，悄没声地将一支粉笔递在了李文良的手里。

过了些天，那小兴子果然又来找李文良了。这一回是在李文良的房间里，张小灼也在场。小兴子与张小灼寒暄了几句，见张小灼总也不走，便不再矜持，专心地与李文良说了又说的，仿佛张小灼不存在似的。张小灼终于忍无可忍，忽然打开了电视，且声音放得大大的，使小兴子和李文良不得不停止了说话。李文良上前将音量关小了些，刚跟小兴子说几句，声音就又大起来。李文良就又关小，张小灼则又放大。这样反反复复了几次，小兴子终于知趣地站起身来，开始与李文良告辞。李文良将小兴子送到院门口要返回时，小兴子忽然问：“张小灼是什么人？”李文良说：“这你知道的，是帮我种菜的呀。”小兴子说：“我不想看到你受一个帮工的气，过去管一街的人，也没见你这么软弱过。”李文良勉强笑笑，“也不能叫软弱，我怎么能跟个孩子一般见识。”

回到屋里，李文良见电视早已关了，张小灼老老实实地坐在沙发里，目光有些怯怯地望着她。李文良看也不看她地说：“回你屋去。”张小灼说：“你真生气了？”李文良说：“你听见没有？”张小灼说：“为一个小兴子，值得吗。”李文良说：“张小灼你记住，你只是我的帮工。”张小灼看了李文良一会儿，站起身来，默不作声地走出去了。这一天晚上，两人各在各的房间里，谁也没再理谁。

第二天晚上，小兴子竟又来了。李文良看着小兴子，不禁有些吃惊，说："有事吗？"小兴子说："没事，就是来看看你。"李文良只好将他让在石凳上，自己拿了支粉笔，在黑板上写着什么。李文良说："小兴子你先坐会儿，我把明天的活儿派了。"小兴子看了灯光下的李文良说："你这个人，上天就是安排你来指使人的。"李文良心动了一下，嘴里却说："指使什么，一种习惯罢了。"这时候，张小灼从厕所走出来，经过小兴子身边，挺胸抬头的，招呼也没打一个就往门外走去。李文良看了她的背影，停了笔问道："你去哪儿啊？"张小灼头也不回地说："一会儿就回来。"

果然，时间不长张小灼就回来了，却不是她一个，身后还跟了个长头发的小伙子。那小伙子也不理会李文良他们，张小灼也不说什么，带那小伙子径直就去了自己的房间，进去还把房门关得死死的，仿佛一对恋人一般。李文良问小兴子，"这小伙子是谁？"小兴子摇摇头，说："像是西街的，西街的年轻人都这德行。"李文良便无心再与小兴子说话，只"嗯嗯啊啊"地应付着，眼睛却不时地往张小灼的房间看了又看的。小兴子也显出了兴趣似的，说："现在的年轻人，这种事情多了，不像咱们那时候，只知道在心里做事。"李文良说："别瞎说，这小伙子头一回来，怎么会？"小兴子说："那你就太不了解现在的年轻人了，我在诊所这几年，给没结婚的女孩子做人工流产都不计其数了。"李文良便愈发地坐不住，站起身就往张小灼的房间走。小兴子说："别管他们，一个帮工，关咱什么事。"李文良忍不住说："别跟我咱咱的，我的兴趣跟你可不一样。"

李文良推一推门，没推开，便用力地敲门。里面传来张小灼与那小伙子的说笑声，门却仍是不开。李文良说，"张小灼你不能太过分，这是我的房子！"里面安静了一会儿，忽然传来张小灼的声音，"你要让小兴子走我就开门！"

李文良没有犹豫就来到小兴子跟前，说："听见没有，你还是先回去吧。"小兴子惊诧地望着她，说："你怎么能受一个帮工的指使？"李文良也望着小兴子，不说什么，却是很坚决的样子。小兴子只好站起来，边走边说：“文良，你真叫人失望。”李文良说：“你希望的是什么？”小兴子看看张小灼的房间，索性站住了，说：“文良，跟你说心里话，我希望你对我再好一回。”李文良说：“怎样个好法？”小兴子说：“像他们一样。”小兴子的眼睛闪着亮光，手也伸过来，要抓住李文良的哪里似的。李文良躲闪着，说：“你少文良文良的，我是你姑，我是你姑！”李文良的声音大得出奇，将小兴子吓了一跳，说：“你喊什么，我怎么你了？”这时，屋里的两人也被惊动了，开了门跑出来，看看李文良又看看小兴子的。张小灼说：“小兴子你想干什么？”小兴子说：“小兴子也是你叫的，你算什么东西？”李文良说：“小兴子你嘴上干净点，她叫我姐，不叫你小兴子叫什么？”小兴子看着李文良，说：“没想到，没想到啊。”然后一边摇头一边就向门外走去了。

李文良转过身来看那小伙子，说：“你也给我走。”小伙子就看张小灼。张小灼说：“叫你走你就走，又不是我的房子。”小伙子说：“谁要再跟你来谁是孙子。”

两人看着小伙子的身影消失在院门外，才长长地吁了口气，相互望望，却也不知说什么好，便各回了各屋。

后来的一段日子，两人倒格外地好起来，上工下工形影不离，晚上也一起看电视，一起睡在李文良的房间里，有时候张小灼在厨房做饭，李文良也不肯一个人待着，站在厨房门口，跟张小灼不停地说这说那的。张小灼就说：“你走吧，我不喜欢做饭让人看着。”李文良就说：“你不喜欢我喜欢，我就喜欢看你。”张小灼说：“我有什么好看的，小兴子多好。”李文良说：“再不要提小兴子了。”张小灼说：“怎么了？”李文良说：“还是提提那个长头发吧。”张小灼便笑起来，笑得前仰后合的；李文良也笑，笑得眼泪汪汪的。水池子里的水溢出来，连同小白菜冲到了地上，两人也不去管，只是不管不顾地笑着。李文良有一刻有些神情恍惚地想，她回家来，是为了种菜，还是为了这笑呢？

李文良和张小灼种的白菜一天天地大起来了，天气也一天天地冷起来了，下地时，她们都要穿上毛衣毛裤了。张小灼穿的毛衣正是她刚刚织好的那件，她说："过日子不实际点能行吗？"李文良只是哼了一声，表示着她的不屑。李文良已经给张小灼发过一次工资了，500块钱，一分不少。张小灼说："不要以为有了钱我就连毛衣都不要织了，也不要以为这钱是你恩赐给我的。"李文良说："我没有以为，是你总是小人之心。"两人便相互望了笑上一阵，秋末冬初的田野里，许多架菜都放倒了，一下子就能望出老远，天地间忽然显得开阔了许多，她们的笑声便也能传得远远的，比她们能望到的还远。因为她们常常听到路上过往的村人说："你们笑得好开心啊。"她们就奇怪地问："你们怎么听到的？"人家说："一地的人都听见了，简直能传到北京呢。"她们搞不清是褒义贬义，便问："笑又怎么样？"人家说："难得啊，就看这地里干活儿的人，哪个比得上你们开心啊。"她们才放下心来，愈发开心地笑起来。

别人说她们开心，她们自个儿也开心了许多，动不动就笑上一阵，有时候明知笑得有些傻，也不去在意，为了开心有些不管不顾了似的。白天在地里笑，晚上一条街上只剩了她们两个人了，她们就笑得更放肆了，有时候在家里还不够，还跑到街上去，为一句话你追我赶的，边追边留下一串笑声，使冷清清的街上忽然有了热闹。但笑声过去，一条长长的街就显得更加冷清了，这时候，两人走在一起，李文良总是不由自主地挽住张小灼的手，张小灼也不由自主地依偎在李文良身边，如一对情侣似的。她们从中正街的北头走到南头，又从南头走到北头，一路上安静得连声狗叫都听不到，她们就愈发地靠得紧紧的了。横穿学堂街时，有时候会兴之所至，跑到最近的上马石上去坐一会儿，她们感受着它的温度，心里会生出奇怪的感觉，仿佛一瞬间年轻了许多，又仿佛一瞬间苍老了许多。她们就带着这样的感觉慢慢地走回家去，脸上虽仍留有笑意，心里却已是添了种种的滋味了。

李文良仍坚持着黑板上的派活儿，张小灼也早已成为习惯，第二天干什么从不问李文良，只需看一眼黑板就是了。虽是如此，李文良仍不能打消多雇几个工的念头，黑板上稀少的粉笔字总是让她感到缺憾。她本计划冬天开始雇人搞蔬菜大棚的，但与张小灼的形影不离使她一拖再拖，仿佛一搞了大棚就与张小灼疏远了似的。这念头让她恼火而又无奈，她想她只能凭了感觉一天天地走下去了。

就在这时，那个长头发的小伙子来找张小灼了。小伙子说，他的姑夫可以在城里为张小灼找到一份工作，问张小灼去不去？张小灼说："什么工作？"小伙子说，"商店卖货。"张小灼说："每月多少钱？"小伙子说："至少500，卖得好还能到1000。"张小灼说："这么好的工作，你怎么不去？"小伙子说："我在村办厂里每月900，离家还近。"张小灼说："为什么想到我呢？"小伙子说："你说呢？"张小灼看着他的眼睛，说："去倒是可以去，但你想打我的主意，没门儿。"小伙子说："你不让打，我也没办法，但我是真想为你办件事的。"张小灼觉得他没说假话，便说："别着急，你让我再想想。"

有一天吃过晚饭，张小灼便把这事跟李文良说了。李文良正拿了粉笔，刚在黑板上写了"石婆岗"三个字，张小灼一说，李文良就停了笔面对了黑板听着。听完了，李文良拿起板擦便把写上去的三个字擦掉了。

张小灼问："怎么不写了？"

李文良背着身，反问张小灼："你说写什么？"

张小灼说："写你我干的活儿呀。"

李文良果真又开始写，却不再写"石婆岗"，只写道，去河南招工2人：李文良 张小灼。

张小灼问："招什么工？"

李文良转过身来，看着张小灼说，"这一步早晚是要走的，现在是时候了。”

张小灼说：“我还没定下来要走啊？”

李文良说：“你我都是有想法的人，就不用自个儿骗自个儿了。”

张小灼说：“我倒觉得，这一段时间我活得最自然了。”

李文良说：“那你说，你到底去不去城里？”

张小灼说：“你也说，你到底还招不招工？”

两人对望着，谁也想听到对方的回答，却谁也不肯回答对方。

就在这时候，忽然走进院儿里两个人，一男一女，一老一少，说是村委会的，特来通知她们，限她们一个月内搬出中正街，一个月后这几条街的房子要全部推掉了。

李文良问：“搬到哪里去？”，他们说：“宿舍楼，宿舍楼有的是地方。”李文良说：“宿舍楼里有没有挂黑板的地方？”他们看看李文良指的那块黑板，不禁笑起来，那老的认识李文良，说：“按辈分我该叫你一声姑呢，可是按思想，你就远跟不上我了。”李文良说：“那就说说你的思想。”那人说：“常言说得好，识时务者为俊杰，你现在还搞过去那一套，不是不识时务吗？”李文良冷冷地轻轻地说道：“你懂个屁。”张小灼便忽然地哈哈大笑起来，李文良也笑。两人的笑总也不停，那一老一少无法再说什么，只好骂了声“神经病”便离开了她们。

后来，李文良和张小灼谁也没再提进城和招工的话题，也不提搬家的事情，只如同以往一样，每天每天地下地干活儿，每天每天地说说闹闹，还经常在中正街没完没了地走来走去，要在中正街消失之前过一把瘾似的。李文良的哥嫂也来找过她们，问她们什么时候搬，他们可以帮忙。她们说到时候总会搬的。李文良的哥嫂说到什么时候呢？她们却又说不知道，搞得夫妻俩你看我我看你的没办法。李文良的不想搬他们还可以理解，张小灼也与李文良串通一气却是他们没想到的，张小灼为了留下挣钱，村里的闲言碎语都不在乎，这时候怎么会在乎个中正街呢？他们想，一定是

李文良给了她什么好处，就像李文良从前对他们的接济一样，李文良对钱一向是不在乎的。他们想，李文良是真傻啊，把钱用在了一个外人身上。

1999 年 3 月 28 日

《湖南文艺》1999 年第 6 期

太阳为谁升出来

秋日村里的消息是传播得最快的，人们几乎看得见空气的流动，即便没有一丝风，种种的声浪也足以推动空气长了翅膀一样地飞来飞去。

太阳还没升出来的时候，空气就开始有些异样，接着人们很快得知了良子娘去世的消息。

死人的事是经常发生的，但人们还是感到了压抑，早饭吃得没滋没味儿，放下碗筷就去了街上。以往这时候街上只有些匆匆忙忙上班、下地的人，今天闲在家里的人也出来了，大家议论着良子娘的死，声音就像无数只蜜蜂的聚集，嗡嗡嗡嗡……一整条街都被这声音封锁了。

这时，两个头上戴白布条的小伙子出现了，他们一个向东，一个向西，在稠密的声音里匆匆地穿行着。人们知道，这是派去报丧的人，向良子本族的人家正式报告良子娘去世的消息，知道不知道也要报告的，就像一道必需的程序，有了这报告，也就有了前去办理后事的资格，不然，遇到爱挑理的人是不会去的，他会觉得办事的人家小看了他。两个小伙子都在十七八岁，一个长长的头发，一个光光的脑袋，走路是活泼泼的没有准头儿的那种，头上虽带了白布条，脸上却抑制不住地流露着兴奋，不是有意的，是青春期固有的模样，想抹也抹不掉的。当然也跟良子娘和他们年龄的差异有关，良子娘已是六十八岁，与他们又不在一个锅里吃饭，他们的悲伤从何而来呢。

紧接着，良子本族的人一个接一个地向良子家走去，他们大多上了些年纪，不同于两个小伙子，个个脸上蒙了一层阴郁，见了人也不打招呼，脚下的步子又重又急，就像肩负了天下最要紧的事情。跟两个小伙子相比，

他们显然有做给人看的意思，认为人死了，就该是这副模样的，没有其他模样可选择。

在这本族的人中，一个高个头的黑脸汉子尤其引人注意。倒不是他的高和他的黑，而是他与良子家的关系。按辈分，良子该叫他堂叔的，可谁都知道，这些年来良子一直没叫过他。良子倒没什么，是良子娘不许他叫，良子娘和良子这叔相互仇视了几十年，直到闭眼良子娘也没有和好的意思。这下良子娘死了，本族年纪最大辈分也最大的，就属良子这堂叔了，逢到这种丧事，按常规总管是非他莫属的，可是面对刚刚闭目的良子娘，他这总管当得成吗？人们望着他，发现他的背稍稍有些驼了，头上有许多一闪一闪的白头发，脚步也踢踢踏踏的，像是忽然间老了许多。有人悄声问，“三黑有五十几了？”有人答，“小六十了吧。”便有人说：“良子家这事，要有热闹看了。”人们见他穿一身褪了色的蓝衣裤，膝盖、胳膊肘都打了补丁，裤口有几条布丝飞扬着。一条黄狗从人群里钻出来，尾随在三黑身后，忽然咬了下三黑的裤脚，便得了便宜似的转了回去。三黑却头也不回，依然踢踢踏踏地向前走着。人们捏了把汗似的想，一个对狗咬都不在乎的人，他还能在乎什么呢。

就在三黑往良子家走的时候，良子家也正在为三黑当不当总管的事情进行着一场紧张的策划。

最先来良子家的多是良子的好友和左邻右舍，他们虽与良子不是一族，但属真诚相助的一伙。有几个在劝说伤心的良子和良子的家人，有几个则为良子娘穿衣服，净脸面，扯单子，摆供品。这些琐碎的事情他们做得情深意长，一丝不苟，就像对待自己的亲人一样。良子家与三黑家的恩怨他们也是清楚的，因此在这紧要的关头，他们一边劝良子止住哭泣，一边跟他商量三黑来了怎么办的问题。当然大家希望的是三黑当不上这个总管，可是想来想去的，找不出一条说得过去的理由，只要他来了，总管就一定得是他的，除非他自己不肯来。这时早有好事的跑来，说三黑正往这里走呢，说话就要到了。一时间大家就有些紧张，觉得这丧事八成要坏在三黑手里了，三黑肯来，说明他已做好了当总管的准备，指望他尽心尽力为良子家办事是不可能的，但他也决不会甘心把事情办得平平常常，平平常常不是他的品性，他的品性是无事生非，无风也要兴起三尺浪来。情急之中，便有聪明的想出了主意，说三黑他再是总管，凡事也要跟良子商量，良子不答应，他就寸步难行，比如花钱，他说花一千，良子只肯出五百，他就没办法。只要良子这儿有个准主意，他就得围着良子转。良子要有个什么准主意呢？第一，进门的头他得磕，不磕良子就别停哭，害得娘一辈子不舒心，磕个头还不应该吗，同时也可先杀杀他的威风。第二，他的主意反着听，他说东，西一定是对的，他说南，北一定是对的，千万别上当。第三，管账目的人不能由他挑，趁他还没开口先荐个可靠的人给他，让他想做手脚也没机会。其他的事，没法说得太细，只有边做边随时对付了，反正要记住一条，对丧事有利的，办，对丧事不利的，总管说了也可以不听，他这个总管是为丧事服务的，不是大家为他服务。这主意一出，大家有了主心骨似的，立刻踏实下来，忍不住就往院门口望了又望的，仿佛在盼着三黑的到来了。

这出主意的人名叫三白，听起来就像三黑的弟兄，其实是个外姓人，跟三黑一点不沾边。因经了良子的推荐他才得以去良子所在的一家村办工厂工作，所以他一直感谢良子。跟三黑他从没有过交往，但三黑的劣迹他是有过耳闻的，特别是过去在生产队的时候，三黑从来都是让生产队长最头疼的社员，没有一任生产队长没吃过他的苦头。那时三白和良子还都在中学读书，待从学校回来，生产队的活计刚开个头儿，土地承包就开始了，他们都没赶上看三黑怎样让生产队长头疼。生产队时期良子娘一直担任妇女队长，是个积极向上、一心为集体的妇女形象，她自然看不惯三黑与生产队长的作对，往往比生产队长还激烈地反对三黑，三黑就有些恼羞成怒，作对的对象连良子娘也在内了。他从没称过嫂子，总是直呼良子娘的名字丁桂珍，愈是人多的时候就愈是丁桂珍、丁桂珍地叫。更恶劣的，是有一次下大雨他竟跑到良子家的房顶上把已经抹好的漏雨的地方扒开了，要不是良子娘及时发现，说不定就毁在那场大雨里了。为此良子娘气出了一场大病，三黑却说扒开是事实，但扒开是为了帮着抹得更结实，结果还没来得及抹就被良子娘发现了。这话多数人都不大相信，良子和良子娘孤儿寡母，自然需要三黑这堂弟的帮助，但三黑这样的人，谁也难想象他会冒了大雨去做好事。后来，三黑再没提起过，好像自己都不相信自己的话了。这些陈年往事三白都是听说过的，偶尔来良子家里，良子娘直接地提起，印象就更真切了些，因此在三白眼里，三黑简直就是个六亲不认的恶棍，对这样的恶棍，只要有机会就该让他吃一吃苦头的。虽说这些年他老婆闹病，菜地撂荒了不少，日子过得人人不如，好像已是遭了报应，但报应说报应，苦头说苦头，人为的苦头不让他尝一尝，他还是不会有真正的觉悟。这一回的丧事，也许对他好坏都是次机会了。

三白这样的人，做什么都是要显示他的聪明的，平日忙碌在工厂里，顾不得关心厂子以外的事情，这一回，人多、热闹，又是良子家的大事，他便拉开了架势一般，出口就是“章法”，每一字每一句，都要在这低沉的气氛里闪烁出力量的光辉。

与良子同族的人陆续地到了一些，但多属于随和的不多事的，进门递上烧纸，在灵前拜上三拜，便自觉地找点事做，比如打扫院落、借些桌椅板凳等等。这些手边的活儿还不需要总管来吩咐，人们只是按以往的习惯在尽着同族的责任。

这时，便有人报告说，三黑已是到院门口了。

良子正在与同族的一个人在说着什么，好像在转达三白的“三条”，三白打断他说：“一会儿再说，先哭，哭恸一点。”

接着三白又转告良子的家人们，哭恸一点，不说让停就只管哭。

于是，灵堂内立刻哭声大作，悲恸的气氛从屋里弥漫开来，瞬间就笼罩了一整个院子。几乎所有的人都停了手里的事情，怔怔地站着，被这哭声震住了似的。

伴随着哭声，三黑已走进来，站定在灵堂前。守候在灵前的一个小伙子上前收了三黑手里的一沓烧纸，熟练地捻成扇形，在烛光上点着了，然后扔在了三黑面前的一个黑色的瓦盆里。

三黑拱手作了个揖，就看着那小伙子，待小伙子喊一声“免礼”，他才算完成了这进门的礼节。

奇怪的是小伙子看也不看他，拿了三根香顾自往香炉里一支一支地插着。原来的三根香其实才只烧了一半，小小的火星升腾着白色的细烟，小伙子却也不理会，只管插。

盆里的纸慢慢地烧成了灰烬，屋里的哭声却愈发地一浪高过一浪，毫无停下来的意思。三黑站在那里，似有些茫然，按常规，哭声一停他就可以进屋与良子家的人见面了，可是哭声就像一道无形的屏障，使他眼看着灵堂内恸哭着的良子却无法近前。

这时，又进来几个烧纸的，与三黑并肩站在灵堂前，待那管接纸的小伙子将纸点着，几个人扑通就跪下了，边跪边哭，与屋里的哭汇入了一处。三黑正不知所措，忽然觉得身后也有哭声，猛地回头，就见身后又呼啦啦跪倒了一片，哭得比屋里还要惊天动地。三黑站在其中，身子高出了一截，铺天盖地的悲声就像压在了他一个人的身上，他终于有些难以支撑，一双腿不由自主地弯了下去。

小伙子的“免礼”到底响起来了，跪在地上的人们才止了哭爬起来，转眼间散开去，也不知去了哪里。三黑则有人引着进了屋里，掀开良子娘身上的蒙单请他看了看，然后才见良子走上前来，用哭哑了的嗓音叫了声“三黑叔”。

三黑看看良子，又看看良子周围的人，明白了什么似的，说：“良子，你娘这事，由谁来管？”

良子说："除了您，谁还能管，这不一直在等您嘛。"

三黑垂下眼帘，叹口气道："你叔老了，不中用了，还是换个人吧。"

良子大约没想到三黑会这样说，诧异地望着他。

这时三白从一旁插言道："三黑叔您就甭推辞了，挨个看看这屋里的人，哪个敢越过您去？资格没有，经验更说不上，您要不管这事，不是让良子为难嘛。"

良子大约也没想到三白会这样说，又将诧异的目光转向三白。

三白却不看良子，只盯了三黑，一脸的虔诚，似乎在求着三黑了。

其他人听三白这么说，也便顺了三白劝三黑不要再推辞。

三黑终于答应道："好吧，我就来管，不过，这么大的事，难免有不周到的地方，良子，到时候你可不能怪我。"

良子只好说："我知道，怎么能怪您呢。"

总管的事就这样定了下来。三黑开始把屋里屋外的人集合在一起，一个一个地点名，一个一个地安排事宜。良子将三白叫在一边，小声说："他不想干咱正求之不得，你怎么还撺掇起来了？"三白说："我刚才不说过了，他的主意得反着听，真不让他干了，你这丧事就甭想办好了。这样他在台上，什么事都休想瞒过大家的眼睛，倒是好对付的了。"良子说："我看他年岁大了，不像前些年有精神了，刚才那事，他什么不明白，搁从前早不干了。"三白看看停放在床上的良子娘，说："这话让你娘听见，不骂你才怪，怎么替他说起话来了？他好好管事自然好，万一有闪失，你一点不知情，不是亏死了？吃亏还是小事，你娘尸骨未寒，你忍心她就这么不放心地走吗？"说得良子终于没话说了，点头道："好吧，听你的就是了。"

这时三黑已把名点完，他安排的第一个差事就是掌管账目。但还未及开口，三白忽然走到近前问道："三黑叔，这管账目的人您打算找谁？"

三黑看看三白，说出了一个人的名字。

三白摇头道："太老了，得要脑瓜好使又老实可靠的，良子家人缘好，上份子的乡亲一定少不了，这乱哄哄的场面，万一给人家漏掉几份，良子倒好说，乡亲可不会算，到时候还不骂您这大管事的？”

三白脸上带了笑，毕恭毕敬的样子，一双小眼睛却闪着狡黠的光。

三黑不笑也不恼，黑黑的脸有些木的样子，说：“那你说呢？”

三白倒也不客气，当即说了个名字出来。那人年轻，与良子同族，还是三白厂里的会计。

三白说完，便看着三黑，等待三黑的反驳似的。

三黑却仍是那样的表情，脸上的肌肉都像僵住了，一双眼睛似受了肌肉的局限，长时间地木着，半天也不见眨一眨。

仿佛是表情影响了三黑，三黑的嘴启开一条缝，毫不反抗地说道：“好吧。”

三黑竟是这样轻易地就同意了，三白一面高兴，一面又有些失望，比起刚才的下跪，显得简单了许多，不要说冲突，就是对立也谈不上，简直是温顺善良，与良子家团结一致呢。

三白不甘心地说道：“您要是不满意，就再找一个。”

三黑说：“不必了，我满意。”

然后三黑就开始分派其他的差事，打墓、买花圈、做孝衣、联系火葬和车辆，垒炉灶做菜、做饭等等。三白一直站在旁边，专等那可以反驳的意见，说出来看三黑如何反应。可是三白的每一次反驳，三黑眉头都没皱一皱就同意了，看上去三白倒像是三黑的策划者了。

总也不见什么波澜，三白便有些沮丧，就像一心要抓小偷儿的警察，小偷儿却总也不肯犯案一样。待说到做孝衣的事情时，三白再也忍不住，明知三黑是有道理的，却硬是提了相反的意见，心想，看你三黑还装不装相。

三黑是要本着节俭的精神，提出只给良子一家人做孝衣，其他本家、亲戚绑个白布条戴个黑纱就可以了。三黑说：“讲究新事新办的人家，连

孝衣也不穿了，良子是个孝子，不让他穿他一定不干，但要是都穿，也太浪费了，咱就来个新旧结合吧。”

这时候三白就接过去说道：“不行，节俭也不能在这上节俭，一尺白布才多少钱，每人拉上一身，总共也超不过 200 块钱去。再说新办旧办也不在穿不穿孝衣上，您说穿孝衣是旧办，我说穿孝衣还是新办呢，婶子操劳了一辈子，一辈子受人敬重，多一个人穿孝衣，就多一个人记着婶子，莫说孝衣穿完了就完了，留在个人手里多少是个念想呢，就是将来做成个小被子，盖在身上也会想起婶子的为人不是？”

三白一再地提到“婶子”，显然有了挑衅的意味，但三黑仍是那么个表情，看不出是高兴还是不高兴，他说：“你说的也不是没道理，那就问问良子吧。”

有人就把良子叫到了跟前。良子说：“别人家咋办就咋办吧，咋办我都没意见，对老人好不好反正也不在穿不穿孝衣上。”

听良子的意思，倒像是倾向三黑的意见了。三白便有些不高兴，说：“婶子真是白疼你了，这时候了还抠门儿算小账。”

良子说：“村里一再提倡新事新办，我不想搞得太惹眼。再说，我娘也是一辈子不守旧的人。”

三白说：“这么说，你是同意按三黑叔说的办了？”

良子看看三白，没有吱声。

三白说：“家里其他人呢，其他人什么意见？”

其他人便是良子的媳妇了，良子的儿子才十二三岁，孝衣怕是见也没见过呢，能有什么意见。

良子说：“那我把淑琴叫来？”

三白点了点头，三黑没吱声。

良子去叫媳妇的当儿，三黑忽然压低了声音说道：“三白，今儿你是帮忙来的还是找碴儿来的？”

这声音让三白猛地吃了一惊，他看着三黑，发现他木着的脸似变得生动起来，眼睛明亮得几乎不敢与他相对。三白终于低下眼帘，看了三黑制服上衣的第二个扣子说：“我找碴儿，是为了让你不找碴儿。”

三黑没有说话，只冷冷地笑了笑。

三白说：“你是什么样的人，我全明白，良子是老实厚道，换了我，门都不会让你进的。”

三白说得狠狠的，试图使三黑把自己的不敢面对看成是不屑面对。

三黑仍不说话，冷冷的笑依然僵在脸上。

三白抬眼看看三黑，又说：“你这总管是我撺掇成的，我也有本事让你当不成，就看你对良子是真心实意还是心怀鬼胎了。”

这时良子把媳妇淑琴叫来了，三白对三黑说：“您是总管，您说吧。”

三黑看也没看淑琴一眼，说：“我说什么，我已经对良子说过了。”

三白说：“把人家叫来，您不能一句话不说吧？”

三黑说：“这种事，我从来不找做媳妇的商量。”

三白说：“都什么时代了，您还搞重男轻女那套。”

三黑只是不肯说，也不看淑琴，反一转身跟另外的人说别的事去了。

淑琴是个要面子又敢说话的女人，三黑这么对她，她就有些吃不消，先是涨红了脸，接着胸脯一鼓一鼓的，气出得急促起来。她几步上前跟三黑站了个对面，说：“良子说了，是你叫我来的，叫来了你又不理不睬的，算什么总管？”

三黑却仍不看她，隔了她对后面的那人说道：“就按我说的办吧，花圈买一个，不要太贵的，适中就可以了。”

那人答应着正要走，淑琴回头一把拽了他道：“先别走！”又对了三黑说道：“李三黑，你以为你是谁，大总管是不是？李家的大辈儿是不是？那是良子老实厚道，是三白这样的乡亲公正、讲理，要不是他们抬举你，你也配！我是做媳妇的不差，但这是我婆婆的丧事，在我婆婆面前，我得

排第一个，你能排到第几？要是上天有灵，我都敢跪在地上问问，你这样的人该不该当这个总管？”

淑琴的嗓门儿又高又亮，这么一嚷，屋里屋外几乎所有的人都听见了，人们都注意地往这里看着。

这时从外面进来个烧纸的人，有人接了那纸，点着了，火苗一下子冲起老高，就像给淑琴助威似的。

淑琴见了，不由得鼻子一酸，也是纸一烧哭声就该起的，便放声大哭起来，引得良子、孩子以及所有陪在灵前的人又哭了一阵。许多人劝着他们，三白也在其中，一会儿劝一劝良子，一会儿又劝一劝淑琴的。三黑则站在一旁，脸色阴沉地看着。那要去买花圈的人问他现在要不要去，他也不理他。三黑这样子让许多人捏了一把汗，人们想，三黑怕是杀人的心都有了吧。

哭罢了，淑琴还不算完，脸上泪光闪闪的也不去擦，抬头就对了三黑说道：“孝衣的事，不能搞什么节俭，所有亲戚、本家都得穿，我们家不怕破费这点钱；花圈也不能买一个，哪个亲戚朋友愿意买，只管让人家买，不能限制。我和良子买的花圈，要价钱最贵的，便宜了我们不要。别说是纸做的，就是金子做的也得买！”

淑琴一句接一句的，人们担心的同时，又有些振奋，平时看这淑琴倒也安分，真到了事儿上，竟是个天不怕地不怕的，把三黑噎得话都说不出来了。人们猜想，三黑不是要辞去总管，拂袖而去，就是要针锋相对，与淑琴大闹一场。反正这丧事是不会好的了。

果然，就见三黑低沉着声音叫了声“良子”，三黑说：“良子，你们家是你说话算数还是你媳妇说话算数？”

良子还没说话，三白抢先答道：“谁说得对谁就算数，男女都一样，你不用专欺良子。”

三黑仍执拗地看了良子说：“良子，你说句话，要是你说话算数，我还把这个总管当下去；要是你媳妇说话算数，我起身就走。我这个人，最见不得的就是女人掺和事儿了。”

淑琴说：“大家听听，倒成了我掺和事儿了，到底是我们家的事儿还是他三黑家的事儿呀？”

三黑不理淑琴，说：“良子，就等你一句话了，你说吧。”

一时间，屋里屋外安静得要命，都等着良子的一句话似的。

良子却久久地沉默着。

淑琴说：“你怕什么，说句话他能杀了你？”

良子看看淑琴，忽然一转身，撇下大家进里间去了。

三黑的脸显得更阴沉了，堵了里屋门口说：“良子，我真可怜你，你娘在世的时候听你娘的，你娘不在世了又听你媳妇的，什么时候轮到你做一回主呢？良子，知道为什么跟你娘磕磕绊绊几十年吗？就因为她从来不把咱李家的男人放在眼里，从来是要她一个人说了算，往小里说，她对你说了算，往大里说，她对你爹甚至对我也要说了算，我不理她，她还找上门来挑三挑四的。你爹是怎么死的，还不是你爹偷了生产队的一口袋土豆，你娘硬逼着你爹向生产队长认错，生产队长又逼着你爹向全队的人认错，你爹是活活臊死了啊！对我呢，你娘更是不放过了，说句话都要警惕，只要是她不愿听的，她就说你是破坏集体。我承认我对生产队没起过什么好作用，但那不能怪我，谁让生产队又苦又累还没粮吃没钱花呢。有人会说了，没粮吃没钱花大家都一样，又没亏待了你一个。我可不这么想，我就是觉得吃亏，凭什么一身汗一身汗地流连点零花钱也挣不上？凭什么别人能当生产队长我就只能听别人的？还要听什么妇女队长的，我一个堂堂的七尺男儿，难道还不如一个女人吗？良子，你娘这人就是太好强太要面子了，别人的面子她可一点也不要，今儿当了众乡亲的面，说句憋在心里多年的话吧，你三黑叔这么多年混不出个人样儿来，就是生让生产队给毁了，就是生让生产队你娘这样的人给毁了！”

三黑显然说得很激动，一激动声音就有高有低的，就像个善于煽情的演员似的。虽说老了，脸上有了褶皱，头上有了白发，但人们觉得，从前的三黑又回来了，那个喜欢跟人别扭的三黑，那个似装了一肚子阴损的三黑，那个能讲道理更能胡搅蛮缠的三黑，又回来了。

三黑的这一番话，是所有的人都没想到的，人们看他开始的表现，还以为他或者是老谋深算，或者是老而无奈，反正不会像三白这样的年轻人轻易地显露什么了，想不到半路杀出个淑琴来，倒让他还了本来的面目，原来从前的事还这么清晰地装在他脑子里啊。

这时的三白，也吃惊地看着三黑，他开始明白，三黑和良子娘恩怨的症结在哪里了。但他想，扒人家房顶总是件缺德透了的事。他便低声问良子："你爹的死到底咋回事？不能由了他信口胡说呀。"良子说："听娘说，是他撺掇我爹一块儿偷的，看地的人只抓住了我爹，他却溜掉了。"三白说："你怎么不说，快说呀。"良子说："都多少年的事了，还提它干什么。"三白说："你可真糊涂，那事他是一箭双雕，连你爹也灭了，你爹是偷，你娘是六亲不认，当了这么多人，你爹你娘一灭，你这当儿子的还算个什吗？再说也没他这么说话的，自个儿混不出个人样儿来，倒怪在别人头上，如今生产队没了，他可以混呀，咋还是没个人样儿啊。"良子说："是啊，有会说的，有会听的，让他说吧。"三白说："不能光让他说，你不肯说，我可替你说了。"

三白和良子的话淑琴也听在了耳朵里，淑琴就说："三白你只管说，良子他也算个男人？人家都骑到脖子上拉屎了他还吭也不敢吭呢。"

良子说："你就少说几句吧，要不是你，兴许还好好的没事呢。"

淑琴说："你还有脸教训我，娘躺在那儿，魂还没上天走呢，你就任他说娘的坏话，你也算你娘的儿子。"

三白说："算了算了，你们就别吵了，你们一吵，不正对了人家的心思。良子，淑琴说得不是没有道理，婶子还躺在那儿，咱不能让婶子活着不舒心，死了也不得安生。这事你甭管了，看我的，他三黑有多大的能耐，也不能在我三白眼皮子底下使出来。”

这时三白就像是个重抖精神的斗士，目光里的怯意也没了，眼睛直视了三黑说道：“三黑叔，据我所知，当年偷土豆的，也有你一份儿，且还是你的主谋，是不是？”

三黑怔了一下，然后冷笑道：“你可以打听打听，在社员会上做检查的，有没有我三黑。”

三白说：“没有你说明良子他爹仁义，没把你供出来，你不感谢人家，还怪罪到良子他娘头上，要我说，良子他爹果真是为偷土豆的事死的，根子就在你的身上。”

三黑便有些变色，说：“你少胡说八道，要真是我干的，良子他娘早不放过我了。”

三白说：“良子他爹不说，他娘怎么会知道。”

三黑说：“那你怎么知道的？”

三白说：“跟你说实话吧，良子他爹临死前才说出来，他不是臊死的，是冤死的。良子他娘为什么到死还是恨你，不光扒房顶那种事，还有这事，这事才是根本呢。”

三黑说：“良子家的事，你好像什么都知道，倒像是你在当家了。”

三白说：“我跟良子亲如兄弟，什么都知道也在情理之中；而你这做叔叔的，想方设法跟嫂子、侄子过不去，倒是不近情理的了。”

三黑说：“谁知道你是亲如兄弟还是亲如别的什么，要我看，有时候亲近还不如仇视，要是你利用亲近欺侮我这侄子，即便我跟侄子仇视到一句话不说，我也不会放过你的。”

说着，三黑竟是毫无顾忌地看了看淑琴。

这一眼，看得淑琴和三白就都有些心虚，淑琴张口便骂，你个老流氓，欺我婆婆还不算，还要欺到我头上来啊！

三白也不由红了脸骂，“你真不要脸，老不要脸。本想跟你斗个高低，既是这样，你也配！”

两人一骂，就有不少的人来劝他们，说：“看在他年岁大的面上，就少说几句吧。再说丧事总得办下去，这么吵来吵去的，该办的事办不了，三白你不成了帮倒忙了？淑琴你不成了跟自个儿家过不去了？”

也有人反过来劝三黑的，说：“看他们岁数还小，你就让一让吧，什么事都是小事，丧事才是眼下最大的事，丧事一过，别的什么事也就没了。”

还有人等不及了似的手拿了毛笔、纸张来请示三黑，上份子的人要不要毛笔写上去贴在大门口？三黑遂点了点头。这一点头，另几个等着办事的人也争着问这样行不行那样行不行的，那被选派买孝衣的人趁机又问，怎么个买法？买花圈的也问，买一个还是买几个？三黑停顿了一下，说：“问良子吧，良子说咋买就咋买吧。”那人去问良子，三黑便一一答复另外的人。而三白和淑琴，在一边倒被搁起来了。

三白看着忙碌的三黑，一时间竟有些糊涂，自个儿一直占着主动来着，怎么忽然间三黑倒占了上风了？

淑琴则索性回到婆婆身边再次恸哭起来，反正哭就是她的差事，别人听来也属正常。

三白在哭声中听到良子关于孝衣和花圈的说法，都是按自己和淑琴的意见办的，心里却也毫无胜利之感。待那问的人走了，他靠近良子说：“我是不是该走了？”

良子像是吃了一惊，说：“走什么，干吗要走？”

三白说：“我不是三黑的对手，我们都不是。”

良子说：“让你给我帮忙，又不是让你找对手来的。”

三白说：“你总是不明白，不是我要找对手，是对手就存在着，我敌不过他，这个忙就帮不上，懂吗？”

良子不以为然道：“越是想着敌过谁或许就越敌不过。”

三白说："想着还敌不过，不想着就更得让人家当蚂蚁踩了。"

良子说："别说这些了，我问你，你怎么知道那事是我爹临死前才说出来的？"

三白说："我哪知道，猜的呗，你想啊，没让三黑做检查还不是你爹一直替他隐瞒着，替他隐瞒是怕你娘把事情闹大；最后终于说出来是因为心里冤屈，这种事，临死的时候不说什么时候说呢？"

良子说："你还说不是三黑的对手。"

三白说："他要不是耍流氓那套，我才不怕他。"

良子说："你怕什么？明知他耍流氓，就更不该怕了。"

三白说："不是怕，是他妈的恶心，这种脏水泼到身上，洗也难洗干净。好歹你了解我，你要是个心眼儿小的，我不是跳到黄河也洗不清了，是吧良子？"

良子却低了眼看着地上，没说什么。

三白说："良子，莫非你还真是个心眼儿小的？"

就在这时，院儿里忽然传来一个女人的哭声，与屋里淑琴的哭声遥相呼应似的，边哭似还念着三黑的名字。

良子和三白便停了说话，一齐伸了头向院儿里望。

就见一个散乱了头发的中年女人，怀里抱了一摞盘子，进院儿就往灵堂前跑，边跑边喊："嫂子，等等我，小芝跟你去了啊！"

盘子哗啦啦摔在了地上，女人也跪了下去，头正磕在摔碎的盘子上。

三白问良子："这女人是谁？"

良子说："小芝。"

三白说："小芝是谁？"

良子说："三黑的妹子。"

三白说："就是出租盘子那家？"

良子点了点头，忽然吃惊道："快拉她起来吧，好像磕出血来了。"

三白答应着，有些兴奋地跑了出去。他想，听说三黑和这妹子也是多少年的对头，这下有三黑的好戏看了。

大家都被小芝的举动惊呆了，就听小芝哭喊的是："嫂子你咋不说一声啊，你这一走，他欺侮的第一个就是俺小芝啊……他派人去拉盘子，不准人家告诉我你死的事啊……他这是做贼心虚，害怕我见你最后一面啊……可是他黑手遮不住天，老天有眼，还是让我赶来了啊……"

小芝虽是边哭边说，大家却听得一清二楚的：三黑派人去租小芝的盘子，却向小芝封锁良子娘死的消息。大家却不能明白，一个小芝，跟她封锁不封锁的有什么要紧呢？

大家就都去看三黑。

三黑正坐在靠窗的桌子旁边，胳膊肘支在桌上，手指夹了根点着的烟，那烟微微地抖着，使人觉得要不是桌子的支撑，他连根烟都要拿不起来了。

这时候，三白已跑去拉小芝了，怎样拉小芝也不肯起来，她额头的血已将眼前的盘子染红了一片。

三白到底是有办法的，他贴在小芝耳边小声说道："小芝姑姑，三黑正看着您笑呢，您不赶紧把伤口包起来，弄成破伤风，真跟您嫂子一样躺在这里，三黑他就光剩了笑了。"

小芝果然立刻止了哭，抹了把额上的血说："快，快拿块布来，他不要高兴得太早！"三白也就随了朝屋里喊："快，快拿块白布来，给小芝姑姑包上！"

马上有人拿了白布来，替小芝包了额头，将她搀进了屋里。

屋里坐在窗前的三黑被小芝一眼就发现了，小芝手指了他骂道："李三黑，你算什么东西，也配人模狗样地坐在这里，嫂子她是说不了话了，要是还活着，八十个李三黑也早给她打出去了！你盼我早死是不是，我还偏不死了，当你眼里的沙子，硌着你，耗着你，让你一辈子也笑不起来！"

骂着小芝就要冲上前去，几个人立即拦了她，将她连拉带劝的，进了女客们在的里间。

小芝是本村的娘家，又是本村的婆家，按说是没有生人的，但在座的女人，竟没有几个可以搭上话儿的，有的是从没来往过，有的是有过来往后来因为什么事又生分了的。好在有个直叫“小芝姑姑”的三白在跟前，她就拖住了三白不放，从这天的租盘子开始，一个细节都不落地讲起来。说是讲给三白听，屋里的人也都听得到，小芝要的就是这个效果，她从不甘心被冷落在一个角落里无人问津。三白则做个老老实实的听众，不住地点头，还不住地诱导小芝的讲述，使小芝的讲述愈发地投入。三白本是已有些待不下去了，忽然地来了个小芝，使三黑也几乎跌到了与他相同的尴尬境地，三白想，真是傻了，丧事刚刚开始，谁胜谁负，不知还要多少个回合才见分晓，早早地走了，不是平白地让三黑占了便宜吗？他真是感激着这个“小芝姑姑”，她是多么地爱憎分明，又是多么地及时、管用啊。

小芝说：“从昨晚我这右眼皮就跳上了，还直做噩梦，梦见我一嘴的牙都掉光了，疼得我直在地上滚来滚去的。一觉醒来，我就想坏了，都说做梦掉牙主凶，要是不疼，出事的人还算跟自个儿无关，要是疼啊，一准儿就是自个儿的亲人出事了。第一个我就想到了我这嫂子，她虽说不是亲嫂子，在我心里却比亲嫂子还亲。我知道她这回病得不轻，前几天看她的时候她冲我一个劲儿地傻笑，平时她是个多么严肃多么叫人敬重的人，这一傻笑，我就知道她日子不长了。我躺在床上念叨，嫂子啊，千万不能是你，你走了我一个人可怎么活下去呀。逢到没有办法的时候，我就拿出最不是办法的办法，从起床开始，先做什么后做什么，一样一样的，准确无误地按最平安无事的一天那样去做，巴望着能逢凶化吉，让嫂子这一天平安无事。可谁知一下床就出了差错，本应先去厕所回来再叠被子的，鬼使神差地，竟先叠了被子才想起去厕所来。我看着叠好的被子就哭了，心想，完了，嫂子一定是没救了。”

“早饭我都没吃，就一直在院儿里转来转去地等着这边的消息。我还

不敢跑过来打听，是既盼着消息，又怕听到消息。这么着转来转去的，手里拿的一双筷子都被我折成一截一截的了。也不知拿筷子干什么来着，也没记得用过什么力气，手里却攥了满把的筷子头儿。

“果然，到了半前晌的时候，就有两个半大小子拉盘子来了。我问，谁家用的？红事还是白事？他们只说白事，谁家是问死也不肯说。我说你们不说，盘子就甭想拉走。我挡在厨房门口，盘子就在厨房的大筐里，他们眼看着盘子是没有一点儿办法。后来他们到底说了实话，说来的时候总管说了，只说租盘子，别的话不能提。我问他们为什么，他们说不知道，总管怎么交代他们就怎么办呗。我问总管是谁，他们说是李三黑。我说那就是良子娘没了？他们说是，天没亮的时候咽的气。一听这话，我一下子坐在了厨房门槛上。我是让俩半大小子拉来的，车底是盘子，盘子上坐着我，我两条腿直打软，要不是他俩，怕是都走不到这里来了。

“三白你听听，这就是三黑他办的缺德事，他一个大总管，一个五六十岁的大男人，竟然还能想到我这么一个出嫁多年的李家闺女，他是真周到，真下作啊！”

三白问：“他是为什么呢？”

小芝说：“兴许是害怕吧，这个村子里，我猜他害怕的只有两个人，一个是我，一个就是桂珍嫂子。”

屋里的女人们一直没人搭话，但都注意地听着。外间的男人也有的在挤进来，听着小芝说。

三白说：“不会吧，谁不知道他不把女人放在眼里？”

小芝说：“你不信，我就讲给你听听。”

提起来话长，那还是生产队时候的事了。不知你们还记得不，我和桂珍嫂子都当过几年妇女队长的，嫂子先当，后来她年岁大了我又接着当。惭愧地说，嫂子当队长的时候我对她一点不好，派活儿的时候挑三挑四，还跟着三黑说她的坏话。不过我跟三黑不一样，三黑喜欢在背后拆台，我是有话讲在当面，挑活儿是挑活儿，真的干起来比谁也不落后。后来嫂子宣布不干妇女队长的时候，没想到她推荐的第一个人就是我。我真是又高兴又后悔，当下就向嫂子表示，要是不当好这个妇女队长，就一辈子不嫁人。嫂子就喜欢我这股劲头，说："要是不让你当妇女队长，才算屈了你这块材料。"其实嫂子早知道我想当，对她不好多半是出于我对她的忌妒和不服。这时候三黑就对我当妇女队长极力反对，他说要当就当生产队长，别跟丁桂珍似的当生产队长的跟屁虫。对三黑我是太了解了，他是又想当生产队长又总在说生产队的坏话，从打我记事起他就跟生产队别上劲了。忘了那是哪一年了，反正是嫂子当妇女队长的时候，人们好像每天每天地都在跟生产队长吵架，今儿你为派活儿不公，明儿他又为记的工分太少，一吵就吵个天翻地覆，有时候还跟队长动起手来。这种时候所有的人都看热闹，唯有嫂子站在队长一边，指责那个吵架的人。嫂子总是这样，把自个儿看成是生产队长一边的人，永远向着生产队长说话，就像家庭里当娘的永远向着当爹的说话一样。嫂子常说，一个队就是一个家庭，过日子全仗着队长了，把队长挤对垮了，队里还不散了摊子？这话要是让三黑听见，三黑就会说，散了才好，他自个儿家的日子都过不好，还能过好一个队的日子？在三黑眼里，哪一任的生产队长都是不好的，而在嫂子眼里，哪一任的生产队长都是好的，哪怕上去的是个半大小子，她也会全力支持他的。那一年，吵架就像传染病一样，一个传一个的，连最老实最腼腆的人也跟队长红起脸来了，派活儿的村口，干活儿的地头，队长的家里，到处燃烧着舌战的硝烟。就是在这一年，我看出三黑对嫂子的害怕了。三黑给人的印象，是十二分的大男子主义，看不起男人，更看不起女人，家里洗衣服、做饭的活儿他从不沾边儿，力气活儿别人想干他也不让。地里呢，他从不屑跟女人在一起干活儿，只要有女人，他或者要队长把女人调开，或者要队长分派别的活儿给他，队长不肯他就自个儿找活儿干。时间

长了，队长拿他没办法，也就随他去了。那时候，他是队里唯一可以自个儿找活儿干的人。嫂子呢，最容不得的就是不听队长话的人了，她对队长说："都像三黑一样，你这活儿就没法派了。"她又对三黑说："都像你一样，队长的活儿就没法儿派了。"结果队长和三黑对她都很恼火，队长说："怎么可能都像三黑一样。"三黑则说："都像我一样就好了，各干各的，省得扎堆儿磨洋工了。"那时候扎堆儿磨洋工的每天都有，只要队长和妇女队长不在跟前，人们就像过节一样地快活，当然，分派的活儿也就别想完成了。活儿完不成，队长就要批评，一批评，人们不想听就得吵架，一吵架，嫂子就要站出来替队长说话。就在嫂子站出来说话的时候，我发现，三黑的目光从不敢跟嫂子对视，嫂子的目光对住他时他也要躲闪开来。在别人看来，他是"好男不跟女斗"，因为他与别的女人也很少对视；在我看来，他就是害怕。这区别我自信是分得清的。那一年，架吵了一场又一场的，每一场嫂子都会从最初的配角变成主角，队长反而退到次要的地位，三黑则从旁冷冷地观望着。观望是观望，他从没有跟嫂子的目光对视过。有一回我问他："队里有没有你怕的人？"他说："没有。"我说："你有，桂珍嫂子。"他立刻火了，一张脸紫黑紫黑的，说："你少提她。"我说："提都不让提，还是怕吧？"他说："不是怕，是讨厌，她是个最叫人讨厌的人了。"我知道，三黑说的"讨厌"跟别人说的不一样，好像含有仇视的意思。我问他为什么，他说："她太把生产队当回事了，一当回事儿她永远就是对的，别人永远就是错的，我就他妈的不明白，她咋就永远是对的呢？"我说："也没人不让你去对呀。"他说："好男不跟女斗，让她一个人对去吧，早晚大家会明白，日头不是为她一个人升出来的。"我听了就明白，三黑的根子其实还是在不甘心上，眼看着受别人的支配、指责又不能不受，他心里不舒服。不过那时我也觉得嫂子是太过分了，整天把"集体"挂在嘴边上，自个儿家里的事都不管不顾了，就像她嫁给了集体一样，年底分红的时候，她甚至不许分不上红的人家表示不满，她说多劳多得不劳不得，人民公社最公正合理了。后来我当了妇女队长，想扳过来一点，多干活儿，少说话，可是真干起来就由不得自个儿了，见着对生产队不利的事是非说不可，人家要不听恨不得抽人家俩嘴巴子，比嫂子那时候性子还急。我就明白，“不当家不知柴米贵”这话真是千真万确，后来实行土地承包制，让自个儿种自个儿的地，人人都当家做主，把生产队长给废了。当过生产队长的人辛苦也辛苦过了，威风也威风过了，即便废，队长这把瘾也是过了，可怜的是三黑这样的，一直想当又一直没当上的人，这一回到死也甭想当了。按理说，三黑这种不爱集体的人，如今该混出个人样来了，可是看看他那样子，倒还不如从前活得精神了。三白你说，他是不是还不如从前活得精神？

三白点点头，往外间看了看，见三黑正对一个年轻人吩咐着什么，很煞有介事的样子，便知三黑多少也将小芝的话听进了些，却又装着在忙碌。三白就问小芝，“他对您怎么个怕法呢？”

小芝说：“对嫂子什么样，对我也什么样。”

三白说：“也不敢跟您对视？”

小芝看看外间，说：“要敢他早跑来不准我说了。不过我一直觉得，他是把我当成桂珍嫂子一样来怕的，从前没当妇女队长的时候一点不怕，当了妇女队长，他有时会像看生人似的看着我说，女人一出点头咋就都成了丁桂珍了？待我去看他，他马上又躲开了。我说，你躲什么，还真把我当成桂珍嫂子了？他就说，躲？我躲你们？笑话，我是讨厌。”

小芝讲着的时候，外面不断地有人来烧纸，良子和淑琴就随烧纸的哭了一阵又哭一阵的。哭的时候，小芝就停了讲，跟着抹眼泪，哭声停了，她还接着讲。

三白发现，屋里的女人已走了大半，显然小芝讲的并不吸引她们，其实，若不是因为三黑，他又何尝喜欢听小芝这一套陈谷子烂芝麻呢。

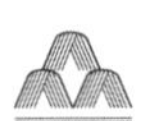

有一刻三白就忍不住打断小芝问道："扒房顶的事您知道不知道，他到底是好心还是恶意？"

小芝说："那不明摆着，他就是有好心，也不会往桂珍嫂子身上使啊。"

三白说："那就太缺德了。"

小芝说："哼，缺德事他干得多了，有一年选上个爱睡觉的队长，一下地三黑就撺掇人给队长扇扇子，让队长凉凉快快一觉睡到正当午，误了活儿还没的说。他还从仓库里偷过一口袋麦子，自个儿不要，偷偷扛到队长家里，等大队派人下来查时，他就说，队里的口袋跟户里的口袋不一样，一查口袋不就清楚了。后来果真在队长家查了出来。队长是有口难辩，当年就被选下去了。那队长也太不得人心，领大家干活儿时，骂骂咧咧不算，有时还伸手打人，所以明知是有人故意栽赃，也没人同情他。这事当时只有我一人知道，我亲眼看到三黑深更半夜从家里溜出去，往仓库那边走去了。我一直跟他到队长家，然后先返回来插上了院门。三黑敲门敲不开，是跳墙头回的家。不信你现在就问问他，看有没有过这事？那年正是我当妇女队长，我在家跟他又哭又闹，说队长再不好也不能诬陷人家，人家要知道了，我这个妇女队长还咋干啊？他说：'不能干就不干，跟这么个队长干，我都替你丢人。'我说你还知道丢人啊，知道丢人就不去偷了。他说：'这不一样，我是为了要他知道我的厉害，谁叫他骂我了，这事早晚要告诉他，骂我一句，会有比骂更难受的事等着他。'后来三黑真就跟队长说了，队长也是欺软怕硬，一句话没说，硬是忍了。这些事倒也罢了，更可恶的是他对我也不放过，有一阵子，下地用的锄头、铁锨、镢头什么的，用什么什么是坏的，不是卷了刃，就是折了把儿，我只好去别人家借。借的东西哪有自个儿的好使，到了地里，费劲不说，还总在人家后头。我问三黑是谁干的，他说不知道。我说除了你还能有谁，他说你说是就是吧，我也是为了你好，得罪你一个，省得你去得罪一大群了，你总是逞能，把人家落得远远的，以为人家佩服你啊，人家都骂你呢。我说，也就是你这样的人骂吧，想不到搞破坏你搞到家里来了，今儿破坏家什，明儿说不定还要破坏人呢。我把这事跟我娘说了，我娘大骂了他一顿，我还不解恨，又告诉了队长，并要队长让他在社员会上做检查。队长说：‘事不算大，他又是你哥，就算了。’我说不行，事不大影响不小，他当哥的对我还这样，让别人怎么对我？队长拗不过我，社员会还是开了，可是三黑没有到场，差人找了半天也没找着，这件事也就不了了之了。但从那以后，三黑再也没理过我，吃饭也不跟我一桌了。我呢，也一样不理他，我就想，这样的哥，还不如个外人，没有也罢。说是不理，在一个锅里吃饭，在一块地里干活儿，总有磕磕碰碰的时候，一有磕碰，三黑就会说，总有一天我会离开的，离不开我就去死。可见他对我对生产队已经到了忍无可忍的地步。其实总有一天离开的倒是我，土地承包的第二年，我结婚到了另一个生产队，送我的是桂珍嫂子和良子，三黑那天面都没露。”

“三白，我讲的这些事，只是举个把例子，这类的事多得数不清，要你说，三黑是个什么东西，给桂珍嫂子当这个总管他够不够格？”

三白说：“谁让你们李家没人呢，除了他，也就属您大了，他们总不会让您当总管吧？”

小芝说：“还别说，我要当，一准儿比他当得好，第一我对桂珍嫂子有感情，第二我好歹干了多年的妇女队长，他有什么，除了个辈分，就剩了一肚子坏主意了。唉，还是生产队那时候，穷便穷，心里有样东西可信，干什么也有精神，还有机会让别人听自个儿的。如今可好，吃得好了，穿得好了，心里倒没着没落的了，整天有劲儿没处使一样。”

三白向外看看，见三黑早已不在外屋了，心想定是小芝的话让他听不下去了，躲到别处去了。三白又看看小芝，不知为什么也不想再听下去了，就说：“小芝姑姑，要想让别人听您的还不好办，上厂里当个厂长，比当年妇女队长可威风多了。”

小芝说：“三白你也来取笑我，要能当厂长，我还至于租盘子么，三

黑他也不能这么对我呀。”

说着小芝又抹起眼泪来。

这时，白布买回来了，被放在了这屋里，几个女人开始动手裁剪孝衣。三白趁机让小芝指导做孝衣的事，自己抽身走了出来。

外间的良子也不知哪里去了，只有淑琴带着儿子跪在灵前。

三白看看淑琴，见淑琴也正在看他，想说什么的样子。

三白走近些，淑琴果然说道：“你好大的出息，小芝那样的人都看得上。”

声音虽低，却是充满恨怨。三白看看左右，说：“胡说什么，我还不是为了你们家。”

淑琴说：“谁知你是为我们家还是为了你自个儿。”

三白说：“天地良心，为我自个儿我能得到什么？”

这时，良子的身影在门外晃了一下，两人立刻停了话，分开了些。三白就势喊了声：“良子，你进来一下。”

良子走了进来，脸色仍如平时一样安详，三白心里踏实了许多，说：“良子，刚才我跟淑琴也说了，你们都没听小芝姑姑讲，三黑真是个下作的小人，不可不防。”

良子不以为然道：“都听我娘讲了一辈子了，还用听她讲。”

良子这一说，弄得三白倒没话了。

淑琴就接上去说：“讲一辈子也是白讲，在三黑面前你连个响屁也不敢放。”

良子说：“疑人不用用人不疑，请了人家当总管，就得听人家的，让人家当了又不听，咱自己不成了下作小人了？”

这话说得两个人都有些发怔，不明白良子哪里出了问题，咋就忽然间站到三黑一边去了？

三白说：“良子，你去哪儿了？是不是听三黑说什么了？”

良子说："听他说什么，今天这事，还用听他说什么吗？"

三白看着良子，白皙的脸开始涨红起来，渐渐地红到了脖根，想说什么，终于没说，待脸上的红变浅了些，才开口说道："听着倒像是在骂我了，良子，三黑骂我我不让，你骂我我毫无怨言，谁让咱俩好来着。今儿当了淑琴的面，我把话搁在这儿，你再怎么骂我，今儿这个忙我也要帮到底，我要有半点私心，当了婶子在这儿，让我遭电打雷劈！"

三白说完，一双眼睛竟是红了。

淑琴忍不住说："我看良子你是不知好歹，三白为咱费心费力的，你还说这些不凉不酸的话，要搁我早抬屁股走了。三白甭理他，不为他也为了我婆婆你婶子，该干什么还干什么。再别说电打雷劈的话了，三黑那样的人还活得好好的，哪就轮到咱好人遭报应了？"

三白的红眼圈良子自是看见了，他再没看三白，也不去看淑琴，低了头，绕母亲的床转到另一侧，双膝跪了下来，腿下铺的柴草唰唰地一阵响，好像默认了淑琴的话，又像对淑琴的话反感似的。

后来，三白果然就像他说的那样，尽心尽意地在屋里屋外忙碌着，哪里有了问题，他就帮着去解决；哪里需要总管点头的一时找不到三黑，他便负责做了主张；遇到哪里缺人手，他就自告奋勇顶上去。请来做菜的老张头垒炉灶却是外行，三白见了，挽挽袖子就干起来。去厂里之前他在建筑队干过，一手拿砖一手拿瓦刀的，玩耍一般就垒完了，身上还不见一星泥土。周围的人看了，纷纷称赞他多才多艺，脑瓜好使，手还这么灵巧，帮人还这么实诚，真是难得。这么忙来忙去的，大半天下来，三白已有了很好的口碑，哪个有了什么事情，就有人会说，问三白去。比总管三黑似还显得惹眼了。其间，三白没再跟淑琴说一句话，对三黑也显得客气了许多，三黑分派什么事情，三白少了挑剔，多了赞成，中午吃饭时，三白还挨了三黑坐下，与三黑碰了三杯白酒。其他人见了，虽有些纳闷儿，却也随了他们融洽起来。良子有一刻在厕所里碰上了三白，问他搞什么名堂，

三白说，“还不是为把这丧事圆满地办下来。”良子说，“那也不用跟三黑套近乎。”三白说，“你就放心吧，我心里有底。”良子忽然说，“三白，你和淑琴的事我早知道。”三白吃惊地望望良子，还没说出话来良子早提着裤子出了厕所。三白站在厕所里，明白良子这种时候提这种事情意味着什么，他忽然感到，也许良子才是真正的总管，他和三黑只不过是在为良子跳来跳去罢了。他想起和淑琴的那回事，原只为了让淑琴在良子面前为他说句好话，因为他想去的厂子的厂长是与良子要好的高中同学。好话是说上了，厂子也去成了，淑琴却也动了真情，一直对他的不即不离又恨又怨的。他想，也许他的处境还不如当年的三黑，三黑好歹还有胆量挑生产队长的毛病，他呢，不要说厂长，连厂长的同学都要小心对待了。

虽是这么想，从厕所出来后他依然地跑前跑后忙里忙外的，只要有人喊一声“三白”，他就不由心头一振，立刻就去了。不断有叫“三白”的，他就不断地振奋、不断地忙碌着，自个儿也不知哪来的精神。到了下午，在场的许多人都穿上了孝衣，哪哪都是白花花的一片，连总管三黑都不得不穿上了，而三白这样的外姓人倒是轻松，只在胳膊上多了条黑纱，既行动方便，又让人好识出，不像三黑，还须仔细看他的脸才能在穿孝衣的人堆里分辨出来。这样，三白就愈发地活跃着，哪里需要就到哪里，不需要的地方有时他也要过问过问，就像他是了总管似的。他却也不忘三黑，时而向他请示着什么，三黑也有找他商量什么的时候，两个人一时间客客气气，推动这丧事平安无事地一步步地进行着。

按村里风俗，丧事是要办三天的，第一天哭丧，第二天火化，第三天出葬。这第三天是最关键的一天，从家里到地里，足足有二里长的路程，出葬的队伍就要在这二里路内过一过全村人的眼睛，从丧事说，有养兵两日、用兵一时的意思；从故去的人说，有辛苦一生、展示结果的意思。因此无论总管无论故去人的家人，都提了心，盼望这一天顺利地结束，结束了，人们纷纷地散去，心才可以彻底地放下了。

再说三黑，头一天对他来说，虽有不少堵心的事，先是不情愿的磕头，再是三白的挑剔，然后是小芝的哭闹，好歹他沉得住气，做出八风不动的样子，一件件的事都自生自灭了。他努力忍耐着，准备着应付更大的麻烦，他想反正他是总管，多么大的麻烦还能压过总管吗？他忽然感到，一个领导其实并不难做，有了位置就有了一半的力量，就像一棵风中的大树，根扎在那里，多么肆虐的风也难撼倒它的。但没想到，事情渐渐变得顺利起来，不要说大麻烦，连小麻烦都没有再发生，让他头疼的小芝被三白安排在做孝衣的房里，原以为三白要在小芝的事上做做文章的，谁知三白从小芝那里出来反对他客气了许多，虽处处地要逞强，但他三黑还至于跟一个逞强的毛孩子较真吗？他便愈发地稳着自己，尽量地少说话，一说就是长辈的口气，与那窜来窜去的三白有意作着对比似的。果然，这样的总管当起来是既省心又有面子，不是太大的事，人们宁愿去问三白，能躲就躲了他了。三黑简直都有些感谢三白了，他想，躲是什么，躲就是怕，怕是由于威呀，要不是三白的对比，他的威从哪里来呢？

可是，三黑的内心深处仍有些隐隐作痛。他知道是由于良子娘丁桂珍的缘故，他想人都死了，疼痛的是什么呢？可是他又想，她死了，他也老了，一辈子就这样毁在她手里了，不疼痛才怪。当然那些年他也没让她安生，那不能怪他，一切都是她自找的，不把她当回事，她非把自个儿当回事，当回事就要付当回事的代价。他一眼也没看丁桂珍的遗容，揭开蒙单请他看时他将目光转向了别处，不知是怕是恨还是别的什么。第二天火化的时候，良子和淑琴扑在丁桂珍的身上，哭喊着不许放进炉里，十几个人拉都拉不开，有人要他到跟前劝劝，他却倚靠在几十米远的一棵树下，与那树相依为伴似的，寸步都没离开。

到了第三天，一切都仍顺利地进行着，几个壮小伙子由三白率领着挖好了坟墓；做菜的老张头正指挥着几个女人择菜做饭，午饭一过，送葬的队伍就要出发了；管账的年轻人也开始在结算两天来的进项、消费，只等

送葬一结束，就向主人交清账目。三黑的工作，这时是要安排送葬队伍的线路，队伍人员的组成，哪个前哪个后，哪个步行哪个坐车，哪个花圈由哪个人来打等等。三黑一边忙碌着，心里没来由地有些不安。他也不知为什么要不安，好像一切太顺利了倒让他感到了别扭。他看到三白的脸上似也不那么平静，一双小眼睛骨碌碌这里转转那里转转的，也不知想的什么；小芝从做完孝衣后就一直陪淑琴守在灵前不停地说话，两人从前没见有过什么交往，现在头挨头的，看上去竟如亲姐妹一般了；良子呢，将十几岁的儿子从淑琴身边拉到自己身边，一言不发地跪在那里，唯一的动作，就是将总要跑回淑琴身边的儿子一把拽回来。三黑想，良子这是害怕孤单呢，害怕孤单就说明他对三白并不是十二分地信任，而这精明如猴子的三白，若不为良子，也似放弃了我这对手，他忙来忙去的是为了什么呢？

想是想，事情也同时在进行着，眼看开了午饭，饭菜上满了所有的桌子，人们围上去，大口小口地咀嚼着。丧事的饭菜不如喜事做得精细，不过是一碗大锅菜而已，但聚在一起吃饭总是香的，人们各自从家里来到这热闹的场合，每个人都有一份职责，阳光闪烁在每个人的脸上，他们为自己的职责理所当然地吃着。人们发现，只有三黑、三白和良子没有吃饭，他们愈加紧张地做着出葬的准备，时间一分一秒地在接近正午，人们觉得他们这些人吃不下饭也在情理之中。

吃过午饭，随着两声震天动地的炮响，送葬的队伍三磕两拜的，终于走出了家门，门外街道两旁站满了乡亲，白花花的送葬队伍一片哭声。

三白走在队伍最前头的一侧，什么时候走快，什么时候走慢，什么时候磕头，什么时候停哭，全由他说了算。这差事原本是总管的，由于三黑穿了孝衣，须走在队伍里面，便由三白替代了。良子就走在三白的旁边，由两个本家的男孩子搀扶着，已是哭成了泪人。三白最怕的就是磕头了，只要一磕下去，就要半天才能将良子拉起来。三白从没见过良子这样地伤心过，引得他眼圈都红了又红的，要不是有人搀扶着，他真担心良子会哭死过去。

良子是哭得伤恸，后面的淑琴和小芝则哭得热闹，她们的声音高过了一切哭声，那是带了哭腔的念唱。淑琴哭："我苦命的婆婆啊！"小芝就哭："我苦命的嫂子啊！"淑琴哭："你辛苦了一辈子啊！"小芝就哭："你遭人欺了一辈子啊！"淑琴哭："到死你也心不安啊！"小芝就哭："李三黑他不得好死啊！"淑琴哭："婆婆睁开眼看看啊！"小芝就哭："多少乡亲在为你哭啊！"她们你一句我一句的，此起彼伏，默契得就像排练过一样，从屋里哭到院里，又从院里哭到街上，把一街的人都吸引了，人们纷纷朝了哭声望，寻找着这发出哭声的女人。

这哭声三白自是也听见了，他回头望了望三黑那里，发现他阴沉了脸，脸上不见一滴泪痕。三白想，有时候女人的作用真是难以估量呢。

村里办丧事，通常是男人步行女人坐车的，从前是马车，现在已用上小客货了。走出家门一段路，三白就指挥队伍停下来，等女人们上了车再走。可就在这时候出了问题，原来等在街里的几辆客货，竟是不声不响地全撤走了！

没车就没法进行下去，村里办丧事向来没有过女人步行的先例。

三白不由得急道："谁让撤走的？哪个浑蛋让撤走的？"

三白说着，目光也就盯住了三黑，他想，除了三黑，这事还能有谁呢？他到底是装不下去了，他终于还是露出了阴损缺德的原形了！

三黑显然感到了三白的目光，隔了队伍的十几个人，他也不示弱地看着三白，那样子像在说，就是我让撤走的，看你如何收拾！

这时也早有人在三白耳边说，是三黑干的，他是冲着小芝和淑琴的哭来的。车刚刚开走。

三白果断地命令道："快去追回来，就说三黑说的不算数，他已经不是总管了！"

三白的声音很大，有意让大家都听见似的。

旁边的良子吃惊地问："怎么回事？"

三白说："车的事是三黑干的，你还想让他当总管吗？"

良子还没答话，后面的三黑先喊道："三白你算什么东西，当不当总管你说了算吗？"

三白说："我没资格说，就让大家来说，偷偷摸摸搞得姑姑、婶婶、嫂嫂们没车坐，桂珍婶子就停在这儿出不了村，他这个总管还能不能当呀？"

大家正纳闷儿车的事，听三白这么一说，一下子激愤起来，齐声喊，"不能！不能！"特别是女人们的喊声，简直就是要向三黑扑过来的样子。

三白看着激愤的人群，心里真是从未有过的舒坦，要不是丧事，他简直都想乐出来了。

三黑仿佛早作好了准备，他不动声色地站在白色人群之中，接纳着无数愤怒的目光。

车很快被追回来了，女人们坐上车，队伍再一次行进起来了。这一次的行进，哭声比刚才响了几倍，连三白这样的外姓人都随着哭起来了。

这一天的阳光格外地灿烂，送葬的队伍走出村子，走在绿色的菜田之中，远远地看去，一片低垂着的头，就像乖乖地接受着太阳的抚摸。

到了墓地，三白按着风俗做了一项一项的仪式。一路的哭与颠簸，人们都有些疲累，让跪就跪，让起就起，让抓把土撒在坑里就撒在坑里，没出现任何的反常。三白派人关照小芝和淑琴，自己则注意三黑和良子，只要这几个人不出问题，一切就可顺利结束了。他觉得这样恰到好处，三黑自个儿找的倒霉，说明也是老天的公正，若再出什么问题，就有些画蛇添足了。

还好，直到墓坑填起来，坟堆敛起来，除了良子由于悲恸有瞬间的昏迷外，其他一切还算正常。

正当三白吩咐队伍向回返时，谁也没有料到，沉默了一路的三黑忽然发出了声音，像是在哭，又像是在嚎，兽一般的，令所有的人都惊呆了。

那声音像是：“丁桂珍，嫂子！嫂子，丁桂珍啊！”

随了声音就见三黑猛地向坟堆扑去，两手疯了似的向下扒着泥土，新敛起的坟堆顿时被扒得塌了下去。

人们停下来，傻傻地看着他，这个高高大大的三黑，现在是被一件孝衣遮住了大半个身子，头发是花白的，脸上沾满了泥土，脚上没穿袜子，鞋子已掉了一只，脚丫子丑陋地裸露出来。特别是他趴在坟上的扭曲的样子，已全然不是那个站着的不动声色的三黑了。

三白怔了一会儿，才忽然想起让人去拽他起来。可是，两个壮小伙子刚拽起他的胳膊，就被他一手一个地推倒了。接着又上来两个，四个人竟也没能拽动他。

小芝和淑琴这时也看傻了，半天没说出一句话来。

三白正不知所措，良子忽然对那几个小伙子说道：“算了算了，由他去吧。”

良子虚弱而平静的声音起了很好的缓解的作用，人们想，是啊，一个活人面对一个死人又能怎样呢，良子说得对，由他去吧。

三白开始带领人们走出墓地，向着村子走去。

墓地里只剩了个三黑，趴在坟上，哭啊喊啊扒啊，像是真的疯了。

与三黑为伴的，只有金灿灿的暖融融的阳光。

2000 年 2 月 18 日

原发《长城》2000 年第 4 期

《小说选刊》2000 年第 11 期选载

选入 2000 年中国小说学会年度小说排行榜

伤心的模仿

星期天回郊区老家看望母亲，母亲告诉我，李三妹回来了，从城里医院回来的，查出是胃癌，不知为什么扔下城里的家倒回村来了，身边只带了个小保姆。

吃过午饭我就去看李三妹了，与李三妹约有十几年没见面了，平时从没想起过她，这时候近在咫尺，忽然就等不及了似的，脚步急匆匆的，眼前尽是李三妹的影子了。

李三妹家和我家在同一条街上，之间隔了两条胡同。记得上回见面是某一年的大年初二，我去给我四叔拜年，见李三妹正拿了纸笔坐在四叔家的沙发上采访四叔。李三妹那时是一家市报的记者，四叔则是村办企业的总经理。时隔十几年，我仍清楚地记得，李三妹留一头过肩烫发，一件粗纺呢格子上衣，黑色健美裤，一侧拉链的半高腰棉皮鞋，眉毛是文过的，嘴上涂了深色的口红，项链、戒指一样不落地佩戴着。每一样都是当时的时尚，却不知为什么让人羞于看她，我的目光一直看着四叔，四叔则总看着墙上的一张年画。李三妹却又是个率性的人，当即拉我到另一个房间，张口就问："有什么问题吗？"我说："没有。"李三妹说："说实话。"我只好说："口红还行，眉毛文得太重了，烫发……好像还不如从前的直发。"接着我赞扬了她的上衣，却又说健美裤不适合她，棉皮鞋的后跟也粗笨了些，虽大致是流行的样子，细微处却是大有差别的。我装得吞吞吐吐不情愿说的样子，却早找到了从前在一起的感觉，心想她记者又怎么样，依然地要听我的，依然地需要我来做她的榜样。记得听我说完她涨红了脸说："我的邻居过去是舞蹈演员，她常夸我会打扮呢。"我不客气地说："那她不是赶不上趟了就是在讨你的喜欢。”

脚下是水泥路面，比从前跟李三妹在村里的时候宽了许多，两边低矮的平房也换了一座座的楼房。尽管这变化我早知道，今天特意又用了李三妹的目光细细打量着。当年我们离开村子的时候还是凹凸不平的土路呢，晴天的时候尘土飞扬，雨天的时候遍地泥淖，鞋子上永远带了泥土，鞋子里则积满了有臭味儿的泥垢。我和李三妹就在这样的路上上学下学，上工下工，来来去去了许多年。不知李三妹看了这变化会是怎样的心情，她大约会说，兰君，咱们再从头活一回吧。我就会使劲儿地点头，对，从头活一回。

事实上，不要说从头活一回，就是从头想一回也是非常地不容易的，生活就像一匹永不停歇的快马，还没待人们看清身边的景色早又换了新的景色了，而过去的就永远地过去了，习惯了看重现实的人们是很难有闲暇回头看一看的，就比如对这李三妹，若不是回村正巧跟她遇上，从前与她在一起的日子怕是要永远地沉睡在脑子了。

我和李三妹真正地在一起，是从学校回村以后开始的。在学校的时候我一直比她高一个年级，对她很少注意过，只知道我们同住在一条街上，她的父亲是个糊裱匠兼裁缝，逢年过节或者办红白事他总是给人家糊房子、糊车马、做衣服。房子是真房子，衣服是真衣服，车马是假车马，他是阳间、阴间的活儿一起做，一双手巧得胜过村里所有的男人女人。他曾先后收过五个徒弟，都因为笨手笨脚被他打发了，其中也包括他的女儿李三妹。李三妹长得随她母亲，模样挺好看，可上身长，下身短，走起路来还有些撅屁股。做活儿也随她母亲，又笨又慢，一件活儿别人三遍都干完了，她一遍还完不了。有一回下雨天，我们几个姑娘聚在我家比着织线袜子，说好从脚脖织起，谁织不到脚跟就甭回家吃午饭。眼看我们几个到晌午都织出了脚跟，唯有她，不要说脚跟，脚脖子还见不出个眉目呢。她果然就没回家，在我家吃的午饭，吃完饭继续织，待人家睡完午觉再来，脚

跟倒织出来了，只是织走了样儿，看上去像个脚尖。我们大家就捧了这“脚尖”笑啊笑的，一下午我家热闹得像过节一般。李三妹的父亲对李三妹倒十分疼爱，从没打骂过她，还常给她零花钱。这两条把我们羡慕得要死，那时谁不是在大人的打骂下长大的，谁不是连双呢绒袜都买不起，不然我们干吗总喜欢躲开家里人聚在一起，不然我们还用得着织线袜子穿吗。可是笨人李三妹就不一样，真是笨人有笨福啊。

我们知道李三妹有零花钱是因为她父亲给人家糊房子、糊车马或者做衣服挣的是现钱，糊房子的时候还管一天三顿饭，且顿顿可以吃到白馍。不知为什么，人们对李三妹的父亲格外厚待，那时候小孩子都难吃到白馍，他却能够独享。我上初一时我们家请他糊过一回房子，糊了三天，三天我家都像过年一样地吃白馍。我的父亲在市里上班，每月开工资，买的壁纸就高档些，不像有的人家用白报纸甚至旧报纸就凑合了。记得李三妹的父亲在我家的几天十分高兴，不单因为我们家人都跟他一样地吃白馍，使他免受了独吃的尴尬，更因为壁纸是正经糊房子用的印花纸，糊上去鲜亮、美观，给他的手艺很是增色；吊顶用的秫秸秆也经过了我母亲的仔细挑选，使他用起来得心应手。他对我母亲说，给你们家干活儿，不挣钱心里也舒坦。母亲一直记着这话，常常在家里提起来，好像全是他们大人的缘故。其实在我的心里，印象更深的是另一件事，一次晚饭吃的是白馍、面条汤，面条是我擀的，李三妹的父亲在厨房门外忙着什么，我就在门里擀面条。平时总是母亲擀的，因为隔壁两口子吵架母亲劝架去了，就把这活儿交给了我。我把面卷起、展开，展开又卷起的，毫没在意厨房门外的观看，待把面条擀好、切好，柔软而齐整地放在案板上时，忽然就听李三妹的父亲问道：“你今年十几了？”我说：“十三。”他说：“想不想给我当徒弟？”他脸上笑吟吟的，显然是开玩笑的样子，我就也笑了说：“当呗。”他说：“你要不上学，我一定收你做徒弟，就看你擀面这两下子，学什么都会学好的。”我受了夸奖，不禁有些得意忘形，说：“糊纸有什么好学的，不学我也会。”

他却也不介意，满脸是宽容的笑，吃晚饭的时候，他还将夸我的话又对母亲说了一遍，并一再地说我长大了有出息。母亲只当人家是对他们大人的客气，一点也没在意我，一段时间后我再次提起时，母亲竟说："说过吗？他什么时候说的？"

后来与李三妹在一起的时候，每想起李三妹的父亲那宽容的笑，我总觉得是李三妹培养的结果，作为李三妹那样的人的父亲，他不宽容又有什么办法呢。同时我的优越感也悄悄地增长着，李三妹父亲的夸奖就像土壤、肥料一样在很长时间里都滋养着我的优越感，使我有一天真的不上学了便在生产队的一群姑娘里成了瞩目的心灵手巧的人物。

那时我在的生产队里大大小小的姑娘有二三十个，人们对一个姑娘的评价，心灵手巧可说是最重要的一条，一说谁谁家的姑娘心灵手巧，那姑娘将来找个好婆家就在人们心里达成了共识。我虽没想过婆家不婆家的事，却也是希望人家来夸奖的，便处处地要表现自己，特别在人多的时候，活儿要做得好，穿衣打扮也要整洁、好看，从衣领到鞋袜，从样式到颜色，我是决不让它出一点毛病的。那时的样式、颜色只单调的几种，但正因为单调才正可发挥我的潜力，比如那时流行的一字领上衣，通常是上下一般肥瘦，我便在腰身处捏两个小褶，大小也稍作改动，全以合身为准。虽改动不过一两分，效果却是天壤之别，腰身有了曲线，下摆也不高不低，一样流行的衣服，在我身上却穿出了与众不同。再比如那时流行的懒汉鞋，塑料底子，黑布鞋面，鞋口处镶了两条宽宽的松紧带，穿起来很是舒服。但底子的颜色、鞋面的质地都是有差别的，若不注意这差别，穿便是胡乱地穿了。我总是选白底子、平布面的那种，与众多的红底子、条绒布面区分开来。也不单是为了区分，白塑料底子质量好些，与质朴的平布面连在一起，很奇妙地就有了种别致的感觉。裤子也是一样，流行的无论肥瘦长短，臀部和膝盖处总要有形的，村里人做裤子，常常不是忽略形就是形的分寸把握不好，而我偏是要在这上面精益求精，穿出来不仅好看，还要有

一条笔直的裤线，即便劳动了一天把裤线弄没了，第二天从家里出来裤线还是要有。我喜欢上工时在众目睽睽之下走向地里的感觉，而若穿一条没裤线的裤子，那感觉会被破坏许多的。还有头发，以及头上的发卡，衣服上的扣子，裤子上的腰带，哪哪都要有自己的看法，哪哪都不能稀里糊涂地凑合的。并没有什么人教过我，全凭了自己的感觉，也许有的感觉压根没有一点道理，但在我身上却显示着出其不意的效果。在那个不讲究穿衣打扮的年代，只为了博得几声夸奖，竟意外地获得了看法，想想真是挺不错的事情，我便愈发在夸奖中聪明、灵巧了下去。说起来，市郊的时尚比起市区也就差了一步，市区有的，市郊紧跟着就会有，只是那时尚到了郊区总有些稍稍地走样，不是缺了什么就是多了什么，让人一看就能把两者区别开来。而我做的效果恰是对这区别的弥补，村里人会说，看这丫头，城里人一样。城里人则会眼睛一亮，从众多的郊区姑娘中一眼认出我的与众不同。

再说干活儿，生产队的活计通常是成群结伙地干的，有时候甚至会把全部的劳力集中在一块地里。百十个劳力集中在一起，那阵势光看看就叫人胆怯，真干起来，快慢有对比，好坏也由队长的嘴很快地传播开来，谁是怎样的角色，真的可说是暴露在了光天化日之下。这种时候，我虽说不怕，却也十分地紧张，强中自有强中手，让哪一个超过去也是不甘心的，我的目的是争第一，第二我都觉得是一种失败。比如割麦，多少个久经夏收考验的壮劳力就在我的身边，但我在紧张中很快发现了他们的经验和不足，将一把镰刀用得熟练自如，连自己也没想到，第一次割麦就和一位大叔割了个并列第一。队长怀疑地查看我的垅子，查不出毛病又问是不是有人帮了我，这一切都否定后队长兴奋无比地说：“好啊，好闺女，有出息啊！”凭了我的争强好胜，也凭了我的心灵手巧，我的目的一次次地实现着，我在生产队也就愈发地引人瞩目。

没想到，我这样做的结果竟是伤害了众多的姑娘。我和姑娘们的关系本来十分融洽，上工下工总是一路走的，不知什么时候，路上只剩了我一个人了，赶了她们去，她们不是故意地走快就是走慢，直到又跟我拉开距离为止。她们中有心直口快的就说，离我们远点好，我们可没你那么大的出息。我便恍然明白，我是只顾了一个人逞强、风光了，干活儿的时候心里是全没有她们的，谁会喜欢一个轻视了她们的人呢。但事情已经做成，想挽回也是徒劳了，我只好自作自受，一个人孤单单地来来去去。即便这样，再干活儿的时候我也不能接受教训，依然地要争第一，依然地就忘了一切。有人说我天生是干活儿的命，就像有人天生是享受的命一样。我听出了这话的恶毒，无非是在骂我的命贱，我并不在乎，自以为是明白自己的，不是喜欢干活儿，是在争强好胜，要说天生也许争强好胜才是天生的，我希望任何事情都走在别人前头，我最见不得的就是被人落下。

我没想到的是，就在这个时候，从没被我放在眼里的李三妹忽然来到了我的身边。

那是个朝霞满天的早晨，那天的活儿是拉车送粪，我拿了绳索、粪叉，一个人站在村口，等待肯与我一车送粪的人。

生产队所有的活儿中，我最怕的就是拉车送粪了，一是它只要力气不要灵巧，二是它要与人结伴才能干成。力气我绝不是第一的，结伴我也常常是无伴可结，由于姑娘们的有意疏远，遇到这活儿我只能待在家里或者求队长再安排别的活儿。但我又不想让队长知道我孤单的处境，他那势利的眼光会因此轻看我，一个人让一群人反对毕竟不是什么好事。

我等在村口，眼看着结成了对子的姑娘从我身边旁若无人地走过去。我的脸红了白白了又红的，我想，我决不会求任何一个人的，大不了少挣一天的工分。要知道那时郊区农村的工分还是有些分量的，全年的钱粮全凭它了。

就在这时，我听到了一个怯怯的声音在喊我的名字。循声望去，李三妹正推了一辆小车站在不远的地方。

我立刻明白了，她的车上只她一个人，她在唤我做她的伙伴。

我惊疑地走近她，问她为什么还没找到人，她没有吱声，接过我的绳索就往车耳上拴，头虽是低着的，短发也将脸遮住了半边，但仍能看见她的脸已经红了，倒像她求了我似的。

后来我知道，她已拒绝了好几个找她为伴的人，她告诉人家，早已跟我说好一车了。她很明白人家找她不是冲她，而是冲她的车，愈是这样她才愈不能轻易地跟人结伴。她说，她早想跟我一车了，只是担心我会拒绝她。

我奇怪这样简单的一件事情她竟会生出这么多想法，我说："车是你的,拒绝也该你拒绝我,我怎么会拒绝你？"她说:"你干什么活儿都在前头，跟我一车，就不担心会落在后头？"

李三妹这话，若在平时我也许会心生得意，可是这时，我却惭愧得要命，我说："三妹你放心吧，什么前头不前头的，今儿就是在最后头，我也不会怪你的。"

这一天我本是下定了决心，不跟人去争那个第一的，有个李三妹这样的人理当知足了。可是，真的干起来，争强好胜之心不由自主就压倒了一切。干送粪这活儿的全都是年轻人，十几辆车排成一队，说走同时走，说停同时停，虽然谁也不肯多拉一趟，但都希望走在前头，走在前头有领头的感觉，也给人能干的感觉，谁不想当个领头，谁又不想让人觉得能干呢。为了这感觉，大家劲儿都使在了装车上，一叉一叉的，抢粪似的，几分钟就装好一辆车，装好了就抢头辆车。有时会因为头辆车翻了脸，谁也不理谁，再装车时就更较上了劲，一叉下去恨不能叉上来座小山。这时候，力气大小就显示出来，力气大的叉头匀称，每一叉都是座小山，力气小的则一叉大一叉小的，有的甚至是空叉，下了很大的气力，挑上来的却只是几根粪草。力气活儿就是这样的残酷，它全凭力气说话，出的什么力气，就给你什么报答，不会有半点的侥幸。力气小的又不甘心，比不过力气就比心计，抢先占个得心应手的好装车的位置，并有意无意地将粪甩在那力气大的身上，嘴上说着对不起，叉上的粪仍是没个准头儿。粪叉是常有粪便夹在草粪中间的，颜色都还没来得及变，甩在人身上是什么感觉？那力气大的难免就上了火气，将那力气小的粪叉一把抢在手里，猛地一扔，就扔到了不远处的一座房顶上。这才是最绝的一招，没了粪叉，那力气小的注定是要落后了。力气小的便也来了火气，伸手就去夺力气大的手上的粪叉，却哪里夺得过，反被那力气大的一推推倒在粪堆上，沾了满身的粪不说，还招来大家的一阵嬉笑。从此，两辆车上的人正式地反目为仇，干这种活儿互不理睬，干其他的活儿也互不理睬了，只为了抢个头辆车，落得个满身的肮脏，满心的不快。这样来说那时的劳动，似乎那时人们是有着太大的劳动热情的，其实不是。抢到了头辆车之后，头辆车就开始等待后面的车辆，后面的车辆齐了，前后的顺序成了定局，人们也就松下心来，不约而同地要歇一歇了。这一歇就没了谱儿，只要头辆车不走，后面的车也不能走，遇到那力蛮人也蛮的，一歇能有个把钟头，就是队长来了，这样精壮的一队人马，除了骂几句，他也毫无有效的办法。因此，那时候的热情，只能说全由于年轻人的虚荣所致。

在这群年轻人里，我的虚荣可说胜过任何一个。这一天虽说做好了不争的准备，但十几辆车二十几个人聚在一起，那你争我抢的气氛，岂是我这样的人能抵挡得住的？我于是很快忘记了对李三妹的许诺，情不自禁地拉李三妹拼在了其中，李三妹不尽如人意时，我也没忍住对她的责怪。我知道这有些对不起她，但身在其中我就什么也顾不得了，就像自己对自己有过的评价一样，争强好胜是天生的，任何时候都难以改变。

不过，李三妹并不似我印象中的那样糟糕，跟我在一起，她的动作比平时快了许多，也十分地肯卖力气，只是装车不那么灵活，别人装满一车，她才能装半车。为此我果断地承担了全部的装车劳动，她想拿粪叉时，我总是及时地抢过去，她便知趣地驾起车子。按照习惯，装车的人是不必驾

车的，走起来时只在车辕边起个辅助的作用。但她总驾车，我总装车，对她也不公平，毕竟装车只是几分钟的事，更多的力气的消耗还是在拉车上。但她就像我果断地承担了装车一样，她也果断地承担了驾车，并执拗地不允许我走近车辕一步。驾车最费力的时候是在地里，那是刚刚耕过的土地，松软得一脚踏进去能埋住脚脖子，拉了车在这样的地里走一步，能顶在坚硬的土路上走百步。李三妹就是在这里表现了她令人吃惊的耐力，她驾了车，身子深深地弯下去，头几乎与地连接，汗珠大滴大滴地落下来，渗进了土里，头发湿成了一绺一绺的，紧紧贴在通红通红的脸上。能看出她已经拼了全力，但她一声不吭，像头牛一样地一直向前拉，脚下连条可以依照的车辙都没有，车轱辘深陷在松软的土地里缓缓地前行。我在一边拉了绳索，当然也拼出了全力，但我常常没有耐力一口气走下来，我说："三妹歇一歇吧，我受不了了。"她却仍不吭声，肩上的绳套绷得紧紧的，没有一点松懈的意思。我只好也不敢松懈，陪着她向前挪了一步又一步的。

李三妹拉车的样子给我留下了深刻的印象，仿佛是一个标志，后来的日子想到她就想到了她拉车的样子，她拉车的样子就是全部的她似的。

这一天由于她和我共同的努力，我们一直走在最前头。我们充满自豪地看着后面的车辆，脚下的步子是想快就快想慢就慢，后面人们的快慢全由我们来规定。

走在路上是我身心最松弛的时候，这时我就会对李三妹说："不用着急，前头后头都一样的，后头也不少挣工分。"李三妹只笑笑，仿佛对我的言不由衷表示宽容似的。我说："我说的可是真话。"李三妹这才说："你不着急我也会着急的，我不想扯你的后腿。"我说："你又来了，一样地挣工分吃饭，谁扯谁的后腿呀。"

虽是这样说，我和李三妹心里是都再明白不过的，只要到了与人比试的那一刻，我们就会把什么都忘了，我是不可改变的争强好胜之心，她是为了我的争强好胜之心。其实她与我在一起是很吃亏的，走在前头人家会认为是我能干的缘故，走在后头人家会认为是她无能的缘故，无论怎样地拼出全力，她也不会得到一分的夸奖。可是李三妹毫无怨言，与我在一起她就似已经满足了。

后来我知道，李三妹的父亲，那个受人厚待的糊裱匠，曾向他的女儿多次提起过我，他让李三妹以我为榜样，说只要以我为榜样就会有出息的。李三妹相信父亲的话，却怯于和我接近，她只在暗中注意我的一举一动，观察我的着衣打扮，并作着不露声色的模仿。她对我其实早已十分地熟悉了，我对她却几乎是一无所知。终于，在我因争强好胜陷于孤单的时候，在我无论从活计还是精神都需要一个伙伴的时候，李三妹不失时机地与我在了一起。

我发现，李三妹果然是以我作榜样的。她脚上的鞋子，与我一样是白底黑布面的那种，她的一字领上衣和制服裤子，显然也是修改过的，上衣捏了褶子，裤子有了弯曲的线条。只是她的身形不好，修改本应为了掩饰身形的缺点，结果缺点反倒突出了，使她上身长下身短的特征一望便知，她的屁股也更加突出，走起路来屁股显得沉重而又多余，让人真想替她削下一部分以减轻她的负担。但她似毫不觉得，好像照我的样子做了就达到了目的，就与其他不讲究修饰的人划开了界限。她还学我的样子做了一副浅花布套袖，与其他人的深色套袖区别开来，显得就像衣服上的装饰。对，装饰，我选浅花布做套袖时就是这么想的，更多地是为了好看，而不是为了实用，许多人都认为我做了件傻事，浅花布是最不耐脏的，不耐脏的布料做套袖是为了什么呢？可是当我戴了套袖甩了胳膊从人前走过时，迎来了多少赞羡的目光啊，虽只是短短的一瞬，我却已经准确地捕捉到了。尽管后来那些有过赞羡目光的人很快又开始谴责我的荒谬，我也不去在意了，有了那目光垫底，什么样的道理还能让我心动呢。李三妹这时候毫不犹豫地模仿了我的做法，花布比我的还要醒目，白底蓝花，且是对比鲜明的天蓝，两个颜色都干净得让人不忍去碰。听她说是父亲为她买来准备做

夏天的褂子的，却被她剪成了两条套袖。母亲狠狠骂了她一顿，父亲却连责备的话都没说，只说："反正是买给你的，你想做什么就做什么吧。"我猜想她的父亲是否也注意到了我的套袖，却没好问，只说："一块布只做两条套袖，也真是可惜了。"李三妹却说："可惜什么，剩下的还做套袖。"我说："你这又不对了，总戴一样的套袖，别人不腻自己也早腻了，再说，套袖也不宜过于鲜亮，剩下的还不如做件无袖汗衫。"李三妹马上同意了我的建议，神情却有些沮丧，说："闹了半天，这花色并不好看是不是？"我说："还行。"李三妹说："还有'腻'，我怎么就没想到'腻'呢？"

其实，那时候添件新衣服对我们是十分奢侈的事，家里的父母们更愿意把钱花在置买农具和翻新房屋上，有限的几件衣服远远不能满足我们爱美的需要，因此我们除了在样式上做点文章外，更多地还是要靠洗、熨使衣服在我们身上保持与众不同的美观。多数人家洗衣服是舍不得多用肥皂和洗衣粉的，他们的洗衣盆里从来没见过大团的白沫，有一户六口之家一年下来只用一块肥皂。一块肥皂的事情在村里传得人人皆知，年轻人听了嗤之以鼻，老年人则作为榜样不断地教训年轻人。而我洗衣服，是既要用肥皂又要用洗衣粉的，母亲说我是吃肥皂吃洗衣粉的败家子儿，常常把肥皂和洗衣粉放进柜子里锁起来，我要用时她只肯几个指头捏出一点点给我。我说不够，再来点。她就再捏一点点。我说还是不够。她就再也不肯捏了，说："行了行了，水早光了。"她认为水以"光"为准，只要"光"衣服就能洗干净。她还喜欢用搓板，说只要肯用力气搓不打肥皂也能洗干净。她的做法代表了村里的多数女人，由于这些女人使村里人的衣服从来是混浊不清的颜色，愈旧颜色就愈难看。而我就偏要做到愈旧愈好看，上中学时一位女老师的洗得发白的军绿上衣给我留下了深刻印象，我意识到旧衣服原来也可以这样好看，好看得甚至超过了新的。洗得发白的军绿衣服那时到处都是，但唯有这老师的"发白"给人清澈、透亮的感觉，那洁净就像渗透到了每个布丝，从眼前走过，伴了一股淡淡的清香，使人不由得一阵神清气爽。天啊，真不知她怎么洗的这衣服！我跟这女老师连句话都没说过，但她的衣服与我却日渐亲近，为了效仿她，我将一件新穿不久的军绿裤子偷偷洗了一遍又一遍的，几天时间就用光了我家的一整条肥皂，虽挨了母亲狠狠一顿骂，但发白的清澈、透亮的颜色让我很长时间里都无限甜蜜。

我的办法是先打一遍肥皂，搓洗之后用清水洗干净，然后浸泡在洗衣粉水里数分钟，再搓洗再用清水，直到清水里没有一丝混浊。母亲的限制给我带来极大不便，我只好自己一分一分地攒钱，攒够一袋洗衣粉的钱时就果断地花出去。以后的许多年里我都保持着这样的洗法，即便有了各种各样的洗衣机，我仍怀疑它们是否能洗得鲜亮，仍认定这是唯一把衣服洗干净的办法。我一直奇怪许多人对这洗衣效果的区别都视而不见，反倒来指责我洗衣的烦琐和不懂节约。而李三妹在这方面又一次和我站在了一起，她看我洗了一次衣服，那以后身上的衣服就变了样子，与我一样地清清爽爽，与我一样身上总是带着淡淡的清香。只是她做得稍过了些，衣服洗得太勤，肥皂、洗衣粉也用得太多，一件衣服时间不长就出现了毛边和麻花。为此李三妹的母亲不准李三妹再和我在一起，说："兰君那样的人，你学一辈子也学不成的。"我问李三妹她母亲认为我是什么样的人，李三妹说："她认为你心眼儿太多，我就一个心眼儿，即便洗衣服这种小事也能表现出来，说你是巧洗，我是笨洗，看着洗出来一样干净，对衣服的损伤却是大不一样的。她说巧是天生的，笨也是天生的，只要是天生的注定是不会改变的。"

我奇怪李三妹的母亲那样的笨人脑子却是不笨的，她一句话就把我和李三妹区别开了，而在说这话之前我和李三妹自己都还混沌着。李三妹说，她父亲对她母亲是又气又怕，气的是笨手笨脚，怕的是心如明镜，对什么事都可以看得入木三分。我就说："这回她可没说对，你三妹并不笨，心眼儿也不少，不然会一眼看准我吗？"李三妹很高兴听这话，尽管我明显

有抬高自己的意思，但同时也抬高了她，在人群里唯有我俩高高在上，那情景让我们愈发地靠近着。

记得那一年的夏天，天气也在帮着我们的靠近，阴雨天气连绵不断，许多天我们都可以歇在家里，自由自在地做我们喜欢做的事情。我教她纳鞋垫儿，大红的底色，白色的针脚，一针一针纳成好看的莲花；教她钩衣领，制服立领配上一圈白线钩的衣领，利落而又潇洒；教她漂洗白衣服时怎样放漂白粉或滴上几滴蓝墨水；教她洗头怎样可以少掉头发；甚至还有我自己不自觉她却看在眼里的事情，比如生吃黄瓜时削皮、生吃西红柿时用开水烫、不喝生水、喜欢洗手等等，她也都一一效仿。有一天她忽然问我，“你们家的人都不像你这样，你是跟谁学来的呢？”我说：“学什么？”她说：“比如爱洗手？”我说：“上小学二年级的时候，老师说手是最脏的，每只手上都有上亿只细菌，吃进肚里就会变为成虫，从那以后，我总觉得有细菌在手上爬，总有洗手的愿望。”李三妹说：“你真幸运，怎么就没有老师对我说这些话？”我说：“幸运什么，这叫什么幸运？”李三妹说：“就是幸运，知道吗，你所有的习惯这个习惯最吸引我了。”我奇怪地问：“为什么？”李三妹说：“不知道。”我说：“你也有细菌在手上爬的感觉吗？”李三妹说：“没有，就是觉得好，一想到你洗手的样子心里好极了。”

我到底也不知我的洗手为什么会这样地吸引李三妹，而除了李三妹其他人对这习惯都报以嘲讽的态度。李三妹是知道其他人的嘲讽的，也许，其他人愈是反对的事情她才愈要拥护，以此显出她的与众不同，即便这不同是对别人的效仿她也不去在意。可是，李三妹坚决反对这个说法，她说对我效仿她是承认的，但她是真心喜欢我所做的一切，尤其是洗手和洗衣服，这两样干净了，一整个儿的人会长十分的自信，而她是太需要自信了。我惊讶着她的看法，洗手和洗衣服这两样毫不相干的事情竟被她这样连在了一起，我如她一样相信，一双干净的手真的是会为人增长自信的，只是我洗手的目的与自信无关，我的自信已经足够了。

这一天，队长派我拆西红柿架，总共有七八个人，李三妹也在其中。这活儿比起送粪是轻闲多了，将架上的竹竿拆下来，拔掉西红柿棵子，清理干净地面就完了。但愈是清理的活计就愈脏些，就好比清理房间，所有的尘土污垢都要在这时候飞扬起来。西红柿棵子藏污纳垢不算，自身对衣服的污染也是吓人的，挨上去就是一道绿不绿黑不黑的印痕，且永远也休想再洗下来。我最怕的就是这样儿活儿了，一年里虽只有一次，一次虽只用七八个人，但我还是没能躲过去。活儿是临时在地里派的，回去换衣服已来不及，我和李三妹穿的都是刚洗过的衣服、鞋袜，全身上下清清爽爽的，这使我们觉得队长像是有意在和我们过不去。但队长是威严的，全队男女老少没一个敢跟他顶嘴，我们又没有跟他顶嘴的理由，若说怕脏了衣服，队长马上会说，炕头儿上坐着去，炕头儿上干净。其他人也会鄙视我们的怕脏，使我们在全队丢尽脸面。我们还没有到为了一件衣服不顾脸面的地步，我们只有横一横心，暂时舍弃自己干净的衣服。

我穿了件苹果绿的确良上衣，下身是洗得发白的蓝布裤子，裤腿短到了脚脖以上，是当时城里人正流行的穿法。鞋是一双白底子的懒汉布鞋，挨着鞋的是一双白色的尼龙丝袜。李三妹则仿效我的穿法，一样的鞋和袜子，一样的短裤腿蓝布裤，只是她的的确良上衣是浅浅的粉红。我们这样的装束是很显眼的，特别是鞋与裤腿之间那段雪白，招引了人们各种各样的目光，村里人下地是从不穿袜子的，鞋子里随时可能进入泥土，拿白袜子与泥土较量简直就是败家子儿。但我们不管这套，仗了肥皂和洗衣粉，我们每天穿每天洗，每天洗每天穿，只要能干净、清爽，我们一点不怕付出时间和洗衣粉。人们总是习惯地认为，爱干净的人一定是怕脏怕累的。人们愈是这样认为我们就愈是要做出个样儿来，既爱干净又不怕脏不怕累，既要干在前头又尽量保持身上的清洁。平时这一点我是做得很出色的，早上出工，别人的裤脚、鞋子被露水打得湿漉漉的，有的裤脚能拧出水来，我却只湿个鞋尖，裤脚干巴巴的像没下过地一样；待露水下去，地皮变得

干燥起来，土沾在打湿的鞋上、裤脚上，便成了难看的泥巴，而我没沾露水，土也就沾得少，裤脚、鞋子爽爽净净的，就像刚从家里出来的样子。在大家惊奇的目光下，我的活儿一点没少做，我的身上却又几乎是一尘不染。这样的结果当然全凭了我的灵巧，我的灵巧是天生的，别人学也学不来，有时候连自己也不知怎么搞的。比如浇地，别人两三锹挡住个水口子，我从来只是一锹，且那一锹挡得光滑、齐整，不露痕迹。还比如摘豆角，凡我的手指到处豆角立刻就落下来，倒像是被我摸下来的。我当然知道那其中是有机巧的，但那机巧绝是只可意会不可言传的。跟我相比，李三妹就差了许多，如果说劳动时我动用的只是一双手，李三妹动用的则是全身，无论做什么她都是用蛮力气，全身上下一齐上，好像要为劳动献身似的。她的衣服、鞋袜也就跟着遭了殃，到处是泥土、草汁、污迹，如同经过了一场恶战，而战果又并不乐观，特别是不跟我在一起的时候，没了方向似的，手里的活儿会干得一塌糊涂。李三妹自己也承认，跟我在一起会给她带来灵感，她的手脚不由自主地会灵动起来。尽管这样，李三妹每天出工时仍保持着干净、清爽，她晚上清洗衣服、鞋袜所做的付出可说是我的双倍，但她从没有过一次懒惰。有时想一想，我简直为她的耐力感到吃惊，若换了我，也许我很快就会吃不消了。

我和李三妹就这样衣着整洁地走进了西红柿地。我这样的人还有些发怵，李三妹就更甚于我了，进西红柿地时她甚至下意识拽住了我的衣角。其他几个人幸灾乐祸地看着我们，一个整天带了眼屎的女人还假装关心地说，回家换身衣裳去吧，一天工分多少钱，一身衣裳多少钱。我们没理她，我们的账可不是这种算法的，工分算什么，我们的美感难道能和工分换算吗？我拉住了李三妹的手说："不用怕，跟我来就是了。"我不由自主地说出了这句话，并为这句话长久地感动着。我意识到这一天我不仅要为自己负责，还要为我身边的李三妹负责，这负责至少意味着，把活儿干好，把衣服保护好。

这一天，我调动了全部的灵感和智慧对付着活计。其实这活计简单极了，若不怕弄脏衣服，任何人都可以轻而易举地干好。回想起来就像现在电视里常做的一类游戏：提一桶水从甲地走向乙地，历经路途中种种的阻力，还要保证桶里的水量。水是好提的，阻力也好克服，水量却最是难保证的。那天我高高地挽起了袖子和裤腿，以减少衣服被污染的机会；我把袜子也脱了，以避免不必要的“牺牲”；我还把上衣掖进裤子里，使自己显得更加干净利落。我也让李三妹依照我的样子做了一切。我们就像要奔赴战场的战士一样，做着献身的准备，也更有着保护自己的渴望。

真的干起来，我们所做的种种准备效用并不大，若没有灵巧的有分寸的动作，衣服仍不可避免地要遭污染。我看到其他几个人身上很快地就印痕累累了，李三妹也跟他们一样地有些惨不忍睹，那浅红的确良上衣醒目地印上了几道绿色，脸上、胳膊上也脏兮兮的，在金色的阳光下他们给人一种被作践了的感觉。但他们仍须继续被“作践”下去，面前一排排凛然矗立的西红柿架就像壁垒森严的士兵，想拆除它们破坏它们把它们战胜谈何容易，似乎非扑上去进行一场殊死的搏斗是不能把“士兵”们扳倒的。还好，我很快抓到了“士兵”们的弱点，先斩断它们的根部，然后拔掉竹竿，它们自会轰然倒下。只要倒下了，上衣受到的威胁就会减小许多，就可以从容地居高临下地处理它们的“尸体”了。我灵巧又小心翼翼地做着这一切，我发现除了鞋和裤子有一两个污点外，其他处仍洁净如初。依据我的经验，我同时对李三妹作着不断的提醒，告诉她应该这样不应该那样。但如前面所说，有些东西是只可意会不可言传的，比如瞬间的动作的分寸感，而这往往至关重要。因此李三妹也就失去了许多仿效的可能。

但我自己的成果出人意料地叫人惊喜，这场劳动结束，我的苹果绿的确良上衣竟是一尘未染，就像对一个婴儿的保护一样，我灵巧地或进或退，终于掩护娇嫩的婴儿安全通过了敌人的封锁线。

当西红柿地被清理成一片空地时，全身上下涂满了污垢的李三妹不禁

坐在地上呜呜地哭了。

我紧张了一天的身体松弛下来，感到了从未有过的酸疼。我也一屁股坐在地上，不作声地看着李三妹哭。

其他人顾不得理我们，一个个地回家去了，只有夕阳陪伴我们守在曾经硝烟弥漫的战场上。

这时候，李三妹忽然停了哭，站起来也走了，竟是一句话没和我说。

原以为她会哭够了拉起我来，看了我的衣服充满羡慕地说，你是多么能干啊。可是，她就这样一言不发地离开我走了。她的袖子、裤腿还没顾得放下来，她的上衣仍掖在裤子里，袜子也没穿，提溜在一只手里，从后面看去，只有那双袜子是干净的，一甩一甩的叫人眼亮。我喊了两声，她也没理我，反走得更快了，就像有意要甩掉我似的。

我非常想追上她问个清楚，但我的骄傲阻止了我，我想，一个李三妹，一个爱耍小性儿的人罢了，不理就不理吧。

我以为李三妹只是羞愧自己的笨拙，羞愧到了无颜与人面对的程度，我以为李三妹一时地要耍小性儿，很快就会过去的。可是，事实上在我总是自作聪明地以为时，李三妹却已发生着我绝难想象的变化。

第二天，李三妹没有出工。没有什么人注意到她，只是队长派工的时候问了一句，李三妹怎么没来？没人答话也就过去了。

第三天，李三妹仍没有出工。派工的时候队长问也不问了。

第四天，依然没见到李三妹的影子。

我想到过去家里看她，但由于从没找过她从来是她来找我，就没有去，心想总有一天她会出工的，不出工她能干什么呢。

我这样的人，总是喜欢轻易地下判断，下了判断就以为是无可置疑的。可是没想到，自那天以后，李三妹再没有在地里出现过，也再没有去家里找过我，我们之间的一段还算快乐的交往，竟是让她以这样无声无息的方式作了结束。

李三妹原来是让她爸托人求情，去小学当老师去了。这一消息传开时，队里的人们并没有感到意外，他们甚至认为，李三妹干活儿不行，说不定命里就该当老师呢，上身长，自在王嘛。我却没法不感到意外，我想，我这样的人还不能想干什么就干什么，她怎么就能想干什么就干什么呢？我想，即便她能想干什么就干什么，她也不能想不理我就不理我呀。

就在李三妹去学校的当天晚上，我到底忍不住找她去了。没想到同时她也找我来了，我们相遇在街上，昏暗的路灯掩饰着我们的惊异，我们相互问对方去干什么，然后就都明白了对方的意思。我没问她去学校的事，她也没提，只说："现在才来找我，已经太晚了。"我说："太晚是什么意思？"她说："我等了你三天，三天你理也没理我，我就知道，我在你心里是什么分量了。"我说："那你离开队里是因为我了？"她说："不是，是因为你让我更看清了自己。"我说："看清了什么？"她说："我是不能以你这样的人做榜样的，我爸当初的话是错的。"

李三妹说完转身就离开我往家走了，头都没回一回。在我的印象里，她还从没有这样干脆、利落过，我有些空落落地站在那里，不明白她怎么忽然就变了样子。我还隐隐地有些后悔，为什么早不能去家里看看她呢？

李三妹这一离开，我知道就是永远地离开了，学校虽就在村里，但田间和课堂到底是两个世界，两个世界的人必定是要疏远的。但我并没有从此就高看李三妹，她以我作过榜样，在她身上或多或少会留下我的影子，却又决不会比我做得好，我将永远是骄傲的。老师又怎么样，她不能一天到晚地老翻书本，她总有动手干活儿或动手打扮的时候，无论是家里活儿还是地里活儿，无论是衣服的样式还是颜色，只要一着手，她就不能不想起我，只要一想起我，我也就有了骄傲的资格。我想，看一个人千万不要看他的职业，职业再好，人笨得一塌糊涂，职业还有什么意义，比如李三妹。

现在回想起来，那时更多的是一种"吃不到葡萄"的酸劲儿，那酸劲儿延续了许多年，一遇机会就要发作，就像李三妹作为记者采访我四

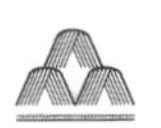

叔那回。

李三妹后来当记者是由于从小学出来后考上了一所省内大学，大学毕业后就分到了报社。她能考上大学是我万没想到的，不是不相信，是压根没想过，我们一起在地里劳动，我的聪明是显而易见的，我从没想过有一天她会比我有多么大的长进。据说她在小学的日子并不好过，学生们经常把她气哭，民办老师之间的激烈竞争也让她难以应付，有一天几个好事的学生写了封信给校长，说李三妹没有能力管学生，最听话的学生都开始跟她顶嘴了，要求换个班主任老师给他们。校长把信转给了李三妹，李三妹看完信立即就找校长辞了工作，她说："他们说得对，我压根儿不是当老师的材料。"那时正有恢复高考的消息传来，李三妹在无路可走时重新打起精神投入了复习。她的父亲并不抱多大希望，她的母亲却比李三妹的劲头还足，她说："女儿，你又不傻不呆的，只要一个心眼儿地刻苦学习，怎么会考不上呢。"结果还真被她说中了，经过两个月夜以继日的复习，李三妹竟考上了大学本科，还是她早就梦想过的中文系。

这消息对我刺激很大，上大学可不比当个小学老师，况且全村只考上李三妹一个人。眼看着大家议论纷纷，个个一副羡慕的表情，我已再不可能不在意下去了。

李三妹上学走那天，我特意同她的家人们一起把她送到了村口。她显得很感动，拉了我的手，撇开家人们，只顾同我一个人说着话。我却只对她说："三妹，我佩服你，你可真有耐力。"这句话其实早在我心里准备下了，我想让她知道我对她的看法，她没有什么了不起的，只不过是有点耐力罢了。在生产队和学校经历了那样的失败，还能重整精神进行长达两个月的复习，不是耐力又是什么呢，反正不能说是聪明吧。我还想提醒她，她今天穿的瘦裤腿到城市已显过时，城市已开始穿直筒裤了。她却像是没在意我挑剔的眼神，只谦和地笑笑，转开话题说："兰君，这是命，不是指上大学，是说我经历的希望的破灭，是说绝处逢生的感觉。今后也许还要经历，我是真有点怕了。”说到“怕”的时候，李三妹的眼睛竟有些潮湿。我注意到她明显消瘦了许多，眼窝深陷了进去，下颏变成了尖的，脸上失去了往日的光泽。这当然可以解释为她刻苦学习的结果，但看着她潮湿的眼睛，我第一次感到，她也许并不像我平时以为的那么简单，她能够有今天，兴许自有她不为人所知的独属于她自己的聪明。我看着她的瘦腿裤，终于没再说什么。然后她与家人们一一告别，然后她一个人渐渐地远去。我站在村口，望着她远去的背影，忽然有种被抛弃的感觉，我想，即便她在大学再次遭遇失败，也将是大学里的失败，也与我在队里的小小的成功不能同日而语了。

其实我也有条件复习参加高考的，但有李三妹在先，我不想有效仿的嫌疑；再说地里的活计几乎每天都能带给我超越别人的小小的得意，这得意使我心生浮躁，已很难静下心来去读书本；我还有对李三妹的错误的判断，认为大学与她是很遥远的事情，她绝不可能考上。李三妹离开村后，地里的活计对我忽然就失去了以往的诱惑，我不再得意于队长一时的夸奖和同其他人没完没了的较量，开始三天两头地往城市跑。人们还以为我在谈对象，其实我是在找另外的出路。李三妹走了，我怎么也不能甘心，至少我不能再留在村里。

后来，靠母亲的一位远房表哥我终于去一家服装厂当上了临时工。后来我又凭了自己的聪明、灵巧转成了正式工人，当上了组长、车间主任什么的，直至今天在厂里搞起了服装设计。我是个容易沉浸于现实生活的人，新鲜而又忙碌的城市生活使我很快就将李三妹淡忘了，只有一次不知为什么在梦里看见了她，那是一片松软的土地，她驾了车，身子深深地弯下去，头几乎与地连接，汗珠大滴大滴地落下来，渗进了土里，头发湿成了一绺一绺，紧紧贴在通红通红的脸上。她一声不吭，像头牛一样地一直向前拉，脚下连条可以依照的车辙都没有，车轱辘深陷在松软的土地里缓缓地前行……一觉醒来，想着梦里的李三妹，不禁有几分莫名的惆怅。但洗罢脸

吃过早饭，那惆怅已渐渐地逝去，李三妹也不知哪里去了。

我加快了脚步往李三妹家走着。

我忽然有些迫不及待地想见到李三妹了。

李三妹没有像我想象的那样躺在床上，一副虚弱的病态，走进她家时，见她正与小保姆在院儿里追赶小鸡。

五六只小鸡在她们的追逐下躲闪着，全部是金黄的颜色，在阳光里美丽得晃人眼睛。见我进来，李三妹立刻面露欣喜之色，指了小鸡说："来得正好，快快，帮帮忙。"

她这样子，就像我们一直没有分离过，而从上次在四叔家遇见她，已经有十几年过去了。

我为这莫名地感动着，弯下身来帮她捉小鸡。

我发出"卜卜"的声音，小鸡很快聚集在了我的脚下。我张开两手，一下就捉到了三只。放进鸡篓里，我又用同样的办法捉到了另外几只。我听到李三妹对小保姆说："看看，我早说过，她一来就不用我们费事了。"

安顿好小鸡，我们就在院儿里的石凳上坐下来，小保姆问李三妹要不要换上躺椅，李三妹摆摆手拒绝了。

李三妹穿了身白底蓝花的纯棉内衣，长长的头发由一只皮筋松松地拢在脑后，脸上似只涂了润肤的东西，一切显得慵懒而又随意。我看着她，不禁有几分惊讶，虽未化妆，却又有一种说不出的和谐，使人竟再难对她进行挑剔。

我有些不甘心地说："淡淡地化一化妆还是好些。"

李三妹平静地笑笑，说："你呀，我都成这样了还不忘挑我的毛病。"

我问起她的病情，她说了几句就岔开了，反问我日子过得怎样，丈夫、孩子好不好等等。我如实告诉她，厂里前几年还行，这几年服装滞销得厉害，每月靠销服装发工资；丈夫的单位也不景气，每月只拿三百来块。她问我每月要销多少钱的服装，我说最少一千，多了不限。她说："按每月一千算，你卖给我一年的怎么样？”我以为她在开玩笑，就说：“行啊，卖给你两年的我更愿意。”她苦笑笑，认真地说道：“我也就只有一年的活儿头了。”

我这才止了笑，摇摇头说：“就是再难，也不能给你加负担。”

李三妹说：“不是负担，是高兴事，现在让我高兴的事已经不多了。”

我说：“那么多衣服你给谁穿？”

李三妹一指小保姆，“给她，她家乡吃不饱穿不暖的人多了。这叫一举两得，帮了你，也帮了她。”

我说：“你自己的家呢？”

李三妹说：“他们不需要，钱是他们给我的。”

我说：“他们……你一个人回来，他们就放心吗？”

李三妹说：“是我执意要回来的，他们也没办法。”

我不解地看着李三妹，想象自己若是得了不治之症，是绝不想离开家人的。

李三妹说：“我是想自由自在地过完这段日子。回想起来，一辈子我都违背性情做着我挺吃力的事，直到这辈子快完了，才发现我这个人是不适合做那些事的，所有做过的事都不适合。”

我奇怪地问：“不适合是什么意思？”

李三妹说：“不适合就是不想做的事硬要去做，自以为是自己要做，其实是在模仿别人。这你应该明白，你曾是我第一个刻意模仿的人。”

我说：“那上大学呢，上大学也是你不想做的事吗？”

没想到，李三妹竟是点了点头，她说：“也许大学才是违背性情的真正的开始，你读到一条真理，就想去实践一下，今天实践这条真理，明天又去实践那条真理，实践来实践去的，也不知到底哪个是你自己了。就好比咱们用的口红，今天用一种深红，明天又用一种浅红，什么样的红也不会是自己的唇红，与其让各种各样的红弄得眼花缭乱，倒不如用自己本色

的红好了。”

我说：“可是你如果不上大学，也许还不知道自己的本色是什么呢。”

李三妹说：“你说得对，人就是这样，等你知道自己本色的时候，却已经晚了。所以，我才执意要回来，回来或许能离本色更近一些。”

我说：“那你的本色是什么呢？”

李三妹看着我，反问道：“你说呢，在你的印象里，我是个什么样的人？”

我想起我曾做过的那梦，便如实地述说给她。我说：“我早说过，你是个有耐力、能吃苦的人。”

李三妹却摇了摇头，说：“恰恰相反。”

停了一会儿，李三妹又说：“我懒散，怕吃苦，笨手笨脚，做什么事都不能做到底，做了一辈子，失败了一辈子。大学毕业先分到中学当老师，三年下来，当上了先进教师，在学生、老师中的口碑也不错，可是太累了，我是个笨人，笨人的那种付出简直能要了命。后来的一段时间，见到学生我就害怕，见到老师我就心生提防，终于再不能忍受下去，就设法又调到了市直机关。市直机关没有了老师和学生，却有领导和同事，他们同样让人紧张，开始表面上跟他们周旋得还不错，工作也让领导满意，还把我当成了提拔对象。只要照此下去，我会有很好的前途。可是不到一年，我就开始跟同事吵架，跟领导顶嘴，想控制也控制不住。没办法，只好又联系报社，去报社当了记者。记者当的时间倒不短，也自以为适合自己，干得就挺拼命。这是我一生中付出最多的一种工作，为了它我得过各种各样的病，现在这病跟它也不无关系。在这期间，就像当年拿你作榜样一样，社里有一位女记者成为我处处效仿的榜样。这女记者真是很出色，对问题看得准，文章出得快，从不喊苦怕累。很奇怪，她写的是文章，你干的是体力活儿，可在她身上我常常能看到你的影子。这让我在模仿她的同时又有些害怕，害怕会像当年母亲说你我一样，你一辈子也学不成她。但这并没有阻止我对她的模仿继续下去，后来甚至在谈恋爱上我都不由自主在学她的样子了。”

李三妹说到这里停顿了一下，忽然作总结似的说道：“你看，就是这样，我这辈子总是在努力，总是在巴结生活，可是又总在出问题。”

我说：“你说到谈恋爱……”

李三妹说：“你想知道，我就讲给你听，不过，说起来真是不好意思。”

李三妹看看我，忽然问：“你日子过得不错吧？”

我说：“每月靠销服装拿工资，不错什么。”

李三妹说：“不是指钱。”

李三妹用一根手指点了点心口。

我说：“还算行吧，反正一家三口我说了算，我干得多，他们也懂得心疼我。”

李三妹说：“一进门我就看出来了，说话、举止还跟从前一样，日子要不顺心，不可能这样的。”

我说：“也说不上顺心，也有吵架的时候。”

李三妹说：“顺不顺心不在吵不吵架，我们从没吵过架，可很少有顺心的时候。”

这时，小保姆从屋里走出来，倒了两杯茶水放在我们面前的石桌上，然后问李三妹是不是该去躺一会儿了。

李三妹皱了皱眉头，说：“我早说过了，你的任务不是限制我。只要我喜欢做的事，你只需鼓励，不许限制。”

小保姆红了脸说：“你从不跟人讲自己的事，我怎么知道你喜欢讲？”

说完小保姆进屋去了，还把房门砰地关上，跟谁赌气似的。

我不满地看看屋那边，说：“脾气好大，你怎么找这么个保姆？”

李三妹说：“她就那样，小孩子脾气，一会儿就没事了。还接着说咱们的吧。”

我喝着茶水，开始听李三妹讲她的恋爱。院儿里两棵槐树正在开花，

满院儿都是槐花的香味儿，鸡篓里的小鸡唧唧地叫着，小巧玲珑的茶碗上有个古装的美人儿倚靠在一棵柳树下。这让我不禁想起那个一生叫人厚待的糊裱匠，茶碗说不定还是他留给李三妹的，可是他早在李三妹大学毕业时就已服毒身亡，全村的人至今也不知为的什么，他曾是村里人敬慕的榜样，温厚、聪明、灵巧，但自杀给人们的敬慕抹上了永久的阴影。那以后不久李三妹的母亲也病逝了，只将李三妹一个人留在了世上。

“那还是到报社三四年之后，由于胃病我住进了医院，在住院期间，我喜欢上了我的主治医生。那时我已经33岁，之前朋友也谈过不少，只是没一个看上的。你也许会笑，33岁之前就没爱上过哪一个？爱是爱过，但都是悄悄的淡淡的爱，不像这一次，简直是近于疯狂。后来我发觉，即便这疯狂也有从女记者那里学来的东西，比如为了延长住院时间，能够每天每天地见到他，我有意暴食暴饮，吃凉、硬的东西，使胃病一次一次地犯了又犯。女记者就干过这种事，她曾深爱过市政府的一名官员，并与那官员有了性关系。那官员是有妇之夫，害怕影响前途，后来就不肯再见她。为与那官员见上一面，她绝食整整五天，并声称他若不来，她就继续绝食，直到死去。终于在第六天，她的愿望得以实现。后来她对我说，她早知道她和他的事不会有结果，但结果是两个人的事，爱是自己的事，她至少要把自己的事做到底。她这说法很是影响了我后来的恋爱，我一反过去悄悄的淡淡的爱，十分偏激地看重自己，夸大、扩张自己的爱，还以为是更真实的自己。不过我总算比女记者幸运，主治医生最终接受了我的爱，和我结了婚，还有了我们共同的孩子。可是我知道，他从没有真正地爱过我，他和我结婚只因为我已怀了他的孩子。我呢，明知他没有爱，那时却只满足于与他在一起。你就想吧，我爱他爱得发疯，他却不真爱我，这样的婚姻不出问题才怪。他是个有魅力的男人，身边总有向他讨好的女人，有没有爱我不知道，性关系肯定是有的。我一直没勇气问他这事情，他也以为我并无察觉，表面上我们始终保持着平静与和睦。”

我忍不住说："你可真是，丈夫跟别的女人有性关系你还能保持平静，搁我早闹翻了，你怕什么呀，反正他又不爱你。"

李三妹叹口气说："我也不知道。这事当然不会发生在你身上，你是聪明人，聪明人总是受人宠的，我可以仿效你干活儿、穿衣，但没法仿效你受人宠。这一点恐怕你一辈子也体味不到。"

"后来，在我 40 岁的时候，我难以意料地被一个 28 岁的男人的爱打动。我不能确定自己爱不爱这年轻男人，但能确定对丈夫的爱已经消失了，就像上天有意让这年轻人来惩罚我爱过的人似的，那爱说没有忽然就没有了。我知道与那年轻人的关系是不会有什么结果的，但无论怎样，也没办法再挽回我对丈夫的那份爱了。果然时间不长，那年轻人就把感情转移到另一个年轻女人身上去了，我却也没感到伤心，反倒有些感谢那年轻人，让我从爱里一下解脱了出来。这件事让我开始反省自己所谓的疯狂，我开始羞惭地意识到自己的模仿，一种激情的模仿。我感到，如果说爱的激情能够模仿、能够扩张的话，那不爱绝是模仿不来的。因此，我倒更喜欢自己后来的不爱的样子。自那以后，我就同丈夫分居了，一直到现在。我不知他为什么不跟我离婚，他说是为了孩子，我倒觉得他是对其他女人的失望。我不想对他还抱什么希望，但他对其他女人的失望我仍是高兴看到的。

"兰君，人家都说，爱谁不爱谁，是有神灵操纵的，一点由不得自己。我觉得未必有那么悬，总是有一点能由得自己的，不会全给神灵操纵，要是全由不得自己，也许就要考虑是不是一种激情的模仿了。你说是不是？"

我不置可否地点点头，说："按照你说的模仿，也不见得是坏事，毕竟都是你愿意的模仿，毕竟也都成全了你。"

李三妹摇摇头说，"天知道是不是成全。现在我还是觉得，懒散、怕苦才是我的本色，比如现在，想干点什么就干点什么，想不干什么就不干什么，真是好极了。"

我说："那就相信感觉，不必相信什么本色，本色这种东西要我看还

不如感觉可靠。”

李三妹说：“可是人跟人究竟不一样，这不一样由什么来决定？比如你和我，除了本色还能由什么决定？”

我说：“那我的本色是什么，你倒来说说？”

李三妹看着我不作声，像是在思考着。

我说：“你会说我聪明，能干，好强。其实恰恰相反，要是聪明，我就不会整天得意于人们几句廉价的夸奖了。那回你从西红柿地往回走的时候我就觉出来了，你是能放弃眼前的人，其实你刚才讲的，也是一次次地在放弃。这份人生的聪明我就没有，对眼前我总容易沉浸。”

李三妹说：“什么人生的聪明，不过是一种无奈罢了。你是站着说话不腰疼，换个角色你来试试，你就不会这么说了。”

这时，小保姆端了茶壶从屋里走出来，脸上早换了快乐的神情了，她一一地把我们的茶碗倒满，又迈了轻盈的脚步走进屋去，嘴里还哼起什么歌儿来。

李三妹望着她说，“我就喜欢这种率性儿，我从不强迫她做什么。”

我说：“可是，你需要她顺从的时候她不顺从，她是率性儿了，不就苦了你了？”

李三妹说：“是啊，那就看你看重的是什么了。”

我说：“所以我说你能放弃，我就不能，我宁愿强迫她顺从我也不想要她的率性儿。”

李三妹说：“要是把率性儿当成你生命的需要你就想要了。”

我说：“问题是我绝不会感到它是我生命的需要。”

李三妹便笑了，说：“看来你我注定是不一样了。”

然后我们都不由自主转了话题，说起小鸡的喂法、槐花的吃法、喝茶的好处等等。

这些具体、细微的话题，让我们都显得轻松了许多，李三妹轻松得竟是眼皮打起架来。我喊小保姆搬出躺椅，李三妹也没推辞，躺在躺椅上与我有一搭没一搭地唠着，没多一会儿，便起了轻轻的鼾声。

我望着她想，也许她说得对，她真是懒散的，怕吃苦的。可事实上她又吃了太多的苦头，即便在这生命最后的日子，也还有更大的苦不放过她，谁能保证，在病症折磨她的时候，她还能想干什么就干什么想不干什么就不干什么？

离开李三妹大约两个月后的一天，我接到小保姆打来的电话，说李三妹已经去世了，因受不了病痛的折磨，她任性地选择了"安乐死"。死后小保姆一个人安葬了她，这也是她生前的嘱托，她说生死是很自然的事，就像人们的上班下班一样，一个人下班了，完全用不着别人知道。安葬后小保姆做的第一件事是通知李三妹的丈夫、孩子来坟上看望李三妹；第二件事就是拿了李三妹交给她的一万二千元钱来买我厂里的衣服。我问小保姆想要钱还是想要衣服，她说当然想要钱，但这不是想不想的事，李三妹在许多方面都可做她的榜样，她更愿意不去违背李三妹的意思。我听了一边为李三妹高兴，这个率性儿的小保姆竟也有不率性儿的时候；一边又想，若是李三妹在地下得知有人在以她作榜样，她会是怎样的想法？

一个风和日丽的天气里，我到李三妹的坟上看望了她。我好像听到她在与我细声慢语地说话，她说："兰君，我是个懒散、怕苦的人，从以你作榜样起我就误入了歧途……现在好了，现在真是好极了啊……"

2000 年 5 月 6 日

《小说家》2000 年第 6 期

入侵之战

张华刚上班，就有个叫杨小冬的女孩子找上门来，她说她的哥哥死了，是被她的嫂子逼死的，她希望替她哥哥讨回个公道。

这时派出所值夜班的小刘已经走了，朱敏还没有来，所长到局里开会去了，只有个管户口的老孟在对面的屋里。张华没有办法，只好一边问案一边作着记录。他想，这个朱敏，怕是又跟老婆生气呢。

对杨小冬的叙述张华不是太感兴趣，人命案当然是大案子，但杨小冬的哥哥既不是自杀，更不是他杀，照杨小冬的话说，她的哥哥是被她的嫂子说死的。杨小冬说，她的嫂子能言善辩，她的哥哥却是不善言辞，嫂子便抓住哥哥的这一弱点，每天每天不停地说话，使哥哥满肚子的话说不出来，还硬要听嫂子说，他终于有一天忍受不住嫂子的说就心脏病突发死了。张华想，即便杨小冬说的是真话，派出所能以说话为由传讯一个人吗？即便能够传讯，这种事情又能有什么结果，立案都难立起来的。所以，张华记着记着就不记了，他打断杨小冬说，“你没去找村里的调解委员吗？”

杨小冬怔了一下，她的思绪仍在她叙述的事情里。然后她说：“没找，找他们干什么？又不是吵嘴打架。”

张华说：“不是吵嘴打架，也不能算是谋杀。”

杨小冬说：“你怎么知道不是谋杀，我话还没说完你怎么就知道不是谋杀？”

张华说：“你不用急，你哥哥死了我知道你心里难受，可难受是难受，谋杀是谋杀，我们不能因为你难受就一定把这事说成谋杀。”

杨小冬说：“你这叫什么话，我强迫你什么了？问题是我还没把话说完你就把笔放下不记了，你就打断我问我怎么不去找村里的调解委员，你也不想一想，调解委员能解决的事，我能大老远地来找你吗？”

张华看着杨小冬，觉出这是个厉害的角色，村里很有一些这样的女孩子，文化水平高不高的，却什么都不放在眼里，不要说派出所的民警，就是在乡长、市长跟前，也是有什么说什么，就像跟村里的张三、李四说话一样。张华只好说：“你想说就说吧，我记下来就是了。”

杨小冬却又说：“你要是这样个态度，我就不如不说了。”

张华不由得有些恼火，正想说什么，忽然发现朱敏不知什么时候已是坐在办公桌边了。张华就丢下杨小冬，对了朱敏说：“你这小子，来了也不吭一声。”

看朱敏仍不吱声，张华又说：“就别怔着了，这么重要的案子，没你可不行。”

张华既是说给朱敏听，也是说给杨小冬听。杨小冬也不傻，耳朵里听得真真的，脸上却不动声色，她只把目光转向朱敏，上上下下地打量着，似巴望着这新来的民警能耐心听完她的叙述。

朱敏站起身来，坐在张华的对面。张华这才发现，朱敏的脸上多了几道血痕。

张华吃惊道：“怎么，这回动真格的了？”

朱敏摇摇头，也不知是否认，还是不想回答，只把张华眼前的纸笔拿过去，说了声，接着说吧。

朱敏说这话的时候看也没看杨小冬，杨小冬不由得有些失望，她不甘心似的看了朱敏问道：“从头说还是接着说？”

朱敏心不在焉地看看张华，张华本想说想从头说就从头说吧，又怕杨小冬再认真起来，就把“想”字咽回去，只说，“随便，随便吧。”

于是，杨小冬就又从头说起来。

杨小冬坐在张华和朱敏的侧面，她清脆的声音在宽敞的办公间里回响

着。朱敏飞快地把她的话记在纸上。朱敏有一双女人似的手，细长而又少些血色，杨小冬就看着朱敏做记录的手，滔滔不绝地讲了下去。

张华听了一会儿，里屋的电话忽然响起来，他站起来去接电话，后来就再也没坐回来。

这样，就一直是朱敏接待着杨小冬了。朱敏管记录，还要管问话，但他没像张华那样计较，他像是很快就被杨小冬的叙述吸引住了，记得投入，问得也投入，除了杨小冬哪里也不看，就连在外屋走了两趟的张华他也没去注意。张华想，这小子，这种事情有什么好认真的呢。

“我叫杨小冬，是东边西营村人。刚才已经跟张同志讲过了，我是为哥哥的死而来的。我哥哥叫杨大民，嫂子叫关美芝。关美芝这个女人，可是不同寻常的，自从嫁到我们家来，我们家就没好过。那是三年前的事了，三年前我父母都还健在，可关美芝一进门，头一年死了我妈，第二年又死了我爸，这不，第三年头上，我哥也死了。她要再待下去，说不定明年就要轮到我了。当然我要说的不是这个，说这个你们也不会相信，我爸我妈死的事就不提了，就单说我哥的死吧，我哥的死确实跟关美芝是有直接关系的。

“刚才我说过了，我哥不善言辞，关美芝却是伶牙俐齿，关美芝就利用她的伶牙俐齿硬是把我哥活活地逼死了。”

朱敏抬起头看了看杨小冬说：“怎么回事？”

杨小冬仿佛受到了鼓励，说：“诸葛亮三气周瑜的故事你知道吧，关美芝就好比那诸葛亮，目的是气死我哥，不过人家诸葛亮是为了江山社稷，她是为了她自己罢了。”

朱敏说：“为她自己什么呢？”

杨小冬说：“这个家落在她手里呗。”

朱敏说：“你父母一死家不已经在她手里了？”

杨小冬说：“还有我哥呢。”

朱敏说："你哥跟她还不是一回事？"

杨小冬说："要是一回事就好了，一回事还用把我哥气死吗？"

朱敏说："她不会有第三者吧？"

杨小冬说："第三者倒没发现，但她看不上我哥是肯定的。"

朱敏说："接着说，还说你哥的死跟你嫂子怎么有关系吧。"

杨小冬看看张华，又看看朱敏，说："你们有没有耐心听？有耐心听我就从关美芝的进门说起。"

张华说："就从你哥的死说起，说别的没用。"

杨小冬说："不从关美芝的进门说起，我哥的死怕是说不清楚的。"

朱敏说："那就说吧，从你嫂子的进门说吧。"

这时，里屋的电话响起来，张华逃脱似的进了里屋。杨小冬则继续说了下去。

关美芝是良水县人，良水县你知道是没法跟咱郊区比的，贫穷不说，人还没文化少教养，关美芝能嫁到郊区来，全凭了一副好模样。当然，她好歹还念过初中，念过初中再长得好些，在她那样的村子就算是个人尖子了。在良水县是人尖子，到郊区可就什么都不是了，郊区的高中生遍地都是，初中生都算是没文化的，就是论模样，县里的人尖子在郊区也就显不出来了，为什么，她不会打扮啊，模样再好衣服穿得土里土气也把模样全糟蹋了。我哥是高中生，又是郊区人，人长得白白净净的，关美芝一看就相中了，跟我哥第二回见面就提出了结婚。我哥呢，别看个头不低，心里却是矮得不行，就因为个不善言辞，跟人一说话就脸红，好像人人都瞧不起他似的。关美芝一提结婚，我爸我妈先沉不住气了，三天两头逼我哥表态。关美芝会说话，来家两回哄得我爸我妈简直是非她不娶了。我对我哥说："哥啊，你条件比她好，好歹也得挑一挑她。"我哥说："长相说得过去，还会哄人高兴，挑她什么？"我说："那她就十全十美了？"没想到我哥叹

了口气，说："哪有十全十美的人，就是郊区的姑娘，也没一个我能看上的。"只以为我哥光是瞧不起自个儿，闹了半天他连别人也瞧不起呢。我真是又惊又喜，趁势就挑出关美芝一个毛病来，我说："哥你注意没有，关美芝的嘴有问题呢。"哥说："什么问题？"我说："嘴太大，嘴唇也太薄。"哥说："那又怎样？"我说："说不准，就是觉得别扭，不出事便罢，出事准出在那张嘴上。"哥却说："实话说吧，要不是那张嘴，我还不同意跟她结婚呢，她好看就好看在那张嘴上了。"我哥有时候是很奇怪的，不说话是不说话，一说话就跟别人不大一样，别看腼腆得跟个大姑娘一样，有时还蛮有他自个儿的路数。

就这样关美芝成了我的嫂子。哎，朱同志，你是不是觉得我太啰唆了？没觉得就好。我这毛病也是我哥惯出来的，他不喜欢说话，却喜欢听我说话，我说什么他都爱听，说得多啰唆他也没嫌过，有时候不啰唆了他还嫌不过瘾，非让把角角落落的细节都抖搂出来不可。我笑他不像个男人，他就说："你懂什么，细节里面才有学问。"有时候我会想，哥哥答应跟关美芝结婚，是不是也喜欢听她说话呀，不然他怎么会单单喜欢她那张嘴呢？

关美芝的嘴果然是了不得的，一进门就把我们家的空间全占了，只要她在家，她的声音就总响着，把我挤对得都跟个哑巴似的了。我倒不是忌妒，她的话要是说得好我宁愿听她的，可她说的都是什么呀。她先是没有节制地夸奖我们家的人，挨个夸，一个也不放过。比如夸奖我爸我妈，说我爸别看种了一辈子地，看上去可不是种地的人，尤其把老花镜一戴，把书本一端，哪还是个农民，分明是知识分子呢；说我妈就更过分了，说她虽然不如我爸识字多，但心灵手巧，身材也好，从后面看简直就是二三十岁的黄花闺女。说我哥什么呢，一个不爱说话的聪明人，一个肚里有东西的高才生，一个尊老爱幼的好男人。当然她也夸我了，说我能干不说，单是清亮亮的说话听了也叫人着迷，说她可惜不是个男的，要是男的非娶了我不可。她要单夸我也许我会高兴的，全家人都让她夸遍了就让人觉得不那么可信，就比如我爸，一张脸黑得跟木炭一样，手上的老茧硬得像石板，他就是戴两副眼镜，手上端十本书，也跟知识分子不沾边啊。我不是埋汰我爸，是说她的夸奖没边没沿，要说我爸是个本分、善良的好人还差不多。

她这一夸，还真把我们家人夸得高兴起来了。你想啊，我们家世代都是小人物，生产队长一级的官都没人做过，哪有机会被人夸啊，猛不丁被夸一下，能经得住吗？首先是我妈，整天乐得合不上嘴，见人就说儿媳妇多么多么好，甚至说比亲闺女还叫人疼。我爸我哥嘴上不说，眼神里比我妈还乐，我爸还当真时不时地看起书来了，我哥也显得勤快多了，往日使唤半天都懒得干的活儿，现在不用说就抢着干了。我说我爸，大知识分子，这一页字认得全吗？我也说我哥，好勤快啊，还是娶个媳妇管用。我还把袜子、鞋子扔给他，要他勤快个彻底，我说，精神的力量是用不完的。我爸我哥虽对我不满，却也无可奈何，在关美芝面前，他们连火都不便发一发了。

要是这样的日子能持续下去也好，只要大家高高兴兴的，我一个人不高兴算什么呢。可是怎么可能，你该知道，过日子就像在太阳底下走路，上边烤，脚下烫，每一步还得要走得实落落的，一步一步地熬。夸奖是什么，夸奖是天上的云彩，说有就有，说没就没，日子靠云彩能过下去吗？所以时间不长，关美芝就变了样子。其实搁谁谁也得变，哪个喜欢总是变着法儿夸奖别人啊。大约进门的第二个月，有一天晚上，我哥正在院儿里洗他的衣服（这是他从小养成的习惯，关美芝进门后曾要帮他洗，他也没答应），关美芝忽然叫了声他的名字，关美芝说："杨大民，你就那么喜欢洗衣服吗？"当时我爸我妈上街乘凉去了，我蹲在厕所里，院儿里只他们两个人，关美芝大约以为我也上街了，就开始放肆地对我哥进攻了。在这之前关美芝很可能对我哥已进攻过了，所以没听到我哥吱声。我哥在表示对抗的时候总是不吱声的，他不是不想吱声，是没有吱声的能力，他总是找不到合适的反击的词语。这常使人感到他很窝囊，就连我爸都瞧不上

他这一点，说他一碌碡压不出个屁来，屁都没有的人还能有什么呢。只听关美芝又说："你不能一辈子总是种菜、洗衣服，洗衣服、种菜的，男人不是这个当法的。杨大民，跟你说话呢，你听见没有啊？"我哥仍是没吱声。关美芝就更放肆地说："怪不得你爸说你，一碌碡压不出个屁来！"我哥还是不吱声，只是搓板在洗衣盆里咯噔咯噔地响，像是把所有力气都用在搓板上了。我在厕所里气得鼓鼓的，要不是想知道她到底想干什么，早就冲出去了。关美芝说："你爸种了一辈子地，你不能跟你爸学，看这村里多少人都去了村办工厂，活儿干净不算，挣钱还多，他们能去，你怎么就不能去呢？"关美芝说："你是怕说话求人还是天生喜欢跟土坷垃打交道？要是怕说话求人，我替你说去，只要你不怕人家笑话男人没出息就行。要是天生喜欢种地，那我就告诉你，你种你的地，我去村办工厂，反正你休想让我跟你一辈子种地。"这时，就听我哥说道："你想去工厂就去吧，种地我是不会变的。"关美芝说："你这话当真？"我哥说："当真。"停了会儿，关美芝忽然呜呜地哭起来，哭声还挺大。我被吓了一跳。我们家从来是平平和和的，即便哭也没人出过声，现在出现这样的声音，我立刻感到，这个家已经不是原来的家了。

我从厕所里冲出去，对了关美芝喝道："关美芝你想干什么？"那是我第一次叫她关美芝，从那以后我就再没叫过她嫂子了。我想，其实从她一进门我们家就开始不是原来的家了，她的本事不可低估呢。我说："有话说话你哭什么，多大的事值得你这么哭啊？"关美芝的哭立刻停了，有些吃惊地看着我，她显然是没想到我会出现。不过也就一眨眼的工夫，她的哭声又响起来。这一回的哭可不得了，那声儿大的，一村的人都能听见，手也不肯闲着，拍得大腿啪啪响，拍一下就念一句："我好命苦啊，找了个没出息的男人，还要受小姑的气啊，我没法儿活了，杨大民你就眼看着你媳妇受人欺啊！"

我没想到关美芝会这样子，这跟村里的泼妇有什么两样。我哥也怔在一边，满手的肥皂沫子，被她吓住了似的。我说："哥，你不用怕，让她闹去，有本事上街哭给大家看看。"我这一说关美芝倒戛然停止了哭闹，手指点了我说："想看我的笑话，没门儿！等着看你的笑话吧，你这样的，长到三十也嫁不出去。"她的手指都要点到我的鼻子上了，我拨开她说："你不是还要娶我嘛，才几天呀，怎么就忘了？"关美芝一点也不脸红，说："那是没看清你，被你这小妖精骗了。"我说："我看妖精倒是你，先是给人灌迷魂汤，灌够了就摇身一变要咬人了，你当着我哥敢不敢说句真话，当初你看上的是我哥还是我哥这个村子？"关美芝说："你好恶毒啊，还想挑拨我跟你哥的关系，杨大民你可听见了，你说，我看上的是你还是村子？"没待我哥回答，关美芝又说："以为村子是什么好村子，没山没水没树林子，还不如我们良水县，要不是你们家左催一回右催一回的，谁稀罕来这种鬼地方。"我说："你好不知羞耻，是我们家催还是你们家催呀，后悔还回你们良水县呀。"关美芝说："想赶我走，你还没这资格，有资格的倒是我，有一天你总会被赶出这个家的。"我说："你也配，就凭你关美芝，这村里随便拽个乡亲来也会帮了赶你走，而不是赶我走，不信咱就试试。"关美芝说："那是现在，你只要有耐心，就再等上两年，两年以后看你还敢不敢说这话。"我说："不要说两年，十年我也敢等，看你关美芝在这村子里还能翻天？"

我跟关美芝就这样吵啊吵的，一个比一个嗓门儿高，一个比一个不让人。我们的吵一定是传到街上去了，时间不长我爸我妈就回来了，看我们吵成这样，他们都有些傻了。在他们眼里，儿媳妇处处都是我的楷模，怎么忽然就变了样子呢？他们首先想到是我挑起的，儿媳妇不得不跟我应战。他们就说："小冬你住口，怎么能这样跟你嫂子说话？"

这时，院门口黑影里不时地在有人向里张望，我们家几个人亮相一样站在院儿里的灯光下。我爸我妈是爱面子的人，声音立刻压低了许多，说："小冬先回屋去，少在外面丢人现眼。"我爸我妈的意思其实是让我们都

回屋去，外面不是说话的地方。可是我看关美芝动也不动，光我一个人回屋我才不甘心，就也站了没动。我妈又看了看院门口，说："小冬你想气死我呀。"我说："你们要知道她说了什么，就更得气死了。"我妈说："你嫂子能说什么，还不是你刁惯了，凡事不肯让人。"我爸就说我妈："都是你从小惯的，愈来愈不像样子了。"我妈这时像要回应我爸的说法似的，忽然推了我一把，说："走走走，回屋去。"他们这一唱一和一推，反倒让我更恼火了，我想，你们好偏心呀，就是要面子也不是这么个要法呀。一股战斗的激情立刻在我胸中燃烧起来了，我满脸通红，满眼放光，想也没想就把关美芝刚才的话给我爸我妈端出来了。我说："她看不起我哥，还把我爸也扯上，要是个率直的，扯上就扯上了，可别再当着面说'知识分子、知识分子'的呀，不要说我爸，搁我也经不住这糖衣炮弹的打击啊。"

我爸听了，脸立刻就沉下来了。我妈的脸色也不好看，问我："你嫂子能说这话？"我说："关美芝就在跟前，你们问她呀。"关美芝这时就有些不自在，嘴上却强硬着说："我在家里什么样，二老又不是不知道，你们愿意相信她说的就相信吧。"说着竟还把嘴一咧，又要哭的样子。没等她哭出声来，我就抢过去说："你真不要脸，俩人在场还想抵赖，爸，妈，我哥也听见了，不信你们就问问我哥。"我妈说："你哥呢，打进来就没见你哥，你哥去哪儿了？"

我也四处巡视着，光顾跟关美芝吵了，不知什么时候我哥早不在院子里了。

我哥这个人，自个儿不会吵架，也怕听别人吵架，我猜在我跟关美芝吵起来的时候他就趁机躲开了。我一点不怪他，他连自个儿都难保护，难道我还能要求他替我说话吗？说到保护，在村子里我倒是常常要保护他的，比如种菜，他从不跟别的种菜的人家交流，人家有时找上门来他也闷头不语。为此许多人对他不满，说他不是自私、狭隘，就是死相、木头，有人甚至有意为难他，浇菜的时候给他堵水头儿，卖菜的时候挑唆商贩狠狠地给他压价。这种时候我哥仍是闷头不语，堵了水头儿他就去打开，压价狠了他唯一反抗的办法就是不卖。若是让我遇上了，我是一定要为他出口气的，我会把那堵水头儿人的水头儿堵得死死的，他开一次我就堵一次，直到他向我告饶认错；我还会找到那挑唆商贩的人，亲娘祖奶奶的骂他个痛快。因为只有我明白，我哥不是人们以为的那种人，我哥只不过是不爱说话，他习惯了不声不响，习惯了自个儿默默地做事，他比那些能说会道的人一点不傻，种出的菜比他们还要好些。我是看透了，这世上啊，遍地都是欺软怕硬的人们，对他们没有别的办法，只有以牙还牙，跟他们硬碰硬地较量一回，他们就知道山有多高水有多深了。我把这话说给我哥，我哥只是笑不说话。我说："你笑什么，我说得不对吗？"我哥说："对是对……"我抢过去说："对就行了，对你就不用说别的了。"我哥果然就不说了。我逼他再说，他就说："你不让说我还能说什么。"我哥就是这样，有时能把人急死。但我看出来，我替他出气他是感激我的，他会摘下最大的西红柿给我吃，他还会扒下我的脏衣服帮我洗。但他又总是叮嘱我，往后再别管我的事了。我说，你要是跟我似的，想让管我还不管呢。他说："又不是人命关天的大事，有什么意思。"我说："要真出了人命，我怕想管也管不了了。"这么说着，我心里就有些惊讶，好好的，他怎么就说起人命来，眼皮底下的事还没法应付，人命关天的事他不更傻了？但我知道，他是个心里有数的人，看起来我事事要保护他，其实他心里许多东西我是搞不清的，那就像一片深不见底的海水，而我就像海面上浮动着的浪花。有时我会为这种感觉很不服气，明明我是强者，他是弱者，他怎么成了海水我倒成了浪花了呢？但不服气也无济于事，这感觉是时时地存在心底的，赶也赶不走，有时候以为它没有了，可稍稍地一留心，它在那里动也没动呢。

我爸我妈在我哥的房间里找到了我哥。我哥正躺在床上抱着随身听听崔健的摇滚呢。我哥这样的人，爱听摇滚真是叫人奇怪，他对音乐从没说过什么，也从没出声唱过什么，就是漫天响亮着的流行歌曲也没见他认真地听过一回，可他偏偏没事儿就听崔健的带子。有几回我抢过去听，发现他听的总是那首《让我睡个好觉》。崔健的歌我是听过的，虽说不上喜欢，却也不陌生，那首歌的歌词是这样的……哎，朱同志你不烦吧，我是想这首歌对了解我哥和关美芝的关系也许很有帮助。你不烦就好，我这就把歌词说给你听。

别说我的样子是坏还是好，
别管我的年龄是大还是小，
别管我为什么名叫卢沟桥，
别怪我对你说我什么都不知道。
听够了人们哭，听够了人们笑，
受够了马车花轿汽车和大炮，
可以让我听见水声听见鸟叫，
可以让我舒舒服服睡个好觉。
马车花轿汽车和大炮，
人喊人叫人哭和人笑。
别总在我身上不停地唠叨，
还是快抬起腿走你自己的道，
告诉你向西去是一片静悄悄，
告诉你朝东去是一片热闹闹。
不要再吵和闹我的男女老少，
要知道我身上的狮子可不少，
实话说我现在真是烦躁，
因为我很久没有睡过好觉。
……

歌词就是这样，开始我真没觉出好来，就像一个人自个儿跟自个儿在说话，又像一个人跟许许多多的人在说话，嘟嘟囔囔的，说的什么呀。调子也没个变化，从头唱到尾一个样，听上去就像反反复复在念叨一句话。后来因为我哥总听总听的，就觉得这歌写得跟我哥似乎有点关系，跟我哥有关系的歌，总是有些意思的，你想呀，写歌的人不认识我哥，写出来硬是能让我哥听了一遍又一遍的，那能简单得了吗？后来这事也让关美芝发现了，关美芝从没听过摇滚乐，她说："你哥没毛病吧？"我说："怎么了？"关美芝说："你哥要没毛病就是那首歌有毛病，像一群人在街上瞎喊出来的，把你哥喊得眼睛都直了。"

朱同志，你也许会以为我哥爱听这首歌跟关美芝有关，是厌倦了关美芝的唠叨才有了这首歌的。的确，关美芝的唠叨是太可怕了，一会儿我会详细地跟你说，但这首歌还真不是关美芝引起的，关美芝嫁到我们家之前我哥就爱听了。你一定会觉得，我哥总得有个理由，总不能无缘无故地把一首歌爱成那样儿。我也这么想，我甚至希望是我哥娶了关美芝之后才爱上的这首歌，可他偏偏不是。有时候我会想，如果不是关美芝引来的这首歌，那就是这首歌引来的关美芝了？这想法让我好一阵害怕，我不知为什么会有这念头，这就好比说，我哥的命运是冥冥之中早被安排好了的，那首歌就像是一种预示，紧接着就由关美芝对这预示作了证明。这事还可以是另一种说法，即唱什么就来什么，一切都是我哥招引来的，我哥是想躲也躲不过了。

还接着说我爸我妈吧。我爸我妈在我哥的房间里找到了我哥，他们强行扯下我哥的耳机，夺下他手里的随身听，问他到底是怎么回事？我知道我爸我妈是拿我和关美芝没办法，就只好在我哥身上出一出气了。因为我哥的不爱说话，他们一直不喜欢他，他们喜欢的是关美芝这样的人，爱说话，还爱说讨他们喜欢的话。不知他们是上了年岁的缘故还是天性浅薄，不管怎样，他们眼下在犯着与世上的人一样的错误了，那就是欺软怕硬。

不同的只是他们把这错误犯在了自己儿子身上。

我哥没有回答我爸我妈的问话。我爸我妈你一句我一句一再地逼问他，他始终躺在床上一言不发。后来我爸我妈索性将他拽了起来，一人扯了他一条胳膊就像绑架一名罪犯。我妈说："你是聋子还是哑巴，好歹你说句话呀！"我爸就说："真是一碌碡压不出个屁来呀！"其实这时候我爸我妈的目的已不再是要知道事情的原委，这时候只要我哥嘴里有个回应哪怕是拒绝回答的回应他们也就草草收兵了，可是我哥的嘴闭得紧紧的，一副宁死不屈的样子，使他们想收兵也没办法办到了。

结果是我爸用他的巴掌将事情作了了结。我爸那只满是老茧的手落在我哥的脸上时，那声音响的，让墙上挂着的老钟都停顿了一下。就看到我哥的脸红了半边，鲜血也从嘴角流了出来。我立时有些傻，待我爸再次举起巴掌时我和关美芝不约而同地上前拦住了他。我听到关美芝说："要打就打我吧，都是我的错还不行吗？"关美芝这么一说，我爸收回巴掌扭身就离开了，我妈也随后出了屋子。屋里只剩了我和关美芝还有我哥，我说关美芝："这下你高兴了吧？"关美芝说："我高兴什么，你们一家子欺侮我一个人，我高兴什么。"我说："搞错了吧，是你一个人在欺侮我们一家子。"关美芝说："你尽管把这话说出去，看村里有谁相信。"我说："今儿不相信总有一天会相信的，关美芝你就等着吧。"说着我也走了出来。关美芝也太会演戏了，跟这种人多待上一分钟都叫人受不了。我在屋外没听到关美芝再跟我哥说什么，但心里仍很难受，一家子都可以转身离开，唯有我哥不能，不管有多么不高兴，他都无处可去，都只能跟关美芝待在同一个房间里。我在心里说，哥呀哥，你怎么就娶了关美芝这样的女人呢？

讲到这里，杨小冬眼圈一红，有泪花在眼睛里打起转来。杨小冬不得不住了口，掩饰似的将目光离开朱敏，停在桌上的一只茶杯上。

朱敏看看杨小冬，说："你要喝水吗？"

杨小冬点了点头。

朱敏站起身拿了杯子往里屋去了。

张华正在里屋哗啦哗啦地翻报纸，见朱敏进来，也不说话，脸上露出嘲讽的笑意。

朱敏将暖瓶摇了摇，说："今儿没打水呀？"

张华说："还不是外头那主儿闹的。你可真有耐心呀。"

朱敏将暖瓶递给张华，张华却不接，说："你喝还是她喝？她喝我可不管。"

朱敏说："反正你也没事干。"

张华说："没事干也不能听人叨叨家务去。"

朱敏说："你懂什么。"

张华看一眼朱敏，忽然问道："你跟你媳妇到底怎么了？"

朱敏说："这也是家务。"

张华说："我是说，要是那女孩子说的能给你解心烦，我给她打壶水也认了。"

朱敏说："说什么呢你，我这是在执行公务。"

张华接过朱敏手里的暖瓶，说："你心里那点事，我还不知道？"

朱敏摇摇头，跟张华前后脚地走出里屋。

外屋的杨小冬不陌生地看着他们。张华被看得终于转移了目光。

待张华走出去，杨小冬问朱敏："他好像对我不耐烦？"

朱敏说："没有。"

杨小冬说："你不说我也看出来了，都说现在公安如何全心全意为群众服务，倾听群众的声音，我看他就不行，群众找上门来他都不听。"

朱敏说："他为你打水去了。"

杨小冬说："他是为你，不是为我。"

朱敏望着杨小冬，好气又好笑地说："还是接着说你的吧。"

杨小冬说："其实，他听不听的我也不在乎，有你听我就满足了。噢，我是说，我早就做好了没人听的准备，没人听我就一趟一趟地跑，直跑到有人听为止。只要有一个人听，我哥也算没白白地死一回了。"

朱敏说："我明白你的意思，接着说吧。"

这时，张华提了暖瓶走进屋来，将暖瓶放在朱敏面前，就又回里屋去了。

杨小冬望着张华的背影，说："他真的是对我不耐烦。不过我不在乎。"

朱敏说："他不是不耐烦，他是有别的事。"

杨小冬说："你不用替他辩护，我看得出来。"

朱敏说："你不在乎还总看他干什么，说你的说你的吧。"

杨小冬看看朱敏，叹了口气，终于又接着说了下去。

那天晚上，关美芝第一次露出了她真实的面目。从那以后，她就再也没在家里夸过我们家的人了。不在家里夸，在外面她可仍跟从前一样，能把我们家的人夸个遍。我明白她是为了在村里落个好名声，夸我们家人是假，夸她自己是真。听到她夸的时候我真恨不得扯烂她那两片薄嘴唇，她竟能说得出口，她怎么可以做到前脚把人挖苦得一无是处，后脚就把人夸成了一朵花呢。但在外人面前我只能忍耐，因为她这做法也正合了我爸我妈的意思，他们是太要面子的人，他们绝不会允许我在外面跟关美芝闹起来。关美芝自是知道我爸我妈的弱点，她便做得更加不脸红，仿佛有为我爸我妈的意思了。我对我爸我妈说："你们怕什么，是她不好又不是你们不好，你们怕什么呀？"我爸我妈说："你懂个屁，早就有人等着看咱家的笑话呢。"我明白他们说的都是老辈子的恩恩怨怨，我觉得挺可笑，只为了外人的一个眼光，就宁愿忍受家里人的折磨，家里人可是每天每天要在一起的啊。但我更明白可笑归可笑，无论如何我是不能轻举妄动的，有些事就像大树一样难以撼动，哪怕它快要枯死了，没有丝毫留存的价值了，但你就是不能动它。

关美芝在外面采取“柔软”的态度，在我们家可不柔软，在我们家她的战略是一个对一个，分头各个击破。你不用笑，有时我真是觉得，人跟人要是有了矛盾，就像一场战争一样，有强的一方，有弱的一方，有进攻的一方，有防御的一方，有心狠手辣的一方，有善良无辜的一方，只不过人们在进行“战争”的时候是无意识的，战争过去了，回想起来才有了觉悟。还接着说关美芝的战略，有过那天晚上的交锋以后，她就再也没当着全家人的面跟哪个人叫过阵，但她不放过每一个个别的机会，只要家里只剩了一个人她就摆开了进攻的架势。她的进攻无非就是否定对方正在做的事情，然后指出改进的方向。这听起来好像算不了什么，好像还有些好的动机，事实上效果是非常坏的，你想啊，一个人在一条路上本来走得好好的，忽然有个人说他走错了，另一条路才是正路，他是什么感觉？就好比你做公安工作，原本你把它看得意义重大，要为它贡献你全部的身心，可是忽然有个人说你这工作一钱不值，不能体现自己的生命价值，你会怎么想？我猜所有的人都不想让人家否定自己正在做着的事情，否定就意味着前功尽弃，就意味着拆自己的墙脚，最愚蠢的人都不会答应。而关美芝做的正是这件事情，她千方百计否定我们家的每一个人，然后在否定中抬高她自己，不了解真相的人还真以为她的周围充满了保守、愚昧、不可理喻呢，其实，保守、愚昧、不可理喻的正是她啊。

刚才我已经说过了，她对我哥说，男人不是这个当法的。这是向我哥进攻的一发重型炮弹，只要有机会，她就把这发炮弹抛出来，不管不顾地投向我哥。作为一个男人，这可说是最根本的否定了，我没问过我哥的感觉，但如果有人对我说，女人不是这个当法，我会愤怒到家或者沮丧到家的。但关美芝就做得出来。她不止一次地通过那两片薄嘴唇把这句话说给我哥，她说男人不是这个当法的，没出息的男人才跟土坷垃打交道，真正的男人应该瞄准所有对自己有用的人，然后利用这些人打出自己的一片天

地。她说我承认你肚子里比我有玩意儿，但那玩意儿总在肚子里说不出来就等于没有，不要以为你不说话人家会以为你是深沉，人家高兴了说你句深沉不高兴了就兴说你是呆傻，其实说你呆傻才是人家的心里话，夸别人的话一般都是假话。她说你不用一天到晚抱了那首歌听啊听的，以为你娶错了老婆，那首歌才是你的知音，我虽然听不懂它唱的什么，但我能肯定它对你没有一点用处，它只能白白浪费你的时间。我就不明白，别人瞄准的都是对自己有用的东西，你瞄准的却都是对自己没用的东西。还有看那些没用的闲书，一看看到大半夜，就算时间是你自个儿的，电费可是大家的吧。还有，见了村里有头脸的人屁都放不出来一个，对没用的小丫头们倒是笑脸相迎笑脸相送，你怎么就那么贱呀，你的深沉都哪儿去了？家里的老婆、妹子还不够你看的？提起你那妹子就叫人气不打一处来，一张嘴厉害得刀子似的，哪哪她都要插上一刀。你呢，不管她还纵容她，没完没了地听她说呀说呀，听得还直笑，还老问，后来呢，后来呢？她不就是说锄西红柿地锄出来一条虫子，虫子钻进了她的鞋子，鞋子被她一甩，砸掉了几个西红柿，西红柿又砸到了她的脚面上……这类事有什么好听的，能顶吃能顶喝啊？反过来我说话的时候你是什么样，甭说笑甭说问了，眼睛看都不看我一眼，还开了录音机听那首该死的歌，对了，好像有一句什么“让我睡个好觉”，谁不让你睡觉了，不在地里你就在床上，一天到晚你睡得还少吗？你甭不耐烦，我早看出你不想听了，越不想听我就越是要说，直到你想听为止。告诉你杨大民，我已经作好了准备，你一辈子不想听我就说一辈子，反正嫁给你就是你的人了，有话不跟你说跟谁说呢？还有洗衣服，一个男人自个儿的衣服都不该洗，还给别人洗，我都说过一百遍了，你还是不听，要是实在喜欢，干脆连我的连街坊四邻的敛来一块儿洗算了，你不是喜欢吗，我就成全成全你。

朱同志你听见了，这就是关美芝常对我哥说的一套话，这套话要说给你，你能不能忍受？光说也罢了，她还常常逼着我哥回应她，说：“你说我说得对不对？我说了半天不能白说，哪怕答上一个字，也算你听见我的话了。说吧，对，还是不对？不说今儿你就甭想出这个家门。”那种逼问的口气，一点不夸张地说，就像你们公安审讯罪犯一样。关美芝就这样常常在我和我爸我妈不在的时候审讯我哥，她知道我哥不会跟任何人去说，就越加想说什么说什么，想做什么做什么，有时候她甚至软硬兼施，脱光了身子骑在我哥的身上，逼我哥同意她的说法。结果我哥把她推在一边，仍是一言不发。你也许会问，这些事情你怎么知道的？这也正是我觉得奇怪的地方，关美芝逼问我哥的时候我爸我妈一回也没赶上过，当了我爸我妈她还总显得对我哥很关心的样子，使我爸我妈还觉得她对我哥要远比对他们好得多。对他们好坏我一会儿再讲，现在先来讲我的奇怪。总的说我不是个有心计的人，对什么事也没有太多的耐心，碰上了就说几句，说过了就再不去想它了。关美芝对我哥的事也是这样，那天晚上以后，我觉得关美芝再不好做什么了，她总不能不顾及全家人对她的看法吧。但没想到她比从前更变本加厉了。我说过她每次行动都要背了我们家其他人，奇怪的是常常都要被我遇上。这是她和我都没想到的，特别是她向我哥进攻的时候，不知为什么我就忽然出现了，几乎每一次都是这样。我常想我也许是受了上天的指使，上天看我哥太需要帮助了，所以总在我哥需要的时候让我出现。比如有一次村里放电影，关美芝跟我爸我妈做伴看去了，我问我哥去不去，我哥让我先走，他说他不想在人声嘈杂中等待，差不多开演的时候他再去。我是搬了小板凳去的，不知为什么那天人格外地多，且多是高板凳，里里外外一层又一层的，最外面的一层，已是高高地站在板凳上了。知是挤不进去了，我只好搬了小板凳往回走。我的意思是回去换只高板凳，顺便也告诉我哥一声。可没想到，一进院门就听见关美芝又尖又细的嗓门儿了。我还没跟你说过她的嗓门儿，那是一种让人不堪忍受的假嗓门儿，你听过女人唱京戏吗？关美芝说话就类似那种嗓门儿。当然，她的声音远远比不上人家的好听，人家的假，是一种艺术的假，她的假，是

一种先天的没法改变的假。后来我问过我哥，当初见面怎么就没听出她这假嗓门儿来？我哥说："她总是小声小气地说话，哪听得出来。"就是说，一开始她让我哥看的就是假象，她是多么善于作假啊。我听到她那假嗓门儿，先是有些奇怪，明明看见她去看电影了，怎么又回来了？在屋外听了一会儿，我开始明白，她是要再一次抓住我哥一个人在家的机会。照样是她那一套话，照样是听不到我哥的回应，唯一新鲜的内容，是她自己已经找到了村办工厂的工作。她告诉我哥的目的，不是为了让我哥高兴，而是为了羞辱我哥。她说据她了解，所有已婚女工的工作都是丈夫出面找的，唯有她是个例外。她说她以后就要去工厂上班了，每月 600 元工资，花钱再也不用低声下气地找公婆要了，不但不用要还可以分给我哥花，但有一样得说明白，我哥必须得听她的，要是不听，她就一分钱不给我哥。我哥一直没吱声，待她终于住了口，我哥才说了一句："说完没有，说完我看电影去了。"这时候我哥如果走出来我就不会再进去了，挎上哥的胳膊把关美芝一个人甩在身后也够出口气的了，可是我哥没能走出来。关美芝一把将我哥拽住了，她说："你不能走，你还没回答我的话呢！"我哥说："你想干什么？放开我！"关美芝说："放开你容易，你说，听不听我的话？"我哥不肯说，又试图逃脱，两人就开始厮打起来。这时候，外面的我终于忍耐不住，一步冲了进去。

后来我哥对我说，要不是我进去，那天晚上的电影就休想再看了。我说："她不就是要你说句话嘛，你说给她不结了？"我哥说："她那样的人，只要开了口，就更没完没了了。"这是我哥唯一一次跟我说起关美芝，从中我能听出我哥对关美芝的厌烦，厌烦里似还有一种莫名的紧张。我问他是不是有点害怕？他到底也没吱声。我想像我哥这样的人，面对关美芝不依不饶的纠缠，有一点害怕也是正常的，那不是害怕关美芝，是害怕她的纠缠。

关美芝对我爸我妈的进攻也曾让我遇见过几次。我爸妈从不在背后跟我议论关美芝，如果不是我亲眼所见，我真想象不出关美芝对我爸妈的恶劣。她对我爸我妈的攻击通常要同我哥联系起来，她说我爸这一生最大的失误就是没教会儿子说话，长到快三十岁了连句整话都说不出来，别以为这是他自个儿的事，他对跟他同床共枕的人造成的痛苦比他自个儿的还要严重。她说也难怪，老子不行怎么能指望儿子行呢，一个种了一辈子地，一辈子都只会浇水、锄草，连二十四节气都分不清的人，他的儿子又能有什么出息。她说我是说过你像个知识分子，但我说归说你听归听，你这个岁数的人要是真把这话当回事就正说明你跟知识分子差着十万八千里呢。她说这话的时候我看见我爸的脸阴沉得可怕，厚厚的嘴唇不停地哆嗦，一双昏花老眼呆滞地看着前方。我爸这样子显然是由于攻击来得太出人意料而失去了反击的能力，而关美芝仍不管不顾，恶毒的话语就像蛇信子一般飞快地喷吐着，一副不置人于死地不罢休的样子。关美芝对我妈的进攻也毫不嘴软，她说我妈过了一辈子糊涂了一辈子，老伴说东就东，孩子说西就西，就是没有自个儿的主意。她说奇怪的是一个没有主意的人生出的孩子竟是一个比一个拗，老大拗得死不开口，老二就拗得什么都要开口，他们拗到了头，其实也就跟没有主意一个样了。所以问题出在小的身上，根子还在老的身上，老的活计上再是能干，也是瞎干盲干，顶多是个残疾的家庭妇女罢了。朱同志你听听，关美芝多么会用词啊，残疾的家庭妇女。我妈听了倒也没像我爸那样气得哆嗦，只是骂了句很难听的话，她说："关美芝，你爹妈什么样儿？咋就日出你这么个东西来？"我妈这是头一次骂人，由于不习惯那话骂得跟平时说话一样，一点也不铿锵有力。幸亏紧跟着我接了过去，张开伶牙俐齿把关美芝骂了个狗血喷头，要不是我妈硬把我拉走，说不定手脚都要跟上去了。

尽管这样，关美芝仍保持着单独与个人交战的策略，在全家人面前，特别是在街坊邻居面前，关美芝做得礼貌周到，滴水不漏，俨然一个贤惠媳妇的形象。由于我爸我妈的叮嘱，在外面我从不说关美芝的坏话，我爸

我妈更是对家里的吵闹守口如瓶，至于我哥，在村里没有一位朋友，就是想说，他又能跟谁说去呢。这样，我们全家人，是人人都主动或被动地参与着战争，人人又都对战争保守着秘密，那其中的欲望和克制，只有深陷其中的人才能深切地体味到。即便我也有克制不住的时候，逢到这时候我总有一种窒息的喘不上气的感觉，恨不能与谁拼个鱼死网破，拼个你死我活，可是我总也找不到对手，关美芝那里没事人一样，任你怎样地挑衅她只是装傻卖俏，又有两个老人一再地递眼色制止，我的欲望只能不了了之。不过，比起我爸我妈和我哥，我的天地还是宽阔了许多，村里那帮快乐的女孩子，还有从前中学的同学，隔三岔五我们总要聚会一次，或者三五个，或者十来个，在一起一说一笑，就把所有的不快忘掉了。可是，我爸我妈和我哥去哪里找这种机会，他们除了地里就是家里，除了家里就是街上，街上是什么地方？那既是消烦解闷的地方，也是闲话是非集中的地方，每回从街上回来，我爸我妈都似更添了一层忧烦和小心。

我爸我妈虽是能够克制的人，但都不是心胸开阔的人，短时的克制也许无妨，成年累月的克制就是一种折磨了，况且他们平时克制，关美芝攻击他们的时候他们没有能力反击就还要克制，这种没完没了的克制对任何一个人来说都是难以忍受的，作为两个老人，撇开面子、自尊不说，只身体也够他们受的。他们本来都是身体很好的人，自从关美芝向他们开战后他们开始一夜一夜地难以入睡，长久的失眠使他们的身体每况愈下，一张脸明显地瘦成了条状，硬朗的身形也有些弯曲，走路也变得踢踢踏踏的，再没有了过去咚咚咚的声音。一位很长时间没来家里的亲戚见到他们吓了一跳，说："你们不是有什么大病吧？"这一说把我爸我妈也吓了一跳，晚上就更睡不着了，食欲也减少了许多，仿佛真得了大病一般。这样的日子大约又过了两三个月，终于查出，我爸得了肝癌，已到了晚期，而我妈是胃癌，还有做切除手术、保全性命的可能。

时间不长我爸就去世了，我妈在我爸去世半年后也离开了我们。让我恼火的是，他们至死都克制着对关美芝的发作，关美芝在病床前照管他们时无论耐心不耐心他们都一概接受。当然他们已没有了反抗的力量，但若是我，我想我至少会趁此机会打掉她送到嘴边的饭碗，拒绝她的照顾，反正是要死的人了，还有什么好怕的！我明白他们无非还是为了脸面，为了这个实际上早已四分五裂的家庭。

我爸我妈克制，关美芝克制得就更惊人，她不但在病床前照管我爸我妈，我爸我妈死后两场丧事也都是她一手操办。按说这种事情该是我哥来操办的，但我哥跟街坊邻居很少来往，操办起来步步都是障碍，关美芝就不由分说一个人揽下来了。关美芝在丧事中哭得最凶，做的事却也最多，往往在一把鼻涕一把泪的时候，哪个来帮忙的乡亲问她事情，她立刻就停了哭随人家做事情去了。她的哭也是办丧事很标准的那种哭，放开了嗓门儿，拉长了声音，口中念念有词。而与她相比，我和我哥的哭就显得简单了许多，没有词念，没有放开的嗓门儿，只有泪水和哭泣的声音。这样，关美芝的哭就格外显露了出来，再加上她穿了孝服红着眼睛一会儿这里一会儿那里的做事情，简直就成了这丧事中的明星。我将这一切看在眼里，心里的怒火起了落落了又起的，我想，关美芝啊关美芝，折磨老人的是你，“孝敬”老人的也是你，讨好乡亲的还是你，你做人真是做到家了啊。几次我几乎要发作出来，都被我哥强硬地制止住了。我以为我哥是胆小怕事，丧事过后好些天都不肯理他。后来我常常跑到我爸我妈的坟上哭个死去活来，我认定他们的死全是关美芝造成的，可是我和我哥却只能眼睁睁地看着她在家里为所欲为。有一回我哥到坟上找到我，他也忍不住恸哭了一场。听着他的恸哭我开始感到他心里的苦其实比我还要多的，但我仍不甘心地质问他：“为什么这么软弱？”我哥说：“不是软弱。”我说：“不是软弱是什么？”我哥说：“人活在世上，各人有各人的角色，关美芝就最不明白这一点，她不明白，我们不能也跟着不明白。”我说：“你好书呆子啊，她把咱爸咱妈都逼死了你还讲什么角色。”我哥说：“能做的我都做了，

我已经提出跟她离婚了。”我听了吃了一惊。我哥就是这样，不声不响的，天大的事让他说起来也跟上了趟厕所一样平常。我问他关美芝怎么说？我哥说：“她不同意。”我说：“她为什么不同意？”我哥说：“嫁鸡随鸡嫁狗随狗呗。”我说放她妈的屁，从嫁过来她随过你吗？我哥说：“她不是随，是要改造我，就是这一点她不明白。”我说：“要我看她不是不明白，是压根没安好心。”我哥没再吱声，我知道他是不同意我的说法的，不仅对关美芝，对村里其他人他也从不下这样的断语，好心或者坏心，好人或者坏人。我喜欢什么事都跟小葱拌豆腐一样明明白白，偏偏到我哥这里就含糊起来，我觉得他的苦跟这含糊也有关系，他总是搞不清事情的界限，总是把他对人生的空洞的想法套在他的实际生活里，总是在应该出击的时候反而躲避起来，除了做他自己的事情对其他人他不采取任何的行动，一切行动都留在了他的心里。一个人的内心能有多大，装得太多了不出问题才怪。

这时候，屋外忽然传来一个女人的哭声。

杨小冬停下来，转头望外面。里屋的张华也跑出来，有些迫不及待地往外走。只有朱敏没抬头，说：“还说你的。”

张华还没走出去，那女人已经走进来了，只见打扮得花枝招展的，脸上却已有了不少的皱纹，泪水在上面肆意地闪着光亮，鼻涕也不住地流出来。女人一边哭一边用手绢堵了鼻子狠狠地擤着，嘴里喊着：“我没法活下去了，你们要给我做主啊。”

张华说：“先别哭先别哭，怎么回事？”

女人边哭边说：“我是来告我丈夫的，他把女人弄到家里来睡，还威胁我别说出去，说出去他就敢杀了我。你们要给我做主啊！”

张华看看朱敏，说：“你那儿完了没有？”

朱敏说：“没呢，你自个儿先处理吧。”

张华又看看那女人，皱皱眉头，说：“跟我来吧。”

张华把女人领进了里屋，门也没关。

女人诉说的声音很清晰地传出来。

杨小冬说了几句，觉得挺受干扰，就停下来，望着朱敏。

朱敏站起来把里屋的门关住了。刚坐下，里屋的门又被打开了。朱敏就又站起来关。

屋里的张华说："别关了别关了，屋里闷死了。"

朱敏说："两边窗子一开，闷什么闷，少跟我来这套。"

门关上后，里屋女人的声音小了许多，里屋的门也没再被打开。

杨小冬说："刚才说到哪儿了？"

朱敏说："你哥提出离婚，你嫂子死也不离。"

杨小冬说："对，关美芝就是这么恶劣，既然看不上我哥，跟我哥离婚不完了，她又死也不离，这不明摆着把我哥往死路上逼么。我哥……"

朱敏打断杨小冬说："对不起，我问一句，你刚才说到你爸你妈病的时候关美芝也能耐心侍候？"

杨小冬怔一怔，说："对，也有耐心的时候，不过是一阵儿一阵儿的，高兴了就耐心，不高兴了就摔摔打打的，有一次见她给我妈喂药，一把药片一下子就塞进嘴里了，差点没把我妈呛死。我跟她吵了一架，她还怪我妈要小孩子脾气不肯吃药，她说：'也亏得我喂，放了你跟你哥，一片药也喂不下去。'她就是这样，心狠手也狠，我能肯定我爸我妈的克制除了要面子，还有些怕她，好人通常怕恶人，这一点没错的。"

朱敏说："她耐心的时候什么样呢？"

杨小冬有些奇怪地看看朱敏，说："我就说了一句耐心，你还就记住了。你想知道，我这就说给你。她的耐心第一表现在外人在场的时候，只要有外人来，我爸我妈就肯定要舒服一阵了，又是捶背，又是擦脸，又是梳头，就像我爸我妈的亲生女儿。外人一走，她就立刻是另一个样子了，脸也搭耷下来了，手脚也懒了，嘴里说的也是另一套话了，不是怪怨有病人累得

慌，就是怪怨总来人烦得慌。我爸我妈对她这样子像是也习惯了，随她好就好，坏就坏，一切都逆来顺受。她的耐心第二表现在得到实惠的时候，比如我哥把卖菜的钱交给她，比如哪个来看病人的人买了东西，比如她的厂里额外地发了奖金，还有，村里哪个有头有脸的人跟她说了几句话，她都可以脸上带笑地耐心一阵子。你问她耐心的时候什么样？无非是给我爸我妈拆拆洗洗，问一声他们想吃什么，有时候问也不问就包了饺子端上来。对了，她这个人喜欢吃饺子，也喜欢包饺子，我们家从前轮流在家做饭，轮到她做的时候她总三天两头地包饺子。我爸我妈要我克制的时候就说，你嫂子总算还勤快，冲她辛辛苦苦包的饺子你也就忍了吧。其实我爸我妈不明白，她包饺子一是喜欢吃，二是有瘾，做别的吃她还不想做呢。当然，说她勤快也不算过分，她嘴不饶人手脚也不肯闲着，家里什么事她都喜欢插手。”

杨小冬停了一会儿，看朱敏在纸上写来写去的，又说：“我说她耐心不耐心，主要是想说她的为所欲为，即便有耐心的时候，她也不是由心而做，而是有功利的性质，一家人过日子要都带上功利性，还叫什么一家人呢？”

朱敏说：“我明白你的意思，还接着你刚才的话题说吧，你哥跟你嫂子离婚的事。”

杨小冬说：“好吧。”

里屋女人的诉说仍继续着，时而会有张华不耐烦的声音，简单点简单点。

杨小冬就看看朱敏，说：“我讲的是不是太啰唆了？”

朱敏说：“没有，你讲你的，不用管他们。”

我哥是在我爸我妈去世以后提出离婚的。我明白他是怕老人跟了他着急生气，别看他不哼不哈的，内心对我爸我妈还是挺孝敬的，为了我爸我妈他能对关美芝忍耐两年的时间，还从没向我爸我妈透露过他的心思，这就足可证明他的为人了。有一回我问他：“爸打你你恨不恨他？”我哥没有答话，只默默地摇了摇头。不知为什么在那一瞬间我忽然感到，我对父母的感情是比不上我哥的。这种念头虽缺少具体的理由，但就像扎下了根一样让人无法动摇。

按说没有了我爸我妈，我哥没有了顾虑，就该无所顾忌地跟关美芝进行一场离婚大战了。我当时就这么想的，我还暗下决心，一定帮哥把这一仗打胜，只要关美芝离开这个家，我哥就幸福有望了。

可是事情并不像我想象的那样。关美芝那边是没有问题的，她反正是不同意离婚，不同意离婚通过法院解决就是了。问题是我哥这边出了麻烦，他是个太不愿付诸行动的人，他想的竟真的跟上厕所一样简单，一个人提出离婚，另一个人点头答应，仅此而已，若是要附加其他的行动付出，他绝是没有什么心理准备的。我曾撺掇我哥上法院起诉，我说这一回无论如何不能再依着关美芝了，这关系到你一辈子的大事，有一天我离开这个家，剩你一个人可怎么办？你猜我哥怎么说？我哥说：“这道理我懂，我就是不想去法院，去法院太麻烦了。”我说麻烦什么，就是麻烦也就是几天，几天的麻烦换来一辈子的不麻烦，哪个划算？我哥说：“划算不划算那是第二步，问题是第一步我就没办法迈出去。”我说：“有什么难的，横下一条心，眼睛一闭就迈出去了。”我虽然这样劝说着他，但听他一说出“麻烦”二字来就觉得事情是很难办成了。小时候，我爸我妈指使他去别人家借东西或还东西，他总要拉上我去，到时把我一个人推进门去，他自己则等在门外。我问他怕什么，他说怕麻烦，跟人说话太麻烦了。我猜他长大后很少跟人交往，怕的也是这个麻烦。以我自己的经验，跟人说话是件快活事，我真想不明白，这样的快活事到他那里不知为什么反变成了洪水猛兽。

关美芝不同意离婚，我哥又不肯去法院起诉，事情就只好拖了下来。

我哥的优柔寡断使关美芝更不把我哥放在眼里，她甚至不认为我哥是

真想跟她离婚，只是对她表示不满的一种方式，她说："杨大民我知道你对我不满，因为我句句能说到你的痛处，说你一回你就痛一回，痛得受不了了就说要跟我离婚。你只要不跟我离婚，有一天你总会明白我是对的你是错的。我要的就是那一天，以为我就那么愿意跟你在一起呀，要不是等这个结果，我早离开这倒霉的家了。"我哥说："人都不重要了，结果还有什么重要的？"关美芝没想到我哥会这样反问她，她说："闹了半天你挺会说话的呀，你问得太对了，没有人自然是说不上结果不结果的，但只要有人在，结果就比人还重要了。我说不出更多的道理，你是个高中生，比我文化高，应该比我更明白这个道理。你的问题，就是太轻看结果了，就是把你自个儿看得太重要了，除了你自个儿什么你都看不到，我就要把你扳过来，让你眼睛看在结果上，让你洗心革面，重新做人。我知道你是块又臭又硬的石头，也许一辈子都不会有个结果，但我不怕，我宁愿试试，哪怕试一辈子。"

你听到了吧，关美芝就是这样，我哥不说她说，我哥一说她说得更多。我爸我妈去世后她对我哥发起攻击的机会就更多了，只要我不在家，她就不管不顾地向我哥轰炸，屋里院儿里哪哪都充满了她制造的硝烟。我哥在忍无可忍时，就最大声量放那首《让我睡个好觉》，因为我哥的耳机已经在轰炸中被关美芝毁掉了。我哥为此动用了他此生从未使用过的暴力——伸出手打了关美芝一个耳光，但耳机是永远地牺牲掉了。

我哥因为打了关美芝好些天都住在菜地里不肯回来，他不是恨关美芝，是恨自己，他曾跟我说过，这辈子他是永远不会伸手打人的，打人是最无能最恶劣的表现。但让我哥没想到的是，他这一巴掌反把关美芝打得兴奋起来，关美芝跑到菜地里对我哥说，她从这一巴掌里见到了希望，他是有救的，他敢打女人证明他还有男人气，只要他有男人气，她挨再多的打也是值得的。她认为下一步他首先要下一个大决心，把菜地给别人种，然后去找村长申请一份工厂的工作，他要不想一个人去她就陪他一起去。她说这么多年他毫无进展全是这菜地拖累的缘故，把菜地扔给别人他不走也得向前走了。她把这番话反反复复说了一遍又一遍的，还举出实例说村里谁谁自从不种菜以后变成了什么样子，谁谁进了工厂以后怎样在一天天富起来，谁谁当了村干部头也抬起来了胸也挺起来了是多么地扬眉吐气，她说就是不当村干部只跟村干部认个哥们儿弟兄也算不白活一回男人了。她的话把清清白白的菜地都搞得硝烟弥漫的了，然后她拿起铁锨就要铲掉刚栽下的菜苗。她说铲了干净，铲了你就再也不想它了。我哥这时脑袋都被她说大了，又见菜苗被铲下来，终于忍不住再次举起了巴掌。

有了这第二回的打，我哥像是不大在意他从前说过的话了，只要关美芝前来挑衅，他就以巴掌来对付。而关美芝就像有意地要讨巴掌，越发地频频向我哥挑衅着，有时我在场她也无法克制的样子，动不动就吐出一大堆话来，激我哥向她反击。原来我哥不动用巴掌的时候，我还可以替他抵挡一阵，一旦动用了巴掌，我就只能站在一边做一个旁观者了。

不要以为我哥动手打关美芝吃亏的就是关美芝了，我哥那叫什么打呀，一巴掌下去关美芝的脸红也不红，他自己的手倒颤抖起来，就像人家打了他一样。我哥的手跟别的男人的手也不一样，又细又软，不看他的模样，握上去还以为是女人的。噢，跟你的手倒有点相似，不过比你的还女人气。你不要误会，我不是指人，说的只是手。我不知这几年的地他是怎么种的，别人一年下来就脸又黑手又硬的，他却一直没变过样子，身子还是那么单薄，皮肤还是那么细白，一双手还是那么柔软。我喜欢看我哥这种样子，但又可怜他力量的弱小，他那点力量，要我看只够鼓捣他那块儿菜地的，再让他去应付关美芝，可真够难为他的了。这也是一个关美芝对他的攻击内容，说他做不来男人该做的事跟他长的这样子也有关，一顿就不能多吃俩馒头？吃得多了不信就壮不起来。下地就不能不戴那顶草帽？日头晒多了不信就黑不起来。还有那双手，软得面条似的，打在脸上就像挠痒痒，我还真巴不得你多打几回呢。

这样的日子大约过了半年，有一天，我哥忽然问我："你跟树新定下来没有啊？"树新是我的男朋友，我哥很少过问这种事的，我说："没有，怎么了？"我哥说："没什么，早定下来我也就放心了。"我就笑道："我让你放心什么，你让我放心就不错了。"我哥也笑一笑，没再说什么。过了几天，我哥又忽然对我说："有一天我要是死了，你怎么办？"他是笑着跟我说的，我就以为他在开玩笑，我说："你死了我还活着，总不能你死了我也跟着你去死吧。"他说："这样想就对了。"我说："你什么意思，好好的说死干什么。"他说："死有什么好怕的，每个人早晚都有那一天。"我望着他，忽然觉得他比从前更单薄了，脸上也显得十分疲倦，就像多少天没睡觉似的。我问他："哥你没事吧？"他说："没事。"

就在说过这话的第二天中午，关美芝在饭桌上对我和我哥说了一件事，说晚上她请了几个客人来家里坐坐，这几个客人可是一般人请不到的，她好说歹说的人家才算答应了。酒菜她自己准备就行了，但村里的规矩是这种场合得有家里男人作陪，女人作陪人家是要笑话的，所以我哥务必改一改老样子，出来替她应酬一下。她说她也是为了这个家，要想在村里立起门户来没有这些人的捧场是根本不行的。然后她说了一下客人的名字，当然都是村里有头有脸的人物，但我和我哥从没跟他们交往过。我问关美芝："请他们做什么呢？"关美芝说："你咋这么问？这些人请都请不来呢，就是不做什么，街坊邻居看了往后也不敢小瞧咱啊。再说，你哥进工厂的事将来还不是他们说了算，请他们几回，到时也好张口啊，咱不能干那种急来抱佛脚的事。"我说："要请你请吧，我晚上还有事。"关美芝说："本来就没指望你，反正你早晚不是这村里的人了，随便你。"这时我哥开口说："我什么时候说要进工厂来着？"关美芝说："你就是不进工厂今儿晚也得陪客，小冬可以不管，你不能不管，你要不管就真他妈的不是人了。"我说："关美芝这事怪你，你咋不事先跟我哥打声招呼？"关美芝说："你废话，事到屁股门儿上了他还不干呢，事先打招呼他更不干了。"我说："知道不干你就不该请。”关美芝说：“你少火上浇油吧，你哥这个样子都是你挑唆的。”我哥这时站起来说：“你们就别吵了，反正我是不参加的。”我哥说完就进屋去了，关美芝气得一下就把饭桌推翻了，她说：“杨大民我告诉你，今儿晚要不听我的，我就让你去死！”

那天下午，关美芝担心我哥会躲到菜地里不回来，索性趁我哥睡午觉的时候把门锁了，下午我哥一个人待在家里，想出出不去，喊人喊不应，直到天快黑时关美芝才回到家里。我下班后就去一个同学家了，在同学家吃的晚饭，我想我哥也不会回去的，让关美芝一个人陪客人去吧。可是晚上回到家里时，发现我哥正一个人在酒桌上趴着呢。我问关美芝怎么回事，关美芝说：“赶明儿问你哥吧，一杯酒没喝完就醉成那熊样儿了。”我看看桌上的酒杯，快赶上喝水杯子了，一杯少说也有三四两呢，我哥怎么能喝得了。关美芝忙着在厨房收拾，我把我哥扶进屋里，让他躺下，我说：“哥，你没事吧？”我哥没有回答，只睁了下眼睛，又闭上了，一会儿，从眼角滚出两行泪水来。我知道我哥有多难受，但难受何必又要屈从关美芝呢？我安慰了我哥几句，就回房间去了。

第二天早晨，我问我哥怎样了，我哥说没事了，但我看他躺在床上，十分地没精神。我说不行就别去菜地了，在家歇一天。这时关美芝就说：“有什么事，喝惯了就好了，看人家那几个，好几杯下肚脸红都不红。”我和我哥都没理她。我哥对我说：“你走吧，我躺一会儿就去菜地，菜地的空气比家里好。”

中午下班回来，只有关美芝一个人在家里，我问：“我哥没回来？”关美芝说：“他不回来还不是常事，菜地才是他的家呢。”我没吃饭就往菜地去了。不知为什么我有一种预感，我哥怕是不行了，也许这时正躺在菜地里呢。

我几乎是跑到地里的，当我在大棚里找到我哥时，见我哥手里紧紧攥了根黄瓜，眼睛瞪得老大，身子斜靠在大棚口处，果然已经不行了。

……

说到这里杨小冬抑制不住地抽泣起来。

朱敏往杨小冬的杯子里添了些水，待杨小冬平静些问道："你是怎么知道你哥被锁在屋里了呢？"

杨小冬说："是关美芝自己说的，关美芝给我哥上坟时叨念出来的，被我听见了。"

朱敏说："她叨念这事，是不是有些后悔？"

杨小冬说："就是后悔人也死了，管个屁用。再说她那种人，能够后悔吗？"

杨小冬又说："我哥被诊断为心肌梗死，可朱同志你听得明白，要是没有关美芝的请客，要是关美芝没把我哥锁在家里，要是关美芝没有一天到晚地在我哥耳边唠唠叨叨，我哥年纪轻轻的怎么会有这下场？"

这时，里屋的门又一次开了，张华和那女的从里屋走出来。女的已不再哭哭啼啼的了，脸上似还带了几分笑意。张华送她到屋门口，说："明天你就不用再来了，我们会安排时间解决的。"

朱敏看了看离去的女人，又转向杨小冬说："对关美芝的事，你想怎么样？"

杨小冬说："不是我想怎么样，是你们想怎么样，我说了半天，还不是想听听你们的说法。"

朱敏说："我们的说法你一定是不满意的。"

杨小冬咬了咬嘴唇，说："你……不觉得是关美芝的错？"

朱敏说："犯错是一回事，犯法又是一回事……"

杨小冬打断朱敏说："人都死了还不够犯法吗？"

走回来坐在桌边的张华接过去说："死人的事多了，一死人就跟犯法连起来，我们还不忙乱套啊？"

朱敏没理张华，继续看了杨小冬说："你今天说的我相信都是真的，也非常非常重要，生活中这种事是太多太多了，每个人的死都不是偶然的，都是有种种原因的，我能肯定，其中一条原因，离不开跟某个人或某些人的关系，没有直接的也有间接的关系。我不是轻看你哥的死，恰恰相反，比起够得上犯法的案件，我倒更看重你今天说的这类事情。”

朱敏说着说着，好像有些激动，脸红得如同刚喝过了酒。

张华奇怪地看着他。

杨小冬说：“既然看重，你们就应该到村里调查调查，或者把关美芝叫来也行，反正我哥不能就这么白白地死了。”

朱敏说：“这样吧，你先回去，我们商量一下，这事我们一定会尽快给你个答复的。”

杨小冬站了起来，看着朱敏说：“你能听我讲这么多，我相信你讲的是真话。”

杨小冬往门外走，朱敏跟在后面。朱敏一直把杨小冬送到了派出所门外的马路边上。

待朱敏走回来，张华笑着看朱敏，却不说话。

朱敏看一看表，说：“今儿中午甭回去了，我请客。”

张华说：“就知道你要请客的。”

朱敏说：“你怎么知道？”

张华说：“第一，跟老婆打了架，中午你不可能再回去了；第二，一个女孩子正说到了你的心坎儿上，你心里高兴。”

朱敏说：“人家哥死了我还高兴，说什么呢你？”

张华说：“不承认也罢，反正我都看在眼里了。哎，问点正经的吧，跟你老婆，到底怎么回事？”

朱敏说：“待会儿吃饭再说吧。”

张华说：“今儿算倒了霉了，吃饭都要听家务事了。”

朱敏说：“那女的怎么回事，还得去一趟？”

张华说："得去一趟，她男的还有经济问题。"

朱敏说："可靠不可靠？我最烦动不动就告发男人有经济问题的女人了。"

张华说："这种事，烦也得去。"

朱敏说："杨小冬那里也得去一趟。"

张华说："你还真对她动心了？"

朱敏说："少胡说八道。我想她说得对，她哥不能就这么白白地死了。"

张华说："就别傻了，你还想把她嫂子抓起来呀？"

朱敏说："具体怎么做我还没想好，反正村里要去一趟的。"

张华说："要去你去，我才不做那吃力不讨好的事。"

朱敏说："你要不去，你那宗事我也不去。"

张华说："你不去我就可以报告所长，让所长派你去。我不去你敢报告所长吗？"

朱敏笑一笑，说："先去吃饭，吃完饭再说去不去的事。"

张华说："以为一顿饭就能收买我啊，你也忒小看人了。"

两人说着一起往派出所旁边的小饭馆走去。

过了两天，张华拗不过朱敏，还是跟他去杨小冬的村子了。没想到，还没找到杨小冬家，就有村里人来报告他们说，杨小冬的嫂子关美芝喝农药死了。他们问为什么，村里人说，也许是听说杨小冬去了派出所，她害怕了吧；要不就是觉得她对不起死去的杨大民。张华说："他妈的，嫂子、小姑子一对儿不懂法，照这么下去，杨小冬也快喝农药了。"

朱敏紧锁了眉头，没有说话，只扯了张华一把，快步往杨小冬家走去。

1999年7月12日
《广州文艺》1999年第11期

失窃案调查

这一年的夏天，东兰和西兰是在姑妈家里度过的。

姑妈家住在城市中心，原来的平房变成了楼房，姑妈分到了三室两厅，三个人一人一间，又有宽敞的客厅，设备齐全的厨房、卫生间，明亮、开阔的大阳台，东兰、西兰住在这里真是舒服极了。

闲暇的时候，姑妈就带她们去逛商场，商场离姑妈家只有半站地，步行十分钟就到了；商场的后面还有个全市最大的批发市场，日常用品应有尽有，价格比商场要便宜出几倍。这样的对比总是让她们一次次地兴奋着，即便没什么东西要买，她们也愿意问出一件件物品的价格，然后就对差价发出声声惊呼。姑妈比她们大十几岁，但她打扮得年轻，面部保养得也好，与她们手拉手地走在街上，简直就像三姐妹。

姑妈在街上是姐妹，在家里又是母亲的样子了，做饭、洗衣从不用她们动手，还为她们添置衣物什么的，使她们觉得姑妈比她们的父母还好。父母已在前两年先后去世了，姑妈义不容辞地将东兰和西兰接到了自己家里。其实东兰和西兰完全有能力照顾自己的，东兰 26 岁，西兰也已 21 岁，东兰还是结过婚的，料理家务比姑妈一点儿不逊色，但姑妈坚持让她们住在自己这里，坚持自己做一切家务，姑妈说，她喜欢侍候她们，喜欢看她们闲在家里。对这一点，东兰和西兰简直有些受宠若惊，她们的父母从没这样宠过她们，她们想，姑妈是多么好的人啊。

宠便宠，有一样姑妈是决不向她们让步的，那就是，不许她们带任何的男朋友到家里来。她们倒也和姑妈没什么异议，她们在与异性交往中都有过深深的伤痛，都下过决心，不再结婚，不再交男朋友。她们隐隐觉出，

姑妈对她们的好与这决心大有关系，姑妈仿佛要与她们结成一个牢不可破的同盟，为了这同盟，她是首当其冲，不怕做出任何牺牲的。

就在她们搬来姑妈家不久的一天晚上，她们接到了一个陌生男人的电话，那男人说：“你姑妈家不适合你们，你们应该尽快离开。”电话是东兰接的，她急忙问为什么，那人说：“你姑妈做的一切都是为她自己。”东兰问你是谁，那人没回答就放了电话。她们将这话告诉姑妈，就见姑妈先是冷笑了一下，后又有泪水涌出眼睛，她问：“你们相信他还是相信你姑妈？”东兰和西兰看着姑妈的眼泪动情地说：“当然相信姑妈了，我们怎么会相信一个陌生人呢。”姑妈说：“你们说说，天下有这么为自己的人吗？”东兰和西兰连连摇头说：“当然没有。”为让姑妈高兴起来，她们还表示要把父母留下的两间平房卖掉，再也不回去了，只要姑妈不嫌弃，一辈子都要跟姑妈在一起。姑妈显然也为她们的表示激动起来，拉了她们的手说：“你们坐下，姑妈要给你们讲个故事。”

这天晚上，姑妈就一直在给东兰和西兰讲故事，故事讲完时，天已经蒙蒙亮了，东兰和西兰的脸上挂满了泪花，她们说：“姑妈，为了你这故事，我们也不会离开你的。”

第二天晚上，东兰和西兰也分别给姑妈讲了自己的故事。故事讲完，三个人的关系似比从前更紧密了十倍。

从姑妈的故事中东兰和西兰多少有些明白那陌生男人是谁了，但姑妈没说，她们也没再问，与姑妈相比，他是谁不是谁又有什么关系呢。

很快地，东兰和西兰就兑现了她们说过的话，把父母留下的房子卖掉，断了最后的退路。她们当然压根儿是没想到退的，和姑妈在一起的生活好过了她们一生中的任何时候，不要说退，就是回一回头她们觉得都是没有理由的。她们要把卖房的 6 万元钱交给姑妈，姑妈没收，要她们保存起来做零花用。“零花”这词几乎把她们吓一跳，她们便知道，姑妈的钱怕是远多于这 6 万元的。

尽管这样，她们也没当真做零花用，她们悄悄商量，是否用这钱做点正事，开个服装店或者百货店什么的，既可以使这钱增值，又可以用自己的钱孝敬姑妈。因此她们便把钱暂时由东兰存放起来，以备开店的事说妥了就用。

但开店又谈何容易，她们忙碌了一阵，不是地点不合适，就是租金太贵，或者是没有理想的人选。她们又有各自的班要上，总忙不出结果，对这事便有些放松，想着反正不着急用钱，早一天晚一天的没什么要紧，慢慢再寻找机会吧。这样，钱仍放在东兰那里，开店的事却耽搁下来。

这时，东兰的前夫和西兰从前的男朋友偏偏又来搅扰她们，她们虽下了决心不理他们，但心里到底有些乱糟糟的，开店的事就更顾不上了。

东兰把钱放在衣柜底层的一个抽屉里，锁也没锁，西兰和姑妈都是她至亲的人，她觉得不必提防任何一个。

但万没想到，两个月后的一天，这 6 万元钱忽然不翼而飞了！

东兰、西兰和姑妈都急坏了，家里所有的角角落落翻了个遍，也没见着钱的踪影。

6 万元毕竟不是个小数，三人猜测了半天，将近日与她们有过来往的人都想到了，却也没想出个所以然来。姑妈倒提出过东兰的前夫和西兰的男朋友，但东兰和西兰一口咬定他们只来过电话人没来过，姑妈一再怀疑地望着她们，她们也不肯改口。最后，姑妈只好说，那就到派出所报案去吧。

报案后不到一刻钟，派出所的刘义和王小就赶到了，他们年岁不大，却都是这片儿的老民警了，和姑妈常见面常打招呼的那种。

王小是个急性子，一看屋里被翻得乱七八糟的情景就火了，说："最要紧的就是保护现场了，现场破坏了还怎么查嘛！"

姑妈和东兰、西兰你看看我我看看你的，也不便吱声。

刘义倒是不动声色，耐心地在东兰的房间里一边察看，一边问东兰："这些天都和什么人有过来往？"

东兰说："除了上班，只和马三明来往过。"

刘义问："马三明是谁？"

东兰说："我的前夫。"

刘义问："他干什么工作？"

东兰说："他下岗了，没有工作。"

刘义问："你是因为下岗才跟他离婚的吗？"

东兰皱皱眉头，"不是。"

刘义说："请原谅，一些事情我们是需要知道的。"

东兰说："我敢保证，这事和他无关。"

刘义看看东兰，并没有因为东兰的保证而放松提问："他来过你的房间吗？"

东兰说："没有。"

刘义问："你抽烟吗？"

东兰被这突然的问话怔了怔，说："不抽。"

刘义指了卫生间里的垃圾桶说："可那里面有支烟头儿。"

东兰的脸立刻红了。

刘义紧追不放地说："那他是来过了？"

东兰看看姑妈，迟疑一会儿，终于点了头。

刘义问："来过几次？"

东兰说："两次。"

刘义问："最近的一次是什么时候？"

东兰说："前天。"

刘义问："也就是发现失盗的前一天？"

东兰不情愿地点了点头。

刘义问："是他自己来的还是你请他来的？"

东兰说："他自己来的，是给我送钱来的！所以他绝不会偷我的钱！"

东兰说着说着声音不由得高起来，脸也激动得更加红了。

但刘义像没看见东兰的激动似的，仍平静地问："他不是没有工作吗，哪来的钱给你？"

东兰说："他是没有工作，他也没多少钱，但他有点儿钱首先就会想到我的！"

这时西兰拉住东兰的手，与姐姐一起面对了刘义，说："你们是来查案子的还是来打听私人问题的？我也敢保证，马三明他不会干这事的。"

姑妈插话道："现在说什么都为时过早，我就不能保证谁不会干这事，小刘，该问你尽管问吧。"

姑妈这么一说，东兰和西兰便有些明白，姑妈是在计较着了，西兰的男朋友李克也来过家里，她们都瞒过了姑妈，想不到这时候被问了出来，她们自知是理亏的，便都不再吱声。

刘义开始把目光转向西兰，问西兰这段时间都跟什么人来往过，带什么人来过家里。由于有东兰在先，西兰倒也爽快，立刻说出了李克的名字。

刘义便问："他都说了些什么？"

西兰说："他说他想跟人合伙做笔生意，问我有没有钱借给他。"

刘义问："他知道你家卖房的事吗？"

西兰摇摇头说："搞不清，他只说借钱，没提卖房的事。"

刘义问："你答应他了吗？"

西兰说："没有，钱又不是我个人的，就是我个人的我也不会借给他的。"

刘义问："为什么？"

西兰说："因为他根本不会做生意。"

刘义说："那你们那次是谈僵了？"

西兰点了点头。

这时，坐在一旁的王小忽然说道："行了，有线索了。"

西兰不满地看着王小说："有什么线索，借钱就一定会偷钱呀？要这样你们这行也太好干了。"

刘义说："那你认为李克不会干这事了？"

西兰肯定地说："不会，我倒觉得，他借钱是假，想见我一面是真。"

王小说："恰恰相反，有人最爱玩儿这套了，让你觉得是感情至上，其实是利益至上。"

西兰说："你见都没见过李克，难道比我还了解他吗？"

王小说："这有什么稀罕，我们整天不尽是在跟没见过的人打交道？"

刘义打断他们说："今天就先到这儿吧，有什么新线索，希望能跟我们随时联系。"

说着刘义便站起身来。

走出门去，王小直看刘义，刘义说："你看什么？"

王小说："你一向是个细心的，今儿是不是疏忽了？"

刘义说："疏忽什么了？"

王小说："你问了东兰问西兰的，她们姑妈吴云倩你怎么不问呢？"

刘义说："她那个人，是个对任何人都不信任的人，尤其是男人，即便有交往，也休想在她眼皮子底下做鬼。有可怀疑的人，她自会说的。"

王小说："你怎么知道？"

刘义说："观察呗。"

王小说："万一事出在她们家内部呢？"

刘义说："不可能，第一她们谁也不缺钱花，第二她们三人的感情不同一般，做这种事没有任何理由的。"

王小说："有些事，也许是不需要正常的理由的。"

刘义说："你什么意思？"

王小说："没什么，随便说说。反正你总是对的，听你的就是了，下一步呢？"

刘义说：“别总听我的，今儿我倒想听听你的。”

王小说：“要我说，只有两个可能，一个是事出内部，一个是东兰和西兰的男朋友，既然你否定了第一个，那就只能从第二个开始了。”

刘义说：“你这家伙，总是爱走极端，不是太复杂，就是太简单，那咱就先按简单的来吧，也许这事根本就是 1 + 1 等于几的问题。”

第二天，东兰和西兰都上班去了，只剩了姑妈吴云倩一人在家，刘义给她打了电话，约好在家里等他们，两人便又一次往姑妈家里去了。

吴云倩对刘义和王小很是热情，早早泡好了茶迎接着他们，打扮也比昨天讲究了许多，一件质地极好的淡红色无袖连衣裙，一双精美的素色绣花拖鞋，头发高高地盘在脑后，脸上细细地化了淡妆，虽不浓烈，却更有独特的光彩，除了眼皮稍有些浮肿外，哪哪都似无可挑剔。

王小悄悄捅捅刘义，说：“她呀，年轻的时候一定比东兰、西兰还漂亮。”刘义笑笑，不理王小，却看了吴云倩说道：“昨晚上您没睡好吧？”

吴云倩怔了一下，笑笑说：“是啊，出了这种事，这些天别想睡好觉了。”

接着，刘义便请吴云倩讲讲西兰的男朋友李克的事情。

吴云倩说：“李克我是没见过，但听西兰讲过他俩的故事，我能告诉你们的，只能是西兰告诉过我的。”

刘义和王小一边点头，一边听吴云倩讲起西兰和李克的故事。

吴云倩讲着的时候，刘义和王小时而移开目光，注视着对面西兰的房间。房间的门敞开着，西兰的一幅十几寸的照片正对了他们，似笑非笑的样子，目光里带了几分俏皮。吴云倩的声音响在耳边，在他们的感觉里，就像对面的西兰在对他们讲着自己的故事一样。

我和李克是在一次舞会上认识的，他人长得漂亮，舞跳得也好，对舞伴又礼貌、耐心，许多女孩子都喜欢找他跳。那次舞会他真是出尽了风头。

我呢，那时刚学会基本步，还从没在正式场合跳过，是姐姐把他拉到

我跟前的，姐姐说这是她一位同事的弟弟，不用客气。姐姐自是看我一个人站了尴尬，特意请他来教一教我的，可是，我自己都没料到，没待舞会结束我就随李克看电影去了！

我知道我是被李克轻盈的舞步和有力的手臂搞昏了头了，他看似文弱，手臂揽在我的腰上，却格外地让人感觉到一种不可抗拒的力量，手臂稍动一动，我就不由自主要随了他的意志动作，虽是被动的，与他的配合却意想不到地协调。还有他那双时时注视着我的又大又温和的眼睛，里面分明只是我自己的影子，我却偏偏觉得那里全部都是某种暗示。我低下眼帘不敢看他时，他就也低下头，轻声夸赞着我的舞步。他嘴里呼出的热气有一股甜丝丝的味道，不像有的男孩子，说话大嗓门儿，人没到跟前难闻的气味儿就先到了。他真是处处都很讨人喜欢，与陌生人接触时容易产生的隔膜甚至厌恶感在他这里一丝都没感觉到。在这之前，我还没真正喜欢过任何的男孩儿，倒是硬着头皮与几个男孩儿交往过，但都时间不长就厌恶得不能容忍了。厌恶人家也说不出像样的理由，不是嫌人家嘴里气味儿不对，就是嫌人家说话不好听，姐姐为此说我："你这样的人，将来只配过单身了。"其实，我才不想过单身呢，看到别人双双对对地走在大街上，我是太想与一个男孩儿为伴了，可男孩儿真的到了跟前，又是多么地不尽如人意。而这一次，我的感觉与从前真的是大不相同了。

在电影院里，我和李克的手一直没分开，电影快结束时，我们都有些怕失掉什么似的吻在了一起。他的吻也和他的跳舞一样，又温柔又有力，我被他控制着，没有一丝抗拒的力量。

自那以后，我和李克就经常在一起了。我们主要去两个地方，一个是舞厅，一个是电影院。因为只有这两个地方让我对他感觉最好，我似乎十分渴望男孩儿对我的支配，而只有在这两个地方他才能最有效地支配我。

我曾问过姐姐对他的看法，姐姐没说好，也没说不好，只说她找男朋友绝不会找李克那样的。我追问她："那就是你觉得他不好，你一定得说，他不好在哪里？”姐姐说：“他没什么不好，就是显得文弱了点。”我说：“文弱的才好，强壮的我还不喜欢呢。”说这话的时候我却忘了，姐夫就是个强壮的人，宽肩膀，黑脸膛，大个头，姐姐选择姐夫的时候，多半看上的正是他的强壮。我还想起来，强壮的姐夫已开始和姐姐吵架，他力气好使，嘴也好使，常常噎得姐姐说不出话来。我看看姐姐，没敢再吱声。姐姐倒也没在意，只说：“你觉得好，那就是好，任其自然吧。”

人在这种时候总是迷乱的，顾不得其他的，尤其一到了舞厅和电影院，我就完全成为李克的俘虏，我喜欢他有力的手臂，喜欢他热烈的亲吻，喜欢接受他种种亲热的暗示。在这方面他真是魅力无穷，不仅善于给对方暗示，他自己也一触即发，哪哪都是兴奋点似的，有时只送去一个眼神，就足以让他有百倍的回报。

但我们总不能只去舞厅和电影院两个地方，我们从那地方出来总要到餐馆吃饭，总要逛逛街逛逛商场什么的，这时候的李克，在我的感觉里，奇怪地就像换了个人，在舞厅和电影院里我是服从于他，走出来他却是处处服从于我了。其实我本心是要服从他的，但他做事太优柔寡断，太婆婆妈妈，太女人气了，我不由得就要拿个主意出来，给他的优柔寡断一个难堪。比如从舞厅或者电影院走出来，他总是问我去哪里？他并不是征求我的意见，而是真的不知该去哪里。我如果说不知道，他就会长久地站在那里举棋不定。我心里的火一拱一拱的，脸上也显出了不耐烦，忍不住说出个去处，他倒也不在意，快乐地接受，并快乐地随我而去。有时硬逼他说出个主意，却往往又是不遂我愿的，最后连逼他的兴趣都没有了。还比如去餐馆吃饭，点菜的永远是我，他倒不是不肯点，是半天也拿不准该点什么，等得服务员直皱眉头，我不想看服务员的脸色，只好自己来点。他是点了什么都认可，点了什么都说好吃，就像是个饭桶，什么口味都可往里装。有时我用“饭桶”这个词讥讽他，他也不恼，他说，除了跳舞，他真的什么都不行的。我就说：“你不是跳舞行，是身体行。”他问什么意思，

我说："只要跟女孩在一起，你的身体就聪明得像会说话一样。"他说："不对，不是跟所有的女孩，是跟你这样的女孩。"他说的自然是实话，但身体的聪明他是不否认的了。这时我才忽然想到，他对我的诱惑，也许只是身体的诱惑呢！

这样的想法真让人沮丧，也让人不甘心，我不想认为自己的着迷只来自身体，我想，身体的聪明来自哪儿，还不是来自脑子的聪明？脑子的聪明来自哪儿？还不是来自心的执迷？一颗心那就是一整个人的代表了，怎么会是只来自身体呢？

想是这样想，真的在他优柔寡断拿不出主意的时候，沮丧的心情仍会油然而生；而与他身体接触的时候，哪怕只是一个指尖的接触，又会奇妙地成为他乖乖的服从者。

我还发现，与他在一起的时候可以亲近得如同一人，而不在一起的时候竟是不大想他的！我听姐姐说过，她和姐夫恋爱的时候，离开一天就像离开了一年一样漫长。她还说，不过一个人也不错，一个人想象着两人在一起的情景，有时比两人在一起的感觉还要好。类似的话我也听别的女孩儿说过，我真是羡慕她们，在一起的时候感觉好，不在一起的时候感觉更好，怎么样她们都是幸福的，可是，我怎么就和她们不一样呢？

尽管这样，我还是一次次地跟李克相聚在舞会和电影院里，或者说，愈是这样，我就愈要频繁地与李克在一起，有意要强化那如痴如醉的感觉似的。我想也许只有这样，才能淡化那些不好的感觉。这说明我还是渴望和李克好下去的，要我离开与他在舞会和电影院的相聚，比离开这相聚之外的他要困难得多。

很长时间我都是在这种极其矛盾的状态中度过的。有时候我会忍不住问他："你跳舞时的聪明、果断到哪里去了呢？"他困惑地笑笑，说："我也不知道。"他显然也是搞不清自己的，仿佛作为男人的那点精华，全在与女孩接触的瞬间挥霍掉了。他平时说话很少，但绝不是那种不说便罢一说就重千斤的男人，他不说是没有话说，偶尔说出一句也是寡淡无味的那种。要不是舞跳得好，模样长得好，我相信不会有什么女孩子喜欢他的。

就在这时候，我和李克之间发生了一件事，这件事几乎使我们走向分裂的边缘。但没想到，最后的结果却是我们的关系更深了一步，他的身体对我的诱惑，竟是由舞厅发展到了床上。

那是个闷热的没有一丝风的晚上，我和李克从电影院出来，草草吃了点饭，又双双赶奔舞厅。我们总是这样，白天各自上一天班，下班后就看电影、上舞厅。我有意要缩短其中吃饭的时间，以减少对李克的不满。他倒是也不在意，去星级的饭店可以吃，去街头的小吃摊也咽得下。通常钱是由我出的，他所在的企业不行，工资只是我的三分之一。但他的不挑剔、不拿主意与这没有关系，就像他从不阻拦我出钱绝不是吝啬一样，这我都是觉得出的，因此我一点不计较花钱的事情。

我们去的是一个由过去的工人俱乐部改作的舞厅，条件简陋些，但收费低，去的人多，乐队也不错，因此我们是这儿的常客。

那天晚上很奇怪，也不知从哪儿一下子涌进来十几个女孩子，身边没一个男伴儿，她们先还有些拘谨，安稳地坐在座位上等男士来请，但固定的舞伴较多，被请的毕竟是少数，她们便有些坐不住，舞曲的间歇，便主动地来邀请男士了。

李克自然没逃出她们的视线，一个身材好面貌也好的女孩来到我们面前，先向我礼貌地笑一笑，然后就向李克提出了邀请。

李克没表示答应，却也不表示拒绝，犹豫不定地看着我。

我能说什么呢，我只能也礼貌地点了头。

这一支曲子我就被冷落在一旁，看李克和那个陌生的女孩跳着。他们跳得好兴奋、好快乐，快节奏的曲子就像催促着他们把内心的激情淋漓尽致地挥发出来，而他们呢，那激情像是多得永远也挥发不完，直到曲子终结他们跳得依然是轻盈如初。

李克终于回到我身边，看着他勃勃生气的样子，我刚想嘲讽几句，另一个女孩又来邀请他了。

他依然不表示答应，也不表示拒绝，犹豫不定地看着我。

这一次，我没有再点头，而是装作没看见他们，与身边的另一位男士拉起话来。

但结果我还是看到了那女孩的手搭在李克的肩膀上，转到舞厅中央去了。

我便赌气和那位拉话的男士跳起来。但他和李克差远了，虽长得肩宽体胖，手臂却既不果断也没力量，一首曲子没完我就借口太累退了下去。

这时我看到李克的舞伴又换了一个，半途退下的女孩同另几个女孩站在场边上看着李克议论着什么。时间不长，又一个女孩走上去，要求换下李克的舞伴。那舞伴却不理她，顾自跳着，使她急得什么似的。场边上的几个女孩便望了她们笑着。

显然，这一伙女孩子都被李克的舞姿所吸引，并且开始在争抢李克。我冷眼观望着他们，心里对李克的不满却不可抑制地膨胀着。

这天晚上，李克便一直处在女孩子们的包围之中，一曲又一曲的，一个接一个的，李克没有拒绝过任何一个。当然这期间他也曾冲出包围请我和他跳，但我没答应，我告诉他，别人已经邀请了我。

舞会结束，女孩们恋恋地和他道着再见，有的甚至问他的单位和联系电话，他竟是认真地告诉了人家。

我没有等他，独自走了出去。我站在大街上，连连地向出租车招手，大约开过十几辆出租车后才有一辆停下来。在我打开车门要进去时，李克从后面追了上来。

我坚持一个人回去，李克却拽着车门不放。我说你放不放，不放我就坐别的车去。他说怎么了，你到底怎么了？我不理他，一个人坐进去就要关车门。他的动作却比我的还快，没待我关上车门他早钻了进来。我用力地向外推他，车门却已被他关住了，在出租司机的注视之下，他反过身紧紧抱住了我，就听他对司机说，东园小区。

东园小区是他的家，他显然是要我和他一起去他家的，他的母亲出差去了，他已经几次邀请过我。

我奇怪着，这时候的他竟是一反平日的没有主意，问也不问我就决定了去处。我下决心不随他下车，他在我和那群女孩之间犹豫不定的样子想起来就让我生厌，我相信自己恨的不是那群女孩子，而是他的犹豫不定。

坐在车上，他始终将我抱在怀里，任我怎样地挣扎他也不肯放松，有一刻他竟是将嘴唇对住我的嘴唇，狠狠地吻了我。

我心里依然恨着，但挣扎不由自主减弱了许多，我觉得不是由于他的吻，而是他的出人意料的果断，就像他跳舞时的果断一样，一旦相遇，我的防线就必会坍塌得一塌糊涂。

他让司机一直将车开到了他家的楼下，我犹豫着没有立刻下车，他付完钱，猛然将我抱到了车外。

车很快开走了，至此我已没有任何的选择，我的眼泪不由得夺眶而出。李克一边替我擦着眼泪，一边扶我上楼。

我知道这天晚上要发生点什么了，只是这一层层的楼梯上得很不甘心，我不明白，发生点什么的时候，为什么偏偏选在了最恨李克的时候？

事情果然像我预料的一样发生了，李克身体的每个部位都像会说话一样，敏感、放肆而又温柔、周到，我彻底地被置于他的支配之下，我甚至心甘情愿地服从他的支配。

结束之后，我离开他的身体，委屈感和不甘心又一次生出来，我说：“这是我有生以来最懊悔的一个晚上。”

他看着我，不解地问：“刚才不是挺好吗？”

我说：“正因为好我才懊悔，懊悔我对你身体的迁就，懊悔我的堕落。”

听到“堕落”这个词，他不由扑哧笑了，他说：“我知道你对我的看法了，

我是一个堕落者，我也一直在拉你堕落。”

我说：“我不是开玩笑，我是认真的。”

他看我一脸严肃的样子，笑得更厉害了，他说：“如果这是堕落，我愿意和你一辈子堕落下去。”

说罢他的身体挨近我，又一次要“说话”了。我推开他，厉声变色地说：“休想，这是第一次，也是最后一次！”

我的声音有些颤抖，脸色也一定非常难看，他不再靠近我，从凉瓶里倒了杯水，咕咚咕咚地喝下去，然后坐在离我很远的沙发上。半天，才忽然说道：“其实，跟你说实话吧，我自个儿也怀疑我是堕落。”

他的声音听起来很微弱，很无助，与刚才的不以为然或者说没心没肺判若两人。

我奇怪地望着他。

他接着说：“别的男人都有事业，唯独我是一事无成，除了跳舞，除了这种事，我好像对什么都提不起兴趣。”

他这还是第一次跟我说起事业，“事业”这词从他嘴里说出来，让人有种异样的感觉。

我不由得走上前去，安慰似的坐在他身边。

他说：“你真要觉得是堕落，就离开我吧。”

我没说什么，却将头靠在了他的肩上。

其实我们都明白，对对方的身体，我们都是渴望的；不明白的只是，除了对方的身体，我们是否还渴望别的什么？

我们似乎都不愿去深想，即便深想我们也没能力去想明白，因此我们只做着眼前能做的想做的事情。做这事情时我们显得又放纵又无奈，就像一对在人的目光注视下交欢的小猫小狗，是又迷恋于对方，又没有办法不让人的目光注视。

那以后，我们很是迷恋了一段床上的事情。我们甚至舞厅和电影院都去得少了，一有机会就去他家。他的母亲是个社会活动家，经常出差，不出差也很少在家里，她关心的是国家、团体的事情，对儿子倒是很少关心的。我有时会开玩笑地说他："你妈妈哪怕关心你一点点呢，你也不至于这么堕落啊。"他却有些认真地说："也许正由于她的关心我才变成这样的，从小她就带我参加各种各样的集体活动，那些活动闹哄哄的，争相表现自己，没一个人注意到我的存在，连妈妈有时都把我忘了，好几次我都一个人先跑回了家里。妈妈为此说我没出息，像我爸。我爸在我3岁时就去世了，我没有一点印象，但奇怪的是我一天比一天想念他了，夜里经常梦见他。长大了以后，有时我总觉得对不起妈妈，辜负了她的期望，可是没有办法，我也不知为什么成了这样，不但对她参加的活动反感，对工作啊、事业啊也提不起兴趣。我想，如果没有女孩喜欢我，我也许会逼自己做一项事业出息一下的，可事实上不是这样，事实上我倒很讨女孩子的喜欢。这真是个误会。"我听着他的话，感慨了一阵，又故意说："你不用担心，早晚这个误会会解除的。"他也故意说："你解除别的女孩子不一定解除，这点自信心我还是有的。"虽是玩笑话，我却真的生了气，接着自又是他对我的一番安慰。

这样的日子是自由的、放纵的，却也是令人不安的，不安的原因不是来自外部，而是来自我们自己。我们倒也不认为自己做错了什么，只是觉得恋爱一定还有更好的方式，而我们却没有能力找到，我们只会身体的恋爱。这种感觉都深深藏在各自的心里，谁也不去说破，但谁都是明白的。

渐渐地，我的不安最先暴露出来，我开始在那种事情以外无休无止地挑剔他、挖苦他，我不满他的每一句话每一个举动，更不满他的不说话和没有举动，我甚至把姐姐说过的文弱改成了"女人气"。我说："怪不得我姐说你女人气，除了那种事，你哪哪像个男人啊？"我说："不希望你做多大的事，哪怕拿起菜谱替我点一回菜呢！"我还说："我真是傻透了，又赔人又赔钱的，图的是什么啊？"

我自知这些话说得不讲理，还俗气透顶，但还是忍不住说出来了。有时他也会忍不住说：“以为你真的对钱不在乎呢。”我就说：“我要是你，吃饭、看电影、上舞厅都不用自个儿掏钱，我当然也不在乎。”他说：“知道你这么在乎，说什么我也不会听任你来掏的。”我说：“现在也不晚，你可以把花过的钱还给我呀。”他说：“我会还你的，以为我还不起吗？”

本来说的都是气话，有一天他竟真的拿了钱来还我了。看了他认真的样子，我就更加来气了，抓了那些钱当即撕成了两半。我说：“你他妈的真不知道我在乎的是什么吗？”他说：“我知道，可你在乎的，我没法做到。”他几乎是带了哭声说的，那样子痛苦极了。我立刻心软了，生出与他重归于好的愿望。

可是没几天，我又变得烦躁不安起来，我的情绪影响着他，他也同样不能有好心情。有一天，不知是他有意气我还是真的厌烦了我，在我按照约好的时间去他家时，他竟正和一个陌生女孩躺在床上！

这是我做梦也想不到的，尽管我知道他讨女孩子的喜欢，但从没想过他会这样公开地背叛我，就是说，他早已做好了与我分手的准备！

我简直要气晕了，咚咚咚地跑到楼下，又不管不顾地往家跑，几次都差点跟汽车撞上。

回到家里，姐姐还没下班，我一个人痛痛快快哭了一场。

哭过之后，心里竟是轻松了许多，就像卸下了个包袱一样。我便意识到，这个结果也许是我一手造成的，也许我盼着的正是这个结果呢，我还哭个什么劲呢。可是，轻松是真的，难过也是真的，我心里从没那样没着没落过。难过的同时，我也恨死了李克，无论如何，他也不该以这样的方式和我分手，看不出他是这么绝情，这么恶劣啊！

很长一段时间，我都不能从坏心情里挣脱出来，这时候，姐姐和姐夫正在闹离婚，也顾不上管我的事，我只能一个人承受着。有人给我介绍新的男朋友，都被我拒绝了，倒不是思念李克，是总在想，李克这样没主意的男人都能做出那种恶劣的事情，其他男人就更说不准了，交朋友其实是很可怕的事呢。

这样的想法使我没敢再和任何男人有过深入的交往，又有姑妈和姐姐的事情摆着，我就更要提高警惕了。

西兰的故事，吴云倩讲到这里停了下来，给刘义和王小的茶杯里各自添满了水，看他们注视着对面西兰的照片，似仍沉浸在刚才的故事里，便笑道："故事还动人吧？"

刘义两人才醒悟了似的将目光转向吴云倩。

吴云倩说："这是西兰讲给我的，我一点儿没走样，不信你们可以再问西兰。不过最近李克跟西兰借钱的事我就不清楚了，只隐约觉得他们有来往，西兰一天到晚心神不定的。"

刘义问："西兰为什么不跟你讲这些呢，既然从前的事她都讲了？"

吴云倩摇摇头说："这是她自己的事，她不想讲，也许自有她的苦衷。"

刘义问："据你的了解，李克会不会知道那笔钱的事？"

吴云倩说："不会吧，就算知道，钱在东兰屋里，他跟西兰在一起，有机会进东兰的屋吗？"

王小说："这有什么难的，只要知道钱在东兰屋里，把西兰支出去一会儿，五分钟的时间就够了。再说了，他对西兰那种缺德事都干得出来，钱的事就更不会在乎了。"

刘义低头想了想，将目光转向吴云倩说："那东兰呢，东兰和她前夫的情况你了解吗？"

吴云倩爽快地点了点头，说："当然，就像了解西兰一样。"

王小说："要我看，还是应该先找李克了解了解。"

刘义说："别着急，吴大姐这儿还有故事讲呢。"

王小诧异地看着刘义，说："你今儿是怎么了，听故事要紧还是破案

子要紧？”

刘义却笑了说：“不听故事怎么破案子？就像你刚才要不是听了西兰的故事怎么会想到去找李克？”

王小还想说什么，刘义却不再理他，看了吴云倩说：“你说呢吴大姐？”

吴云倩说：“怎么办是你们的事，我只能尽可能多地向你们提供些情况，只要对破案有利，我是不怕花时间陪你们的。”

接着，吴云倩又开始讲起东兰的故事，尽管王小建议她说简洁些，但一讲起来她就由不得自己了似的。

东兰是个好女人，但也是个命苦的女人，不像西兰，做什么事都由着性子，她是做什么事都先替别人着想，她父母在世的时候，家里里里外外的事全靠她了。她在一家杂志社当编辑，工作好，人长得也好，说不清有多少体面的男人想同她谈朋友，可是，不知为什么没一个能让她看上的。就在她父母去世那年，她和马三明认识了。马三明是她的一个追求者的朋友，有一次那个追求者带马三明一块儿去了趟编辑部，后来马三明就经常独自去找她了。马三明一开始就和其他追求者显出了不同，其他人用的是话语，马三明用的却是行动，他每次去东兰那里，几乎都能为她解决点实际问题，比如编辑部打开水太远，他就送给东兰一个新买的“热得快”；比如东兰心烦，他就买张电影票给东兰；比如东兰的自行车坏了，下班的时候去骑，他早为她修好了，东兰问他怎么知道自行车是坏的，他说每回来找她从车棚路过，总要先看看她的自行车。有一回，他说好了帮东兰家修理窗户，走到半路自行车扎胎了，打了辆出租又堵车堵得厉害，他便下车一口气跑了六站地，引得一路的人看他，到东兰家时，脱下的衬衣都能拧出水了。东兰心疼地说：“你着什么急呀，又不是上班。”他就说：“要是上班就不这么急了，因为是你的事嘛。”

就这样，一次又一次的，东兰就再也离不开他了。

东兰喜欢马三明这样的人，你们千万别以为她是个功利的讲求实际的人，她才不是，她比西兰更不是。她喜欢马三明，是喜欢马三明和别的男人的区别，在她交往过的男人中，没有一个到车棚注意过她的自行车，也没有一个肯徒步跑上六站地来帮她做事，从这种区别里，她看到了马三明不同寻常的牺牲精神，在今天的时代，真的没有人可以比得上他，就连她自己也不能比。

就在这时候，东兰的父亲和母亲先后病了，住院，陪床，送饭，直至最后逝世，马三明一直尽心尽力，成为东兰家不可缺少的支柱。

如果没有东兰父母的事，东兰和马三明结婚也许不会那么果断的，我了解她，她不是那种喜欢接受别人帮助的人，她帮助别人的事有一些，但不多，大多是浅浅的，自然的。马三明于她真是个特例，我和西兰那时候都很奇怪，不知东兰为什么会选中马三明这样没什么文化品味的人，因为东兰评价什么人总爱说“品味品味”的。后来东兰在讲她的故事时才说，那时候马三明给她一种新鲜的充满活力的感觉，使她对“品味”有了新的认识，她觉得，充满活力应是品味的第一要素。她说她看重的不是那些具体的事情，是从那些事情中体现出来的精神。

她说的也许是对的，但我有时又觉得，她的理由是表面的，她骨子里说不定又是个容易被情感左右的人，她对马三明有了情感，就千方百计为这种感情寻找理由，即便找不到理由，她也不会轻易放弃他的。

东兰的父母逝世不久东兰就和马三明结婚了，生活中她已离不开马三明的支撑，在马三明面前，她好像第一次感到了自己的软弱无力。

婚后的马三明显得更加周到、体贴，买菜、做饭、洗衣等等全包了，什么也不要东兰动手，还随时听候东兰的支使，替东兰发封信或给东兰揉肩捶背什么的。

在一段时间内，马三明就像东兰的一个保姆，东兰明知对马三明不公平，但马三明心甘情愿这样做，东兰也没办法。渐渐地，东兰也就习惯了，

不但习惯，还开始对马三明挑剔起来，这样不好那样不对的，动不动就冲马三明发脾气。马三明呢，长得人高马大的，天天做家务，还要天天接受东兰的坏脾气，心里自然不会高兴。但他表面上对东兰还是百依百顺的，他把自己的不高兴忍在心里，还千方百计哄东兰高兴。东兰把这一切看得明明白白的，发过脾气就后悔，但后悔过后仍忍不住要发。东兰认为都是马三明的“哄”闹的，他要是不哄她，要是对她也不高兴一回，她也许会好一些，她所有的脾气都像是奔了他的“哄”去的，知道有那个“哄”等着，她就愈发地随心所欲，反正天是塌不下来的，谁不想随心所欲地发发脾气呢。

但让她不明白的是，她怎么会有那么多的脾气可发呢？从前她可不是这样，从前她在父母和妹妹跟前是又安静又懂事的，有时父母和妹妹不高兴了，还需要她去哄呢。固然有马三明娇惯她的原因，但马三明自身也不是没有原因的。结婚前他在她的印象里是豪爽、慷慨的，虽挣得不多，与她一起上街总是抢了花钱，他自己也说他天生热心肠，不吝啬，曾多次拿自己的钱帮助过同事、朋友。可是，结婚后她发现他对钱是很在意的，每次发了工资交给他，他都细细地数啊数的，数完了分成两份，一份做当月的生活费，一份存进银行里。每次一块儿上街，也是钱放在他的身上，回来后他便拿了笔和纸，将花去的钱一样一样地核对。把钱交给他管是他提出来的，他说他愿意承担这些琐碎的事情，以让她把更多的精力用到工作上去。他当然也有他的工作，他是一家厂里的车间主任，但厂子已是朝不保夕的状态，他的工作也就用不了多少精力。他的说法很让她感动，比起看书看稿子，她也确实懒得在这些事上花心思。她的工资比他的要多出一半，交给他时看他认真数啊数的样子，不知为什么心里很不舒服。她知道这不舒服是没道理的，成家过日子，精打细算是必要的，但不舒服还是像一堵墙一样横在她心里，使她难以看清马三明从前的面目。有一次她就忍不住说：“再数钱的时候，你不要当了我数。”马三明问她为什么，她说看见了心烦。马三明说：“这还没让你管呢，让你管更该心烦了。”她说：“我管也绝不会是你那样子。”马三明说什么样子，她说：“难道还让我学一遍吗？”马三明说：“你不是嫌我挣的钱少吧？”她气极了说：“我是那种人吗？嫌你挣得少还会跟你结婚吗？”见她气得嘴唇都哆嗦起来，马三明只好不再吱声。

吵闹总是这样不了了之，马三明莫名其妙，东兰自己也糊里糊涂，不知问题出在哪里。过后东兰会请马三明原谅她，马三明对她也更加关心备至。但过不了几天，两人会再次为类似的事情吵闹起来。东兰坚持不让马三明跟她提钱的事情，马三明就坚持是东兰嫌他挣的钱少，两人的吵总是错位的，因此就从没有过说清楚的结局。

有一天，这样吵过了之后，东兰一气之下躲到编辑部去了。这时，恰巧一位外地的作者来找东兰，说是路上遭了抢劫，已是身无分文，求东兰借给他回家的路费。这作者名叫张小川，才十八九岁，很有才华，是东兰得意的作者，她一直有心帮他联系文学讲习班之类，使他有进修、提高的机会。听他这一说，东兰自是着急，正好到了发工资的日子，便到会计那里领了钱，把全月的工资都给了他。这倒也罢了，东兰觉得他来一趟难得，当即替他联系了某高校办的文学讲习班，并答应人家，这一两天内就去报名。报名是要一并把学费交上的，学费是一学年3000元，东兰只好回家去取这笔钱。

问题就出在这儿了，东兰平时是不管钱的，存折上有多少钱存折放在哪里甚至怎么个取法她都一概不知，只能通过马三明她才能做成。她想着马三明是个热心肠，这种事他该是支持她的。但没想到，马三明一听这事，脸立刻变得难看起来，不但没有马上去办，还一再盘问东兰和张小川的关系。他说：“我了解你，如果是一般关系，你不会这么热心的。”马三明的脸涨得通红，显然已认定了那关系似的。东兰简直不相信自己的耳朵，说：“你说我跟他是什么关系？他还是个孩子。”马三明竟然说：“一个能

发表文章的男人你还把他当作孩子，正说明你的心态有问题。”东兰几乎要气死了，她索性说：“我是有问题，我就是喜欢他，就是要帮助他，钱是我挣的，我想怎么花你无权干涉。”马三明说：“你到底还是说实话了，不过后一句你说错了，我们是夫妻，谁挣的也是公有财产，没有我的同意，钱你是无权取走的。”东兰说：“想不到你还是个小肚鸡肠的人。”马三明说：“想不到你还是个侠肝义胆的人。”东兰说：“你这种文墨不通的人，怎么会懂得编辑和作者的关系。”马三明说：“我是文墨不通，但生活我是通的，男女关系我是通的，这胜过一切拿笔杆子的人，别忘了，还是你自己给我的这评价。”东兰说：“我现在才知道，当初我是多么愚蠢，多么片面。”马三明说：“我也现在才知道，为一个女人做牺牲，是多么不值得。”

以往吵归吵，他们还从没这样地把话说到尽头，由于那作者的到来，仿佛给他们憋在心里的话提供了契机，他们现在是再也忍不住了。

这次吵架的高潮，是两人都闭了嘴，一个翻箱倒柜地找存折，一个就阻止她的找，两人争斗了几个回合，存折还是让东兰找到了。东兰拿了存折就往外走，马三明就挡在门口不准她开门，两人从没有这样地僵持过，以往总是马三明中途先就退缩了，但这一次，马三明似比东兰还要坚决了。就在这时候，东兰说了一句话，一下子就让事情走到了尽头。东兰说：“我一直以为你是个男子汉，其实你还不如个女人，我不能跟一个女人一起生活，咱们离婚吧。”马三明呢，也许这时候让开门口事情还可有回旋的余地，可是他一听这话就急了，伸出巴掌就朝东兰的脸上掴去。可怜的东兰，捂了脸看着马三明，半天都没反应。她只觉得半边脸烫烫的，火烧着一样，眼睛也有些模糊不清，嘴里有东西流出来，一擦，鲜红鲜红的。

东兰还是出去了，出门前还在屋门口的穿衣镜前照了照，发现脸已经肿起来了，眼角就像蜂蜇过了一样，她想，什么爱情，让它见鬼去吧。

马三明呢，就像用完了最后的力气，眼看着东兰又照镜子又开门的，他动也没动，就那么让东兰毫无阻碍地自由地走了。

东兰从银行取出钱，便往编辑部去了。

这时候张小川还等在编辑部里，他看到东兰的样子，吃了一惊，却也没多问，只打来热水，湿了毛巾，替东兰轻轻擦拭着脸上的血迹。

血迹擦干净了，眼泪却又流下来，张小川就接着替她擦眼泪，一边擦，自己的眼睛也红了。

东兰看着张小川，不由自主地就有些冲动，她抓住张小川的手，将头埋在张小川的手上，难以抑制地恸哭起来。

哭了一会儿，她发觉她已是被张小川紧紧地抱在怀里了，张小川的脸紧贴着她的脸，时而还用嘴唇吸吮着她的眼泪。

东兰极想从张小川的怀抱中挣脱出来，但身体却和张小川贴得更紧了，有意对抗着她的想法似的。她奇怪着自己，难道她和张小川的关系真的超越了什么吗？

这时她听到张小川说："老师，我爱你，我要保护你。"

然后，张小川的嘴唇寻到东兰的嘴唇，热烈地吻着。

东兰也情不自禁地响应着。她发觉她真是喜欢这个小作者的。她想，没有办法，一切都归罪于马三明，是他把她推到这种境地的。

渐渐地，东兰觉出张小川的手在伸向她的内衣。

不知为什么，她忽然感到了滑稽，她想，她真的爱他吗？他又凭什么说爱她呢？若他只为了她的帮助，若她也只为了与马三明的吵架，这爱又有多少可信度呢？

但张小川的手温暖又柔软，使东兰简直难以抗拒。

就在这时，忽然响起了敲门声。

两人慌忙地分开了。

是收发室的老王来送信和报纸。东兰收下来，将老王送出去，看张小川要关门，很坚决地阻止了他，并将屋门打得大开。

张小川只好隔了桌子坐在东兰的对面。张小川看着东兰，说："老师，我能肯定，你是爱我的。”

东兰的目光看着桌上的稿子，说：“你怎么就能肯定？”

张小川说：“我能感觉出来。”

东兰说：“感觉是最不可靠的。”

张小川说：“感觉才是最可靠的。”

张小川看东兰不吱声，站起身来，又一次执拗地关上了屋门。

张小川这时是满脸的激情，哪哪都是亮亮的，那双眼睛亮得几乎都要放出光来了。张小川说：“老师，跟你说实话吧，我压根就没遭人抢劫。”

东兰吃惊地抬起头来。

张小川说：“不过我确实身无分文，我挣的稿费都让父亲赌博赌输了，来这里的车费都是借的。我觉得两手空空的见你很没面子，就编了谎话。”

东兰说：“那你干吗来这里？”

张小川说：“我想得到一个证明。”

东兰说：“证明什么？”

张小川说：“证明你是不是爱我，因为我经常读你给我的信。有时候愈读就愈觉得每一句话都意味深长，有时候又觉得没有什么，每一句话都可以对所有的作者说。这两种感觉轮番折磨着我，我实在是受不住了，我想亲眼看到你，以证明我的哪种感觉是对的。结果，没想到你会这样慷慨，把一个月的工资给我，还替我交学费，如果不是出于爱一个人，我想我是找不到其他任何的解释了。”

张小川的目光是深情的，也是放肆的，似还有那么一点儿年轻男孩儿特有的得意。东兰很快就将那点儿得意捕捉住了，并在心里慢慢地放大着。她开始想，他可以撒遭人抢劫的谎，就不可以撒父亲赌博的谎吗？就不可以撒读信的谎吗？

这么想着，她就感到她已摸着他们关系的真实的界限了，如果真是爱，她相信即便撒谎她也可以原谅他的，可是现在，她已不由自主地在反感着他了。

东兰对住张小川热烈的目光，冷静地说：“要是我告诉你，我给你的所有的钱，都是借给你的，你会怎样解释呢？”

张小川怔怔地看着东兰。

东兰说：“我还想告诉你，如果不是和我丈夫吵了一架，刚才的事是不会发生的。所以你的感觉是不准确的。”

张小川张开嘴想说什么，可是半天也没说出话来。

东兰将包里的钱拿出来，放在桌上，推到张小川面前一张白纸，说：“打个借条吧，加上给你的工资，总共是4200块钱。”

张小川说：“老师，你怎么了？刚才还……”

东兰说：“请你原谅我刚才的不冷静，你我之间，原本就是编辑和作者的关系。”

张小川说：“可是，我真是爱你的，就是没有钱的事，我也是爱你的。”

东兰却不由分说地又将一支笔递在张小川手里。

张小川拿过笔，面对白纸犹豫了一会儿，写了一行字，然后从衣兜里掏出东兰给他的1200元钱，递给东兰，说：“要是我们的关系冷漠到打借条的地步，我还不如还给你。”

东兰气道：“你以为你是谁，难道还指望我白白地送给你吗？”

张小川说：“我什么都不指望，就是指望你爱我！”

说完张小川背起自己的包就开门走了出去。

东兰没有拦他。她拿过那张纸，看到上面龙飞凤舞地写着：我爱你，永远爱你。

东兰感受着张小川的情感，同时也感受着张小川的做作，她想，假如他上车站去，车一开动他就会将一切忘记的。

从此，张小川再也没同东兰联系过，对东兰来说，张小川就像从这世界上永远消失了一样。

而和马三明那边呢，东兰也并没由于张小川的事而打消离婚的念头。

马三明打过东兰后，很快就后悔了，待东兰回来，声泪俱下地痛骂自己，甚至还给东兰下了跪。但此时的东兰早已心灰意冷，下跪只让她更增添了反感，她毅然离开他，回自己的家与西兰一起住去了。

马三明几次找上门来，要找东兰谈一谈，都被西兰挡在了门外。马三明没办法，又去单位找东兰，但编辑室里五六个人，东兰又不肯跟他出去，他能说什么呢。这样一天又一天的，马三明终于没了耐性，有一次电话里问东兰到底打算咋办，东兰只说了两个字：离婚。马三明问："怎么个离法？"东兰说："家里所有的财产都归你，包括存折上的钱。"东兰猜马三明又要和她大吵大闹了，没想到，马三明那边竟是马上同意了，并答应第二天就开信去办离婚手续。东兰不由得冷笑了笑，心想，其实财产对他的吸引更大呢。

这样，东兰和马三明很顺利地离了婚，时间不长，东兰和西兰就搬到我这里来了。

吴云倩讲完东兰的故事，已是过了中午了。吴云倩要留两人吃饭，两人摇摇头，却又没有离开的意思。

刘义若有所思地问："东兰和马三明，离婚多长时间了？"

吴云倩说："一年多了吧。"

刘义说："马三明来给东兰送钱，你认为这事可能吗？"

吴云倩说："也许可能，但不会像东兰说得那么简单，他一定有他实际的目的。"

刘义说："什么目的？"

吴云倩说："一个是打动东兰复婚，或者是用这点钱把更多的钱搞到手里。"

刘义和王小互相看了看，刘义说："你的意思，钱可能是马三明弄走的？"

吴云倩说："我认为有可能是他，他这个人比李克要实际得多，也虚伪得多，他想得到什么的时候，会先舍掉些什么，李克就不懂这个。"

刘义看着吴云倩，突然问："你和东兰、西兰之间，最近关系还可以吧？"

吴云倩说："很好，一直很好。怎么了？"

刘义说："那马三明和李克来家里的事，为什么没跟你说呢？"

吴云倩说："我说过，那是她们自己的事，我不想干涉她们。我要是问，她们会告诉我的。"

刘义点了点头，说："好吧，今天，就先到这儿吧。"

刘义和王小站起来，一前一后地走出屋。吴云倩站在门口目送着他们。

他们走出好远，才听到吴云倩关门的声音。

两人在附近的一家餐馆坐下来，边吃饭，边谈论着吴云倩讲的故事。

王小说："这个吴云倩，还挺能讲的，讲得我心里到现在还放不下那些事。"

刘义便笑。

王小说："你笑什么？"

刘义说："是放不下人还是放不下事？"

王小没理他，说："我就想，这人和人的关系，到了吴云倩讲的这份儿上，也算到家了吧。"

刘义说："你还想了什么？"

王小说："我还想，钱，八成是那个马三明干的。"

刘义说："又不是李克了？"

王小说："你不这么想吗？"

刘义说："我总觉得，吴云倩的情绪不大稳定，或者说有点急，她好像恨不得马上让事情有个水落石出。"

王小说："废话，谁不想马上有个水落石出啊。"

刘义说："她这么长时间地滔滔不绝，也不正常，平时给我的印象她

不大爱说话的。”

王小说：“昨天你还说，也许事情像1＋1那么简单，今儿就变了？”

刘义说：“依我看，吃完饭咱马上去找东兰，听她怎么评价马三明。”

王小说：“吴云倩不是说了，她讲的就是东兰对她讲过的？”

刘义说：“也不能光听吴云倩说，尤其是最近马三明找东兰的情况，总该再详细了解一下的。”

王小说：“好吧，听你的。不过别忘了，这条思路可是我头一个提出来的。”

刘义便说：“当然，哪回离了你能行啊？”

两人笑了一阵，刘义便往东兰的单位拨电话。东兰却不在单位，说是午饭前被她前夫叫走了。刘义问去了哪里，单位的人说不知道，也许去了她前夫的家吧，他家离单位很近。刘义问清马三明家的地址，便和王小一起往马三明家去了。

一路上两人猜测，这时候马三明找东兰干什么，会不会和钱有关？王小甚至猜得兴奋起来，说：“咱这突然一进去，马三明肯定慌，一慌案子没准儿今儿就破了。”刘义就说：“你这极端劲又来了，人家要不慌呢？”王小说：“钱要是他偷的，总会露出些马脚的。”

马三明家很快就到了，这是一座很旧的宿舍楼，楼道里黑洞洞的，摸黑上了一层又一层的，身体还不断被存放在楼道里的东西撞上一下，直上到马三明家住的四楼，眼前才明亮了些，至少能看清门上的牌号了。

王小敲一敲门，门很快开了，一个又黑又胖的男人站在门口，诧异地望着他们。

刘义问道：“你是马三明吧？”

马三明点了点头。

刘义又问：“东兰也在这儿吧？”

马三明说：“你们是哪儿的？找东兰干什么？”

刘义说："我们是派出所的。"

马三明说："噢，明白了，是不是她家那案子有眉目了？"

还没待刘义回答，马三明就冲里面喊："东兰，你看谁来了！"

刘义和王小互相看看，还是随马三明走了进去。

就见东兰正坐在餐桌前，她面前是一桌丰盛的饭菜，餐桌的中央是一只大蛋糕，蛋糕上点了蜡烛，要吹还没来得及吹的样子。

东兰站起来，并不大友好地望着他们。

王小说："嗬，今儿是谁的生日啊？"

马三明说："东兰的。"

东兰说："你们是找我还是找他？"

刘义说："找你，能不能找你单独谈谈？"

东兰很坚决地说："现在不行。"

刘义说："吃完饭呢？"

东兰说："需要多长时间？晚上姑妈还要给我过生日，她让我早点回去。"

刘义看一看表，说："来得及，我们在派出所等你，好吗？"

东兰说："你们到底想谈什么？"

刘义说："到时你就知道了，你们先吃饭吧，打扰了。"

说着刘义和王小就向外走。

马三明说："哎，这就走啊，还以为你们是来报告好消息的呢。"

这时刘义和王小已走出门外，马三明的大嗓门儿在他们身后响亮着，他们也没理他。

走出黑洞洞的楼道，王小才说："马三明这么个人，他就是天天给我过生日，我也不会喜欢他。"

刘义说："我觉得，东兰这个生日过得并不快乐。"

王小说："我也觉出来了，可她为什么还要和马三明在一起呢？"

刘义说："肯给东兰过生日的人有几个呢，搁我也会珍惜的。"

王小说："那倒是，长这么大，我的生日除了我妈记着，再没有过第二个人了。"

二人回到所里，一边向所长汇报案子的情况，一边等待着东兰的到来。

大约一小时之后，他们终于等来了东兰。

他们请东兰进到一个僻静的房间，倒了杯水给她。就见她脸色比中午见到她时红润了许多，开口说话有淡淡的酒气散发出来，显然是在马三明那里喝过酒的。

没待他们发问，东兰就先说道："我知道你们想问什么，无非是你们还在怀疑马三明，我可以告诉你们，马三明是决不会干那事的。"

刘义笑笑，说："现在还不是下结论的时候，我们总要多掌握些情况。你说过，马三明曾送钱给你，送给你多少钱？"

东兰说："你们一定要知道，我就告诉你们，1000 元。"

刘义说："为什么要送你钱？"

东兰说："他炒股赚的钱，因为是第一次赚，他高兴，需要和我分享。"

刘义说："赚了多少？"

东兰说："两千。"

刘义说："一下就分一半儿给你，他是不是有他另外的目的？"

东兰说："当然，他想和我复婚。"

刘义说："你收下了？"

东兰摇了摇头。

刘义说："那你是不想复婚了？"

东兰有些烦躁地皱了皱眉头。

刘义说："请原谅，我是想知道你对这件事的态度。"

东兰说："这事跟案子有关系吗？"

刘义说："有关系。"

东兰低下视线，看着桌面，说："不知道，有时想，有时不想。"

刘义说："其他人呢，你姑妈和你妹妹什么态度？"

东兰说："她们是坚决反对的。"

刘义说："是只反对马三明还是也反对和别的男人交往？"

东兰说："西兰是只反对马三明，姑妈是反对和一切男人交往。"

刘义说："为什么呢？"

东兰说："因为她受男人的伤害太深了。"

王小说："什么伤害？"

东兰看看王小，说："我答应过姑妈，不会对任何人说的。"

刘义说："马三明是个对钱很在乎的人，对不对？"

东兰怔了怔，说："谁不在乎钱？"

刘义说："从前你们家的钱都是他管着的，你们闹离婚就是因为钱，他答应离婚还是因为钱，对吗？"

东兰惊愕地望着刘义，说："你们怎么知道的？姑妈说的？"

刘义说："她说的如果没错，目前马三明的嫌疑就是最大的了。"

东兰说："莫名其妙，她对你们说这些干什么？"

刘义说："她也认为马三明的嫌疑最大。"

东兰说："不会，你们不能只听姑妈的，我了解马三明，他就是再在乎钱，也不会干那事的。"

刘义说："钱和复婚这两者，他更看重哪个？"

东兰说："当然是复婚。"

刘义说："他要是对复婚不再抱希望呢？"

东兰说："他一直抱着希望。"

刘义说："假设他不抱希望了，偷钱又很容易，他会不会……"

东兰烦躁地打断他说："不要假设，这种事不能假设的。"

刘义看着东兰，渐渐地，东兰被他看得低下了目光。

刘义说："你说，真的假设一下，你对他有绝对的把握吗？"

东兰努力抬起目光，说："姑妈只说了他在乎钱的事，还没说他不在乎钱的事吧？"

王小说："他拿钱帮助朋友对不对？可那是他自个儿说的吧，你见着了？"

东兰说："姑妈说是他自个儿说的？不对不对，有他自个儿说的，也有我亲眼所见，我这就讲两件事给你们听听。"

厂里一个生活困难的同事向人借钱，所有他熟识的人都借遍了，没一个人肯借给他，因为知道他还不起。这时候，唯有马三明拿出钱来借给了他。给他钱的时候我也在场。

王小说："借给他多少钱？"

东兰说："200 块钱。"

王小笑了笑。

东兰说："听起来不多，但相当他半月的工资。拿出一半的工资送人，你说他对钱是在乎还是不在乎？再说一件事，我父母住院时，医疗费花了几万元，其中有马三明一万元。听起来也不算多吧，但那是他全部的积蓄。这些事，姑妈都没讲吧？"

刘义说："是啊，你姑妈为什么不讲这些呢？"

东兰说："姑妈早就不喜欢他，姑妈认为他是在做样子给人看。"

刘义说："你呢，你怎么认为？"

东兰说："我觉得，即便他做样子给人看，也好过那些不做样子的人。姑妈和我的分歧正在这儿，她认为做样子就是虚伪，虚伪就不如真真实实地做人，哪怕吝啬一点。我对马三明的看不惯，其实和姑妈的影响也有很大关系，姑妈的话总是很有道理，别看表面上不听她的，我心里往往是认可的。"

"跟你们说实话吧，这次失盗，姑妈一开始就暗示是马三明干的了，我一直抵触着这个暗示，但又找不出有力的理由反驳她。有时候，我几乎真的要怀疑马三明了，可是一见到马三明，一切怀疑就又被推翻了。今天去马三明家，他为我过生日，为我买鲜花，买生日蛋糕，还做了一桌子好吃的饭菜，他是做得过了些，但我毫不怀疑他的真心，这样总比不记得你的生日好吧？”

刘义说：“往年呢，往年他是不是这样？”

东兰说：“往年也一样。”

刘义说：“他过生日你也一样吗？”

东兰摇了摇头，说：“我很惭愧，总也想不起他的生日。但他从没为此不高兴过。”

刘义说：“这次失盗，你和西兰什么看法？就是说，你们认为最有可能是谁干的？”

东兰说：“我不知西兰怎么想，反正在我认识的人里，谁也没有可能干这事的。至于马三明，看起来他最有可能，因为钱在我的屋里，除了姑妈和西兰只有他进过我的房间，但在我看来，他又是最没有可能的，因为我知道他要的是什么。”

刘义还要问什么，东兰抬手看了看表，立刻有些慌，说：“不行，我得马上回去，晚了姑妈会不高兴的。”

刘义说：“你们很怕你姑妈吗？”

东兰说：“倒不是怕，因为她对我们太好了，我们不能让她不高兴。”

东兰站起身来，要向外走时，王小突然问：“西兰呢，西兰对你姑妈什么看法？”

东兰说：“和我一样，姑妈对她也非常好，我们和姑妈的感情，可以说是胜过和任何人的。”

王小说：“那你们的有些事，还是瞒过了你姑妈的。”

东兰说：“那不是因为和她不好，是因为和她太好了才瞒她的。”

东兰说着又一次在看表。王小继续问："李克来向西兰借钱，你不认为李克有干这事的可能吗？"

东兰说："不会，李克是个真不在乎钱的人，他决不会为没钱而去偷钱，他比马三明更没有可能。"

王小终于闭住嘴不再说什么。

刘义说："好吧，东兰你先回去，有什么事我们再和你联系。"

两人待东兰消失在门外，刘义看了王小说："你又对李克有想法了？"

王小叹了口气，说："事情是愈问愈糊涂了，按东兰的说法，她们认识的人一排除，敢情就是外边不认识的人了，不认识的人那就等于是大海捞针，现场又破坏了，上哪儿查去啊？"

刘义说："别着急，今儿晚咱好好睡一觉，说不定一早起来就有主意了，我可是有这经验。"

王小疲惫地伸了伸胳膊，说："好吧，那就等你的主意了。"

第二天，刘义和王小来到所里，还没来得及说什么，便接到一个陌生男人打来的电话，电话里说，失盗的事肯定是吴云倩一手策划的，你们不要上她的当。电话是王小接的，王小急忙问那人是谁，那边的电话早挂上了。

王小和刘义正议论这电话时，忽然一个年轻女子推门走了进来，定睛细看，竟是西兰。

西兰在他们对面坐下来，显然是有话要说的样子。王小和刘义看着她，等待着。

西兰开口问道："案子的事，有什么进展吗？"

刘义摇了摇头。

西兰说："没进展总有某种倾向性吧？"

刘义说："你想跟我们说什么？"

西兰看看刘义，又看看王小，似在犹豫着。

王小倒了杯水递在西兰面前，说："有情况只管说，没关系的。"

西兰感激地冲王小点点头，喝了口水，才开口说道："昨天晚上，马三明给姑妈打电话了。"

刘义和王小不由齐声问："他说什么了？"

西兰说："他威胁姑妈，说姑妈再跟派出所说怀疑他的话，他就不客气了。"

刘义说："你和东兰都在场吗？"

西兰说："都在场。"

王小说："那你们为什么不跟我们联系呢？"

西兰说："我姐不让，她一再求我和姑妈别说出去，等弄清了再说不迟。她昨晚一直在给马三明打电话，想问个清楚，可是马三明家的电话总没人接。现在她上班去了，姑妈一个人在家，我怕她们会出什么事，我姐说不定会找马三明，马三明说不定也会去找姑妈，不管怎样，我觉得还是跟你们说了的好。"

刘义问："你姐为什么不让说出去呢？"

西兰说："她认为是姑妈听错了，不会是马三明。但姑妈一口咬定就是马三明。"

刘义说："你和东兰能听到电话那边的声音吗？"

西兰摇摇头说："听不到，但我觉得不会错的，姑妈怀疑的确实是马三明，除了马三明，谁还会给她打这种电话呢？"

刘义说："你来这里，你姑妈和你姐知道不知道？"

西兰说："我姐不知道，但姑妈知道，我来也是姑妈的意思，她现在更认定是马三明干的了。"

刘义看看王小，说："这样吧，你留在所里，再和西兰详细聊聊她姑妈的情况，我去找东兰和马三明，核实一下昨晚的电话。"

王小点点头，把刘义拉到门边，小声说："刚才那个男人的电话你怎

么看？”

刘义说：“反正不是马三明的，就是说，如果昨晚打电话的真是马三明，那还有另一个和吴云倩对立的人；如果不是马三明，很可能昨晚和今早打电话的是同一个人？”

王小说：“我也这么想，你快去吧，早去早回。”

刘义笑笑说：“好容易给你个接触女孩子的机会，我着的什么急呀。”

王小冲刘义的肩头捶了一拳，说：“快滚吧你。”

刘义说：“哎，西兰可不像东兰那么随和，你可要注意谈话方式。”

王小说：“放心吧，对付女孩子，我比你也许要高明些的。”

王小送走刘义，转回身来，见西兰已经站起来了，一副准备走的样子。王小急忙拦了说：“请坐请坐，我还有话问你。”

西兰说：“我还得上班，这都晚了呢。”

王小说：“我问的话至关重要，你要答得好，这案子说不定咱俩人儿就能破了。”

王小说得认真而又俏皮，使西兰不由得笑了笑，说：“你想问什么？”

王小说：“你得先坐下，不坐下怎么好问这么重要的话呢？”

西兰只好重又坐了下来。

王小拿起西兰面前的杯子又添了些水，然后说道：“能跟我谈谈你姑妈吗？”

西兰说：“我姑妈有什么好谈的，谈我姑妈就破了案了？”

王小说：“不敢说破案，但了解你姑妈对破案很重要。”

西兰说：“为什么？”

王小说：“今天早晨有个人来电话，说失盗的事是你姑妈一手策划的。”

西兰吃惊道：“一定又是马三明吧？”

王小说：“要是马三明就简单了，我接的电话，肯定不是马三明，昨天我刚见过他的。”

西兰想了想，忽然说：“声音是不是有点沙哑？说普通话，很标准的普通话？”

王小惊讶道：“是啊是啊，你怎么知道？”

西兰说：“我们和姑妈一起住以后，也有这样一个人来过电话，说姑妈家不适合我们，姑妈只为了她自己。你们可千万别听他的，他是个坏男人。”

王小说：“他是你姑妈的什么人？”

西兰说：“过去是邻居，也是同学，还是情人。”

王小说：“你能讲讲吗？”

西兰说：“姑妈她不想让外人知道的。”

王小说：“我不勉强你，但这确实对破案很重要。”

王小说得语重心长的，西兰叹口气道：“好吧，但你要保证，这事别让我姑妈知道，她知道了会伤心的。”

王小说：“我看呀，你和你姐一样，是太在意你姑妈了。”

西兰说：“当然，因为姑妈也在意我们，待我们比父母还好。”

王小说：“好吧，我答应。”

姑妈是个苦命的女人，她先后结过两次婚，第一个丈夫是个军人，对她时好时坏，高兴了就搂啊抱的，不高兴了就又打又骂；第二个丈夫是个机关干部，打是不打了，但自私自利，心里只有自己，从没关心、体贴过姑妈。和这两个男人的离异姑妈倒也没怎么伤心，因为姑妈从没真正爱过他们。

姑妈 34 岁那年，也就是和第二个丈夫离婚后的第二年，上了省城一所大学开办的文学班，和一些雄心勃勃想当大作家的人同了两年学。姑妈在写作上没什么雄心大志，只是喜欢大学的读书环境，图书馆或阅览室永远有她埋头读书的身影。姑妈说，那时候她虽已进入中年，但因从没进过

大学的校门，每日坐在明亮、宽敞、充溢着书香味儿阅览室里，阳光灿烂地照射进来，那感觉好得简直难以形容，手里的书本啊，就像时时在迸发着灵光。姑妈说，不止她一个人，文学班里所有的人，都感觉自己好像一下子年轻了许多岁。

年轻总是会和恋爱连在一起的，正是在阅览室里，一个叫康继的男生走入了姑妈的视线。

让姑妈惊讶的是康继竟和她来自同一个城市，还住在同一座楼里，她竟是从没注意过他！而康继呢，对她倒是有很深的印象，因为她出来进去的总是单身一人，衣服的颜色通常又偏浅色，和其他女人有明显的区别，但素不相识，他自然也不好和她搭话。

两人在阅览室里才开始了正式的相识，他们各自都显得很兴奋，为“同学”兴奋，更为“邻居”兴奋，他们一遍又一遍地说：“缘分，真是缘分啊！”

康继比姑妈大了几岁，他拿出做大哥的样子，对姑妈很是关心，每回去阅览室，他都不忘给姑妈拿个椅垫。那椅垫是他从家里拿的，他自己不坐，却要给姑妈，这让姑妈坐一回就不由感动一回。她想起过去的两个丈夫，哪个也没做过让她有什么感动的事，她又联想起外国小说里那些爱情故事，心里的感动就如升到了天上的云彩上，一下子就增添了比椅垫本身要多得多的柔情。于是她对康继也关心起来，给他推荐自己认为的好书，拿针线帮康继钉一只快要掉下来的扣子，还递条子给康继，把自己随时生出的读书感想告诉康继。

这样时间一长，姑妈和康继就好起来了。姑妈说，那时候文学班的同学们正被文学界的开放潮流搞得兴奋不已，大家几乎整日在生吞活剥各种流派的东西，今天是卡夫卡，明天又换了萨特；今天膜拜叔本华，明天又崇信起尼采，大家是文学、哲学一齐上，课上课下，教室宿舍，处处充满了思辨的色彩。被康继吻着的时候，姑妈说她总有一种不安、愧对的感觉，就好比大家都在烈日下辛勤地劳作，而自己却躲在阴凉里悄悄地享乐。有一天姑妈将这话说给康继，康继说："你错了，区别不在于烈日和阴凉，区别在于有没有爱情，有了爱情，我们会在烈日下劳作得更好。"姑妈问他："我们这就是爱情了？"康继说："我们这不是爱情吗？"康继的问比姑妈的问要认真得多，姑妈只好说："也许是吧。"

许多同学看出了他们与以往的不同，时常有意无意地同他们开着玩笑。这时候的康继脸不变色心不跳，是一副默认、得意的样子，有时甚至主动挑起这类的话题，使大家很快就将目标集中在他身上。那时候，思想解放的浪潮一浪高过一浪，以往受着压抑的情感、思想终于有了释放的机会，文学上学习、模仿各种流派成为热潮，男女恋情的话题也成为一种时髦。康继属于那种不落后于时尚的人，就像他紧跟一节节的课程一样，只要有可能做到，他就一定去尝试。

姑妈和他仍常去阅览室读书。从前还好，两人都是各读各的，很少互相干扰，可自从有了那些约会以后，他开始拿自己不当外人，动不动就捧了书凑过来，要姑妈看他认为高妙的一段文字。当然那文字往往并不高妙。有一次姑妈不客气地说："你喜欢说话是不是，那我们到外面说好了，说够了再进来。"康继却嬉皮笑脸道："那敢情好，我正求之不得呢。"姑妈说："读书就是读书，任何说话都替代不了的，你懂不懂？"康继有些委屈地说："不信那么好的句子你就看不出来，我喜欢的你要能喜欢，该是多么惬意的事。"姑妈说："那些，你真的喜欢？"康继点点头，反问道："你呢，真的不喜欢？"姑妈也点点头。一时两人都沉默下来。欣赏口味的不同两人以往是明白的，但从来没像现在这样尴尬过。更尴尬的是康继对姑妈的经常性的打断，已使姑妈到了难以容忍的程度。

事情过后，姑妈有时也想，对他是不是过于苛刻了？他很少指责她什么，他是那样地要对她好，可她却总是看他这不好那也不好的。这样想着姑妈便以欣然接受他的相约作为补偿，让他在那里快乐起来。当然姑妈也是快乐的，每当他们相融在一起时，姑妈就有一种一切都不再重要的感觉。

但瞬间过去，姑妈对康继的不满又会卷土重来。

有一天，又是在阅览室里，康继交给姑妈一篇他刚刚写完的小说，说希望姑妈现在就看，他是用意识流手法写的，自我感觉还不错。

姑妈正沉浸在一本外国小说里，开始她竟没听清康继说什么，康继又说了一遍，她才坚决拒绝道："不行，现在不行。"

康继惊诧地问姑妈为什么，姑妈说："我正在看书。"

康继更惊诧地说："我知道你在看书，看书比看我的小说还重要吗？"

姑妈说："重要，至少现在重要。"

后来康继还是向姑妈妥协了，他放下稿子，没再说"现在就看"的话，起身到教室参加同学们的讨论去了。

姑妈是第二天将稿子还给康继的，她坦率地持了否定意见。康继听后一脸的失望，说："就没有好听的说几句吗？"姑妈说："我没写过小说，也许看偏了，你再拿给别人看看。"康继说："我就是写给你看的，你否定了，拿给别人还有什么意思？"姑妈说："你不要这么夸张好不好，你真只是写给我看的吗？"康继说："要不是写给你看的，我敢一头撞死在你面前！"

姑妈担心他再说出什么过激的话来，就没再吱声。这种话姑妈听着其实是有几分感动的，但总说总说的，那感动便远没有最初的意味了。

姑妈说康继夸张没有错，康继很快就将稿子交给了另一个同学看，且那同学对小说的评价极高，使康继变得立刻眉飞色舞起来。康继在兴头上又交给教写作的老师看，令人意外的是这老师也对小说给予了肯定，并说与别的同学相比他这一篇是最不错的。这一来，康继就更得意了，同学们组织的或是自发的讨论几乎场场不落，阅览室去得少了，还常常阻止姑妈去，说他希望他和姑妈共同成为讨论的中心。他甚至对姑妈说："小说的事你不用放在心上，谁也不是圣人，免不了有走眼的时候。"姑妈说："我倒是放在心上了，但绝没有走眼。"他就宽容地笑笑，说："我允许你这点虚荣心，你不必公开承认自己的错。”姑妈看着他得意又愚蠢的脸，再也不想说什么。

在康继的一再坚持下，姑妈参加了两次关于小说的讨论。第一次姑妈只是听着，没有说话，但她愈听心里就愈有底了，她开始明白，在阅览室的寂寞的阅读给她带来了什么，她读过的想过的其实已进入文学的本质，而多数同学的发言与文学本质显然还有相当的距离。姑妈发现康继的发言比从前口齿更加流利，也说得颇具条理颇具逻辑的力量，有时候还加上些小幽默，博得大家一笑，但与她思考的离得似更远了。康继几次撺掇姑妈发言，都被姑妈摇头拒绝，康继说：“为了我，你也该说点什么。”姑妈说：“你总是把感情跟这种事情混同起来。”康继说：“不为我，也该为你吧。”姑妈说：“为我什么？”康继说：“你总不说话，人家会觉得你无知的。”姑妈说：“随便，我又不是为别人活着。”第二次时，大家讨论起意识流小说，既与康继的小说有关，又是姑妈认真思考过的话题，姑妈不由得站起来谈了自己的看法。姑妈谈的与大家自是大不相同，话不多，却句句新鲜又切中要害。谈到意识流小说的本义时，有人要姑妈举例说明，姑妈没有多想，脱口就举了康继的小说，从反面说明它不符合意识流的本义。姑妈说：“小说里写的那些意识还远没有触摸到人物的心理深层，而文学要表现的正是人物心理深层的真实，即人的行动、说话甚至心想都不能明确表现的东西。”姑妈还列举了几位大师的作品，读过的思考过的全到了嘴边，虽有些只可意会不可言传的东西注定不能表达，但表达出来的，已是足以令大家惊讶了。

姑妈是只顾了自己的看法了，却没想到康继没待她说完就退出去了，退出前递给她一个纸条，上写：请马上出来一下。姑妈自然没有马上出去，她坚持谈完了自己的观点，并坚持到了讨论会的结束。结束时一个叫胡文亮的男生请姑妈留在教室再聊一聊，这是同学中小说写得最好人也最傲气的一个，由于康继的纸条，姑妈没有答应他。

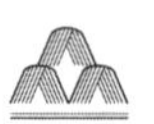

赶到小树林，姑妈发现康继的脸色非常难看，眼睛狠巴巴地望着姑妈，话说出来跟陌生人似的。他说："我就不明白，给我泼冷水的一回一回的总是你，给我鼓励支持的倒是跟我毫不相干的人。"姑妈说："你又来了，感情是感情，文学是文学。"他说："算了算了，我只想问你一句话，你，对我的感情是真的还是假的？"姑妈看他十分郑重的样子，心里又气又恼，就说："如果只为这件事就怀疑一个人的感情，我倒情愿是假的了。"说罢姑妈要走，被康继一下拦在前面，说："你不能走，咱们要说清楚。"姑妈说："说清楚什么？"康继忽然低了声音充满感情地说："你该知道，我是多么爱你，我太怕失去你了。"姑妈被他说得心头一颤，却又为他戏剧般的变化有些不舒服。姑妈最后还是一个人先走了，她听到康继在后面又问："胡文亮跟你说什么了？"姑妈回转头说："你没有走开，你一直在教室外面？"康继说："你不跟我走，就说明我不是你最爱的，胡文亮当然比我年轻，也比我有才华。"姑妈说了声无聊，就疾速地走开了。

本来，姑妈不想再理康继了，但就在这时候，康继家里忽然来了封电报，说是他的母亲病危，要他马上回去。康继走前来找姑妈，是一副忧心忡忡的样子，倒使姑妈又找回些从前的好感，不知不觉接受了他的拥抱、亲吻。之后康继说，他有一种预感，这里和家里都将有不幸的事发生。姑妈说："别胡思乱想了，早办完事早点回来。"康继说："你真的盼我早点回来？"姑妈看着他，还是点了头。康继沉默了一会儿，忽然问姑妈："你想不想让我离婚？"姑妈说："为什么？"康继说："我之所以没提过离婚的事情，是因为有一种担心，担心老婆会闹着自杀，如果你说声愿意，我就豁出去了。"姑妈说："豁出去以后怎么办，她自杀了，我却要永远负疚地生活。"康继说："你这个人，什么样的话也休想打动你。"姑妈说："你这个人，做不到的话为什么一定要说呢，我又不是小孩子，靠打动人的话活着。"康继说："你什么时候变得透彻了？"姑妈说："因为你的缘故。"康继不明白地望着姑妈，姑妈却不想再说什么。

姑妈对我们讲，那时候她担心说多了又会伤害他，还担心是她自己出了毛病，对一个唯一和自己亲密的人却常常睁着一双清醒的眼睛。她希望将它闭上，希望不管不顾地爱上一回，但似乎愈来愈不可能了，一个声音总在向她发问，爱是什么？这声音还告诉姑妈，每个人都是自私的，在自私的包围里，真正的爱是难以存在的。但她又需要有人来爱她，需要与人亲密，既然需要，那么就必须是宽容的？姑妈想，什么时候学会了以自己的爱滋养自己，或许才是真正幸福的吧。

康继走后，胡文亮找姑妈聊了几次。胡文亮是那种骄傲的、以挑剔的眼光看人的男生，班里有一个对他十分迷恋的女生，他却对人家想好就好想坏就坏。胡文亮这样主动地提出交谈，姑妈显然是第一个。但奇怪的是姑妈对他没有亲近感，每次交谈都是再理性不过的态度。姑妈自己也感到奇怪，与康继比较，胡文亮的见解显然是要优于康继的，但就是没有和康继在一起的那种亲近感。

二十多天后，康继从家里回来了。他明显瘦了许多，脸上也胡子拉碴的，左臂上醒目地戴了黑纱。他是在阅览室见到姑妈的，那时已到开饭时间，同学们都在向外走，只有姑妈还正坐在那里捧了书看。

康继见左右没人，就去拉姑妈的手，姑妈害怕似的躲开了。康继似是不甘心，忽然又抱住了姑妈。姑妈不由猛力推开了他，要不是桌子挡着，康继几乎摔倒在地上。

康继的脸色立刻变了，他说：“你怎么了？”

姑妈不知说什么好，她看着眼前的这个男人，只是觉得陌生得很，与他的亲近更是不习惯得很了。

康继说：“我就猜到了，我一走你就会变的。能不能告诉我，因为什么？是不是因为那个胡文亮？”

姑妈没想到他会说出这种蠢话，便冷笑道：“是因为他，我就是喜欢他了，怎么了？”

康继的脸色更阴沉了，嘴唇也有些抖，他说："你这话可是当真？"

姑妈说："不信你问胡文亮去。"

姑妈的话音刚落，就觉得自己胸前挨了重重的一拳，接着是一阵头晕目眩。待姑妈清醒过来时，管理阅览室的老师正扶着她，康继早不知哪里去了。

姑妈说，这一拳算是把她彻底地打清醒了，也让她感到了从未有过的轻松，与康继那点儿难以说清的亲近感一下子消失得干干净净。她想，这个口口声声说爱她的男人，其实爱的只是他自己呢！

姑妈以为，从此她可以和康继一刀两断、各不相干了，可没想到，康继恨的激情比爱的激情更甚，后来他对姑妈无休无止的纠缠，比他对姑妈的爱更让姑妈难以承受。

他先是一次次地去阅览室干扰姑妈，坐在姑妈身边，一会儿赔礼道歉，一会儿又以死威胁，使姑妈后来不得不长期地躲在宿舍里读书。但姑妈总要去教室上课，总要去食堂打饭，只要有机会见到姑妈，康继就要有所表现。有一次，姑妈拿了饭盆走进食堂，食堂里早已排了长长的一队，站在前面的康继就大声喊姑妈站在他的前面。从前这种事倒也有过，但这时他显然是故意要在大家面前维持他和姑妈的关系。姑妈自是不会作假的，也最反感这种虚伪的做法，便没理他。康继却不肯甘心，索性来到姑妈跟前，抢过姑妈的饭盆说："你这个人，真是小性儿，我可是什么什么都忘了。"康继满脸带笑，就像什么都没发生过一样，简直都把姑妈气傻了。结果姑妈饭盆也不要了，饭也不吃了，一个人跑出了食堂。她百思不得其解地想，明明是发生了，怎么可以装得什么都没发生一样呢？

康继对胡文亮呢，似比从前还客气了，一点儿没有敌视的意思，有时还主动找胡文亮聊上一阵。这倒是姑妈没想到的，但种种的表现，姑妈觉得都是做出来的，姑妈不禁被搞得有些糊涂：真实的康继，到底是什么样子呢？

好在很快地，康继因为工作调动的事就要离开学校了，一家报社要从中学把他调去当编辑，他不想错过这好机会，宁愿放弃学校的学习。离校前他找到姑妈，一定要和她单独谈谈，姑妈始终没答应，他说要是他可以替姑妈在报社找到个位子呢？姑妈说，以为一个位子就可以抹平一切伤害吗？

后来，学校的学习结束后，姑妈仍回了原来的区文化馆，康继几次打电话约她，说是为她调动工作的事，都被她严词拒绝了。康继又在电话里问姑妈的地址，姑妈也没给他。从学校回来后姑妈就搬出去租房子住了，许多年里她都居无定所，多半为的是不让康继找到她。有一天，姑妈在一家书店竟是见到了康继，当康继也发现她要与她打招呼时，她却早已疾速地向店外走去。

凭直觉，姑妈知道康继就跟后面，街上的行人一个挨一个的，姑妈不断地与他们相撞，心急如焚却又万般无奈。走出热闹的人群，拐向一条冷清的胡同，姑妈向后看一看，康继竟仍跟在后面！

姑妈的心一下子就发紧了，她虽从小在这城市里长大，但从来只认大街不认胡同，若不是康继，她怕是一辈子也来不到这里。没有办法，她只好在一条条的胡同间穿行着，左一道右一道横一道竖一道的，简直像走进了迷宫，再也休想辨清东南西北了。姑妈还不时地向后张望，有几次没见到影子，就停下来，缓解一下紧张疲惫的身体，但总是没多一会儿，那个影子就又出现了，姑妈就需继续地行走下去。

后来，所幸一位中学同学解救了姑妈，她住在一条死胡同的深处，正当姑妈无路可逃时，她把姑妈带到了她的家里。

这一次的遭遇就这样结束了，回到家时姑妈已是脸色苍白，没了一点儿力气。姑妈躺在床上，翻来覆去想她这样的躲避是为了什么，他有什么可怕的，为什么就不能去面对他？想来想去的，她只得出了两个字的结论，那就是：厌恶。这种厌恶她感到仿佛是她儿时的厌恶的重现，儿时对某个人的厌恶往往是没有道理的，却也最可能是看透本质的，一旦厌恶出现，

就再不可能有其他的态度来替代了。姑妈说她长大成人后从未这样地厌恶过一个人，自从有了这样的一次追逐，厌恶里还添了恐惧，那些天里整日心神不定，一听到敲门声就脸色大变，一上街就不由得要时时地回头，甚至对所有与她表示友好的男人都有了戒备之心，只要哪个有亲近之嫌，立刻会疏远人家。

姑妈便明白，这个康继对她的生活造成了怎样的影响，为了忘却，她甚至放弃文化馆安逸的工作，下海做了几年生意，让自己日夜忙碌在具体的事务之中。时间是占去了，钱也赚了些，但创伤依然存在，并且康继也没有完全放过她，一有机会，就打那种破坏性的匿名电话，仿佛在时时地提醒姑妈，他永远不会放过她，有机会就要报复的。

对了，还有一件事，康继到报社工作以后，曾给姑妈往学校寄过500元钱，姑妈没要，又给他寄了回去。后来姑妈学习结束回到家里，康继在电话里对姑妈说："你真想要和我分清楚，就该把欠我的都还给我。"姑妈问："欠你什么了？"他说："我为你买过上百回饭，即便一顿饭按3块钱计算，也有300元呢。"姑妈听了，真是要气死了，其实姑妈为买饭的事阻止过他多次，他就是不听，姑妈为还他的情，也为他买过别的东西。可是这时候，姑妈只是气，那些陈谷子烂芝麻的事，怎么好再跟他争辩。

讲到这里，西兰停了下来，端起杯子一口一口地喝着水。

王小不作声地看着她喝。

良久，王小才开口道："讲完了？"

西兰喝完杯子里的水，说："真是奇怪，我怎么一口气讲了这么多？"

王小笑道："因为我是个会倾听的人。"

西兰看着王小，说："一点儿不错，我早觉出来了。不过我讲的这些，对破案有什么用呢？"

王小说："当然有用，至少我现在又能得出一个否定的结论：钱不是康继偷的。”

西兰说：“为什么？”

王小说：“你想啊，如果是他干的，躲还来不及呢，他还找上门来让派出所注意他？”

西兰说：“那不是他干的，肯定就是马三明了。”

王小摇了摇头，说：“看刘义回来怎么说吧，要是昨晚那电话不是马三明打的，问题就复杂了。”

西兰看了看表，说：“都快中午了，我得回去看看姑妈了。”

王小说：“我请你吃饭吧。”

西兰笑笑说：“改天吧，等破了案子我请你吃饭，请你这个会倾听的人。”

王小也笑了，刚要送西兰出门，就见刘义走了进来，后面还跟了东兰。

东兰对西兰说，听说她在这里，特意赶来邀她一起回家的。东兰看看王小，问西兰：“你没事吧？”

西兰说：“没事。”接着西兰又问东兰昨晚电话的事。

刘义代东兰回答说：“跟马三明没关系，昨晚马三明一直在和人打麻将，打麻将的几个人都证明他没打过电话。”

西兰说：“不是这个又不是那个的，莫非还真像电话里说的，是姑妈干的了？姑妈自个儿的钱比我们还多，你们真要怀疑到姑妈头上，那才是笑话呢。”

王小说：“问题是康继怎么知道是你姑妈一手策划的呢？”

刘义问：“康继是谁？”

王小没有吱声，等将东兰和西兰送出门后，才将西兰说的姑妈的情况大致说了一遍。

下午，两人便马不停蹄找到了康继。问起电话的事，康继却一概否认，说他和吴云倩早没关系了，这种暗箭伤人的事，他康继是决不会干的。刘

义问："据你的了解，吴云倩可能做这种事吗？"康继说："说不准，这都是一念之差的事，要我看谁都有可能的。"刘义说："假如是吴云倩，你想她是为什么呢？"康继说："她是个与众不同的人，说她太理性吧，她常常喜欢把现实生活和读过的小说相混淆；说她太感性吧，和人的关系又是冷冰冰的，除了那两个侄女，她对任何人都是不信任的。假如是她干的，说明她连两个侄女都不信任了，她也许想用钱的事嫁祸在侄女的男朋友头上，以使侄女也和她一样痛恨男人，一辈子和她在一起。因为她也是孤单的，绝对需要有人在身边的。"

从康继那里出来，刘义和王小立即达成了共识，即：那个电话毫无疑问是康继打的。一是他的声音，二是他对吴云倩的认识，他用语不那么确定显然是故意的，但能感觉到他处处在确定着吴云倩作案的可能性。王小说："我就不明白，吴云倩怎么就和康继那样的人好到一块儿去了呀。"刘义说："你又来了，你才多大，不明白的事多了。"

刘义和王小没敢耽搁，当天晚上就又到吴云倩家去了。

东兰和西兰也在，刘义和王小看看她们，说想和她们的姑妈单独谈谈，要她们回避一下。

东兰和西兰离开后，姑妈脸上透出淡淡的有些讥讽又有些悲凉的笑意，她说："我知道你们要谈什么。"

然后她转身走进里屋，提了个鼓鼓囊囊的纸袋子走了出来。

她将纸袋子放在刘义和王小面前，干脆地说："东兰和西兰全都告诉我了，你们猜对了，这事是我干的。"

刘义和王小惊异地看着她，一路上本是准备了许多话的，现在却是一句也用不上了。

刘义说："能告诉我们，你这样做是为什么吗？"

吴云倩说："为了留住她们，使她们不再受男人的伤害。"

刘义问："难道你就没想过后果吗？"

吴云倩说："我想最坏的结果，也不过是马三明死不承认，最后不了了之，谁也不会怀疑到我的。但从此会让她们对男人更加戒备。"

王小说："你不觉得你对男人过于偏激吗？"

吴云倩不以为然地看了王小一眼，说："如果说这叫偏激，我觉得我的偏激还远远不够，不然就不会让康继钻空子了，他早就伺机报复，在你们的帮助下，他终于如愿以偿了。"

王小说："其实，我们倒非常希望这事是他干的而不是你……"

刘义悄悄捅了捅王小，王小才闭口没说下去。刘义说："康继是怎么知道这事的？"

吴云倩沉默了一会儿，才说："他也来过家里，但让我把他赶走了。那时候，我知道东兰和西兰也都在被她们的男朋友纠缠着，但她们没有我这样的果断。为让她们清醒些，我就做了这件事。康继其实不知道这事，他是猜出来的。"

刘义说："不管怎样，今晚你得跟我们去所里一趟，我们会尽力为你解释的，但怎样处理，就由不得我们了。"

这时，东兰和西兰突然推门闯了进来，看了刘义和王小说："不行，姑妈不能走，姑妈拿的是家里的钱，不能算盗窃！"

听到东兰和西兰这样说，吴云倩的眼睛里立时溢满了泪水。

吴云倩说："孩子们，事情是我做下的，我理当去说清楚，你们放心，在家等我回来，啊。"

吴云倩安详、平和的声音终于使东兰、西兰不再说什么，她们手拉手地站在一起，目送姑妈、刘义和王小走出家门，走下楼梯，直到消失在了楼梯的拐弯处……

《啄木鸟》2003 年第 1 期

《中篇小说选刊》2003 年第 4 期

危险在冬季

农村的爱情通常是在冬季里发生的。你要不信，就去我们那个村子里听几个爱情故事，那故事里一准儿带有白色的哈气和透明的冰凌，还有总也盼不到黎明的漫漫长夜，以及叫人摸不着头脑的茫茫大雾。那雾大的呀，走一百里也只能看得见自己；那夜长的呀，醒一百回窗外还是跟睡前一样地漆黑。你说，在这样的冬季，人们除了恋爱还能做什么呢？当然，你会说该做的正经事多了，搞温室、做生意、办工厂，最不济参加个电脑班、缝纫班什么的。你说得太对了，可那时候哪有啊，那时候村里的副业顶多就是个粉房，而粉房才能安置五六个劳力，其他劳力就只能睡大觉、唠闲嗑了。粉房你知道不知道？就是把成堆的红薯碎成末，压成汁，从里面提取出淀粉，然后把这些淀粉制作成粉条。粉房的房顶上通常是白花花的，老远地看去就像一个个石膏做的脑袋，那就是提取的淀粉了。谁要不知粉房在哪儿，只肖看见白花花的淀粉就成了。

你大概明白，我要讲的是什么时候的故事了，如果以改革开放为一条界限，那就一定是之前的故事。那时候人们就像在冬天的大雾里行走一样，有些懵懂，又有些不甘心，除了茫然地行走，还不知做任何其他的事情。至于电脑、温室这些词，人们更是听都没听说过呢。但这行走又不若在大雾中那样自由，有些像样板戏里的人，说话、行为都是规定好了的，习惯性地就按那规定来了，说了做了还以为是自己说的做的，其实不是。即便是谈恋爱，也抱了革命的态度，挑选出身贫穷的人家，欣赏肯吃苦、不贪图享受的青年，长相、知识什么的统统退其次。你也许要问，这跟当时样板戏的普及是不是有关系？当然。你想啊，没有书看，没有电影看，没有音乐听，样板戏是唯一的精神食粮，连三岁小孩子张口都是“我家的表叔数不清”，连六十岁老太太都会做一个“江水英”的亮相，除了样板戏里的人，又有什么人能供人们来模仿呢?

那时候，不仅人人会唱样板戏，村里还组织了宣传队，按了样板戏的一招一式演给大家看。会唱不难，会演就不易了，人们对样板戏已是烂熟于心，一个眼神不对都逃不过他们的眼睛，再说京戏讲究“架子”，往那里一站松松垮垮的，唱得再好也免不了要被轰下台去。好在村里有个唱过戏的青年，便把自己那点本事手把手地教给大家，大家再学得认真些，一台样板戏竟也就唱下来了。这唱过戏的青年名叫周然，曾蹲过三年的监狱，唱戏的本事就是在监狱里学会的。我要讲的故事，周然是其中的人物之一，但不是故事的主角，故事的主角是一个刚从中学回乡的青年，名叫李文虎；另一个主角是个女的，只上过几年小学，叫张美兰；还有个人物，是粉房的师傅，叫吴大样。吴大样是有老婆孩子的人，也就把张美兰既当作女人又当作孩子一样地去疼爱，很得张美兰的感激。而周然是张美兰宣传队里的师傅，张美兰演的小常宝就是周然手把手地教出来的。周然对待张美兰，却远不若吴大样一般的疼爱，他常常惹张美兰生气，当众给张美兰难堪，以此为乐趣似的。至于李文虎，可说与他们三人没有任何的关系，张美兰从没注意过他，周然和吴大样也没把他放在眼里，他所以成为故事的主角，全因了他的不安分，他在这故事里做的所有事情，就是想方设法成为与他们有关系的人。

好了，人物介绍完了，背景也交代清楚了，下面该说的便是故事本身了。由于故事发生在冬季，又是个爱情故事，所以先给故事起个名字，叫作：火热在冬季。

一

李文虎是七月回到村里的，经历了半个夏季和一整个秋季，他单薄的身体显得硬朗了许多，脚步声也变得咚咚的了，不像刚从学校回来那会儿，走起路来无声无息的，高高的个儿，就像是靠了风的吹动一般。

身上刚有了些力气，冬闲的季节就到了，李文虎听有经验的庄稼人说，冬天是害人的季节，睡足了，歇够了，人也懒了，劲也没了，到开春一切都得从头再来。李文虎没有过这经验，倒也不大在意，从头来就从头来，反正他已经来过一回了，也没什么了不起的，他在意的，是另一件与身体与干活儿无关的事情，也是他有生以来第一次经验的事情，即他喜欢上了一个叫张美兰的姑娘。喜欢是喜欢，他却还没找到向姑娘表达的机会，若是其他的季节，大家每天都要下地干活儿，机会总可以等到，可是这漫长的一个冬季，土地会冻上几尺厚，大家还有什么理由聚在一起呢？不能聚在一起，张美兰也就不能见到了，不能见到张美兰，他的机会也就算完了。他当然可以去张美兰家里找她，可是在人家还没有对他留意的时候，找到人家门上岂不是莽撞、冒失？姑娘家谁会喜欢莽撞、冒失的人呢？

就在这时候，李文虎忽然听说，队里的粉房要开张了，需要七八个人，条件是出身好，家里缺劳力，还要心灵手巧。李文虎还听说，这七八个人里队长第一个就想到了张美兰，因为张美兰是最符合条件的。李文虎想，若是他跟张美兰一块儿在粉房里干上一冬天，将是多么美妙的事情啊。可是，他知道这是妄想，他家是上中农，队里光贫下中农就百十来户，还能轮到他这样的人吗？因为家庭出身，在学校他就一直灰溜溜的，做什么事也没他的份儿，就像他不存在一样。这倒也没什么，因为他也没想过要表现给人看，可现在不一样了，现在他是想表现了，非常地想表现，虽观众只有一个人，却足以调动起他全部的激情。若只因个出身失了这表现的机会，他真就太不幸了，他想，不行，他得行动，他得争取去粉房，只要去了粉房，这个冬天就将是另一个样子了。

李文虎没跟家里人说就找队长去了。他知道跟家里人说了也是白说，这些年他们小心惯了，也安稳惯了，往大里说听党中央的，往小里说听生产队长的，只要记着别听自个儿的就不会出错，他们若听说他要找队长要求去粉房，不骂他疯了才怪。李文虎找到队长时，队长正低了头在粉房前的井台边转来转去的。李文虎问他在找什么，队长头也不抬地说："我像在找什么吗？书呆子。"李文虎说："那你在干什么？"队长说："跟你说了也没用。"李文虎说："你不跟我说，我可要跟你说了。"队长抬头看看李文虎，说："要是为进宣传队的事，趁早别说。"李文虎说："什么宣传队？"队长说："说你呆你还真呆，男的女的老的少的都疯了似的想进宣传队呢，你咋就不知道？这事啊，我还不能硬拦，好像打击革命的积极性似的。可话又说回来了，那戏是好演的吗？那李铁梅、杨子荣是好扮的吗？也不撒泡尿照照自个儿，李铁梅的一根辫梢她比得上吗？当然，人家张美兰除外，张美兰是宣传队点名要去的，去了就演小常宝，说她有戏架子。人家这才说到点子上了，演戏得有戏架子，没戏架子，上台站都站不稳，还闹着要演戏，不是笑话嘛。你说呢，书呆子？"李文虎说："那张美兰去了宣传队，就不用来粉房了吧？"队长说："宣传队是晚上活动，跟粉房没关系，哎，你什么意思？莫非你也想来粉房？要真这么想，还是那句话，趁早别说。什么原因你也明白，就你家那成分，前脚用了你，后脚我这队长也甭想干了。你要有能耐也罢，像周然似的，宣传队离了人家不成，可你会什么，粉房的活儿不要说当师傅，当个伙计能当好吗？"李文虎厚了脸皮说："当伙计肯定没问题。"队长脸一沉说："你还真想来啊，没问题也不成，粉房什么时候缺过伙计。"

队长一旦看透李文虎的心思，就再也不想理他了，顾自低了头，又在井台边转起来。

这时候的李文虎真是满心的委屈，队长自个儿说了半天，他这里要说

的话还没说呢，就被队长顶回去了。要是张美兰见了他这样子，还不知会怎样小看他呢？他便带了委屈，有些挑战似的挡在队长面前，说："到底什么事让你这么费心思？"

他尽量用了一种平等的开玩笑的语调，使队长先是吃了一惊，然后没好气道："什么事，什么事你能解决吗？"

李文虎说："你没说怎么知道我不能解决？"

李文虎脸上依然带了笑，似一点没有其他年轻人在队长面前的那种拘谨样子。队长打量了李文虎说："你是谁呀，你爹你娘都没这么跟我说过话呢。"

李文虎只是笑，笑里有意带了几分顽皮。

队长终于还是跟李文虎说了。原来，是个小得不能再小的问题，开粉房就要用这井水，用井水就要一桶一桶地打上来，打上来的时候免不了要撒些水在井台上，时间长了，这石头砌成的井台还不变成了冰台？变成冰台就成了危险，万一哪天不小心人掉下去，他这队长吃罪得起吗？他在这里转来转去的，愁的就是这个啊。

李文虎听队长说完，简直要小看队长几分了，他想，看他一天到晚低了头皱了眉的，原来是在想这种婆婆妈妈的事情啊。他张口就说道："这事太容易解决了，我来干，我不怕危险。"

队长不屑地看看他，说："你也许不怕危险，可每天上百斗子水，你打得上来吗？就是打得上来，贫下中农能答应吗？"

李文虎说："你是队长，贫下中农还不是听你的？"

队长看看四周，说："年轻人少瞎说八道，贫下中农上有毛主席，下还有贫协组长，哪就能轮到听我的？这话让旁人听到，非开会批判你不可。"

李文虎说："我又不是为别的，毛主席说，知识青年到农村去，接受贫下中农的再教育很有必要。我是不想放过接受再教育的机会啊。"

队长听着，眼睛忽然一亮，说："你小子还真会找词儿。我问你，打水的事，你行吗？"

李文虎欣喜道："没问题。"

队长说："要是连洗红薯的活儿也给你呢？"

李文虎仍说："没问题。"

队长说："别一口一个没问题的，你想想，能干不能干，到时误了活计可就晚了。"

李文虎说："毛主席的哲学思想是精神变物质，只要有一份精神在，什么样的活儿我也能对付。"

队长便笑了，说："到底是读过书的，讲出话来有根有绊的。"

李文虎说："你答应了？"

队长说："活儿是比别人累了点，但我得跟大伙儿有个交代，明白不？"

李文虎点点头，两腿一蹦就上了井台，抓住辘轳把儿噌噌噌地就将水斗子摇了下去。他觉得他真是有些等不及了，粉房今天开张该多好啊。

队长在井台下说："还有件事，工分还是按平常的规矩，比贫下中农少两分。"

李文虎有意把水斗子搞得叮当作响，没理队长。他想，工分算个什么呢。

队长说："你听见没有啊？现在后悔还来得及。"

李文虎说："放心吧，我一辈子也不会后悔的。"

队长说："不用一辈子，一冬天就够了。"

队长说完就离开了，剩了李文虎一个，没完没了地将水斗子送上送下的，那呼隆呼隆的声音，在他听来就像美妙的音乐一般。有一刻他忍不住趴下来，脸对了井下拼命地喊：张美兰！井下也有一个声音回应上来，李文虎望去，竟是看到了张美兰的一张笑脸。那笑脸可真美啊。李文虎一激动，就愈发地张美兰、张美兰地喊起来了。

二

李文虎去粉房的事很快在队里传开了，就有不少年轻人去找队长，问为什么让李文虎去，为什么不让贫下中农去？队长说："连打水带洗红薯，还比别人少挣两工分，你们谁去，谁去立马就把他换下来。"年轻人们立刻就不吱声了。其实队长还有一条没说出来，那就是粉房前那口井曾经淹死过人，淹死过人的井总是有一种潜在的危险。这危险说出来就成封建迷信了，因此队长跟李文虎都没敢说。李文虎的父母是知道淹死人的事的，但见李文虎去意已决，又是队长派下的活儿，也只好由他去了。

粉房开张这天，队长派下的七个人全到齐了，加上从外队请来的师傅吴大样，总共是八个人。队长说："今年粮食没多少收入，全凭这点红薯了，你们干得好，年底还能分点红，干不好，过年新衣裳都别想穿了。当然，没新衣裳穿更能体现劳动人民的本色，也不影响大家唱样板戏，有样板戏的精神在，一样地高高兴兴。可话又说回来了，要是穿了新衣裳唱样板戏，不是更给样板戏添光彩嘛。"大家听了全乐了，很有一种摩拳擦掌大干一番的样子，其中的张美兰笑得脸都红了，张美兰说："队长说得真好。"声儿不大，却让身边的李文虎听得真真的，他不禁有些疼爱地看了她想，她是多么容易受感动啊。李文虎也一直是激动的模样，但他的激动，全在张美兰身上。张美兰穿了件浅色的花布上衣，下身是深色的瘦裤，头上是用皮筋扎起的两把辫子，看上去就像城市姑娘一样。其他几个姑娘与张美兰的打扮大同小异，显然她们都在一窝蜂地模仿着什么，或者模仿张美兰，或者连同张美兰也一起在模仿着哪一个。李文虎知道，这样的信息犹如空气的流动一样迅速，就好比当年的绿军装，说穿就穿遍了全中国，农村的年轻人也毫不落后。但其中，差别总是有的，一样的模仿，效果却大不相同，张美兰除了身段、长相胜人一筹，衣服的花色、尺寸也十分合适，穿在身上，哪哪都是她自己的，就连胳膊肘的弯度看了都那么地叫人舒服。张美兰站在其中，不说是绿叶配红花，也是格外惹眼的一个，至少在他李文虎眼里，其他姑娘简直就看也看不得呢。

李文虎眼里只有张美兰，张美兰眼里却没有李文虎。李文虎发现，张美兰的眼睛全盯在师傅吴大样身上了，看吴大样怎样地摇浆，怎样地搅缸，怎样地和芡面，又怎样地掌瓢，别看这小小的粉房，工序还蛮复杂，一样又一样的，哪一样都得吴大样手把手地教呢。而张美兰又是最上心最认真的一个，吴大样把了她的手，她一点也不躲避，任他一只长毛的大手压在她小巧的手上，自个儿做上一会儿，还要喊来吴大样，要他做个评价。吴大样就说："好，很好，就这样。"吴大样从不对别人说好，唯有对张美兰说。张美兰就愈发地认真着，没有几天，粉房的一套活计她就全学会了。她也真的是心灵手巧，干什么像什么，其他几个姑娘，有时都要向她请教了。

李文虎看在眼里，心里真是难过死了，他多么想代替吴大样去做师傅，把自己的手压在张美兰的手上啊。他怎么也不明白，那样一只丑陋的手张美兰竟是没感觉，岂止是没感觉，简直有欣赏的意思呢。这些情景李文虎是抓空儿跑到粉房里看到的，他的位置在粉房外面，外面只他孤单单的一个，冰冷的水井，冰冷的水池，成堆的红薯上满是污泥，一斗子水浇上去，泥水把鞋子、裤腿都打湿了。而这时候，屋里可是热闹得很呢，红红的炉火，热气腾腾的开锅，几条黑白粗细不一的胳膊杵在面盆里，你挨了我我挨了你的，然后是一阵阵欢快的笑闹声。李文虎就觉得，他们笑闹的时候，完全把他遗忘了，特别是张美兰，有一回出来上厕所，从井台边经过时看都没看他一眼，嘴里还哼了段"八年前"。她可真高兴啊！可是，她的高兴跟他李文虎有什么关系呢。

当然，屋里跟外面也不是没有一点联系，水井与屋内通过屋墙打开了一条水道，李文虎打上的水就顺了水道流进屋里。屋里缺水的时候，李文虎就听到吴大样的一声喊："水！"那声音总是猛然地喊出来，又粗又蛮，能把李文虎吓一跳，李文虎便一边嘟囔，喊什么喊，狼嚎似的，一边紧着

把水斗子系下去。一斗子水还真够沉的，每回到井沿时，李文虎抓辘轳把儿的手都有些颤颤的，要不是全力挺着，连水带人掉进水里的危险都是有的。还有的联系就是洗好的红薯了，一个叫三牛的小伙子将李文虎洗好的红薯一簸箕一簸箕地端进屋倒进搅碎机去。可三牛是个少心眼儿的，有联系还不如没联系，李文虎这里紧躲他，他还要上赶着叫一声虎哥，好像他俩倒惺惺惜惺惺，成一伙儿的了。李文虎想，你是谁，我是谁，你也配？但三牛看不出个眉眼高低，一心地要跟李文虎好，稍有闲空，就帮李文虎打几斗子水，搞得李文虎理他不是，不理他又不忍心，他叫虎哥，躲不过就只好应一声，他一应声，三牛就更勤快起来，连红薯也要帮他洗了。粉房里若是没有张美兰还好，李文虎最怕的就是让张美兰看出来他跟三牛好，跟三牛好的人，张美兰还能看在眼里吗？那三牛哪知他的心思，只顾自一口一个虎哥的，李文虎愈是不应，他就喊得愈响，把搅碎机的声音都盖过了。有时候，听得人烦了，会有人一巴掌拍在他的脑袋上，说："喊什么喊，吃错药了？"

尽管这样，因为有个张美兰在，李文虎心里依然多是灿烂的阳光，那土兮兮的热气缭绕的粉房总是如同宫殿一样让他向往而又心存畏怯。他其实每时每刻都想着跑进"宫殿"里看张美兰一眼，但一天里他实际上至多只进去一次，且这一次要做很长时间的心理准备，就像打回大仗一般复杂，又像小孩子怯生一般简单，直到最后把复杂和怯生都一股脑儿丢在身后，体内只剩了一片虚空，才懵懵懂懂地走进去。结果自是一无所获，张美兰那里只专心在活计上，即便注意也只注意吴大样，使他不但没有满足感，反添了更多的孤寂和惆怅。岂止是张美兰，除了三牛，所有的人都不曾跟他打过招呼，有意疏远他这个出身不好、少挣两工分的人似的。事情明摆着，粉房里本应是一色的贫下中农，要不是他跟队长好说歹说的，哪会有他的位置。也许他就如同一个无赖，扮演着厚颜无耻、不受人欢迎的角色。

这样想着，李文虎却也没有退却的意思，比起闲待在家里，粉房还是更吸引他。再说，他好歹也是念过中学的人，粉房里这些人包括吴大样，有哪个进过中学的大门？他便明白，所以能在这里坚持下去，除了张美兰的吸引，内心深处还有一种优越感悄悄地支撑着。听说张美兰才上到小学四年级，学识自是没法跟他比的，粉房里虽用不上他的学识，但学识在他身上，就使他与其他人有了分别。屋里屋外的安排也是一种分别，在大家看来这种分别还是最重要的甚至是全部的分别，可他努力坚持着前一种分别，若不是这样，他简直要自卑得一头扎到井里去了。

在粉房开张的同时，宣传队那边也活动起来了，晚饭过后，锣鼓就敲起来，京胡就拉起来，人们便如趋光的萤火虫一样朝了声音聚集而去。相比之下，宣传队比粉房要热闹多了，粉房是什么，是劳动，日复一日的劳动，而宣传队是表演，是对劳动的表演啊。有了表演，人们谁还会喜欢劳动呢？单是这粉房的几个人，就一个不剩地每晚要到宣传队去，除了张美兰，其他人都是观众，即便做观众，宣传队的诱惑也是不可抗拒的。张美兰自是最得意的一个，在粉房里劳累了一天，晚上依是兴致勃勃，额头亮闪闪的，脸上红得火烤了一般，跟人说话满脸的笑意，举手投足都洋溢着喜悦。在粉房高兴，在宣传队她更高兴，这个冬天她真是尽高兴的事了。李文虎看出来，她的高兴也跟那个在劳改队唱过戏的周然有关，周然年轻、英俊，样板戏学得又十分到家，张口一句唱词，转身一个动作，都是让人禁不住叫好的功夫，在这些没学过表演没上过舞台的年轻人面前，他是当然的瞩目人物。他指导男人的戏行，指导女人的戏也行，比如张美兰演的小常宝，他一捏嗓子，女人腔就出来了，那一板一眼唱的，把张美兰都听傻了。还有小常宝把女扮男装的帽子一摘，投向父亲怀抱的一刻，张美兰的眼泪都流出来了。张美兰对粉房的这些人说，平常自个儿唱几句还蛮得意，跟周然一比就是天上地下了，周然天生是唱戏的材料。听了这话，李文虎心里酸溜溜的，吴大样就更不高兴了，他说："要不是无产阶级专政，他会个屁呀。"张美兰说："反正人家唱得好，演得也好。"吴大样说："你跟他

学戏我不反对，但他毕竟是蹲过监狱的，你要多加小心。”这话让李文虎听在耳朵里，好不舒服，他想，你不反对，你凭什么反对呀，你算张美兰的什么人呀。更让李文虎不舒服的是张美兰还频频点头，真的把吴大样当了自己的什么人似的。李文虎怎么也不明白，吴大样除了做粉条，大字不识一个。还傲慢自大，还不讲卫生，擤了鼻涕往墙上一甩，往锅沿上一抹，真是恶心死了，张美兰对他点的是哪门子头呢？而那周然长得虽好，政治条件跟自己的上中农出身也是没法比的，看看张美兰喜欢的这俩人吧，到底也不知她看重的是出身还是长相，好像她什么都看重，又好像她什么都不看重，对截然相反的两个人持一样的态度，真是叫人捉摸不透啊。李文虎就觉得，他再不能这么无声无息地做个旁观者了，好歹他得做点什么，不然，他真的有些支撑不住了。

这一天，趁张美兰从粉房出来去厕所的当儿，李文虎就把张美兰叫住了。

李文虎叫张美兰的时候一斗子水刚刚打上来，他把水停在井口，说：“张美兰，你等一下。”待张美兰停下来，他便一只手握辘轳把儿，一只手把水哗地倒出去。可倒得太急，几乎一半的水都倒在了外面，井台上亮闪闪的全是水了，两只鞋子也被浇湿了。

张美兰便笑起来，边笑边说：“找块儿草垫子搁在井边就好倒了，还有你脚底下也搁块儿草垫子，站得稳当。”

李文虎的一张脸羞得通红，想自己可真笨啊，有意叫住人家看自己出丑似的。原来准备好的一大堆话，现在竟是一句也想不起来了。

人家张美兰倒开始问他了：“你叫我有事吗？”

李文虎只好说：“也没什么事，听说……听说周然对你们还挺傲慢？”

张美兰说：“那也不能叫傲慢，人家唱得好，说几句也是该说。”

李文虎自己也不知为什么张口就提起了周然，张美兰这么一说，立刻就把他堵得无话可说了。他只好又说：“你唱得可真好，‘八年前，风雪夜大祸从天降’这句是最难唱的，让你唱出来却一点不费力。”

张美兰说：“这就是你不懂了，周然说了，我戏架子好，就是唱跟不上去，嗓子傻亮傻亮的，没味道。”

李文虎不甘心地说：“他说的也不一定百分之百正确，我听过歌唱家唱京戏，那才叫傻亮傻亮的，他们唱歌唱惯了，想改也没法改了，你又没唱过歌，一学就是京戏，怎么会没味道。”

张美兰说：“不懂你就是不懂，我自个儿都觉出没味道了。”

人家自个儿都承认没味道了，李文虎还能说什么呢。李文虎就觉得，在张美兰眼里，周然和吴大样哪哪都是好的，唯有他李文虎是这也不懂那也不懂的，他想，张美兰啊张美兰，会唱个戏算什么呢，会做个粉条算什么呢，你真是有眼不识金镶玉啊。可他又想，这个冬天，最红火的地方就是宣传队和粉房了，唱戏不算什么，做粉条也不算什么，若是张美兰要问，那什么才算什么呢？他又该如何来回答她呢？

三

在寒冷、静寂的夜晚，宣传队的锣鼓是真诱人啊，人们听了，明知是宣传队在排练，可总觉得宣传队要开戏了，或者村里有什么大喜事发生了。人们需要热闹，需要新鲜的消息。但人们的耐心又是有限度的，总去看总不开戏总是排练，来回是那么两下子，一晚上连一场戏也排不下来，有时候光一两句唱就反反复复折腾大半夜，人们的兴致便减了许多，再听到锣鼓，心里痒痒的，两条腿却懒得再动了。

其中，李文虎一直是最积极的一个，每天去得早，走得晚，雷打不动地出现在排练场外，眼看观众愈来愈少，由开始的上百人都减到十几个人了，李文虎却没感觉似的，依然早去晚归，常常到宣传队排练结束的时候，

场外只剩了两个人了，其中一个仍有他李文虎。另一个人，则常常是已经坐在地上睡着的三牛。三牛是为了陪李文虎的，由于粉房的交情，三牛不忍心丢下李文虎一个人。其实，三牛跟其他人一样，喜欢的是开头那通锣鼓，锣鼓敲过了，真的进入了排练，他就觉得没什么看头了，拉李文虎走又拉不动，就只好陪他到底。李文虎开始并不在意三牛陪不陪的，后来见宣传队的人直看他，他们倒变成了观众似的，他便觉到了三牛的宝贵，他想，怕什么，又不是他一个人。有时候，实在孤单得厉害，他就进场跟闲下来的人聊上几句，嘴上聊着，眼睛仍盯在张美兰身上。人家就说：“你小子，不是为看戏，是为看人吧？”他脸一红，以攻为守地说：“你们不也总在看吗。”人家说：“我们看、你看都是白看，唯有周然的看才不是白看。”李文虎便不再吱声，心里却忍不住一阵疼痛。张美兰喜欢周然他自是早知道的，但从别人嘴里说出来他还是有些经不住似的，就像本属于自己的东西被别人抢去了，而所有的人还都以为那东西本就是别人的。李文虎想，什么是痛苦，这就是痛苦，有话说不出才是痛苦啊！

这一天吃过晚饭，李文虎又一次来到宣传队排练的地方。

这从前是生产大队的库房，是全村最宽绰的房子了，排练样板戏是政治任务，大队就把房子腾了出来。这房子是砖墙瓦顶，屋里是方砖铺地，多少年过去，屋顶的木料依然完好，想必是过去哪个有钱人家的房子。李文虎每回走进去，都想到自己家那几间低矮的平房，跟这房子比，自己家足可以成贫下中农了，怎么就是了上中农呢。

库房里总有一股农药味儿，宣传队员们便在这味道中唱啊跳啊的，谁也顾不得去嫌这味道。李文虎沿了房子的角角落落查看了一回，也没发现有什么农药，想必是从前库房里农药存放久了，味道早已入到房子的深处，再难与房子分离开了。

每天来每天来的，李文虎也有些习惯了，进门一闻到农药味儿，立刻会有亲切、欣喜的情绪涌上来，即便在别的地方，也会由农药味儿想到张美兰，仿佛这味道成了张美兰的象征一般。

李文虎走进库房，见张美兰早已经练上了。她踩着鼓点，一遍又一遍地走着台步，走一遍就问那打鼓的一句："行不行？"打鼓的就说："行。"其实打鼓的有些心不在焉，他也是跟张美兰一样，趁了对方的台步在练自己的打鼓。练了几遍，张美兰又到那拉京胡的跟前，要他配合再唱一遍"八年前"。张美兰说："周然说了，要常跟着弦练才行。"拉京胡的叫老皮，是个中年人，不懂得识谱，全凭感觉拉，许多细部拉不准，却又自大得很，常挑别人的毛病，连周然也敢挑。周然虽知他的毛病，但这村里再没有第二个会拉京胡的，出身又好，就总让他几分。这时候他听张美兰这样说，便有些不高兴，依然拉他的那段"我们是工农子弟兵"，对张美兰理也不理。张美兰就说："换'八年前'，你听见没有啊？"老皮停下来，不屑地看看张美兰说，"你练你的，我练我的，凭什么我就得换'八年前'？"张美兰说："周然说的，要你随时帮我们练的。"老皮说："一口一个周然的，周然说的怎么了？你要明白，在宣传队里，他除了教戏，说什么都不作数。"张美兰说："他这也是在教戏呀。"那人说："他人没在场教什么戏，你把他叫来，叫来他站这儿听着，我再给你拉'八年前'。"张美兰的脸一阵红一阵白的，终于没忍住，眼泪啪嗒啪嗒地掉下来，人也一转身跑了出去。

李文虎看在眼里，虽是难过，也有隐隐的高兴，总算有人在张美兰面前蔑视了周然一回，不然张美兰还以为周然多么了不起呢。李文虎随在张美兰身后也跑出来，试图安慰张美兰几句，但张美兰跑得飞快，一眨眼就消失在门外的黑暗里了。李文虎不甘心，大了胆子喊了声"张美兰"。就听到张美兰回应了一声："谁？"李文虎说："是我。"张美兰像是停了下来，又问："你是谁？"李文虎不由得一阵心寒，说："连我都听不出了，我是李文虎啊。"张美兰却并没因此添加热情，仍问道："有事吗？"李文虎走到近前，准备好的几句话一时竟不知怎样说出口了，只好编了句谎话说："没什么大事，我想问你见着吴师傅没有。"张美兰说："吴师傅也来看排

练了？”李文虎说：“也不是天天来，有时候来了，看一会儿就走了。怎么，你没看见过他？”张美兰摇摇头，说：“倒是常能见着你。”李文虎不由得说道：“我这样的，看见了还不是跟没看见一样。”张美兰却没理睬他，转了话题问道：“你找吴师傅干什么？”李文虎怔一怔，说：“没什么，粉房的事。”张美兰看看他，忽然笑了说：“你这个人，在粉房说宣传队的事，在宣传队又说粉房的事，挺关心集体的啊。”说完张美兰转身就要走，李文虎有些急道：“你是不是去找周然？”张美兰说：“怎么了？”李文虎说：“周然早晚要来的，何必去跑一趟。”张美兰说：“我一分钟也不想待下去了。”李文虎说：“老皮那种人，不用跟他一般见识。”张美兰说：“他不拉我就没法唱，不跟他一般见识，你说怎么办？”李文虎说：“就是把周然找来，周然能有什么办法？”张美兰说：“没办法也不能再待下去了。”李文虎说：“不能待下去是假，想见周然才是真吧？”张美兰说：“你什么意思，我找周然跟你什么关系？我也真昏了头了，跟你这么个人说来说去的，干吗要跟你说呢？”

张美兰说完真的就走掉了，剩了李文虎一个人，怔怔地站了一会儿，觉得刚才是自己的过错，张美兰本是在好好地跟自己说话，自己却忽然拿周然来伤她，她能不生气吗？可反过来想一想，她也够伤人的，好像他压根就不配跟她说话似的，他在她的眼里，也许还不若一个老皮呢。李文虎本想回家去，走了几步，又希望知道张美兰去找周然的结果，便躲在库房窗外的一处黑暗里，等待着张美兰的到来。他感到自己也许并不在意事情的结果，只不过为了再见到张美兰，却又卑怯地不想再让张美兰见到。他想，对一个不把自己放在眼里的人，何必呢，你真是疯了。想是想，身体却固执地动也不动。没多一会儿，脸上便冰凉冰凉的，手脚也有些发僵，时而有几丝风吹来，竟如同刀割般地难受。里面的锣鼓声响了一阵又一阵的，有扮演解放军小分队的人咕咚咕咚地练习着翻跟斗，不用看也能知道那跟斗翻得有多么笨拙；还有那扮演 203 首长的人，正跟了老皮的胡琴唱

“我们是工农子弟兵”，老皮拉得快，那人唱得慢，谁也不顾谁，就总也合不上拍，竟然也能坚持到了最后一句。唱完了，两人才吵起来，你怪我拉得不好，我怪你唱得不好，声儿高得像要打起来似的。李文虎缩了身子躲在外面，想象着里面的火热，甚至想象着里面的人们有热汗在淌出来，他想，他们真是身在福中不知福啊。

好在张美兰和周然终于出现了，周然走在前面，张美兰走在后面。到库房门口，周然站住说：“我先进去，你稍等一会儿，省得人家议论我们。”张美兰听话地站住了，两手揣在袖子里，抵挡着外面的寒冷。李文虎离张美兰只有两米多远，他小心地蹲下去，灯光由门缝里射出来，恰好能看到张美兰那张青春美丽的脸，就见那脸红扑扑的，一双大眼睛亮亮的，嘴角上含了几丝笑意，与刚才相比，显然是换了副模样了。李文虎几乎是痛苦地断定，周然是用什么将张美兰哄住了，或者几句话，或者什么行动，因为他还从没见过张美兰的脸这样地动人，仿佛每一个毛孔都被喜悦和兴奋占据着了。

周然进去后，屋里显得安静了许多，李文虎听到周然说：“今晚把学过的唱段都合一遍，人都到齐了没有？”就有人说：“就差张美兰了，张美兰来了又走了。”周然说：“干什么去了？”那人说：“不知道，问老皮吧，老皮把人家气走了吧？”说完便笑，大家也跟了笑。李文虎从中也听到了周然和老皮的笑声。笑声过后，周然说：“老皮你可真行，跟小丫头一般见识，你把人家气跑的，你得去找回来。”老皮说：“放心吧，她早晚会回来的。”有人说：“你怎么知道？”老皮说：“这事啊，你们得问周然。”便又响起了一阵笑声。

张美兰站在外面，显然是都听在耳朵里了，李文虎就见她的脸迅速地变化着，眉头皱起来，嘴也噘起来，先是要推门的样子，却又转身往外走，走了几步又返回来，在门外站了一会儿，终于还是跑开了。

李文虎在寒冷的黑暗里，脸上痛，心也痛，他想，好个周然，好个周

然啊。

李文虎想去追张美兰，没料想蹲得久了，腿麻得厉害，半天动弹不得。待好容易缓过来要走时，却见张美兰又回来了。李文虎不由一步挡在门口，说："你还想去啊？"

张美兰吓了一跳，说："你在这儿干什么？"

李文虎支吾道："我……我也是刚出来。"

张美兰仍是要进，李文虎则仍不肯闪开，说："你就一点不生周然的气？"

张美兰说："为什么？"

张美兰仰脸看着李文虎，语气又冷又凶，好像所有的不快都算在了李文虎的账上。

李文虎说："我也是为你好，担心你吃亏上当。"

张美兰说："笑话，唱样板戏吃什么亏上什么当，我又不是为他才唱的。"

李文虎沉默了一会儿，忽然说："求求你了美兰，别这样跟我说话好不好？"

张美兰怔一怔，却更凶凶地说："不这样说怎样说？你说，我该怎样跟你说话？"

李文虎说："我在这儿等半天了，脚冻僵了，腿也蹲麻了……"

张美兰说："等什么？谁让你等的？脚冻僵了腿蹲麻了是我让你僵的让你麻的？"

李文虎说："……知道你瞧不起我，我不会唱戏，不会做粉条，出身还不好。"

李文虎说这话的时候声音低了许多，使张美兰再想凶也难凶起来了。张美兰说："说这些干什么，你这人真是奇怪。我要进去了。"

李文虎却又强硬地说："你才奇怪，人家对你不好还上赶了人家。"

张美兰气恼地说：“你……你不也是一样。”

张美兰说完就推开李文虎等不及似的走进屋去。

李文虎听到屋里的老皮说：“怎么样，我说早晚会来的吧。”周然也在说：“怎么现在才来，让大家等你一个人？”却听不到张美兰的一句话，李文虎仿佛看到张美兰望着周然，眼泪啪嗒啪嗒地掉下来。

接着，排练就开始了。京胡、二胡、月琴以及锣鼓一齐响亮着，扮演杨子荣、少剑波的人先唱，然后是李勇奇，然后是李勇奇的母亲，然后就是小常宝了。别人唱时，周然都没说什么，唯有到张美兰这里，刚唱一句，周然就让停了下来，说：“‘大祸大祸’，怎么张的口？说过多少遍了，重来！”张美兰只好就重来。这回唱得行了，表情却不行，周然说：“你家出了大祸还眯着眼睛？把眼睛瞪大了，显出惊恐的样子！”张美兰就又唱了一遍。也许是惊恐的样子出来了，周然没再喊停。可是唱到“杀我祖母掳走爹娘”，周然又说：“‘爹娘’的拖腔感觉不对，重来重来！”张美兰就又把这句重唱了一遍。这样唱唱停停的，一段唱下来，竟让张美兰重唱了十几次。张美兰也不说什么，让重来就重来，乖得就如同个小孩子。似乎是张美兰的影响，其他人也显得认真了许多，一段一段地进行了下去。

这天晚上，李文虎再没有进去，听张美兰唱完就回家去了。一路上他都在下着一个决心，再不来了，再不看张美兰唱戏来了。

四

李文虎的决心是白下了，第二天吃过晚饭，李文虎在家里待了一会儿，又在街上转了好半天，宣传队的锣鼓阵阵地敲着，声声都像敲在他的心上。就在这时，三牛恰巧来找他，他就再不顾那决心，随了三牛朝宣传队走去了。

李文虎违背那决心，也许还因为白天粉房里发生的一些事情。先是张美兰拿了两张草垫子给他铺在了井台上，正当他惊讶又兴奋时，屋里的三牛竟是跟吴大样吵起来了，三牛也不管他师傅不师傅，张口就骂他的祖宗。吴大样哪里能受，伸手就打了三牛个嘴巴。三牛要还手，被大家硬拉住了，这场架才没打起来。后来吴大样又跟另一个人吵起来了，骂那人是个笨猪，烧个火也烧不好。那人先还忍着，吴大样总说总说的，那人就还起口来，吴大样骂一句他骂一句的，最后竟是骂得吴大样不吱声了。这样一天下来，粉房里就沉闷了许多，很长时间里也没人说一句话，只听得见三牛的搅碎机的隆隆声。有人闷得久了，就找个借口跑出来，跟外面的李文虎聊上几句。这时候的李文虎对外面的活儿已是很得心应手了，一边说着话，手也不停，十分老练的样子。人家就更把他当自己人似的，屋里的什么事情都忍不住要跟他说一说了。

原来，吴大样最近心情一直不好，原因就在张美兰；而大家跟吴大样的吵，也都因为个张美兰。

吴大样晚上去宣传队看了一阵子，本是为了去看张美兰的，可是每看到张美兰就一定会看到周然，虽说周然对张美兰并不多么亲近，但只张美兰在周然面前那温顺的样子他就难以忍受。有时候周然还抻抻张美兰的胳膊，或者拍拍张美兰的腰胯，要张美兰应该这样应该那样的，张美兰就像在粉房里跟他学的时候一样，也不躲避，任那周然摆布着。当然周然对别人也是一样，拍拍打打抻抻拽拽，好像那胳膊腿是他自己的。可是他对别人无心，对张美兰这样的姑娘就可能有意，张美兰在他面前的温顺，说不定就是他有意的结果。带了这样的想法，白天在粉房里干活儿，吴大样就对张美兰更加地关心了，张美兰的一举一动都在他的视线里，做得好，他就对别人说，看人家张美兰如何如何的；做得有了差错，他也不客气，到跟前就把了张美兰的手，说：“这样，应该这样。”有时候，一句话就能说清的事，他却仍要坚持手把手的做法，甚至有儿次还从身后手把了手，仿佛抱住了张美兰一般。他说，他就是这样让师傅教出来的。大家看在眼里，暗自冷笑，这样的教法，也只对了张美兰一个罢了，其他哪一个被他抱过呢。大家明白他是要出问题了，一天到晚眼里只有个张美兰，张美兰干到哪里他的眼睛就盯到哪里，还以保护人的样子不允许别人跟张美兰开玩笑，人家张美兰还没觉得什么，他那里先就一顿呵斥，说："你们谁敢欺侮她，就休想在粉房再干下去。"大家知道他是有这个权力的，队里年底的分红全仗这粉房了，只要他不想要谁，跟队长一说就成了，换个劳力还不现成。因此谁也不想得罪他，只在他不在场的时候抢着开张美兰的玩笑，抢着说吴大样的坏话，趁机报复似的。张美兰倒也不在意，开玩笑就开玩笑，说坏话就说坏话，不是抿了嘴笑，就是替吴大样辩护几句，辩护时也不气恼，一副宽容的模样。有一回有人打趣说："吴大样是你的什么人呀，那么护着你？"张美兰就说："那是我叔。"大家便开心地笑起来。张美兰这样的表现大家是非常满意的，这说明张美兰是没有问题的，有问题的只是吴大样。只是吴大样大家就放心了，张美兰毕竟是让人喜欢的，大家才不想张美兰被一个吴大样保护起来，吴大样一个有老婆孩子的人，做的哪门子保护呢。

大家认为是大家的认为，对张美兰是没有意义的，张美兰依然每天是要在吴大样的视线里，吴大样依然是要处处地关心、保护张美兰。张美兰似乎是怀了几分感激接受着，吴大样说什么她都听话地点头。但也有不点头的时候，那就是说到宣传队的周然。吴大样总是说着周然的坏话，说唱戏算什么本事，村里人就得有村里人的本事，热天会种庄稼，冷天会做粉条，他周然会哪一样？说让一个劳改犯教唱样板戏，样板戏非变味儿不可，大队干部的阶级立场也不知哪里去了。说他周然有什么了不起，对贫下中农出身的宣传队员们竟敢训来训去的，张美兰你不用怕他，也不用相信他，对你好对你不好都甭理他，听见了？这时候的张美兰从不点头，也不吱声，一张脸红红的，看不出是生气还是害羞。

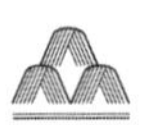

张美兰愈是不点头，吴大样就愈要提起周然，有时还看定了张美兰问：“你说呢？”一定要张美兰有个明确的回答似的。张美兰不是不吱声，就是忽然抬起头来望着吴大样，说：“我喜欢唱戏，也喜欢在粉房干活儿，没有你们，我是什么也干不成的。”吴大样就不满地说：“你们你们，少把我跟他搁一堆儿，他算什么东西。”接着空气就沉闷一阵，吴大样不说话，张美兰也不说话，引得别人说话声也小了许多。若是有人声大了些或跟张美兰说点什么，吴大样准要挑那人活计的毛病，且一挑一个准，那人就非须返工不可。这种事情三牛是摊上最多的一个，他没眼色，说话声儿又高，由于李文虎的关系，他还特爱找了张美兰说话。在他的心里，跟李文虎近，也就跟张美兰近了许多，他看出来，李文虎是喜欢张美兰的，李文虎喜欢的人，他还能不喜欢吗？再说，张美兰对他也不错，跟他说话从来是笑眉笑眼的，那模样让他心里真是舒坦。有一回他对李文虎说，这粉房里只有两个人值得他拼死相帮，一个是李文虎，一个便是张美兰。李文虎说：“什么事还值得你去拼死啊。”他说：“不怕一万，就怕万一，谁敢说这辈子他总是平平安安的。”李文虎只是笑，不再理他，而三牛却因此更认真起来，说：“你甭不信，早晚我会让你知道我说的是实话。”

李文虎跟三牛走在街上，一高一矮，一瘦一胖，而矮胖的三牛还总喜欢紧挨了李文虎，胳膊一甩一甩的，常常碰在李文虎的身上。李文虎便往一边躲一躲，三牛却觉不出，依然挨上来，将那胳膊甩来甩去的；脚下也踢踏得很，声音响得就像一帮人在走路。李文虎躲了几回，眼看要被三牛挤到街边上去了，就停下来，让三牛一个人先走。三牛却也停下，说：“怎么了？”李文虎只说：“你先走。”三牛无奈道：“先走就先走。”他踢踢踏踏地走在前面，李文虎则在后面跟着。三牛不住地回头望，好像巴望着李文虎赶上来。李文虎就说：“望什么，走你的。”李文虎就看三牛的一双脚东一下西一下的，每一步都没个准头；肩膀则是一高一低，扯得两条胳膊甩起来也不均衡，随时有摔倒的危险似的。李文虎想，大概是没上过学、任性惯了的缘故，就像那吴大样，做什么都是个任性，好像粉房、张美兰都是他自个儿的。还像那周然，对待张美兰也是个任性，想好就好想坏就坏。也许还像张美兰自己，周然对她那样她一点不恼，吴大样对她那样她也不恼，只管黑夜、白天地投入在热闹之中，仿佛是一闭眼整个儿将她自己交出去的感觉。

李文虎奇怪着自己，如何就由三牛想到了他们，他们跟三牛怎么是一回事呢。

三牛又在回头望，李文虎就又说："望什么，走你的。"

三牛这一回却停了下来，说："你要不想我去，我就不去了。"

李文虎说："谁说不想你去了？"

三牛说："想我去就一起走。"

三牛赌气似的等待着。李文虎好气又好笑，说："倒管起我来了，也好，你把肩膀摆正了，把胳膊甩匀了，把脚迈准了，我就跟你一起走。"

三牛当真就走了几步。李文虎连连摇摇头："不行不行，还那样儿。"

三牛又走了几步，李文虎还是摇头。三牛就说："那我只有回家去了。"说着就要走，李文虎一把拽了他说："凑合吧，你这样的，我看是一辈子也难改了。"

三牛转忧为喜道："我就知道，你是离不开我的。"

李文虎说："怎么倒是我离不开你了？"

三牛说："你离不开张美兰，也就离不开我。你说，你是不是离不开张美兰？"

李文虎惊诧地望着三牛，心想这三牛一点不傻呢。

三牛不肯放过地一再逼他说，李文虎只好说道："我离不开，离不开行了吧。"

三牛咧开嘴乐了："我就知道，他们对张美兰，哪个也比不上你。他们黑夜、白天还有离开的时候，你黑夜、白天哪会儿离开过？"

李文虎说："你呢？"

三牛说："我是为了你，你要不去，我保证就不去了。"

李文虎望着三牛，忽然生出了几分感动，说："是啊，除了你三牛，谁会对我好呢，这么黑夜白天的，我他妈的真是疯了。"

二人相伴着又向前走去。李文虎知那前景仍会如同以往，但更知自己的脚步是无论如何收不住的了。

五

这一天晚上，宣传队的库房外集结起了许多观看的人们。

也不知是哪个放出了消息，说宣传队今儿晚要从头至尾地排练一遍，演员还要化妆。人们对排练倒不觉什么新鲜，一听化妆，就都想来看一看。原先经常来看的人来了，没来看过的人也来了，开始本是在屋里看的，后来人越聚越多，把宣传队排练的场地都占了一半。宣传队的人就不干了，连推带搡地把人们轰了出去，还把库房的门从里面插上了。这一来，外面的人们就有些恼怒，纷纷地涌在门前、窗前，敲啊骂啊的，还把窗纸捅得一个一个的窟窿。里面的人也不去理，顾自把锣鼓敲得震天响，使外面的人们敲也是白敲，骂也是白骂。

这天晚上吴大样也来了，站在人群里，想看张美兰也看不见，又被里外的喧闹搅得有些心烦，便一用劲挤到窗前，伸手就把一格窗纸捅开了。他这一捅，其他人也忍不住了，你一下我一下的，离得远的还找来了石子、树枝，不捅开一格窗纸不过瘾似的。吴大样从捅开的窗口看到，张美兰按小常宝的样子扎了条长长的独辫，上身穿一件老羊皮坎肩，脚上是一双笨重的大头靴，嘴唇涂得红红的，一双眼睛又黑又亮，似乎比常日里更好看了。好看是好看，可现在不要说跟她在一起，就是说句话都难了。她可是正跟那个劳改犯周然说话呢，瞧那眼神，简直是对周然着迷呢。吴大样愈看愈心痛，就好像漏在锅里的粉条，技术、力气是他的，吃在嘴里的却是别人。他觉得眼下他一定得干点什么了，这么忍下去他说不定要忍出病来的。

与此同时，李文虎和三牛也被挤在窗前，他们与吴大样只隔了两三个人，但吴大样的捅窗纸让他们看得真真的。这可是他们没想到的，一个粉房里的大师傅，整天教训人们该这样不该那样的，自个儿却来这里捅起窗纸来了。他们惊诧着，又不由得有些兴奋，砰砰的捅窗纸的声音引得他们的手也痒起来，李文虎捅开了眼前的一格，三牛则索性登上窗台，把别人够不着的几格都捅开了。这时下面也不知哪个喊了一声："三牛你甭烧包，民兵来了头一个抓你！"三牛回头不在乎地笑道："他们也敢，老子是贫下中农！"

仿佛是"贫下中农"的说法影响了吴大样，这时的吴大样，就见两只手紧紧攥了一根窗棂，嘴里猛地嗨了一声，窗棂咔嚓嚓就断了。

锣鼓的声音虽响，但这声音如同雷劈一样，震得人们都吃了一惊，屋里屋外一下子就安静下来了。

吴大样自己似也感到了吃惊，两只手很快离开了窗棂，要逃脱什么似的。

这时，库房的门打开了，走出来一个在宣传队负责的，对外面的人们看也不看，径直就往大门外走去了。人们一时间都有些愕然，面对打开的门没有一个敢走进去。里面的人也安静得要死，你看我我看你的，谁也不说什么。大家都明白，随着那负责人的离去，就要有什么事情发生了。

果然，没多一会儿，那负责人就回来了，身后跟了两个粗壮的小伙子，其中一个手里拿了只三节手电筒。一看那手电筒，人们便知道是民兵来了。人们还知道，那手电筒亮得跟探照灯一样，照在人身上，不说话就先叫人怕了几分。

就见拿手电筒的小伙子往断开的窗棂上照了又照的，然后问："谁干的？"

没有一个人答话。

另一个小伙子这时嗖地从口袋里扯出一条绳索来，在手上拧了拧，也不说话，猛然就甩鞭子似的在地上甩了一下。身边的人吓得直躲，但还是感到有土星子溅在了脸上、身上。

拿手电的小伙子又说："谁干的快站出来，等人揭发出来性质可就严重了。"

还是没人答话。

拿手电的小伙子把人们打量了又打量的，最后将目光盯住了三牛。小伙子说："三牛，你说，是谁干的？"

三牛有些沉不住气，不由得就往吴大样那边看。两个民兵也随了他的目光转移到吴大样身上。

吴大样很快就察觉到了，张口就骂三牛："操你妈，你干的好事倒赖在老子身上！"

这一骂，倒把三牛骂蒙了，他看了吴大样，竟一时没说出话来。

两个民兵看看三牛又看看吴大样的，说："到底是谁干的？"

吴大样不加犹豫地冲三牛一指，"他，就是他干的，大家都看见的。"然后又看了大家说："你们说是不是？"

其实，在窗跟前看见吴大样的没几个，却是有更多的人看见三牛蹬窗台捅窗纸了，人们便纷纷地点头说是。

三牛这才完全清醒了似的，指了吴大样说："你，你敢血口喷人，我打死你个老浑蛋！"说着三牛就向吴大样冲去。

两个民兵立刻把他拦住了，一个反背了三牛的双臂，一个则拿了绳索几下就把三牛绑上了。拿手电的民兵还说："就知道是你，这种事除了你还能有谁。"三牛说："真不是我，真是吴大样啊！"拿绳索的民兵使劲踢了三牛一脚，说："还敢嘴硬。"三牛被踢得哎哟哎哟的，却还是带了哭声嚷："不是我，真不是我啊！"

这时，宣传队的人也涌出来了，站在门口，毫不同情地看着被绑的三牛。三牛看见，张美兰也站在人群里。

李文虎自是也看到张美兰了，张美兰跟周然站在一起，表情严肃的样子。这时，一直没吱声的李文虎就忽然看了民兵说道："不是三牛，你们冤枉三牛了。"

大家都显得有些惊诧。民兵问："不是三牛，你说是谁？"

李文虎说："我没看见，反正不是三牛，三牛一直跟我在一起的。"

拿手电的民兵打开手电在李文虎脸上照了照，李文虎被晃得立刻闭上了眼睛。民兵说："大家都说是三牛了你还护着他，不是你跟他一块干的吧？"

李文虎闭着眼睛说："不是，我没有。"

拿绳索的民兵说："他家是上中农，干脆连他一块绑了算了。"

于是，刹那间李文虎也被绑了。

李文虎是有口难辩，在众目睽睽之下，他和三牛被民兵押着离开了库房。三牛仍不服气地嚷着，民兵只是不理，听烦了就冲三牛的腿上踢一脚。大约是李文虎在身边的缘故，三牛显得英雄了许多，踢也不怕了，愈踢声音倒愈高起来。

这一天晚上，两人就在大队的民兵值班室蹲了一夜。直到第二天早晨，队长来值班室领人，两人才被放了出来。队长自是为两人说了不少的好话，两人也被迫答应了民兵的条件，即这个冬天夜里再不准出家门一步。

队长的求情自是为了粉房，队长带着他们往粉房走的时候，说："往后你们要不想干就提前说一声，别让我临阵抓瞎。"李文虎和三牛一再强调不是他们干的，队长说："不是你们干的是谁干的？"三牛说："吴大样。"队长便笑了，说："他那样的人，怎么会对宣传队感兴趣？"三牛说："不是对宣传队感兴趣，是对张美兰感兴趣。"队长怔了一下，说："你敢肯定？"三牛说："粉房的人谁不知道。"队长说："要真是他干的，问题可就严重了。"

回到粉房，队长立刻把张美兰叫了出去。没过一会儿张美兰就回来了，眼里好像闪了泪花，也不跟人说什么，拿了自己的棉袄穿都顾不得穿就跑了出去。吴大样今天显得蔫了许多，从队长叫出张美兰直到张美兰离开粉房，竟是一句话没说。张美兰走到粉房外的井台边的时候，只有李文虎问了一句："你去哪儿啊？"张美兰也没理他，顾自快步地跑走了。

很快地，大家便知道队长把张美兰从粉房开除了，为什么开除大家也隐约地猜得出，事情虽怪吴大样，但粉房全凭了吴大样了，不开除张美兰开除谁呢。但谁也没想到，张美兰走后，李文虎忽然跟三牛打起来了，三牛一再地退让，李文虎只是揪了三牛不放，眼睛瞪得圆圆的，一张脸憋得通红，简直就是拼命的架势。三牛一边抵挡一边说："张美兰走了怎么能怪我，有本事找吴大样打去。"

三牛这一说，大家便有些明白，原来除了吴大样，还有一个亲近张美兰的人呢。好在队长还没走，就训小孩子似的冲他们嚷了又嚷的。但李文虎好像是疯了，只管揪三牛的头发，打三牛的嘴巴，任谁也拉他不开。

这时，大家就都看吴大样，粉房里属吴大样力气大，又是大家的师傅，他总该出来拉一拉的。吴大样倒也没退让，走上前来，拉了李文虎的胳膊说："有什么话跟我说，不用跟他一般见识。"

李文虎圆瞪了眼看看吴大样，忽然将三牛松开，说："你也不是个好东西！"随后就一拳打在了吴大样的前胸上。

吴大样哪里能受，伸手就来抓李文虎。李文虎则更是找到了目标似的，死死地跟吴大样扭在了一起。几个人上前试图拉开，却都被他们撞得东倒西歪的，连队长都差点被甩进一口大缸里。队长说："疯了，都他妈的疯了。"

两人脑袋顶脑袋的，先还在屋里顶，后来不知为什么到了屋外，再后来竟是顶到了井台上。眼看两人脚下没了跟，在井台的冰上滑了一下又一下的，而身后就是冒了白气的井口。井台下的人可吓坏了，不停地喊："小心，小心呀！"队长也急了，一个箭步跳到井台上，刚要去拉，吴大样不知怎么倒先松了手，李文虎正站在井口边，一下没站稳，再加脚底又滑，扑通就掉进井里去了。

这一下，井上的人全傻了，慌乱之中，队长气急败坏地喊："谁下去救人？"

三牛挺身站出来说："我下去！"

队长更气了，说："你下去顶个屁用，还有谁？"

吴大样说："我下。"

队长犹豫一下，终于说："你下也是应该。"

大家七手八脚地将吴大样系进井里，再拽上来时，见已是换成了李文虎了。李文虎除了全身水淋淋的，脸上有点擦伤，其他倒也无事。人们松了口气，有人照顾着李文虎，其他人把吴大样也随后拽了上来。

出了这事，粉房自是不能马上开工了，队长决定，吴大样和李文虎回去换衣服，其他人等吴大样回来一块儿开会。至于李文虎，队长说："在家好好歇着，就不用再来了。"

李文虎知道，这是把他也开除了。他冻得浑身直抖，什么也没说，其实想说也说不出，就那么抖着回家去了。

吴大样也抖着，走在李文虎的身后。两人走在街上时，许多人好奇地望着他们。

李文虎被开除出粉房的时候，冬季已是过去了一半，接下来的一半，李文虎就一直待在家里。李文虎再也没见到张美兰，只听来串门的三牛说，吴大样不知什么时候给大队写信告下了周然，说周然在宣传队乱搞男女关系。大队考虑宣传队的节目反正排得差不多了，周然在里面只会影响宣传队的声誉，便决然让周然离开了宣传队。没想到周然一离开，张美兰在里面也待不下去了，只正式演出了两回就再也不肯登台了，宣传队的负责人连唬带吓的，还找来大队领导做她的工作，结果仍是无济于事。没人演小常宝，戏自是无法再演下去，那负责人一气之下也不干了，宣传队从此便散了摊子。李文虎听了，只淡淡地笑了笑，毫不关心似的。三牛说："粉房里又添了三个人，一个替张美兰，两个替你，工分都比你挣得还多。"李文虎仍淡淡地笑了笑。三牛说："你要想去找张美兰，我陪你去。"李文虎摇一摇头，忽然问："吴大样呢，吴大样还跟你们凶吗？"三牛说："凶个球，自打那一架以后，换了个人似的，对谁都客客气气的，谁说他几句，他屁都不敢放一个。"三牛又说："队长也变了，三天两头地去粉房，一去粉房就看了井台说，只当这井台是个危险，想不到危险在别处啊。"

李文虎让三牛把队长的话又说了一遍，便若有所思地将目光望向了窗外。窗外是一棵落光了树叶的枣树，枣树上挂了一层薄薄的霜雪，寒风吹来，那霜雪纷纷地下落着，就像下小雪的样子。李文虎说："这个冬天，这个冬天呀！"三牛从李文虎的声音里听出，那事对李文虎已经是过去了。不知为什么他却有些不甘心，就说："开春你总会再见到张美兰的。"李文虎皱了皱眉头，不满他的说法似的，但终于宽容地笑笑，没再说什么。

《小说家》1999 年第 6 期

我信爱情？

一

李美英的第一次爱情来得快结束得也快，高考前一个月李美英发疯般地爱上了学习委员黄明，本想高考后再向黄明表示的，但终于没忍住坦露了出来。可喜的是黄明没有拒绝她，反与她拥抱、接吻，对她的爱给予了回报。这使李美英更加被卷入了爱的旋涡，高考的几天只顾想黄明了，考卷上答的是一塌糊涂，而黄明却比平时发挥得还好，以全市第五名的成绩考上了北京的一所名牌大学。在沮丧的日子，李美英很快接到了从北京寄来的拒绝爱情的来信，犹如雪上加霜，李美英大病了一场。病好之后，李美英就再也不去想黄明了。

第二年的夏天，李美英已经在一家商场的鞋帽部上班了。她没有像其他遭遇爱情挫折的女孩一样发奋读书，考一所比那负心人更好的学校，她想既然一切都已经结束，何必再苦自己呢。

这一天，李美英的高中同学王惠丽来了商场，身后还跟了个高个子的小伙子，说小伙子是她哥，来替她哥选双鞋子。李美英知道王惠丽到处认哥的毛病，天晓得这哥又是哪里来的。

小伙子低头试鞋的当儿，王惠丽小声问李美英："怎么样，还算帅吧？"

李美英看了小伙子一眼，点点头说："不错。"

王惠丽说："可是真心话？真心话就归你了。"

李美英以为王惠丽开玩笑，就说："你要舍得，我就要了。"

王惠丽说："跟你说实话吧，把他带来，就是为给你看看的，要是满意，

就留他谈谈。”

王惠丽一本正经的样子，李美英不由得又看那小伙子，小伙子正把脚上的新鞋子换下来，脚上是一双白袜子，脚底和脚面一样地白。

李美英说：“男人太干净了不是什么好事。”

王惠丽说：“你是鸡蛋里挑骨头，脏男人遍地都是，干净男人可不好找。”

李美英看着小伙子的头说：“白头发都有了，一闪一闪的。”

王惠丽说：“知道人家是什么学历？大学毕业呢，大学毕业还没几根白头发？”

李美英便笑起来。

李美英一笑，王惠丽便知她是有意了，说：“就这样吧，反正人交给你了，今儿是没我的事了。”

这时小伙子已经试完鞋站起来了，微微带了笑意看着她俩。

王惠丽上前小声跟他说了句什么，回头朝李美英摆摆手就走了。

这天是星期天，商场的顾客很多，试鞋的人一个接一个的。李美英注意那些脚上的袜子，没一只比得上小伙子的干净。

小伙子叫姜华，在一所中学当老师。王惠丽走后，小伙子先向李美英介绍了自己。

姜华边介绍李美英边笑，姜华问她笑什么，李美英说：“没有王惠丽这么办事的，名字都不介绍就走了。”

姜华也笑，笑着的眼睛里脉脉含情。李美英看着看着，终有些受不住，将眼帘放了下来。

由于李美英要照应顾客，多数时间姜华被晾在一边，姜华也不介意，有时还帮了李美英找找鞋号、整整鞋子什么的。与李美英一起的同事见了，直向李美英伸大拇指。李美英心里也美滋滋的，想人家是有学历的，却没一点架子，还这么体贴人，也算难得了。

第一次见面两人没顾上说什么话，但相互都留下了好印象，便有了后来一次又一次频繁的接触。

后来的见面多是在安静的地方，或者公园，或者郊外的果园，有时也在姜华的宿舍。两人开始先各说各的经历，李美英了解到，姜华原来先顶替父亲去了一家工厂上班，后又自学考上了成人大专班，与正牌大学生总是有差别的。李美英失望的同时心里也有些踏实，不管怎样比自己是高些的，若真的是大学生了，人家还肯同一个售货员谈恋爱吗？

李美英在姜华宽厚、鼓励的目光下谈到了高中时的初恋，姜华问她："他叫什么名字？"李美英没有回答，姜华就又问了一句，问得李美英便有些恼火，说："他对我已经没有意义了。"

想不到姜华却说："他对我的意义才大，从他我可以知道你看人的眼光。"

李美英说："名字也有意义吗？"

姜华说："有，人是内容，名字是形式，有时候从形式可以看出内容。"

李美英很想问他从"黄明"两个字里能看出什么内容，但到底没说出来。

姜华说："连名字都不敢碰一碰，说明你心里还想着他。"

李美英说："想着又怎么样？"

姜华说："我并不在意，这样的人，谁心里都会有一个的。"

李美英惊异地看着她，心想，怎么能跟一个心里装着别人的人谈恋爱呢？

后来隔了很长时间李美英都没再联系姜华，姜华打电话她也不接。有一天姜华突然出现在商场里，问李美英为什么？李美英说："你真的不知道吗？"姜华说："不知道。"李美英便把姜华说过的话重复了一遍，姜华笑道："就为一句话呀，我改过来不结了。"李美英说："那是说改就能改的吗？"姜华说："你就那么在乎我心里有人没人吗？"李美英怔一怔说：

“我在乎什么？”姜华说：“你不在乎我在乎，告诉你吧，我那句话，就是因为在乎才说的。”

李美英又一次惊异地看着姜华。

隔了柜台，姜华忽然伸出手捋了捋李美英的头发，说：“下班我在商场门口等你，请你吃晚饭，好吗？”

李美英没有回答，却感受着姜华轻轻的触摸，直到姜华走出好远，还傻傻地向他望着。

后来李美英一直觉得，她对姜华的喜欢就是从那一刻的触摸开始的。

那顿饭吃得很愉快，姜华点了不少甜菜，正对李美英的口味儿，李美英问姜华，是不是特为她点的，姜华说当然，说着还向李美英投去有情有义的目光，让李美英心里立刻淌过了一股暖流。姜华还劝李美英喝了红酒，酒喝下去，那股暖流蔓延到了全身，李美英再端起酒杯时，望着对面的姜华，心里隐隐生出了渴望。正在这时，姜华手里的酒杯晃了一下，酒洒在洁白的桌面上，两人急忙放下酒杯拿了餐巾纸去擦，手挨手的，姜华趁势就将李美英的手握住了，李美英则任他握着，半天也没动一动。

这一次的约会，使两人对双方都有了渴念，见面的次数多起来，一星期两次甚至三次，见了面，没说几句话就拥抱在一起。当然，“我爱你”之类的话也没少说。李美英觉得这感觉真是醉人，只为了这拥在一起的感觉，谈一回恋爱也值了。但她沉醉之中也有一条清醒的界限，除了拥抱、接吻，其他的事坚决拒绝，有一回因为拒绝，几乎把姜华惹恼，姜华说：“你是不是有别的想法？”李美英说：“不结婚那事是不能做的。”姜华说：“现在没结婚做那事的人多了。”李美英说：“那是别人，我不行。”姜华无奈地说：“要是没别的想法，我就依你。”

但两人还是没等到结婚就将那事做过了。那是在姜华的单身宿舍里，另一位老师回老家去了，两人相拥着坐在床上。凡在这种时候两人都没什么话，全部的思想都被对方的身体化为乌有了似的。李美英只穿了件连衣裙，姜华的手在李美英的腿上滑动了一会儿就进了李美英的禁区。李美英本能地挡了一下，姜华却没肯停止，嘴里说着“我爱你”，使李美英终于没有能力再阻挡下去，任凭姜华一步一步地完成了那事。事后姜华送李美英回家，一路上李美英沉了脸不理姜华。姜华说：“怎么了，刚才还好好的？”直到家门口要分手了，李美英才开口道：“我这辈子就这么轻易地交出去了。”说着眼泪哗哗地流出来，脸上立时就亮闪闪的全是泪水了。姜华呆呆地看着她，感觉自己就像个做了坏事的罪犯。姜华只好说：“李美英你放心，这辈子我要对不起你，我就他妈的不是人。”

两人就这样把关系很快确定了下来，开始为结婚做起准备。姜华的家在农村，市里只有间单身宿舍，还是跟别人合住的，结婚就须在李美英家里。李美英的父母倒也慷慨，不顾李美英弟弟的反对，做主腾出一间房给了李美英住。但李美英的父母对姜华不是太满意，一是姜华的家在农村，往后老来人怎么办？二是姜华太好脾气，总是迎合别人，一个男人总想着迎合别人怎么行呢？特别是吃完饭还总抢着跟李美英刷碗，你拉我拽的，几只碗，抢个什么劲啊，又不是煤气罐儿。李美英听了，就不以为然地说：“你们不了解他，他家的人从不来城里，关键时刻他也不是迎合的人。”父母问李美英什么关键时刻，李美英想着单身宿舍的事，还想起在乎不在乎的话，只说：“你们就放心吧，一切会好的。”父母说：“大主意你自个儿拿，反正日子是你自个儿的，好赖你得自个儿受着。”

李美英和姜华夏天见的面，像许多恋爱的年轻人一样，经过几个月的接触，在冬天里结了婚。结婚的前一天晚上，下了一场大雪，哪哪都是银装素裹，马路上汽车都不敢跑了，好在婚礼就在李美英家举行，头天晚上姜华就在李美英家住下了，省了接送的麻烦。但姜华一直不大高兴，他希望到农村的家里结婚，又不能说服李美英一家人，对李美英的父母不便表示什么，单独对了李美英的时候就甩脸子给她看。李美英自知有些对不住姜华，姜华跟她讲过，他上学的三年，一家人省吃俭用，酱油、醋都没舍得买过。李美英答应姜华完婚后一定陪姜华回家看看，姜华才勉强同意下来。

结婚这天，王惠丽也来了，一见姜华就哥、哥地叫。李美英说："什么哥，该叫姐夫了。"王惠丽却不肯，还直叫李美英嫂子、嫂子的。李美英说："到底你们近啊。"王惠丽说："当然，甭看你们是夫妻，掉到河里他还得先救我这妹子。"走的时候，姜华一直将王惠丽送到了宿舍区外的马路边上。回来后李美英直盯了他的眼睛看，姜华问她看什么，她说："送妹送到大路旁，看你掉了几颗眼泪。"

到了晚上，李美英挡住姜华的进攻，又一次提起王惠丽。李美英说："假如我和王惠丽掉进河里，你先救的是谁？"

姜华有些哭笑不得，说："她一句玩笑话，你还当真了？"

李美英说："你就得说，先救的是谁？"

姜华说："还用说嘛，当然得先救自个儿老婆了。"

李美英说："你说谎，我早看出来了，你跟王惠丽关系不一般。"

姜华说："是不一般，因为她给我介绍了个好老婆。"

说着姜华就要将李美英搂进怀里。李美英推开他说："你说实话，跟王惠丽，有没有过那事？"

李美英十分认真的样子，姜华瞪大了眼睛，说："想到哪儿去了，跟她，怎么可能？"

李美英说："怎么不可能，在你宿舍那回，我就觉得你不是头一回。"

姜华说："不是头一回也不能是她呀。"

急切中姜华不由说走了嘴，李美英一下抓住了这话问道："不是她是谁？你说，不是她是谁？"

姜华只好交代出来，原来是他在农村上高中时受过一个有夫之妇的诱惑，那女人拉他在玉米地里干过一回。

李美英松了口气，好奇心却又上来，一点一点地盘问那有夫之妇诱惑姜华的过程。反正是老早的事了，姜华也就不隐瞒，一五一十地讲给李美英听。

讲完了，两人开始做那事情。李美英发觉，姜华一步一步的动作，与那有夫之妇教授过的一模一样，就像在了那女人的监视之下。她便不由得一阵恶心，将姜华猛地翻下来，背过身去再也不肯理他了。

新婚之夜就这样不愉快地过去了。这一年是 1981 年，恋爱的青年男女都有公开地在大街上搂搂抱抱的了，李美英和姜华属于老派的那种，不要说在众目睽睽之下，就是有想象的人的存在，也是难以亲密起来的。

二

转眼间又是 1982 年的夏天了。结婚以后，李美英和姜华还算相亲相爱地度过了冬天和春天，随着一天比一天燥热的天气，两人的脾气也都有些失去耐性儿。

出击是由李美英先开始的，李美英发现，姜华愈来愈不爱洗脚了，刚结婚那会儿天天洗，渐渐地两三天洗一回，到后来，一星期洗一回都要提醒他了，一双白袜子至多穿两天就成了黑的。李美英不由有一种受骗上当的感觉，质问姜华第一次见面是不是新换的袜子？姜华老实地回答："是新换的。"李美英就说姜华不老实，骗了她。姜华说："怎么叫骗，第一次见面，又要当了你的面试鞋子，傻子也知道换双袜子啊。"李美英说："干净只为了给人看，其实比谁都脏，不是骗是什么。"姜华不示弱道："这么说你也骗过我，那回请你吃面条，问你吃不吃蒜，你说从小不喜欢大蒜味儿，弄得我都不敢吃了。结了婚呢，你却比谁吃得都欢，吃面条吃大蒜，不吃面条也吃大蒜，一天到晚我尽闻大蒜味儿了，想亲你一口都犯怵。"李美英听了气得几乎发晕，她说："看不出你还能跟老婆一斤一两地计较，

你也算个男人！”

有了第一回的不客气，更多的不客气就接踵而来，姜华不会做饭，住在岳父岳母家里，总得干点事情，吃完饭就总跟李美英或岳母抢那几只碗刷。李美英的父母对此本就有看法，只是碍了李美英的面子不便多说。还有李美英的父母要喝水的时候，姜华也是又抢茶叶盒又抢暖壶的；李美英的父母说点什么，姜华从来是点头附和。有一回李美英就说：“姜华你还真是个骗子，从前骗我，现在又骗我爸我妈，骗完了是不是又该跟我爸我妈一斤一两地计较了？”姜华说：“我怎么骗了？”李美英说：“不就几只碗啊，抢个什么劲啊，又不是煤气罐儿。”姜华听了也气得要死，本就有寄人篱下的感觉，还要受到老婆的嘲笑，一气之下，他就再也不管刷碗之类的事了。

从抢着刷到甩手不刷，李美英的父母也不习惯，又开始抱怨干活儿的少吃闲饭的多了。李美英也气姜华女人似的跟她较真儿，她想，还说他迎合别人，芝麻大点的事他也不肯迎合呢。

姜华不刷碗之后的一天，李美英又发现了他一个恶习：擤完鼻涕抹在电线杆子上。那天李美英与姜华一块儿上街，走着走着姜华忽然落在了后面，李美英回头看时，姜华正将长长的一条鼻涕往电线杆子上抹呢，边抹还边往李美英这里看，不知是害怕她看还是有意做给她看。李美英走到近前，陌生人一样地望了姜华一会儿，说：“你就差解开裤子往电线杆子上撒尿了。”姜华说：“以为我不敢吗？”李美英说：“你敢，要不敢你是王八蛋！”姜华当即解开裤子就往电线杆子上浇湿了一片。那条街上人不是太多，但也引来了不少的目光，使李美英简直无地自容。李美英转身就往回走，姜华则系好裤子若无其事地跟在后面。李美英说：“不要跟着我，再跟着我就喊人了。”姜华说：“你喊什么？”李美英说：“喊抓流氓。”姜华说：“你是我老婆，就是在大街上干那事也不犯法。”李美英说：“我信，你敢在大街上撒尿就敢在大街上强奸老婆，不过你听着，我再不会做你的老婆了。”

回到家里，李美英郑重地向姜华提出了离婚。姜华问她为什么，李美英说：“你还有脸问为什么？”姜华说：“要是为刚才的事，我是不会离的，那是生活小节。”李美英说：“什么是大节，你想杀人放火有那本事么？”姜华说：“我一天到晚在挑剔下生活，再大的本事也施展不开呀，何况还是你爸你妈，再加上你弟，你们家四口人的联合挑剔。”李美英说：“那就更该离婚了，离了婚不是就没人挑剔你了？”姜华说：“哪里有压迫，哪里就有反抗，我不会没有一点反抗就乖乖地离开的。”李美英说：“你这个流氓，吃我们家住我们家还说什么反抗。”姜华说：“吃你们家住你们家才让我明白了一条真理，人最怕的就是被人挤对了，这挤对的人里要是还有自个儿的老婆就更惨了。李美英，你当真就没设身处地替我想过？要是换了你，甭说在大街上撒尿，就是脱了裤子在大街上疯跑的事都兴许做出来了。”

接下来的一些天里，姜华咬定了不离婚，李美英只好以不理睬作以回击。李美英的父母很快看出来了，问李美英怎么了，李美英说：“没事，自个儿的日子自个儿受吧。”

一个人闲下来的时候，李美英前思后想的，有时又觉得姜华的话不是没有一点道理，做丈夫的住在老婆家里，放个屁都不便大声，心气儿总不会顺的。可是，那就别答应住进来，住进来了又一肚子的不满，算什么男人。再说，往电线杆子上擤鼻涕、撒尿，不洗脚，跟心气儿不顺究竟有多大的关系，若是过去没那恶习，如何做得出来呢？

李美英便悄悄地观察姜华，有一回姜华果然又将鼻涕抹在了一棵树上，又有一回没有树也没有电线杆子可抹，姜华竟一抬脚抹在了鞋底子上。李美英想，这样的男人还能要吗？

一次在街上李美英忽然遇到了王惠丽，便将姜华的事对王惠丽说了。没想到王惠丽咯咯地笑个不停，到后来笑得肚子都捧起来了。

李美英说："你笑什么，有什么好笑的？"

王惠丽好容易止了笑，说："没想到姜华是这么个人。"

李美英说："不是你哥吗，他是什么人你不知道？"

王惠丽说："什么哥呀，在朋友家见过一面，朋友叫他表哥，我不叫哥叫什么。"

李美英说："不对吧，我们结婚的时候，他一直把你送到马路边上，他自个儿家的人也没那么送呀。"

王惠丽说："我给他介绍个好媳妇，他不该送送我？这正说明他对你是一百个喜欢呀。"

李美英不快道："既是你不了解，干吗要给我介绍？"

王惠丽说："我不了解你可以了解呀，再说了，你们好得分不开的时候咋不说这话？"

李美英立时没话说了，叹口气道："你说现在该咋办吧？"

王惠丽看看一脸沮丧的李美英，说："随便你，依我的性格，不高兴了就离，没什么大不了的，就看你舍得舍不得了。"

李美英说："不是我舍不得，是他不肯离。"

王惠丽说："那也好办，找律师上法庭呗。"

李美英说："上法庭太张扬了。"

王惠丽说："嫌张扬你就受着，又想好又想巧，哪有好事都给你的。"

李美英说："成也是你，败也是你 ，没见过你这样的。"

李美英说完转身就走，王惠丽在后面又咯咯地笑起来。李美英听到王惠丽喊："就知道你舍不得！"李美英想，舍不得，我会舍不得一个往电线杆子上抹鼻涕的人吗？

一路上李美英打定了主意回去再提离婚的事，可是一进楼门，见姜华正背了自己的母亲从楼梯上走下来。李美英吃惊地问怎么了，姜华说："上医院输液，感冒发烧。"李美英就见母亲的眼睛微微闭着，嘴唇焦干得起了皮，两只手搭在姜华的肩膀上，就像个无依靠的孩子。李美英的眼泪立时流出来，一切都不再多想，只随姜华一道向医院奔去。

李美英的弟弟出差了，父亲身体也不大好，母亲住院的几天全靠姜华跑前跑后地忙碌了。姜华倒也是个靠得住的，去学校请了假，一连几天守在医院里，简直成了这一家人的支柱。母亲几次对李美英说："多亏了姜华，多亏了姜华啊！"母亲出院的当天晚上，姜华拉开李美英的被子，将李美英拥在了怀里。李美英没有拒绝，眼泪却止不住地流出来。姜华觉出了李美英的眼泪，以为是感动的，便将她抱得更紧了。

姜华说："只要不离婚，我会一辈子对你好的。"

李美英却忽然说："你为什么要往电线杆子上撒尿？"

姜华怔了一会儿，说："我那是在犯浑，犯浑的时候别理我就是了。"

李美英说："那抹鼻涕呢？"

姜华松开李美英说："又来了，为什么你总在这些小事上纠缠不休呢？"

李美英说："我认为不是小事。"

姜华说："不是小事是大事？有多大？这么侍候你妈还不够抵消的？"

李美英叹口气说："我也正在想抵消的事，可是两码事，没办法抵消的。"

姜华没有再说话，赌气似的重新抱紧李美英自顾自地完成了那事。也就一两分钟的时间。李美英默默地承受着，没有反抗，也没有迎合。

李美英的母亲出院后，老两口对姜华的态度好了许多，有时李美英诉说姜华的不是，两人竟也怪怨李美英，明显地站在姜华一边了。姜华就愈发地对老两口周到体贴，李美英的父亲喜欢每顿喝两盅白酒，姜华就注意看酒瓶，不待酒瓶倒空先就买来新的了；李美英的母亲爱吃带鱼，每回将带鱼买回家的，总是姜华。有一回母亲甚至说，一儿一女指不上，倒是要指着女婿了。

这样的局面，李美英就更不好提离婚的事了，只在两人相对时，还是

不能跟姜华亲热起来。夏日里穿得少，李美英的皮肤又细又白，便时常勾起姜华亲热的欲望，李美英只是不理，夜里逃不脱时才无奈地接受，却从不出声。

李美英这样的态度自是让姜华十分恼火，开始还尽量温柔，后愈来愈失了耐心，再不去管李美英的感觉。李美英躺在黑暗里，听着姜华的呼噜声，不明白自己为什么还要同这个男人每天每天地躺在一处。往往夜里想清楚了，决心也下了，到了白天，又变得模糊了，仿佛在金灿灿的阳光面前，夜里的一切都阴暗、龌龊得不便去想。

就在这时候，姜华的母亲从乡下来了，说是跟姜华的嫂子吵翻了，姜华的嫂子嗔意姜华上学不管老人，上学出来还不管老人，家里的钱都白白地给他花了。姜华的母亲一气之下就找姜华来了。

李美英家住的是三居室，父母一间，弟弟一间，李美英两口子一间，老太太一来，显然只能跟儿子住在一起，可老太太住进去，李美英往哪里去呢？李美英的弟弟本可以找单身宿舍凑合些日子的，但他坚决不走，他说这家至少有他三分之一，他不能眼看着这三分之一也被人抢去了。李美英一家人你看我我看你的，为如何安置老太太犯了踌躇。

这时候，李美英站了出来，说她的地儿让给老太太住，她呢，可以找王惠丽去，王惠丽独身一人，房子也宽绰，虽离家远些，为让老太太安心住一阵子，也只好如此了。全家人都表示同意，姜华的母亲还直夸李美英懂事、孝顺，只有姜华不吱声，脸子冷冷的，看透了李美英的用心似的。

到了晚上，躺在王惠丽家的床上，李美英述说着事情的经过，对家的感觉竟是有些遥远和陌生了。李美英又将这感觉说给王惠丽听，王惠丽说：“你呀，早该搬出来轻松轻松了，要不是人家姜华他妈，你还在家囚着呢。”李美英说：“这话要是姜华听见了，不知怎样恨你呢。”王惠丽说：“随他恨去，我才不怕，哎，你就记住，凡事愈是不怕，别人就愈会怕你，你脚下的路也就好走了。”李美英说：“哪儿学来的歪理。”王惠丽说：“再告诉你一条，对男人不能说‘我爱你’，愈不说他就愈希望听到，一旦让他听到了他就又希望听别人说‘我爱你’了。”李美英听着，暗想自己和姜华都是说过这话和听过这话的，莫非现在都到了希望听另一个人说“我爱你”的时候了？她摇摇头，觉得人跟人究竟是不一样的，特别是情感方面，经验总不那么可靠。

说着电话铃响起来，王惠丽接起来说了几句，又慌慌地跑到客厅说去了。但李美英还是听清了一句“我爱你”。待王惠丽回来，李美英就咯咯地笑。王惠丽说：“不用笑，他是个例外，不先说出来，他就可能跑了。”李美英说：“我听听，怎么个例外法？”王惠丽没讲他，倒滔滔不绝地讲起另外的男朋友。

这一晚上，两人你说一会儿我说一会儿的，待困意上来时，天竟已经大亮了。两人拉开窗帘，匆匆地起床，洗漱，打扮，吃早餐，然后背了包儿上班去。出门前两人相互望了望，眼圈儿都有些发黑，眼睛也有些发红，不由得又笑了一阵，才各奔自己的单位去了。

三

李美英住在王惠丽那里以后，每天下班回家看看，待上十几分钟，匆匆地就又离开了。经常地见不到姜华，偶尔遇到，竟不知说点什么，陌生人一样的了。出门想一想，有种滑稽的感觉，姜华和他的母亲住在这里，父母和他们亲热如一家人，自个儿来家里倒如坐针毡，成了个外人。她知道问题在自个儿身上，大家不是不跟她亲热，是她不跟大家亲热，是她生要往外跑的。姜华的母亲毫不知情，每回见了她都要拉了手嘘寒问暖，她的父母则总是乐呵呵的，也不知姜华的母亲怎样讨了他们喜欢，从没见他们这么高兴过，高兴得连她的事也不知问一问了。其实，她才不希望他们

来问，但真的不问了，她心里又有些不平，觉得父母又怎么样，也一样是自私的，只顾他们自个儿的。至于姜华，就更甭指望有什么关爱了，她找了个正当的理由离开了他，他还不知在怎样地恼恨她呢。

李美英和王惠丽昏天黑地地说了几夜的话儿，话儿说完了，王惠丽打开电视来看，李美英便埋头看些小说、杂志。有时王惠丽会打电话给她的“哥”们，常常有哪位哥请她出去，她从不拒绝，一去就是大半夜。时而也拉了李美英去，那是三五个甚至更多的年轻人的聚会，无非是一起神侃，侃得无拘无束，快乐无比，有一两个风趣的，一说话就让李美英捧腹大笑，简直又回了学生时代似的。这些人跟学生又不同，多是工作了几年的，见多识广，话语的表述带了浓厚的生活味儿，一件事就是个故事，一句话就是条经验，说话连珠炮似的，听着真是叫人痛快。但这样的机会是不多的，王惠丽似更喜欢与人单独约会，她说李美英，你喜欢跟一群人在一起，说明你真是没有爱情，有了爱情就不这样了。她问：“你真没想过姜华？”李美英说：“没有。”王惠丽说：“那就快了。”李美英说：“什么快了？”王惠丽说：“快有新的爱情了。”李美英便伸手对王惠丽乱捶一阵，说：“都像你似的，一天换一个，每天都有新爱情，我呀，这辈子也就跟姜华这一回了，没听人家说嘛，人这一生爱情只有一次。”王惠丽说：“你跟姜华那也叫爱情？”李美英没再吱声，脸微微地有些发烫，心想长这么大她只对姜华一个人说过“我爱你”，若那不叫爱情，她的爱情又在哪里呢？

这一天晚上，王惠丽又约会去了，李美英接了个电话，竟是打给她的，是个很好听的男声，问她去不去夜大学习，若去明天开始报名。她问他是谁，他很失望的声音说：“我是丁伟，丁伟你都忘了？”李美英才忽然想起来，那天聚会，这个丁伟与她坐在一起，说话虽不多，但总注意地看她，要分手时，好像提起过哪里夜大招生的事，她就随口说应该去试试，没想到他还记得这事。

李美英很快答应下来。放了电话，不由回想着丁伟的样子，高个头，宽肩膀，阔嘴巴，一张脸说不上俊美，但也绝不丑。由于他说话不多，李美英开始没大注意他，后来发现向她总看总看的，就也不示弱地回眼看他，直看得他转过目光为止。李美英心想有什么了不起的，你不就是个单身么，结了婚就不能出来坐坐了？李美英最是在这点上有些心虚，对在座的每个人都充满羡慕，一旦有目光投过来，她就疑心是对她的小视。即便分手时丁伟主动与她搭话，她的疑心也没肯消除。

夏日的夜晚仍是很热，李美英想啊想的，竟是想了一头的汗出来。她暗自好笑，拿了毛巾擦掉汗水，站到窗前凉快着。窗外是一条僻静的街道，街道上正有一对青年男女勾肩搭背地走着，一辆汽车从他们身边飞驰而过，两个人相靠得更紧了，仿佛真的遭遇了危险似的。李美英出神地看着，不由得想，丁伟是个什么样的人呢？

第二天下班，李美英赶到夜大报名处，见丁伟早已等在那里了。李美英只晚上见过丁伟一面，白天再见到他，觉得比印象中矮了些，脸上也多了粗糙的毛孔，与他握手时，手上粗重的汗毛也令她惊诧。打扮却是不俗的，格子衬衫，牛仔短裤，皮鞋不新也不亮，但一看就是价格昂贵的那种。两人报了名，丁伟问李美英能不能一起吃晚饭？李美英想不出拒绝的理由，只有答应。

丁伟带李美英去了一家新开的餐馆，点的菜全是李美英没吃过的。丁伟解释说，有的他自己也没吃过，但他喜欢吃没吃过的。李美英问他家的饭怎么做，总不能一顿一个样不重复吧？丁伟说："正因为家里重复，我才要在外面不重复啊。"李美英便笑起来，说他无疑是个喜新厌旧的人。丁伟却说："哪个不喜新厌旧，你若不喜新厌旧，会从家里跑出来住吗？"李美英没想到他会这样说，红了脸争辩说，她从家里出来可不是因为喜新厌旧，是为了老人的方便。丁伟说："为了老人却离开老人，说不通的。"李美英不由看了丁伟，说："你不是因为我喜新厌旧才请我吃饭吧？"

丁伟没有回答。餐馆里吃饭的人很多，嘈杂声几乎淹没了他们的谈话。

这时，邻桌的一个中年男人不知为什么向餐馆女服务员吼了起来，女服务员大约不满他粗暴的态度，说了句“你嚷什么”，那中年男人就站起来一把揪住了女服务员的衣领。

丁伟和李美英的目光都被吸引了过去，那男人揪住女服务员时，丁伟也同时站了起来。

接着李美英看到丁伟一拳就打得中年男人放开了女服务员，中年男人试图反击，丁伟紧接着又是一拳，吓得中年男人看也没敢再看丁伟一眼就跑开了。

丁伟重新坐回位子，那女服务员过来向丁伟表示了谢意。李美英见丁伟面对女服务员时脸上已是一片温情。

女服务员离开后，李美英看着丁伟，不知该说点什么，无疑那是一个英雄举动，让李美英心里敬佩不已，但发生在与自己有关的人身上，多少让她感到了不习惯。

好在丁伟先开了口，丁伟说：“我最不能容忍男人欺侮女人了。”一边说着，丁伟一边替李美英夹了一只海蚌在盘里，自己则点着支烟，侧过身将一缕烟轻轻地吐了出去。

李美英听着看着，一下子就被感动了，她想，这样的男人才是男人啊！

从餐馆出来，丁伟问李美英想不想看场电影，李美英非常地想去，话到嘴边却又改成了“想回家”。丁伟一直将李美英送到了家门口，李美英往楼里走了几步，忽然转回身对骑车要走的丁伟说：“你能再送我一段路吗？”丁伟说：“怎么了？”李美英说：“不想回家了，我要回王惠丽那里。”

去王惠丽家的路比刚才那段路还远，两人骑了车，慢慢地行走在灯火闪烁的街道上。夜晚的城市比白天美丽了许多，五颜六色的灯光虚化了原有的世界，多了白天没有的温情和妩媚，人们走在其中，多么漠然的心都不由得要动一动了。

不时有汽车疾驰而过，李美英便想起那对勾肩搭背的青年男女。有一刻丁伟竟真的在车上搂了下李美英的腰部，表示保护似的。李美英佯装不知，心里却翻江倒海一般，再也不能平静下来了。那以后她一句话没说，直到王惠丽住的楼前，她手忙脚乱地翻下车来，对丁伟说了声谢谢，就逃跑似的奔向楼里去了。

这天晚上王惠丽没有出去，见到李美英的样子，吓了一跳，说：“怎么了，遇到歹徒了？”

李美英也不答话，转身去了卫生间。她站在镜前，长久地看着自己，镜中的自己依然有一张年轻俊俏的脸，依然有一副不胖不瘦的好身材。她想，简直疯了，你到底想要什么呢？她又想，这算什么，不就吃顿饭聊聊天嘛，说不定人家丁伟那里什么都没想呢。

走出卫生间，李美英已是从容了许多。王惠丽却仍盯了她不放，说：“你今儿不是遇到了歹徒，就是遇上了爱你的人。”

这一回轮到李美英吓一跳了，李美英说：“你又瞎说，张口就是爱、爱的，以为爱就那么容易啊。”

王惠丽说:“说难也难,说容易也容易,真的碰上了,也就一两秒钟的事。”

王惠丽手里正织一件毛衣，昨晚刚请李美英起的针，说是给男朋友织的。李美英要她想好哪个男朋友，男朋友好换，毛衣重织可就麻烦了。王惠丽说：“这你就不懂了，男朋友再多，总有一个最爱，当然是给那最爱的织了。”李美英问她最爱的是哪个，她说不能说，因为还不知道人家爱不爱她。李美英说：“那就更不能织了，织完了人家不要怎么办？”王惠丽说：“那不管他，他不要是他的事，我织是我的事。”王惠丽一双眼睛亮闪闪的，满脸喷放着爱情的火焰，烧得李美英的脸都热起来。

李美英现在看着王惠丽织着的针线说：“跟姜华那时候，就像你说的，也是一两秒钟的事，可你说那不叫爱情。”

王惠丽认真地说：“当然不叫，那叫作好感。依我的理解，好感是颗火星，没多一会儿自个儿就灭了，爱情可是团火苗，只要风不吹雨不浇，

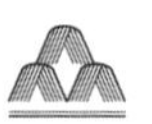

只会愈烧愈旺。”

李美英很想跟王惠丽说说丁伟，刚要开口，电话铃响起来。王惠丽去接电话，李美英不由得松了口气，打消了说丁伟的念头，跑到另一个房间看书去了。

四

李美英自从上了夜大以后，回家就更少了，从前每天回一次，现在只星期天在家待一待了。姜华的母亲与李美英的父母很说得来，愈住愈不想回去了，姜华心里着急又不好说什么，李美英的父母不嫌弃他的母亲就算不错了，有这样的机会尽尽孝道，在他也是难得。可是，与李美英的关系又让他心急如焚，见不到她就如手里的风筝断了线，心里没着没落的，去王惠丽那里找了两次，王惠丽也跟李美英一样对他冷冷的，好像他是个讨饭吃的。有一回只王惠丽一个人在家，姜华埋怨她不该这样，当初撮合的是她，现在拆台的也是她。王惠丽说：“这话就错了，我既没撮合也没拆台，一切都是自行发展的结果。”王惠丽说：“姜华我劝你还是明智些，好了就在一起，不好了也甭强求，夫妻过日子不比你在学校讲课，学生不想听也得听你的，强求下去，她难受，你更难受，倒不如好聚好散，你还能找上更好的日子过。”姜华呸了一声，二话没说就走了。回去就劝母亲回老家去。母亲却是个不听劝的，以为姜华嫌她妨碍了他夫妻的房事，张口就骂姜华没出息，说别说几天，她那会儿和他父亲长年分居，他父亲也没从城里慌慌地往家跑过。母子俩这话自是背了人说的，李美英的父母毫不知情，李美英的不回家他们也只当夜大闹的，夜大是正经事，为夜大不回家也是应当。于是几个老人依然乐呵呵地过下去。只是急坏了姜华一个。

姜华也曾去夜大门口等过李美英，下课的人成群结伙地走出来，李美英走在其中，春风满面，就像真正的女学生。见到姜华，李美英的脸就变了，说不出是陌生还是仇视，反正让姜华的心一阵一阵的直发冷。姜华要她一起回去，李美英问他回去干什么，姜华气道："那是你的家，你不能总野在外头！"李美英却说："只要你在家一天，我就不会回去。"姜华听了便明白，即使自己的母亲回了老家，事情也不会有好转了。但他不甘心地说："你回来不回来，也一样是我老婆，想离婚，没那么容易！"李美英没再理他，从他身边骑车而去。与她同行的是一群人，她在他们中间又说又笑，重又变成个女学生了。

姜华去过夜大的第二天晚上，丁伟请李美英看夜场电影，李美英犹豫一会儿，到底答应了。电影是10点开演，12点散场，影院里竟是座无虚席。李美英暗觉自个儿真是不赶趟了，从来还没深更半夜地坐在电影院里，这些人们啊，就不怕误了明天上班吗？李美英不由得将这话对丁伟说了，丁伟只笑了笑，没说什么，弄得李美英一阵后悔，生怕丁伟因此小看了她。好在丁伟很快在黑暗中握住了她的手，让她心里踏实了许多。丁伟的手握得好紧，全部的激情似都在手上了，她纤小的手被捂得都发烫了，有一刻试图抽出来，却被握得更紧了。她只好由他握着，心神不安地看完了电影，电影里的人物却一个也没记住。从电影院向外走时，丁伟一直将手揽在她的腰上，就像一对真正的夫妻。李美英低了头，生怕碰上熟悉的目光，却也不拒绝丁伟，有那只手在，她毕竟是不孤单的。

后来丁伟就经常请李美英看夜场电影了。也就只看看电影，握一握她的手，丁伟从没有更多的要求。李美英心里轻松了许多，电影也看下去了，有时看得连身边的丁伟都忘了。有一次从电影院出来，丁伟送李美英回家，丁伟说："我得罚你。"李美英说："罚我什么？"丁伟说："你的手没感觉，感觉都到电影上去了。"李美英便笑起来，说："怎样罚法？"丁伟没说话，送到了王惠丽住的楼前，跳下车来，一步一步地走近李美英，猛地就将李美英抱在了怀里。李美英的眼泪不由自主地流出来，好像早就盼着这一天了。

李美英听到丁伟一边亲吻她一边含混地说了句“我爱你”，她十分地想说“我也爱你”，但不知为什么停在了嘴边，她只回应着丁伟的亲吻，不发一言。

丁伟终于感觉到什么，忽然放开她清晰地问道：“你爱我吗？”

楼前的灯早已关掉，他们在一片夜色里相互望着，问话郑重地挡在他们中间。

其实望也是白望，谁也不可能看清对方的脸，这时候，唯有靠答话来为李美英做一做证明了。可是，李美英偏偏是不能回答的，“爱”对她来说是诱惑更是危险，稍有不慎，就可能重蹈姜华的旧辙，更要命的，是在激情的丁伟面前，她忽然有了一种熟悉的回味。回味自是与姜华有关，姜华一出现，李美英就更不能对丁伟说什么了。

丁伟显然已等得不耐烦了，又以责怪的口气问：“那是不爱我了？”

李美英知道她是无法逃避下去了，只好困难地说道：“不知道。”

丁伟说：“你怎么会不知道？我们天天在一起上课，一场电影一场电影地看，你从没拒绝过我，怎么会是不知道？”

丁伟的声音充满了失望，李美英简直都要懊悔，都想向他赔礼道歉了。

丁伟说：“你还在爱你的丈夫？”

李美英摇了摇头。

丁伟说：“那么是我比他好不到哪里？”

李美英仍是摇头。

停了会儿，丁伟忽然说：“我问你，对不爱的人，你也可以随便接受他的亲吻吗？”

这一句更是问到了李美英的要害，她不知道、不明白的正是这个，既然不能确定对对方的爱，为什么还要渴望对方的爱抚？

李美英无言以对，只有以跑向楼里逃避丁伟的责问。她知道这一跑，她与丁伟也就彻底地完了，但她没有办法，那句话好说，但与那句话所需承担的重负相比，她是宁愿跑掉的，跑掉没有了爱，同时也没有了重负，她或许天生是喜欢轻松的。

李美英回到住所，王惠丽已经睡下了，电视还开着，沙沙地闪着雪花。李美英关掉电视，在黑暗里呆呆地坐着。她听到王惠丽翻了个身，声音含混地问她："怎么还不睡啊？"

李美英躺下来，王惠丽却爬起来去了卫生间，再回来，拉着了灯问李美英："今儿没洗就睡了？"

李美英说："还不是怕吵醒你。"

王惠丽说："拉倒吧，告诉我，出什么事了？"

李美英不吱声，眼睛却已经潮湿了。

因为常回来很晚，与丁伟看电影王惠丽是知道的，但李美英只说是朋友关系，从没说起过自己的情感，这时候，李美英是再也忍不住了。

李美英坐起来抽咽着说："我怎么办？你说我该怎么办啊？"

王惠丽上床与李美英坐在一起，听着李美英细细的述说……

听完了，王惠丽却哈哈地笑起来。

李美英有些气恼地说："又笑又笑，每说点什么，你就傻笑个没完，有什么好笑的？"

王惠丽说："丁伟他真没对你干过别的？"

李美英说："我还能骗你。"

王惠丽说："你们一天天地摽在一起，就只拉了拉手？"

李美英说："想说什么就说吧，别绕弯子了，急死人了。"

王惠丽说："美英，你不用觉得对不起他，他也对不起你。"

李美英说："什么意思？"

王惠丽说："他结过婚，还有个孩子，他从没跟你说过吧？"

李美英惊诧地摇摇头，"不可能，有孩子他怎么从不急着回家？"

王惠丽说："孩子在他父母那里，白天他经常去。"

李美英说："你怎么知道的？"

王惠丽说："我也是刚听一个朋友说的。"

李美英沉默了一会儿，说："那你笑什么？"

王惠丽说："我是笑你们太规矩了，搁别人早上床了，在电影院耗个什么劲啊。耗半天有个结果还好，为一句话还分手了，冤不冤啊。"

李美英说："瞎说什么啊，动不动就上床，不成动物了？"

王惠丽说："以为你是什么啊，上上夜大就高级了？不知道爱不爱人家还只想着跟人家亲近，不是动物是什么？"

李美英惊愕地看看王惠丽，在自己这儿冥思苦想也想不透的问题，想不到王惠丽就这样简单地下了结论。

李美英问王惠丽："你那毛衣织多少了？"

王惠丽说："知道你什么意思。"

李美英说："知道就好。"

王惠丽叹口气说："也许会有另外的可能，就是丁伟太爱你了，爱得都不敢碰你了。要是这样，你可真就错失良机了。不过也难说，这样的女人有，这样的男人太少了，我不信就会让你碰上。"

李美英心里宁愿相信王惠丽说的可能。但相信不相信又有什么区别，一切都随了这个夜晚一去不复返了。世界上的事情就是这样残酷，只要过去了，就不可能重新再来。

王惠丽打了声哈欠，跑到自己的床上睡去了，时间不长就起了均匀的鼾声。李美英则睁着眼睛，一直到了天亮。

五

转眼间夏天就过去了。夏天开始的夜大李美英坚持上了下来。

秋天过去迎来冬天，冬天过去又迎春天的，这样迎来迎去的，三年夜大转眼间也结束了。李美英拿到了大专毕业证书，所在的商场经过了重建，李美英在重建过的商场里已当上了部门经理。

这当然与大专文凭有关，一想到文凭李美英就会想到丁伟，自那个夜晚后丁伟再也没出现过，夜大也没再上，就像在这世界上永远消失了。李美英正为此心痛，王惠丽忽然告诉她说，丁伟已经结婚了，女方漂亮得简直是绝代佳人。那时夏天都还没过去，李美英酸溜溜的同时，又着实为自己的心痛后悔了半天。

那年的冬天，姜华也答应了离婚，在一个银装素裹的雪天办了离婚手续。姜华的回心转意是因为学校一位女老师喜欢上了他，那女老师相貌一般些，但姜华很快让人家怀上了孩子，与李美英不离也得离了。办完手续两人分手时姜华告诉了李美英，但没说怀孩子的事。李美英看着铺天盖地的雪的世界，心情好得似超过了结婚那天，她说："你告诉那位老师，我非常感谢她。"姜华大约不相信她会无动于衷，就问："你是不是也快结婚了？"李美英说："没有，我再不会轻易地结婚了。"姜华说："我敢肯定，你再结婚，那个人的名字还会是两个字的。"李美英惊讶地问："为什么？"姜华说："黄明、姜华、丁伟，不都是两个字么，这是命里注定的。"李美英更是惊讶得张大了嘴巴："你怎么知道他们的名字的？"姜华只笑一笑，没有回答。直到他转身走了好远，李美英的嘴巴还没合上，她想，这个与她同床共枕、朝夕相处的人她又了解多少呢？

王惠丽仍一个人住在那里，她的男朋友仍是多得数不清，但李美英帮她起针织的那件毛衣始终没送出去。一次偶然的谈话，李美英得知王惠丽相思的人名叫林确。不知为什么听到这名字时李美英心里咯噔了一下子，她觉得都是姜华闹的，两个字的名字多了，人家跟她有什么关系呢。

李美英的父母直到李美英和姜华离婚才一下子醒悟了似的，但阻拦已来不及了，女儿女婿都铁了心似的，没一个肯听他们的。只有李美英的弟弟支

持李美英，他说他早就觉得姜华配不上他姐。那时他已有了女朋友，并在第二年的春季结了婚，因此他对李美英的支持使每个人都怀疑到他的动机。

弟弟结婚后李美英就从家里搬出来了，多数住在商场的单身宿舍里，有时也去王惠丽那里住几天，昏天黑地地说上几宿再回来。

这种自由自在的生活使李美英很长时间里都很快乐，不误上班，不误夜大的学习，还有足够的时间会友、逛街，结了婚的女人要想得到，做梦去吧！李美英由于没生过孩子，脸上没有黑斑，身形依然苗条，与亮丽的女孩子走在一起也并不逊色。李美英很知道自己的优势，因此对婚姻的事很沉得住气，虽是介绍的男朋友不计其数，父母也一再地催促，她只是不大搁心。谈倒也谈了几个，不是看介绍人的面子，就是一时间好奇心驱使，想看那男的究竟什么样子。每见一个，她就拎了故事一样到王惠丽那里去讲，两个人就笑个一塌糊涂。有一次，与一位大学教授见了一面，他的妻子死了，孩子在国外上学，有很好的住房条件，也有足够的知识令李美英佩服，但李美英说，他有脚气，一双很秀气的手直抓他的脚丫子；他进卫生间还不关门，唰唰的声音让她的鼻子直受刺激。李美英说："我能在这种气味里享受他的知识吗？"王惠丽就说："是啊是啊，知识也要变味儿的啊，去他的大学教授吧。"又有一次，见的是一位机关干部，一坐下就开始讲他的为人处世之道，讲他的官场得意，年轻有为，讲得唾沫星子直溅，嘴角带了一团雪白的唾液，总也下不去，他自个儿还不知觉。李美英说："看着嘴角真替他着急啊，怎么就下不去呢？"王惠丽就说："是啊是啊，这点事都解决不了，去他的年轻有为吧。"李美英还说起一位有钱的主儿，那主儿钱多的呀，让她两辈子都花不完。开始她还真有点动心了，什么爱不爱的，这便宜哪儿找去呀。可那钱不是好花的，头回见面他就宣布了为他未来的媳妇定的约法三章，第一不许会朋友，第二不许独自出门，第三不许干涉他的事情。李美英说："这不是要人的命吗，要了命钱还有什么用？"王惠丽就说："是啊是啊，比起命来钱算个屁啊，去他的臭钱吧！"

李美英和王惠丽有了这样的几回评头论足，就一致认为，世上的好男人太少了，太不够女人们去爱了，为什么那么多的人闹离婚，没离婚的也两天一小吵三天一大吵的？正因为男人的毛病太多了啊。这样说着，她们就愈发地对男人失望着，由小毛病甚至联想到了社会的不安世界的动乱，她们说，哪哪都是由他们而起，世界简直就是他们的，也就是说，世界几乎是由一帮坏男人至少是不好的男人操纵着呢。天啊，一个家庭男人不好了可以离婚，一个世界男人不好了可有什么法子呢！

不过，在她们骂着男人们的时候，各自眼前又分明闪动着心爱的男人的影子，虽那影子是那样地虚幻，那样地不牢靠，但对他们的渴望她们是都无法否认的。她们就这样一边骂一边又想的，骂是真骂，想也是真想，有时自以为好男人与坏男人的界限清晰得很了，可是具体到一个男人身上，那界限就又模糊不清了。比如丁伟，丁伟这样的人又该如何评价呢？

她们是很少提起丁伟的，表面都显出不屑提起的样子，好像他那样的男人也就一般，结过婚有过孩子瞒了不说，还转脸就跟别的女人结婚，离了优秀的男人还差好远，不值得一提的。但在李美英，不提更是出于害怕，害怕触痛什么。与丁伟毕竟是有过不寻常的交往的，那交往只要一想就历历在目，如同昨天一样，任什么样的原因也难以淡忘的。有时想一想，李美英会觉得那时的丁伟和她都太认真了，一个是一定要听一句话，一个是死活不说那句话，那话就像一道神圣的光芒一样让他们景仰而又畏惧，终于他们被这光芒闹得背离而去。而现在的人们似一天比一天想得开了，不管真爱假爱都尽量躲了不去碰那句话，一旦碰了也显得酸兮兮的变了味道。李美英常常有一种赶不上趟的感觉，比跟丁伟看电影那会儿还赶不上趟了。她倒也有几个常来往的异性朋友，有的还向她暗示过爱慕，但她都无动于衷，不是他们比不上丁伟，是她对他们比不上那时对丁伟的激情，她总想，那时跟丁伟那样了还不能确定爱不爱他，跟他们又凭什么呢？她知道赶不上趟的根子也许正在这里，事实上她仍被那句话的光芒圈定着，

逃也逃不脱，动也动不得。有一次她试着要向外突击一回，约请那向她暗示爱慕的人来她的住处。来之前她做了种种的想象，简直都有些激情荡漾了，可是待那人真的来到时，一切想象的激情都化为乌有，她连个像样的眼神儿也没抛给人家，使他自是也没找到任何亲近她的机会。她是那样地渴望爱抚，却又那样地被爱限定着，这就是她的矛盾处。也许只有对爱抚的渴望压倒一切时，才可能解除限定，但一种可耻感又悄悄地生出来使她再不愿多想下去。

有一天，王惠丽打来电话，说要请李美英吃晚饭，顺便要她见一个人。李美英也不问见哪一个，心不在焉地答应下来，就换了衣服向门外走。刚拉开门，忽然觉得左腿有些发麻，抬起来迈了一步，脚还没落地，人就倒在了地上。

李美英试着站了几次，都没站起来，左腿整个没了知觉。李美英立时脑子就乱了，眼泪不知不觉地流出来。她艰难地爬到电话旁边，拨通了王惠丽的电话，她说："惠丽，我怕是去不成了……"

李美英很快被赶来的王惠丽送到了医院，拍片子，做化验，打吊针。她们从医院大夫的口气看，这病并不乐观，她们得有些心理准备。

王惠丽摸着李美英的腿擦了半天眼泪。第二天，竟把林确也带来了。林确是市中医院的一名大夫，针灸很有些奇特的功夫，王惠丽平时总是想着帮林确做事，从没求林确做过什么，这一回似也顾不得了。

林确倒也认真热情，详细询问了李美英的治疗情况，看了看吊瓶里的用药，又拿出针在李美英的腿上扎了几个穴位，并问李美英的感觉。最后，就见他长长地吁了口气，看着李美英说："你要信任我，就出院回家治疗吧，我每天可以上门针灸。"

李美英怔怔地望着林确，这张苍白的有些书生气的脸，她凭什么信任他呢？可同时，她心里已经奇怪地在同意林确的建议了。

林确说："我只有五成的把握，但在这医院可能连三成都不到。"

王惠丽在李美英耳边说：“他说五成，一定就是六七成，我了解他。”

李美英笑笑，欣然答应了下来。

林确所在的中医院离李美英家只有一站地，每天下班先去李美英家，然后再回自己的家，他家骑车还有半小时的路程。这么每天绕来绕去的，又是由他自己提出来，李美英一直十分感动，还有些过意不去。但王惠丽说：“他就是这么个人，工作起来从不计得失的，再说我又是头一回求他办事，过意不去也该是我的事，你就安心治病吧。”

开始两回，都是王惠丽陪了林确来，林确像是不爱说话，满屋都是王惠丽的声音，在王惠丽的声音里悄无声息地针灸，悄无声息地为李美英按摩，做完了就站起身来，和王惠丽一起走了。不过李美英发觉林确十分地细心，她躺在床上需要喝水或者需要上厕所，还没说话他就先猜出来了；针灸的时候他还常常轻轻抚摸她的手，以减轻她的紧张。这时候王惠丽就在她耳边说：“别多心，他对所有的病人都这样的。”李美英说：“只要你不多心，我多什么心。”两人就呵呵地笑一阵，笑得林确莫名其妙的，傻傻地看着她们，她们就笑得愈发地厉害了。

后来林确一个人来，仍是不多说话，仍是做他做过的一切，包括抚摸李美英的手。

李美英的父母对林确是充满了感激，对林确的一言一行也齐声夸赞。每回他们都要留林确吃饭，还要送礼物给林确，林确却都决意不受。李美英就对父母说：“你们就甭忙活了，到时多给他些出诊费就是了。”可是有一次李美英向他提到出诊费时，他只是笑而不答，李美英也不便再问，只想着事情结束时再结算不迟。

这一天，李美英的父母上街还没回来，只有李美英一个人在家里，林确走进来，如同以往地为李美英治疗。

林确针灸从来是隔了衣服，这使李美英免去了脱衣服的尴尬。李美英看着林确白皙、瘦弱的手灵巧地动作着，问他每天这么辛苦父母心疼不心

疼？林确说，父母早去世了。李美英后悔自己不该瞎问，只好说对不起，一个人生活就更不易了。林确却说，不是一个人，还有妻子和孩子。

这又让李美英吃了一惊，不禁问道："王惠丽知道吗？"

林确说："知道。"

李美英不好再说什么，心里却在为王惠丽不平，她想，让一个女人深爱他许多年，谁能说他自己就没有责任呢。

林确说："我知道你在想什么。"

李美英惊异着林确的敏感，嘴里却说："知道就好。"

林确将目光移到李美英的腿上，一根一根的银针透过白色的睡裤直立着，看上去就像与皮肉无关似的。林确说："对她的爱我没有办法，更没有办法的是，我已经习惯她的爱了。"

李美英更惊异地看着林确，没想到不多说话的林确一说就是这样地无遮无拦。

但李美英还是问："习惯是什么意思？莫非你希望她这么爱你一辈子吗？"

林确说："不，我已经多次对她说过，我只能把她当作朋友或者妹妹。"

李美英说："可同时你又让她感到你习惯她的爱。"

林确说："她经常说起你，我也喜欢听，听她说你也已成为习惯的一部分了。"

林确认真地说着，但他显然已进入另一个话题，使李美英不由莫名地有些紧张。她想自己有什么好讲的，平常得就像一片树叶，兴许是王惠丽为投其所好编故事给他听吧，不然王惠丽怎么从没说过呢？

李美英努力使自己放松下来，笑了对林确说道："林大夫，这是不是属于你治疗的一部分，心理治疗？"

林确说："你不相信，可以去问王惠丽。"

李美英说："王惠丽从没跟我提起过。"

林确说："我没见过你，你也没见过我，你只存在我们的话语里，所以她不提也是自然的。”

李美英说：“如果是真的，我的什么事能让你感兴趣呢？”

林确说：“所有的事，一点一滴。”

李美英说：“你就说出一滴来给我听听。”

李美英一直是玩笑的神情，偏着头，笑眯眯的。

林确却一直没笑，他看着李美英，表情认真得像个孩子。他真就向李美英讲了一件事出来。那是很早的事了，为姜华擤鼻涕而生的烦恼。

李美英听着不禁有些脸红，她说：“你不是在嘲笑我吧，这种鸡毛蒜皮的事？”

林确说：“没有。它不是鸡毛蒜皮的事，它是大事。”

林确说得干脆、坚决，让李美英不由得心头一震，她还是头一回听人郑重地说这是大事。

林确说：“它足以动摇对一个人的感情，对一个人的爱，还不是大事吗？”

林确又说：“嘴上说鸡毛蒜皮，其实你是当成天大的事去对待的，因为你不想违背自己的感觉，违背感觉比违背道理要难受得多。就比如你的病，医院是按着道理来的，我凭的是感觉，他们的道理我懂，我的感觉他们却不可能懂。许多事都是这样，感觉无法和道理沟通，个人无法和大家沟通，明知自己是对的，又没有足够的证据证明自己的对，因为向人说自己的感觉就像说梦一样，你永远不可能让人领会你的梦境。”

李美英听着，心里像忽然开启了一道门，以往无数说不清的事情都纷纷向这道门涌来，找到了出路似的。李美英再也无法将玩笑的表情继续下去了，她的眼睛不知不觉地亮起来，她开始以再诚恳不过的态度面对着林确了。她说：“对呀对呀，你说得太对了，我怎么就没你这么明白呢？”

林确就笑了。那笑在李美英看来，纯真，聪慧，知己，可说是她见过的最美的笑了。她开始明白，林确为什么这样为她的病尽心尽力了。

这时，门口传来开门的声音，两人相互看看，都有些遗憾，似还有许

多话想说一说。很快地，李美英父母的声音、气息就让他们换了另一个世界。

六

仿佛是因祸得福，因为腿的事，李美英得了林确这么个知己，也足够让她在苦中笑一笑了。她问林确："如果没有腿的事，他就从没想过要跟她见面吗？"林确说："没有。"李美英又问："你见到的李美英跟听到的李美英有没有差别？"林确说："有。"李美英有些发慌地说："哪里有差别？"林确说："你我认识上的默契，超过了我的想象。"李美英不禁长长地松了口气，她意识到，她虽赶不上林确那么明白，但她和林确看重的是同一样东西，那就是精神。精神这个普普通通的词，对一个人来说是多么重要！而精神的沟通、默契，对一个人来说简直就是幸福的了。

和林确在一起，李美英才知道，人和人的说话原来有天壤之别，因为林确的存在，她不知不觉说出了多少从前从没说过的话啊。这话就像一直在什么地方深埋着，专等一个能掘开它的人的出现。李美英想，若不是遇上林确，她的话也许一辈子都没有说出来的机会的，而她自己还懵懂不知，想想真有点后怕呢。李美英向林确说了黄明，说了姜华，说了丁伟，说了一切和自己有关的人，每个人每件事情，林确似乎比李美英懂得还多，李美英刚说个开头，林确就懂了事情的全貌似的点着头，那头点的啊，真是叫李美英感动，再加上些专属于林确的话语，李美英就觉得自己那些说不清的事情忽然间有了头绪，死掉的，活起来了；忘记的，忆起来了，支离破碎的，不知什么时候连在了一起；别人不屑的，成为头等重要的。因为一个林确，李美英觉得眼前亮堂了许多，连阳光都显得比从前灿烂了。

终于，李美英由一件件具体的事情说到了爱的问题，她说："爱是什么？从前我一直是懵懂无知的。"李美英没有接着说现在怎么样，但林确一听就明白的，林确说："不仅你一个人，所有的人都一样，从前懵懂无知，今后还会懵懂无知，事到临头永远不会清醒的。"

这倒有些出乎李美英的预料，林确像是把问题巧妙地绕开了，又像是把问题一下子说到了底，让李美英再说什么都不好说了。李美英便不由得有些沮丧，想自个儿也许是得意忘形了，林确是什么人，自个儿只不过是他的病人，任何病人都可能在他聪慧的光环下有一番感动和激动的，而这感动和激动与他已是没什么关系了。

在接下来的一两天里，李美英的话就少了许多，说也是有分寸的，不再是不管不顾的，对一些话不说到底不罢休似的。而林确仍如同以往，针灸、按摩、询问李美英的感觉，找些病以外的话题来说，有时还主动地说起爱情，白皙的脸对着李美英，显得生动而充满激情。李美英看着这张脸心想，这叫不叫爱呢？

尽管这样，李美英内心对林确的盼望是愈来愈强烈了，没来的时候盼望他来，来了又盼望他不要离开，表面上做得愈有分寸，内心的情感就愈纷乱，目光常常是呆呆的，父母说话压根听不到耳朵里，父母有一天甚至担心地说："林大夫这针靠得住吗？别再腿没治好脑子倒治坏了。"李美英立刻就说："说什么呢？我这儿在感觉腿呢，腿像是有动静了。"

已经是夏末秋初的日子。经过林确一段时间的治疗，李美英的腿竟真的是有动静了，林确以此预测，一个月之后腿就可以有初步的恢复，至少能够站起来了。李美英欢喜异常，听到这预测时忍不住同林确抱了抱，林确和她几乎同时伸出了手臂，拥抱就显得自然而又友好。这时王惠丽也在场，她接着也来和李美英拥抱，仿佛形成了一种共同祝贺的气氛。但只有李美英觉出来，王惠丽与她的拥抱有些做作，就像对林确的模仿，又像是与林确的对比。事情过后王惠丽说："我认识他到现在，他从没跟我拥抱过。"后来，她明显增多了来李美英家的次数，且都选林确在的时间，又有李美英的父母常常在家里，李美英和林确就几乎没有了单独谈话的

机会。

有一回，林确下班早了些，王惠丽还没到，李美英的父母也不知哪里去了，李美英望着林确，忽然就觉出了这机会的宝贵，她有些不管不顾地叫了声林确，她说："林确，我的腿好了，你就再不来了是不是？"林确没有吱声。李美英说："那我宁愿永远站不起来。"李美英说着，眼睛里已经盈满了泪水。林确拿针的手这时微微地有些抖，他将针放下，把李美英揽在怀里，紧紧地抱一抱，就又放开了。李美英不知是对她的回应还是对她的安慰，她期待着他能说点什么，但他一直沉默着。很快地，传来王惠丽敲门的声音，机会就这样过去了。

日子一天天地过去，他们再没有单独相处过。李美英的心里倒莫名地有了些轻松。

一个月后的一天，李美英终于能站起来走路了。林确对李美英的治疗也从此结束。

过了夏天，秋天一晃就到了冬天。李美英仍是与父母住在一起，时而地给林确、王惠丽挂个电话，有时他们也打电话给她。

林确有时也来李美英家里，两人都平静了许多，忙碌的时候一两个月没有联系，闲下来的时候可以聊上大半天，且只聊虚无，不聊具体。但只有李美英自己知道，她为这平静作了多大的努力，她害怕连这仅剩的聊天也会失去。

这一天，李美英正在商场忙碌着，忽听到王惠丽的声音在叫她，抬头一看，发现王惠丽笑眯眯地望着她，身后站了个高高胖胖的中年人。

王惠丽把李美英拉到一边，小声说她是来做媒的，男方是一家装饰公司的经理，名字叫安顺达。王惠丽说："我找人替你算过了，命里你该有个三个字姓名的男人，怪不得从前总不顺利呢。"

李美英看看那男的，问："就是他？"

王惠丽说："就是他，怎么样？"

李美英不由咯咯地笑起来，说：“你可真会骗人，以为我那么好上当啊。”

王惠丽不解地说：“骗你什么，这种事能骗你么？”

李美英仍不相信地笑着，说：“你少装相，他明明都是中年人了，谁看不出啊。”

王惠丽更不解地说：“他是中年人，中年人怎么了，以为你还是青年啊？”

李美英这才不笑了，说：“你是当真？”

王惠丽说：“当然当真。”

李美英又看看那中年人，想到王惠丽也已把自己算作中年人了，不知为什么一阵恶心，沉了脸说：“你快带他走，快走！”

王惠丽说：“怎么了？”

李美英说：“让你走你就走，你要不走我可走了。”

李美英说着就要离开，王惠丽一把拉住她，说：“我走我走，你可真是的，我走还不行吗？”

李美英一直看着王惠丽和那男人的身影在电梯口处消失，才长长地舒出了一口气，眼睛却又忽然地湿起来。

一位顾客要试鞋子问李美英可以不可以，李美英不耐烦地回答，可以可以，试吧试吧。

顾客一边试鞋子一边抱怨着李美英的态度。

李美英就看那顾客的袜子，是一双白色的纯棉袜，脚面和脚底反差很大，脚底黑不算，后跟还有两个破洞，一股臭气直冲鼻子。李美英忍不住将那顾客换上的鞋子扒下来，说：“回家洗脚去，洗完脚再来试鞋。”

顾客和李美英自是有了一番激烈的争吵，争吵的结果，是李美英向顾客赔礼道歉，并被上司扣去当月的奖金。

下班走出商场时，天已全黑下来了，冷风飕飕的，路灯下可见飞舞的雪片。李美英不由得打了个寒战，她忽然想，这时候若有哪个男人来接她回家，她就嫁给他。接着她又为这荒唐的想法笑了，嘴角便带了笑，一个人匆匆地往家赶去。

原发《作品》2000 年第 8 期
《中篇小说选刊》2000 年第 6 期选载
《2000 年中国中篇小说精选》选载（中国作协创研部）